Le corsaire des Caraïbes

MEAGAN McKINNEY

L'enchanteresse perverse	*J'ai lu* 3239/**5**
L'ange de la vengeance	*J'ai lu* 3373/**5**
Le corsaire des Caraïbes	*J'ai lu* 3490/**5**

Meagan
McKinney

Le corsaire des Caraïbes

*Traduit de l'américain
par Pascale Planes*

Éditions J'ai lu

Titre original :

TILL DAWN TAMES THE NIGHT
Published by arrangement with Dell Publishing,
a division of Bantam Doubleday Dell Publishing Group, Inc.

PROLOGUE

1818, quais de Londres

Il n'y avait guère d'ambiance ce soir-là au pub du Serpent Vert. Cette taverne miteuse était connue pour son exécrable gin et ses mauvaises fréquentations — et malgré tout, elle était bondée dès la tombée de la nuit. Les clients habituels étaient le genre de personnes que l'on voyait rarement au-delà de Newgate. Lieu de perdition, de mauvaises rencontres...

Bizarrement, ce soir-là, la salle était clairsemée. Seul un petit groupe de cinq hommes était installé dans un coin. Courbés sur leurs verres et l'air inquiet, ils s'exprimaient en chuchotant. Il était clair dans leur attitude que l'heure n'était pas à la plaisanterie.

Au fur et à mesure que les minutes s'écoulaient, ils surveillaient nerveusement la porte comme s'ils étaient sur le point de voir apparaître le diable en personne.

L'angoisse planait partout: non seulement on pouvait la percevoir dans l'expression crispée des visages, mais aussi la deviner aux cliquetis incessants des timbales en étain, manipulées par des mains tremblantes.

— Que se passera-t-il s'il ne nous croit pas, Joss? Et s'il nous tuait tous? Je sais que nous sommes ici pour l'argent, mais Richard est capable du pire pour un simple regard insolent... commenta le plus âgé d'entre eux. J'ai pas mal vécu mais je n'ai aucun désir de mourir ce soir.

— Et à propos de ce dragon ? J'ai entendu dire qu'il lui donnait des pouvoirs surnaturels, ajouta un autre.

— Nous sommes fous d'attendre ici, il n'a rien à faire de notre aide. Il a descendu plus d'hommes que je ne peux en compter ! affirma un type en frappant du poing sur la table.

— Que tu ne peux en compter ? Vous êtes tous stupides ! Et toi, tu ne sais même pas compter jusqu'à trois ! hurla Joss.

C'était un homme étrange d'une cinquantaine d'années. Il était visiblement mécontent de son équipe.

— Je n'ai pas besoin de lâches cette nuit, continua-t-il. Celui qui n'a pas le courage de rester peut se lever et quitter la salle, mais qu'il ne s'imagine pas obtenir sa part pour le dérangement.

Sur ce, il souleva avec rage la table et la renversa, brisant tous les verres.

Après cette violente intervention, les hommes de Joss se calmèrent, mais le patron du pub, furieux, voulut s'interposer. D'un seul regard, Joss le figea sur place.

— Si tu veux voir le soleil se lever demain, Jack, je te conseille de ne pas te mêler de ça...

Pour donner davantage de poids à ses paroles, Joss entrouvrit son manteau et désigna le pistolet qu'il portait à la ceinture. Jack n'insista pas.

— Maintenant, qui va rester et qui va partir ? reprit Joss en se retournant vers ses hommes.

L'un d'eux, un sourire bizarre aux lèvres et les yeux d'un bleu très pâle perdus dans le vague, prit la parole :

— La seule chose dont on soit sûrs, c'est de se

retrouver avec le couteau de Richard dans les tripes ! Mais d'accord, nous l'attendrons !

— C'est bon, conclut Joss en se renfonçant dans la banquette.

Une ombre le tira soudain de ses pensées.

— Richard ! s'écria-t-il en se relevant brusquement.

Il tremblait déjà sur ses jambes. Immédiatement, ses acolytes se redressèrent aussi. L'arrivée du pirate les avait tous surpris, et s'ils avaient été inquiets dans l'attente, ils étaient maintenant terrifiés de sa présence.

Craintivement, ils le regardaient s'avancer vers eux. Bien que le costume de Richard — une redingote bleu marine et un pantalon de peau — fût sobre et de grand prix, il était clair qu'il s'agissait d'un hors-la-loi. Il les dominait tous d'une bonne tête. Ce n'étaient ni sa taille, ni sa musculature qui les impressionnaient, mais son expression particulière. Le visage de Richard était beau, singulièrement troublant et cependant aussi froid et impitoyable que celui d'un Spartiate. Au premier regard, il était facile de comprendre que cet homme obtenait toujours ce qu'il voulait.

— Richard, reprit Joss, je ne vous remercierai jamais assez d'être venu, je n'étais pas sûr que vous accepteriez notre rendez-vous...

— On est là, alors donne-moi ton information !

Joss jeta un coup d'œil à la porte. Un autre grand pirate s'y tenait : il semblait avoir deux fois l'âge de Richard et malgré ses cheveux gris et son ventre rebondi, il était certainement capable d'utiliser le pistolet qu'il pointait dans sa direction.

— Prendrez-vous un verre avec nous ? proposa Joss.

— Je veux seulement les renseignements et tout de suite, rétorqua le colosse.

A ces mots, tous les hommes retinrent leur respiration. Il était évident qu'il ne fallait pas abuser de la patience de Richard. Joss rassembla son courage et prit un ton doucereux :

— Je ne souhaite pas vous importuner, Richard, mais il y a le problème du prix...

— Je l'apprécierai en fonction de la valeur de l'information.

Les bras croisés, Richard observait Joss et sa cohorte comme s'ils ne valaient guère mieux qu'une bande de roquets galeux. Joss tenta d'expliquer :

— Ce n'est pas vraiment le problème, parce que je sais que vous paierez. Vous êtes un homme d'honneur, je vous admire beaucoup et j'ai confiance en vous.

— Ça suffit ! coupa Richard, manifestement irrité par ces louanges forcées.

— Bien sûr, bien sûr. Je ne vais pas vous faire attendre davantage.

— Le message concernait l'Etoile d'Aran. Que connais-tu de cette émeraude ?

— Je sais où elle se trouve.

— Si tu sais où se trouve l'Etoile, pourquoi n'es-tu pas à sa recherche ?

— Eh bien, c'est un peu plus compliqué que cela...

Brusquement, Richard fit un signe à son compagnon.

— Isaac, laissons là ces imbéciles !

— Attendez ! supplia Joss. J'ignore où est caché le bijou, mais je sais où cherche le vicomte Blackwell et je sais aussi que vous le détestez.

Richard se retourna et saisit Joss par la chemise. Ce simple geste provoqua un mouvement de panique dans l'assemblée.

— Je suis au courant de tous les faits et gestes de Josua Peterborough, précisa calmement Richard.

Et je connais son plan. Mais l'Etoile n'est pas en Irlande, vous perdez votre temps tous les deux.

Le pirate relâcha le col de Joss. Terrifié, ce dernier s'affala sur la banquette telle une poupée de chiffon. Richard tourna alors les talons. Avec lui s'envolaient les espoirs financiers de Joss et de sa bande. Désespéré, il agrippa la manche de Richard avant de passer aux aveux.

— Maintenant, Blackwell a un autre plan : il veut retrouver la fille et moi seul sais où elle est !

— Et où donc est-elle ?

— Le vicomte a appris qu'elle habitait à Londres. Il a déjà donné son signalement partout en précisant qu'elle portait un pendentif.

D'un signe de tête, Joss désigna l'un de ses hommes.

— Celui-là a vu une fille avec ce genre de babiole autour du cou, il l'a suivie jusque chez elle. Nous étions sur le point d'indiquer son domicile à Peterborough lorsque nous avons pensé que vous paieriez sûrement davantage pour ce renseignement.

Les yeux de Richard se plissèrent.

— Que compte faire le vicomte avec cette fille lorsqu'il l'aura retrouvée — s'il la retrouve ? Si je me souviens bien, elle avait seulement quatre ans lorsque son père est mort. De quoi peut-elle bien se souvenir concernant l'Etoile ?

— Je l'ignore, mais Blackwell a sans doute ses raisons. Et quand il saura où elle est, il la kidnappera. Il devra sûrement la torturer pour obtenir ce qu'il cherche. Demandez au vieux Danny... conclut Joss en désignant l'homme aux yeux bleu pâle.

— Bon, où est-elle exactement ? demanda le pirate d'un ton menaçant.

— Dans un orphelinat. Elle y a grandi, c'est en tout cas ce que j'ai entendu dire.

Anxieux de plaire, et encore plus de sauver sa

peau, Joss crut judicieux d'amadouer son interlocuteur :

— Ne souhaitez-vous pas vous reposer un instant ?

— Non ! Qu'as-tu appris d'autre sur elle ?

— Eh bien...

Joss hésitait à répondre. Il était évident que s'il tenait particulièrement à la vie, il aimait encore plus l'or. Aussi rassembla-t-il ce qui lui restait de courage pour reformuler ses souhaits.

— Je suis désolé d'insister, mais pour le prix, chef ?

— Parle, nom d'un chien !

Mal à l'aise, Joss obéit :

— On raconte qu'elle travaille dans cet orphelinat pour petits vagabonds : la maison de Philippe Bluefield, située entre les quais et les prairies de Goodman à Whitechapel. Elle s'occupe des mômes. Mais il paraît qu'elle cherche un autre emploi. Le propriétaire de la maison viendrait de mourir ou quelque chose de ce genre...

— As-tu son nom ?

Joss acquiesça.

— Dis-le-moi et on verra si c'est la bonne personne !

— Je ne m'en souviens pas exactement, chef, mais peut-être qu'un peu d'or m'aiderait à retrouver la mémoire.

D'un geste brusque, Richard saisit Joss par le col et, le plaçant à hauteur de ses yeux, lui ordonna :

— Dis-moi son nom, espèce d'âne, où tu regretteras de m'avoir fait venir ici !

La troupe de Joss n'osait intervenir et lui-même, terrorisé, criait comme un cochon que l'on égorge.

— Aurore, Aurore Dayne... murmura-t-il enfin.

Richard relâcha son étreinte. Joss s'écroula sur le sol poussiéreux, toussant et se frottant le cou, les yeux exorbités par la crainte. Richard sortit un sac rempli de pièces.

— Réponse correcte, idiot! décréta-t-il avec un sourire cynique en jetant le sac en direction de Joss.

ORPHELINAT DE PHILIPPE BLUEFIELD
MAISON POUR PETITS VAGABONDS

Aurore frottait la suie sur le bord de la fenêtre de sa mansarde et contemplait une dernière fois les toits de Londres. Il était temps pour elle de partir, elle attendait ce moment depuis plus d'un an. Et pourtant, maintenant que l'heure était venue, elle avait peur.

— J'espère que tu ne vas pas nous quitter! gémit une petite voix dans son dos.

Aurore se retourna et répliqua avec un sourire rassurant:

— Si je ne pars pas, Betsy, tu ne pourras jamais profiter de ma chambre.

La jeune fille regardait la minuscule pièce. Le sol était propre et ciré, les murs encore très blancs. Les couvertures étaient certes un peu usées et rapiécées, mais le lit parfaitement fait lui paraissait très confortable.

— Oh, je ne souhaite pas que tu partes, mais puisque tu le dois, je te promets d'entretenir cette chambre avec autant de soin que toi.

— Je suis sûre que tu t'y plairas, Betsy, et j'imagine parfaitement quel luxe représente cette pièce comparée au dortoir du rez-de-chaussée.

— Et toi, comment seras-tu installée?

— Je ne sais vraiment pas... Certainement comme ici, répondit Aurore, embarrassée.

— Sauf que tu ne seras pas dans un vieil orphelinat, n'est-ce pas? Tu seras dans une immense et superbe maison. Tu ne tarderas pas à nous oublier...

— Il faut que j'y aille. Je ne peux pas attendre davantage.

Des larmes roulèrent sur les joues de Betsy. La jeune fille les essuya d'un mouvement furtif avant de poursuivre :

— Pourquoi a-t-il fallu que Mme Bluefield meure... Maintenant John est revenu, et dans un an il aura tout détruit autour de lui.

Le visage d'Aurore était empreint de tristesse. Elles s'étreignirent et Betsy éclata en sanglots sur l'épaule de son amie.

— Calme-toi, Betsy, John prendra bien soin de la maison. C'est un homme convenable, c'est juste que... il est impossible pour moi de rester près de lui plus longtemps.

— Il est fou !

— Non, non ! protesta Aurore.

— Si, il est fou. Ton départ le rendra fou. Il est hors de lui depuis qu'il a appris ta décision.

Aurore évitait son regard. Elle aurait voulu nier ces paroles, mais c'était difficile. En fait, John était apparemment un homme équilibré, capable d'améliorer la tenue de la maison dont il avait hérité, mais il y avait des moments... des moments où il semblait perturbé. Et ayant toujours porté plus d'attention à la maison que les autres jeunes filles, Aurore avait remarqué cet étrange comportement. Elle soupira profondément puis regarda Betsy.

— Il ne nuira à personne, comprends-tu, Betsy ? Si je le soupçonnais de quoi que ce soit, je ne quitterais pas la maison. Simplement, John n'aime pas qu'on lui dise non. Mais quand je serai partie, tout ira mieux, j'en suis sûre.

— Peut-être, mais je préférerais que tu restes. Il me fait peur.

— Tu n'as aucune raison d'être effrayée !

— Mais il fait parfois des choses curieuses, Aurore. Surtout vis-à-vis de toi.

— Que veux-tu dire ?

— Hier justement, il était installé dans le réfectoire. Il a décroché la tapisserie que tu avais brodée quand tu étais petite, et avec le plus grand calme, il l'a brûlée dans la cheminée. Oh, Aurore, il avait l'air tellement bizarre !

Aurore se retourna, atterrée. Ce travail avait représenté quinze mois de labeur. Aujourd'hui encore, elle se souvenait du soin apporté à chaque point, elle se souvenait aussi de la joie de Mme Bluefield. Elle avait même brodé la devise de sa bienfaitrice au bas de l'ouvrage : « Travailler dans la joie soutient notre effort. »

— Aurore, es-tu sûre de devoir nous quitter ?

— Oui, Betsy. Sans cela, il ne me laissera jamais tranquille et je refuse de l'épouser. Je sais que je ne retrouverai jamais une pareille occasion de me marier, mais je préfère mourir vieille fille plutôt que de devenir sa femme. Peux-tu m'en vouloir de ce choix ?

Betsy hocha tristement la tête. Elles s'embrassèrent une dernière fois. Puis Aurore se libéra, ramassa son sac en osier qui contenait toutes ses affaires et se dirigea vers la porte. Mais avant de partir, elle prit un livre posé sur la commode et le remit à Betsy.

— Les *Contes* de Perrault, murmura Betsy, les yeux rougis par les larmes. Tu ne vas pas les laisser, c'est un cadeau de Mme Bluefield !

— Les enfants aiment tellement ces histoires, expliqua Aurore, la voix tremblante d'émotion. J'avais l'habitude de descendre au dortoir une fois par semaine pour leur lire quelques pages. Si John l'avait su, il aurait désapprouvé, mais nous avions décidé avec les enfants de le lui cacher. Je pense que tu peux en faire autant : le soir, il est complètement absorbé par ses prières.

— Je leur lirai des histoires, Aurore. C'est promis.
— Que Dieu te bénisse, Betsy. J'espère que nous nous reverrons.

Aurore saisit son sac et s'enfuit dans l'escalier, incapable de retenir ses pleurs.

1

Quai de Queenhite

L'aventure avait commencé. Aurore pouvait difficilement dissimuler son inquiétude en observant le *Seabravary* amarré au bord de la Tamise. Il était à peine midi : dans quelques heures, ils auraient pris la mer.

Selon son habitude, elle caressait le médaillon qui pendait à son cou. C'était un bijou curieux, abîmé et écaillé, mais absolument unique. De l'or avait été coulé dans une empreinte en forme de lézard, le tout maintenu par des éclats d'émeraude. Deux rubis représentaient les yeux du reptile et son ventre était en diamant. Elle était la seule à savoir l'ouvrir — le fermoir était en effet bien protégé et parfaitement dissimulé. D'ailleurs, la plupart du temps, on pensait qu'il s'agissait d'un pendentif. A l'intérieur, son père avait fait graver le dernier couplet de sa comptine favorite.

Elle s'aperçut alors qu'il manquait un éclat d'émeraude. C'était contrariant, mais inutile de s'appesantir ! Aujourd'hui, elle était devenue une aventurière. Dans quelques semaines, elle se retrouverait dans des contrées exotiques, des endroits dont elle avait seulement rêvé jusqu'ici. Londres représentait le passé, une nouvelle vie s'annonçait pour elle. Elle ne pouvait se permettre d'être accablée par des détails.

Comme si elle ne croyait pas encore tout à fait à sa chance, elle enfouit la main dans son sac à la recherche de la lettre. Ses doigts rencontrèrent le papier : la lettre était à sa place et tout ce qui était prévu allait se produire.

Rassurée, elle s'apprêtait à la lire une nouvelle fois lorsqu'une voix stridente de femme l'interrompit :

— Une autre passagère ! Dieu merci ! J'avais tellement peur d'être la seule femme à bord durant cette traversée !

Une dame d'un certain âge s'approchait. Elle portait des vêtements de deuil de très grande qualité, un chapeau de satin, et tenait une superbe ombrelle.

— Laissez-moi me présenter, déclara-t-elle. Je suis Mme Stéphane Lindstrom. Nous aurons tout le temps de faire connaissance avant notre arrivée aux Bermudes, la traversée est suffisamment longue pour cela. Je le sais d'autant mieux que c'est la sixième fois que j'effectue ce voyage.

— En ce qui me concerne, ce n'est que ma première traversée, renchérit Aurore, amusée et impressionnée par l'inconnue.

— Vous l'apprécierez, n'ayez crainte ! Je connais toutes les potions contre le mal de mer et de plus, le *Seabravary* est le plus beau et le plus sûr des vaisseaux. Le capitaine Corbeil m'a affirmé que le propriétaire du bateau voyagerait avec nous. Aussi, je pense qu'il se donnera toutes les peines du monde pour que cette croisière soit la plus agréable possible. Quel est votre nom, ma chère ?

Cette question troubla Aurore et elle hésita un instant avant de répondre.

— Miss Dayne. Aurore Dayne.

— Magnifique, absolument magnifique! Et vous êtes originaire de...

— Originaire de la maison de Philippe Bluefield, orphelinat pour petits vagabonds.

— Oh, une orpheline! Comme c'est romantique! remarqua Mme Lindstrom en battant des mains.

Aurore était gênée. Elle se demandait ce qu'elle entendait par là. Grandir dans un orphelinat n'était pas ce qu'il y avait de plus romantique. Mme Lindstrom la rassura en ajoutant qu'elle avait tout de suite compris qu'elle avait eu une excellente éducation. Ce compliment ravit Aurore: les efforts de Mme Bluefield n'avaient pas été vains.

— Ces dernières années, je n'avais plus le statut d'orpheline, expliqua la jeune fille. J'exerçais les fonctions d'institutrice dans l'orphelinat.

— Et je suis sûre que vous étiez une enseignante de qualité.

Mme Lindstrom lui adressa un large sourire réconfortant. Cette dame lui semblait certes un peu trop curieuse, mais elle appréciait déjà sa générosité de cœur. Le fait qu'Aurore ait été orpheline ne semblait pas lui déplaire, ce qui paraissait surprenant pour une personne de sa condition sociale.

— Mais qu'est-ce qui vous amène sur le *Seabravary*, Miss Dayne? poursuivit-elle. Auriez-vous la chance de partir rejoindre un fiancé à St. Georges? Avec cette mine superbe, cette extraordinaire couleur de cheveux et des yeux aussi bleus, je suis sûre que vous allez vivre une aventure merveilleuse. Comme j'aimerais être plus jeune, je pourrais faire tant de choses...

Pendant que Mme Lindstrom poursuivait son discours sur sa jeunesse perdue, Aurore dissimula discrètement une de ses boucles rebelles sous son pauvre petit chapeau usé. Elle n'aurait jamais imaginé que la couleur de ses cheveux puisse avoir quelque chose de remarquable. Ils avaient en fait une couleur particulière, pas vraiment blonds, presque roux, mais elle les trouvait aussi ternes que sa propre existence.

Avec un petit pincement au cœur, elle se rappela les paroles de John qui avait qualifié sa chevelure de « sage et soumise ». Suite au décès de Mme Bluefield, l'emprise de cet homme sur sa vie était devenue pesante. Même si elle le connaissait depuis un certain temps déjà, après la disparition de Mme Bluefield, il lui avait été impossible de lui échapper. Ses marques d'attention étaient devenues insupportables et sa seule présence irritante.

Une soudaine culpabilité assombrit son regard. Ce n'était pas un homme si terrible, en dépit de ce qu'il avait fait de sa tapisserie. Au contraire, sa rigoureuse piété lui conférait tous les attributs d'un homme bon et juste. Un individu curieux toutefois, si l'on considérait qu'il l'avait traitée d'ingrate lorsqu'elle avait repoussé ses avances. Sa chevelure était probablement sage et soumise, mais son cœur ne l'était pas. Et elle n'aurait jamais pu le lui donner.

Aujourd'hui encore, elle se souvenait de l'événement qui avait clairement révélé leur différence. Résolument évangélique, John trouvait que la démarche philosophique de Mme Bluefield pour diriger la maison manquait de rigueur religieuse. Convaincu que le christianisme instaurerait un ordre dans l'orphelinat et ferait mieux accepter leur sort aux enfants, il les avait contraints à étudier les messages de William Wilberforce. Et alors qu'il les croyait touchés par la grâce divine, il avait surpris Aurore en train de leur lire *Cendrillon*. Il l'avait obligée à se confesser publiquement, qualifiant ce conte de fées de « particulièrement répréhensible dans le fait de magnifier les pires sentiments qui pervertissaient l'âme des enfants ».

Après cet incident, John lui avait offert de se repentir en décidant de mener une vie « modeste, tranquille et conforme aux dogmes religieux, une vie dans la Sainteté et la Charité ».

Elle comprenait pourquoi Mme Bluefield l'avait toujours encouragée à quitter l'orphelinat et à se faire une place dans le monde. Elle ne s'y était jamais décidée parce qu'elle se sentait redevable envers sa bienfaitrice. Mais la gentille Mme Bluefield avait aujourd'hui disparu et l'idée de passer toute sa vie aux côtés de John était inconcevable. Alors que ses recherches d'emploi restaient infructueuses, le miracle pour lequel elle avait tant prié avait fini par se produire. Une lettre était enfin arrivée : l'expéditeur semblait connaître sa situation et lui offrait la possibilité de s'évader.

— Vous dirigez-vous vers St. Georges, Miss Dayne, ou vers une destination plus éloignée ?

Absorbée par ses pensées, Aurore ignora la question.

— Oh, j'ai compris ! Vous allez rejoindre l'un des fils de Lord Sinclair à Clairdon afin de l'épouser ? Combien de fils a-t-il maintenant ? J'ai entendu dire qu'il en avait huit... De beaux gaillards, si je me souviens bien ! En réalité, Miss Dayne, c'est ce que vous avez de mieux à faire.

Aurore masqua adroitement son sourire avec l'un de ses gants avant de répondre :

— Je pense que je vais avoir mieux à faire, madame Lindstrom. J'ai bien peur de ne pas me rendre à St. Georges, et encore moins pour rejoindre l'un des fils de Lord Sinclair. En réalité, je vais à Kingston, en Jamaïque.

— Kingston, mon Dieu, j'ignorais que le bateau allait aussi loin !

— J'y occuperai le poste de dame de compagnie de Lady Perkins, plantation de Roselaune. Vu sa lettre, je suppose qu'elle est relativement âgée. N'auriez-vous pas, par chance, entendu parler de cette personne? demanda Aurore avec un regard plein d'espoir.

— St. Georges est à une grande distance de la Jamaïque, mon enfant, mais laissez-moi réfléchir... Non! décréta Mme Lindstrom en secouant la tête. Ce nom de Roselaune ne me dit rien. Pourtant, je suis habituellement fière de mes relations, mais je ne parviens pas à me souvenir d'une Lady Perkins.

— Ce n'est pas grave, madame, répondit Aurore, une pointe de déception dans la voix.

— Comment avez-vous trouvé cette place?

— En réalité, cela a été une véritable surprise. J'ai reçu la lettre de Lady Perkins il y a seulement une semaine. Elle me proposait, si je désirais travailler, d'embarquer aujourd'hui.

— Quel courage, ma chère, de partir seule à l'aventure et si loin! Mais je suppose que vous avez été traitée plus que misérablement dans cet orphelinat.

— Oh non, absolument pas!

Les yeux d'Aurore s'embuèrent. La maison de Philippe Bluefield était certes un orphelinat, mais Mme Bluefield avait fait des merveilles pour rendre l'endroit agréable. Pendant son enfance, l'adorable Mme Bluefield avait été sa mère, son amie, son professeur. A présent, elle brisait ses derniers liens avec elle. En dépit de ses différends avec John, c'était tout de même très douloureux.

Mme Lindstrom serra la main d'Aurore, et tenta de la réconforter:

— Remettez-vous, mon enfant. Ils ont certainement été très généreux pour qu'ils vous manquent autant. Maintenant, un bel avenir s'ouvre à vous, vous allez découvrir le monde — ou, tout au moins, une bonne partie.

— Oui, murmura-t-elle en esquissant un sourire.

— Et qui sait quelle aventure romantique vous attend ?

Aurore rougit. C'était exactement ce qu'elle avait toujours souhaité, mais elle en doutait aujourd'hui.

— J'ai bien peur de vous décevoir, madame Lindstrom. Ma vie a plutôt été insignifiante jusqu'à présent, et je crains qu'un voyage à la Jamaïque n'y change rien.

— Lorsque l'on est belle et jeune comme vous, ma chère, on n'a pas le droit de dire des choses pareilles...

Aurore rit malgré elle.

— On peut toujours espérer, n'est-ce pas ?

Mme Lindstrom replia son ombrelle et, sans plus de cérémonie, invita Aurore à la suivre.

— Vous *devez* espérer ! Venez avec moi, Miss Dayne. M. Lindstrom est certes mort depuis dix ans et je le pleure toujours, mais je ne peux décemment pas rester à bavarder si longtemps à l'extérieur. Aussi, acceptez de m'accompagner dans ma cabine. Je demanderai à ma domestique de nous préparer un chocolat et nous attendrons ensemble que le bateau lève l'ancre.

— Pourquoi donc ne pas suivre d'ici le départ ? proposa Aurore.

Mais Mme Lindstrom la devançait déjà, pointant son ombrelle en avant.

La cabine de la veuve était spacieuse. Les coffres et tiroirs étaient en acajou avec un fin habillage de cuivre aux angles : un mobilier adapté à la navigation. Un minuscule tapis bleu vif égayait l'ensemble et une agréable brise montant de la Tamise s'engouffrait par les hublots entrouverts.

— Est-ce que votre cabine répond à votre attente, Miss Dayne ? s'enquit Mme Lindstrom, une tasse de chocolat à la main.

— Parfaitement, elle est très agréable.

Sa petite cabine, très claire, était en réalité bien plus confortable et élégante que sa mansarde de l'orphelinat. Elle avala une petite gorgée de son chocolat avant de poursuivre :

— Je suppose que le billet est très cher sur ce genre de bateau. Ma nouvelle patronne a été vraiment généreuse de me l'offrir.

— C'est effectivement surprenant ! D'autant que le propriétaire voyageant avec nous, le prix du billet est deux fois plus cher ! En effet, il se loue moins de cabines et on se donne plus de mal à bord pour le recevoir.

— Avez-vous la chance de le connaître ?

— Non, je sais seulement qu'il est particulièrement riche — le *Seabravary* est un des cinquante vaisseaux qu'il possède. Il a aussi une énorme plantation de cannes à sucre sur une île des Caraïbes, St. Kitts ou Nevis, je ne sais trop où exactement.

— Il semble bien mystérieux, commenta Aurore tout en jouant avec les rubans de sa coiffe.

— Mystérieux et très bel homme, paraît-il ! Et saviez-vous que le *Seabravary* n'a jamais été pillé ? Ni par un pirate, ni par un corsaire. Il y a quelque chose d'absolument impressionnant chez cet homme qui empêche même la pire espèce de bandit de s'attaquer à lui. J'ai appris tout ceci de mon gendre, qui est au courant de tout : il m'a donc conseillé ce navire. C'est selon lui la plus sûre des traversées.

— Retournez-vous chez vous, à St. Georges ? Avez-vous une maison là-bas ? poursuivit Aurore, désireuse de changer de sujet de conversation.

Le voyage avait bien commencé et Aurore ne tenait pas à gâcher son impression à cause de cet inquiétant propriétaire. Elle ignorait pour quelle raison, mais la description faite par la veuve la mettait mal à l'aise.

— Oui, répondit Mme Lindstrom. Je me suis absentée six mois et bien que j'adore mes petits-enfants, j'ai hâte de retrouver mes amies en ville. Nous sommes un petit groupe à nous fréquenter régulièrement... Oh, j'espère que vous changerez d'avis et que vous n'irez pas à la Jamaïque! Mme Ranson a justement une fille de votre âge... Quel âge avez-vous, ma chère? Dix-neuf ans?

— Euh... oui, dix-neuf ans, acquiesça Aurore d'une voix hésitante.

— C'est magnifique. Julia Ranson a justement vingt ans, vous deviendriez très vite de bonnes amies.

Aurore était surprise par le comportement de Mme Lindstrom. Cette femme la considérait déjà comme faisant partie de son groupe social. Elle semblait oublier ses origines. Aurore avait rarement côtoyé dans le passé des personnes de condition sociale plus élevée. Et lorsque cela s'était produit, on lui avait fait sentir qu'il existait une différence de rang qui subsisterait toujours. Mme Lindstrom avait une tout autre attitude.

— Encore un peu de chocolat, Miss Dayne? proposa son hôtesse en saisissant le pot.

— Je vous en prie, appelez-moi Aurore, répliqua gentiment la jeune fille.

Aurore se sentait soulagée d'avoir si rapidement trouvé une amie. Le voyage lui paraîtrait moins terrifiant en sa compagnie.

— Vous êtes adorable, Aurore. Je suis sûre que nous allons très bien nous entendre. Et dès à présent, vous aussi, appelez-moi Lisbeth: c'était le surnom qu'utilisait le pauvre M. Lindstrom...

— Comme vous avez dû l'aimer...

Mme Lindstrom esquissa un bref sourire nostalgique qui disparut aussitôt.

— Maintenant, le capitaine Corbeil doit être prêt

à appareiller. Pourquoi ne pas aller voir ce qui se passe là-haut ?

Aurore acquiesça et saisit ses gants.

— En effet, on ne doit plus être loin de l'heure du départ. Nous sommes même sûrement en retard sur les prévisions.

— Montons et voyons si ce mystérieux propriétaire est à bord, d'accord ? J'espère qu'il dînera en notre compagnie et non dans sa cabine. Le voyage serait absolument monotone sans cette distraction, affirma Mme Lindstrom avec un petit air malicieux.

Aurore était sûre de n'avoir jamais rencontré quelqu'un d'aussi extraordinaire que Lisbeth Lindstrom. Cette compagne inattendue la rassurait, son appréhension s'envolait.

La nuit était tombée et le *Seabravary* n'avait toujours pas largué les amarres. Aurore suivait sur le quai les préparatifs pour célébrer le solstice d'été. Déjà, quelques pétards retentissaient par moments. Mme Lindstrom s'était retirée dans sa cabine depuis un certain temps, et Aurore arpentait le pont, persuadée que le navire ne partirait pas avant l'aube... Qu'attendait-on si anxieusement ?

Alors qu'elle s'interrogeait sur les raisons de ce retard, la pénombre de la nuit londonienne fut illuminée par la lumière des feux de joie allumés un peu partout. Des cris d'allégresse résonnaient dans les rues. Des gens s'affairaient dans tous les coins, impatients de commencer la fête. Aurore apercevait des silhouettes de jeunes gens dansant autour des flammes, éclairés par leurs couleurs chatoyantes.

Accoudée à la rambarde, elle songea que l'Angleterre retombait pour une nuit dans le monde des Anciens. Cette célébration du solstice ressemblait aux rites que les druides conduisaient des siècles auparavant. Du chènevis serait semé dans les cimetières et les jeunes filles à marier suspendraient des pelotes d'épingles à leurs bas, dans l'espoir d'attirer comme par magie leurs futurs époux. Excitée par l'agitation générale, Aurore se demanda si elle avait emporté une pelote d'épingles à bord. Puis elle rit de sa propre superstition.

Depuis les quais, elle entendait le crépitement des feux. Des garçons applaudissaient et des cavaliers s'affrontaient. Absorbée par toute cette foule en liesse, elle ne remarqua pas immédiatement que des charrettes empruntaient le passage d'accès au navire pour effectuer le chargement des marchandises.

Un instant, elle crut que le propriétaire des lieux était enfin arrivé, mais comment un tel personnage aurait-il pu descendre d'un simple chariot? Le capitaine Corbeil supervisait les manœuvres d'embarquement depuis le pont principal. Elle suivit de près l'acheminement de tapis persans de grande valeur. Des tables en acajou aux pieds en forme de caryatide étaient également hissées à bord. Quatre hommes montèrent ensuite un élégant canapé capitonné de noir dont les pieds représentaient des dauphins dorés. Il était clair que ces meubles luxueux étaient destinés à garnir avec beaucoup de goût l'une des cabines. La plus grande d'entre elles. Très certainement celle du propriétaire.

Au beau milieu de toute cette activité, le capitaine restait là, sans bouger. De l'intérieur du navire montait le bruit de coups de marteaux et les voix étouffées des hommes qui fixaient les meubles, afin qu'ils ne bougent pas pendant la traversée. A cet instant, Aurore croisa le regard inquisiteur du capitaine.

Son imposante stature et son air ronchon donnaient une idée du personnage. Il avait eu un petit mot aimable lorsqu'elle avait embarqué et lui avait même souhaité une agréable traversée. Mais à présent, il semblait réellement différent. Elle avait le sentiment de le gêner d'une manière ou d'une autre, comme si les soucis qu'il masquait dans l'effervescence de la journée, resurgissaient avec les ombres de la nuit.

Silencieuse et raide comme un piquet, Aurore demeurait immobile. Apparemment, le capitaine détaillait chaque partie rapiécée de son manteau, et elle crut un instant qu'il avait pitié d'elle. Peut-être avait-il découvert d'une manière ou d'une autre qu'elle sortait d'un orphelinat et éprouvait-il de la compassion pour elle. Mais instinctivement, elle comprit que la vraie raison n'était pas là. Son regard était trop indiscret et trop sombre...

Soudain, un étrange malaise s'empara d'elle, elle se déroba à la vue du capitaine.

Elle examina la Tamise et fut surprise par la transformation qui s'était produite. En plein jour, ce fleuve était une avenue étincelante vers de grandes aventures. A cette heure, il ressemblait davantage au Styx, le fleuve des Enfers, s'enfonçait dans l'abîme noir et sans fond d'un brouillard ténébreux. Frissonnante, elle rajusta son manteau afin de mieux résister au vent.

— Miss Dayne, je suis surpris de vous trouver là à cette heure avancée de la nuit.

Elle pivota rapidement et découvrit le capitaine Corbeil. Il paraissait tout à coup plus chaleureux.

— Je... je ne pouvais pas m'endormir, expliqua-t-elle, décontenancée. Pardonnez-moi, capitaine, mais ce voyage me tracasse un peu et le retard a augmenté mon inquiétude. Je commençais à me faire des idées noires...

Elle esquissa un sourire gêné. Elle était stupide : le capitaine n'était pas là pour écouter les confidences d'une jeune fille. C'était un homme serviable et courtois, uniquement soucieux du bien-être de ses passagers. Elle aurait dû se réjouir d'être en de si bonnes mains.

Le capitaine ne put s'empêcher de sourire.

— Je suis sûr que vous faites erreur, Miss Dayne. Que craignez-vous ? Seriez-vous mécontente du bateau ?

— Non ! Absolument pas ! Au contraire, il est superbe !

— Je vous prie d'excuser ce retard, Miss Dayne, mais je vous promets que nous lèverons l'ancre avant une heure.

— En pleine nuit ? N'est-ce pas inhabituel ?

Le capitaine saisit la rambarde et, pour la première fois, Aurore remarqua qu'il lui manquait trois doigts. Les cicatrices qu'il portait aux mains étaient profondes, et elle se demanda comment elle avait fait pour ne pas s'en apercevoir plus tôt. Soudain gênée, elle leva les yeux. Le capitaine tentait de la rassurer :

— Je connais la Tamise et nous serons sous peu en pleine mer.

— Allons-nous partir sans le propriétaire ?

Cette question le surprit, mais il parvint à dissimuler son étonnement.

— Oh non ! Il sera là, Miss Dayne, ça, je peux vous le garantir.

Sur ce, il s'excusa et la quitta brusquement, prétendant que son équipage le réclamait.

Elle resta seule encore une minute avant que Mme Lindstrom n'apparût. Elle portait un superbe manteau de laine qui ne cachait pas complètement le brocart de sa robe bleue. Elle était aussi ébouriffée qu'au sortir d'un long et profond sommeil.

— Vous êtes là, ma chère ! constata-t-elle en lui faisant un signe de la main. Comment peut-on imaginer un tel vacarme au beau milieu de la nuit ?

— Oui, c'est vraiment incroyable !

Aurore allait poursuivre sa phrase lorsqu'un brouhaha depuis les quais lui coupa la parole. A ce bruit, le capitaine réapparut et s'avança sur le passage. Intriguées, Aurore et Mme Lindstrom se penchèrent et découvrirent la raison de ce remue-ménage. Aurore n'avait jamais vu pareille splendeur : un carrosse laqué tiré par huit magnifiques coursiers ! Cette arrivée occultait tous les autres événements extérieurs — aussi bien les divertissements autour de la fête du solstice que l'incessant martèlement sous leurs pieds. Les harnais des chevaux étaient dorés et un fin trait d'or courait sur l'ensemble du véhicule. Il n'y avait cependant aucune armoirie sur les portes permettant d'identifier le propriétaire. « Menaçant » était le seul mot susceptible de qualifier cet équipage, et cet adjectif parut faible pour décrire l'homme qui descendit de la voiture.

— Mon Dieu ! s'exclama Mme Lindstrom, impressionnée par cette scène surnaturelle.

Elle saisit le bras d'Aurore qui fut incapable de la rassurer. Bouche bée, elle était comme hypnotisée par l'homme qui traversait maintenant le pont d'embarquement.

Il était grand — bien plus grand que le capitaine. Jamais Aurore n'aurait imaginé qu'un homme puisse dégager une telle puissance. Elle ne parvenait plus à le quitter des yeux. Il portait un superbe manteau et, en dessous, Aurore devinait une chemise en batiste et un pantalon noir de grande qualité. Ses longs cheveux, retombant jusqu'aux épaules, étaient liés à la base du cou en une queue qui rappelait un style disparu depuis vingt-cinq ans au moins. Un minuscule anneau d'argent à l'oreille gauche lui donnait un inexplicable mauvais genre. Lorsqu'on assemblait tous ces éléments, une seule évidence s'imposait : cet homme était bel et bien un pirate ! Cette réalité troubla également Mme Lindstrom qui ne lâchait plus le bras de la jeune fille.

Dissimulées dans l'ombre des mâts, elles l'observaient, le souffle coupé. Le capitaine Corbeil le rejoignit, et il apparut clairement qu'ils se connaissaient de longue date. Il s'agissait sans nul doute du propriétaire du navire pour lequel le départ avait été retardé.

L'espace d'une seconde, Aurore songea qu'elles se faisaient trop d'idées au sujet de cet homme. Pourtant, le regard du capitaine glissa vers elle, immédiatement suivi par celui de son interlocuteur.

Il avait beau se tenir sur le pont inférieur, elle se sentit dominée, malgré elle, par l'autorité qu'il dégageait. Il la fixait d'un air étrange et pénétrant, et elle fut troublée par ses yeux : si beaux, mais profondément froids. Ils semblaient mettre son âme à nu, et elle ne parvenait pas à surmonter cette angoisse naissante et incontrôlable. De toute sa vie, elle n'avait jamais rencontré un individu qui lui fît une semblable impression. Sans s'expliquer pourquoi, elle avait le sentiment d'être totalement à sa merci. Il paraissait déjà capable de la dominer au point qu'elle ne pouvait contrôler le tremblement imperceptible de ses mains.

— Quelle exquise sensation d'angoisse ! Par tous les saints, Aurore, c'est un pirate ! Nous voilà embarquées pour une passionnante aventure ! murmura Mme Lindstrom.

Aurore s'aperçut soudain que le maître des lieux avait disparu. Elle n'avait certes aucune raison d'imaginer le pire, mais une intuition obscure lui soufflait que quelque chose allait se produire.

Dans un mouvement de panique, elle se libéra de l'emprise de Mme Lindstrom et, guidée par son seul instinct, se dirigea vers le pont d'embarquement avec la ferme intention de quitter le navire. Elle voulait subitement rentrer à l'orphelinat, ne tenant aucun compte des conséquences d'un tel acte. Mais à cet instant, elle perçut le cliquetis du cabestan qui hissait l'énorme ancre. L'appontement avait déjà été relevé et plus rien ne la reliait aux quais. Effrayée, elle se retourna vers Mme Lindstrom. Le visage de la veuve reflétait son angoisse. En désespoir de cause, elle jeta des regards égarés sur tous les ponts avec le fol espoir de pouvoir s'enfuir. Hélas, il n'y avait plus aucun moyen de descendre.

L'aventure était là, elle n'avait pas le choix...

2

— Nous la tenons !

Satisfait, Richard lança son pardessus sur le canapé avant de s'installer confortablement dans l'un des sièges de sa cabine.

— Je pense que nous avons là une adorable petite jeune fille, Richard. J'espère que tu la traiteras convenablement. Je ne crois pas que l'effrayer nous servirait davantage.

Isaac Corbeil ôta sa superbe capote de capitaine et frotta son crâne dégarni d'un air pensif.

— Comment pourrais-je l'effrayer ? répliqua Richard en esquissant un sourire, la mine particulièrement réjouie.

Dans un soupir, le capitaine ajouta :

— Bon Dieu, Richard, aurions-nous commis un acte irréparable ? Ce que je veux dire, c'est que ce n'est pas une fille de petite vertu dont la disparition peut passer inaperçue. Elle ne sort pas d'un tripot !

— Ne sois pas stupide ! Cette lettre est la meilleure chose qui pouvait lui arriver. Elle est bien mieux ici que dans son orphelinat pourri !

— Peut-être, mais as-tu vu son visage lorsqu'elle a posé les yeux sur toi ?

— Elle s'en remettra. Ne doutons pas de ses facultés de récupération. Après tout, elle m'a observé et ensuite elle a tout de même tenté de s'enfuir ! C'est une femme d'action ! ironisa Richard.

— Ouais, tu as probablement raison !

— Si tu t'inquiètes à mon sujet, tu devrais savoir que je n'ai pas l'habitude de perdre mon temps avec des petites vierges effarouchées.

— Tu devrais pourtant te méfier. Sous ses airs timides et sa mise modeste, tu pourrais avoir une surprise. Je t'avertis, Aurore n'a rien de commun avec cette ignoble Miss Gédéon que nous avons également embarquée. Elle est vraiment très jolie et peut faire tourner la tête à plus d'un homme. Tout l'équipage est déjà séduit.

Richard lui lança un regard fatigué.

— Elle est en tout cas notre unique espoir de retrouver l'Etoile d'Aran ! Et que je ne surprenne pas un seul homme en train de lui parler ou il passera par-dessus bord !

— Nous avons besoin d'eux pour faire avancer le bateau... commenta Isaac.

Richard commençait à s'impatienter.

— Je reconnais une chose, Isaac : en général, les filles élevées dans des orphelinats sont de petites pestes aux visages émaciés et sans attraits. Pourquoi Miss Dayne ne répond-elle pas à cette description ?

— De même que la plupart des gens s'imaginent que les pirates qui ont fait fortune en pillant des navires sont des hommes horribles, édentés par le scorbut et arborant un drapeau avec une tête de mort.

Satisfait de sa démonstration, Isaac croisa les bras.

— Je suppose que tu penses à moi en disant cela ? Laisse-moi te prouver que je peux être effrayant moi aussi, et nous donnerons quelques frissons à la veuve Lindstrom, si cela t'amuse.

— Sois prudent, parce que j'ai l'impression qu'elle se doute de quelque chose te concernant. Je crois que tu as mieux à faire en ce moment que d'éveiller ses soupçons.

Isaac redoutait la réaction de Richard mais il poursuivit son raisonnement :

— Je le reconnais maintenant, je ne pensais pas que ce plan fonctionnerait. Je n'imaginais pas que Miss Dayne désirait tant quitter l'Angleterre. J'ai cru un moment que nous serions obligés de pénétrer en pleine nuit dans l'orphelinat pour l'enlever.

— Pourquoi envisager quelque chose d'aussi périlleux quand il existe des solutions plus simples... Maintenant, elle est sur le bateau et c'est tout ce qui compte pour moi.

— Un kidnapping déguisé, autrement dit.

— N'est-ce pas une réussite ? Fallait-il la laisser à Blackwell ?

— J'ai du mal à supporter que tu utilises le titre des Blackwell pour désigner ce Peterborough, protesta Isaac. Comment peux-tu lui accorder cette faveur ?

— Il a tout fait pour obtenir ce titre, et il le gardera... jusqu'à ce que j'éprouve le désir de le récupérer. En réalité, je n'aime pas *m'amuser* avec lui s'il n'a rien à perdre !

— Tu as plus de sang-froid que moi, Richard, ou tu es simplement plus solide !

— Ma magnanimité t'a toujours impressionné. J'ai sauvé notre chère Miss Dayne d'un terrible destin. Son père avait volé l'émeraude à Peterborough et je ne crois pas que le vicomte aurait été tendre avec elle, s'il avait agi avant nous.

— C'est exact, admit Isaac. Blackwell aurait été sans pitié. Michael Dayne ne savait certainement pas qu'il dépossédait le pire des hommes. A-t-on jamais appris ce qui est arrivé au père d'Aurore ?

— Certains racontent qu'on l'a vu pendu à un chêne chez le vicomte. Je pense qu'il s'agissait plutôt d'un pauvre zèbre puni pour braconnage.

— Si Blackwell traite les braconniers de la sorte, Aurore Dayne peut s'estimer heureuse d'être sur le *Seabravary*. J'informerai l'équipage que tu es satisfait et que tout se déroule comme prévu, assura Isaac en rajustant sa casquette de capitaine. Ils ont le droit de savoir ce qui se passe, car je crains que leurs espoirs de repos ne dépendent que de Miss Dayne.

— Tu as raison, Isaac, il est effectivement difficile d'admettre que notre prospérité soit liée à cette pauvre petite orpheline.

— Tu la considères peut-être ainsi, mais n'oublie pas que malgré les apparences, tu as une lady en face de toi. J'espère que tu t'en souviendras lorsque tu traiteras avec elle.

Richard esquissa un sourire cynique.

— Laisse-moi te rafraîchir la mémoire, Isaac. Notre miss Dayne n'est pas ce que l'on nomme habituellement la crème de la société. Son père était voleur de son état, et sa mère, Dieu sait quoi... Elle a grandi dans un orphelinat miteux.

— D'accord, d'accord! Mais elle ignore tout sur sa famille et je suis sûr que la vérité la choquerait énormément.

— Il est peut-être temps que cette petite demoiselle sache qui elle est réellement, déclara froidement Richard.

— Peut-être bien! Mais ensuite, elle se défendra comme toute innocente et je ne pense pas que cette vérité nous aidera dans notre affaire.

— Tu me sous-estimes, Isaac!

— Pas du tout! Je ne me le permettrais jamais!

Les deux hommes se regardèrent étrangement, d'un regard chargé d'un lourd passé. Mal à l'aise, Richard détourna les yeux.

— Isaac, ne crains rien pour ce petit *oiseau* ! Entre toi et la veuve accrochée en permanence à son bras, elle est à l'abri de toute ruse de ma part.

Rassuré, Isaac se détendit.

— Tu as raison, cette vieille Mme Lindstrom la suit partout comme un petit chien.

Agacé par cette conversation, Richard saisit le flacon d'eau-de-vie posé sur la table.

— J'espère que je pourrai me joindre à toi pour fêter cette réussite, reprit Isaac. Mais pour l'instant, mes hommes sont en train de larguer les amarres et je dois aller surveiller la manœuvre.

— Vas-y. J'ai hâte de débarquer notre trésor aux Bermudes aussi vite que possible, afin de commencer nos recherches.

La mâchoire serrée avec détermination, il avala son verre d'un trait.

— La victoire est proche ! conclut-il.

Aurore ouvrit les yeux. Pendant un court instant, elle se demanda où elle était, puis elle se replongea sous l'édredon douillet de sa couchette, ayant recouvré ses esprits.

Comment aurait-elle pu oublier qu'elle était sur le *Seabravary* ? Le roulis incessant le lui rappelait à chaque instant. Elle venait de passer sa première nuit à bord et elle était enchantée. Un flot d'images lui revint soudain à l'esprit... Un carrosse somptueux, la fête sur les quais, un superbe canapé noir, une adorable veuve. Il y avait également un homme. Grand et menaçant avec des yeux aussi brillants que les émeraudes de son médaillon.

Elle enfouit son visage sous l'oreiller. Le souvenir de cet homme embarquant avec tant d'éclat l'agaçait encore de manière incompréhensible. Elle se dit qu'il paraîtrait certainement moins impressionnant dans la lumière du matin. Son imagination lui avait sûrement joué un tour. Lorsqu'elle le verrait au petit déjeuner, elle lui trouverait probablement des traits ordinaires et une stature normale. Il lui semblerait aussi peu dangereux qu'un gnome et elle se sentirait bien ridicule.

Rassurée, elle entreprit d'examiner sa cabine. Personne ne pouvait douter de la générosité de sa future patronne. Elle était logée dans un compartiment de grande dame. En dépit de l'espace restreint sur un navire, cette pièce était plus spacieuse que sa chambrette de l'orphelinat. Lambrissée d'acajou et décorée d'éléments de porcelaine rose et noir, elle était vraiment ravissante. Un mobilier raffiné et coûteux était harmonieusement disposé : un secrétaire, une commode, des lampes, un nécessaire à toilette. Emerveillée, Aurore éprouva une certaine honte en apercevant sa robe de laine. Dans ce décor, ses vêtements lui paraissaient encore plus misérables. Et pourtant, Lady Perkins avait estimé qu'elle méritait ce confort. Quelle chance ! Elle savait qu'il y avait à bord des navires des parties communes dans lesquelles s'entassaient jusqu'à cent cinquante passagers. Elle avait entendu dire que des familles particulièrement pauvres voyageaient parfois parquées à l'extérieur, sur le pont, près du gouvernail. Ces gens passaient leurs journées face à l'océan glacial, trempés. Parfois, la pneumonie les emportait avant d'avoir atteint leur destination. Elle était réellement privilégiée : les circonstances auraient pu être pires.

Satisfaite, elle fit sa toilette et se vêtit en quelques minutes, puis peigna soigneusement ses longs cheveux. Quand ses boucles furent emprisonnées dans un large ruban, elle enfila ses chaussures et se dirigea vers la porte. Elle se souvenait que la salle à manger se trouvait dans les quartiers arrière du navire. Son seul désir était d'y rejoindre Mme Lindstrom. Elle constata avec surprise que la porte qu'elle venait d'ouvrir donnait sur une superbe cabine. Elle reconnut le magnifique divan aux pieds de dauphins. Un épais tapis de Chine représentant deux dragons verts face à face couvrait le sol, et dans le fond de la pièce se dressait un immense bureau en acajou. Manifestement, elle se trouvait dans les quartiers privés du propriétaire.

Ainsi, les appartements de cet homme se situaient de l'autre côté des siens... Etrangement, sa première réaction fut de retourner dans sa cabine et de s'y enfermer. Elle trouva la situation encore plus inquiétante lorsqu'elle réalisa que cette porte n'avait pas de verrou. Juste un simple loquet qui fonctionnait aussi bien de l'intérieur que de l'extérieur.

Timidement, elle vérifia que le propriétaire n'était pas là. Après tout, elle aurait pu le surprendre en train de se raser — ou pire, en train de s'habiller.

Aurore rougit à cette pensée. Elle n'avait jamais vu un homme torse nu, pas même John. Il lui avait d'ailleurs assuré qu'un tel spectacle l'aurait mise dans tous ses états. Aujourd'hui, elle comprenait que John avait raison : elle aurait été bouleversée de se trouver dans une situation aussi embarrassante.

Elle finit par rejoindre la coursive qui menait au réfectoire commun. Mme Lindstrom et les autres passagers avaient déjà terminé leur petit déjeuner. Mais le chef des cuisines consentit à lui servir un délicieux repas composé d'œufs et de pudding. Un peu plus tôt, Mme Lindstrom l'avait avertie qu'au fur et à mesure que les jours passeraient, la nourriture serait de plus en plus mauvaise. Aussi en profita-t-elle goulûment !

Lorsqu'elle eut terminé, elle fut impatiente de rencontrer enfin d'autres voyageurs. La tranquillité des cabines et le nombre peu élevé de passagers la rendaient un peu nerveuse. Elle avait appris que seulement neuf personnes avaient pris place à bord du *Seabravary*. Ayant passé la plupart de sa vie dans un orphelinat bondé, il était étrange de se retrouver si seule en ce moment. Elle se rendit sur le pont supérieur. Il y avait des marins partout, certains occupés à gréer ou à escalader les mâts, d'autres courant sur les ponts. Mais à sa grande déception, elle ne vit nulle part l'ombre d'un passager. Se sentant observée, elle leva les yeux: le marin placé en vigie la salua. Elle lui sourit et répondit d'un signe de la main, mais immédiatement, le pauvre garçon fut réprimandé par un supérieur pour ce geste amical. Etonnée par ce curieux comportement, elle jeta un coup d'œil aux autres membres d'équipage: tous feignaient de l'ignorer. Elle comprenait qu'une certaine distance était nécessaire entre passagers et matelots... mais pourtant, la veille, ces mêmes hommes l'avaient saluée.

Refusant de s'inquiéter davantage, elle s'accouda à la rambarde du pont. Ils avaient maintenant atteint la Manche qui resplendissait dans la lumière du matin. Bientôt, une petite brise glaciale la décida à rentrer.

— Miss Dayne, j'espère que votre cabine vous convient?

Aurore se retourna brusquement, sûre de se trouver face au capitaine Corbeil. Mais son sourire se figea: le propriétaire du *Seabravary* se tenait devant elle, encore plus impressionnant que la veille. Eblouie par l'éclat du soleil, elle ne parvenait pas à distinguer son regard. Elle sentait pourtant qu'il la dévisageait.

Paralysée, incapable d'émettre le moindre son, elle hocha la tête.

— J'ai... j'ai bien peur que nous n'ayons pas été présentés, monsieur.

— C'est exact. Appelez-moi Richard. Je suis le propriétaire de ce vaisseau, dit-il en s'adossant à la lisse, tout près d'Aurore.

— Miss Dayne, répliqua-t-elle en lui tendant la main. Mais manifestement, vous êtes déjà au courant.

Il était si proche qu'elle devait faire un effort pour ne pas laisser paraître son trouble. Plus que tout, elle désirait s'enfuir. Mais elle ne devait pas se comporter comme une poule mouillée. Désormais, elle était une aventurière. Impossible de se dérober. Après tout, qu'avait-elle à craindre sur ce navire ?

En l'observant mieux, son interlocuteur lui parut subitement moins dangereux. Il était bien rasé et proprement vêtu. Il portait un pantalon très élégant, des bottes cirées, et une chemise d'une blancheur éclatante. Cependant, son air l'agaçait. Il ne ressemblait à aucun autre homme. Sa boucle d'oreille en argent était un des détails qui le distinguait, par exemple de John. Curieusement, il l'inquiétait et l'attirait en même temps.

— Etes-vous satisfaite de votre voyage, Miss Dayne ?

Elle hocha à nouveau la tête. Il la regardait, amusé par sa timidité. Contrariée par cette attitude moqueuse, elle lui répondit :

— Tout est parfait, monsieur. Vous voudrez bien m'excuser maintenant, mais j'avais l'intention de regagner ma cabine.

A cet instant, elle sentit ses yeux posés sur sa poitrine : il observait intensément le médaillon.

— Votre pendentif est adorable et il vous va à merveille, murmura-t-il, les yeux brillants de convoitise.

— C'est un cadeau de mon père, chuchota-t-elle, de plus en plus émue.

Jamais elle n'avait rencontré de sa vie un homme aussi indiscret que lui. John détestait ce médaillon qu'il qualifiait d'objet impur. Richard ne se contentait pas de le regarder, il l'admirait. Il donnait l'impression d'être envoûté par ce bijou, capable de l'arracher pour le toucher.

Il lui sourit avant de se tourner vers l'océan.

— Il me semble avoir connu un vicomte qui possédait le même genre de babiole, mais on le lui a volé, il y a de cela une quinzaine d'années.

Les yeux d'Aurore s'assombrirent. L'accuserait-il d'avoir volé ce bijou ?

— Je suis persuadée, monsieur, que vous faites erreur. J'ai eu ce collier en héritage. Personne d'autre n'a pu le posséder.

— Je vous crois, Miss Dayne.

Soudain, la force du vent dénoua les cheveux d'Aurore et une épingle se détacha de la masse bouclée. Instinctivement, elle essaya de retenir les mèches folles. C'est alors qu'elle réalisa qu'elle était dehors, livrée au regard de cet homme dans une tenue quasi indécente.

— Excusez-moi, monsieur, mais je suis obligée de rentrer. Je n'ai pas pris mon bonnet et je risque d'attraper froid.

— Par tous les saints ! Une aussi jolie jeune fille ne peut effectivement rester à l'extérieur sans protection, se moqua-t-il.

Aurore réalisa que cette remarque n'était pas si innocente qu'elle en avait l'air. Elle rougit et saisit inconsciemment son médaillon. Il était évident que cet homme ne se souciait guère du fait qu'elle portât ou non un bonnet. Il ne pensait certainement pas à ce genre de protection. Peut-être insinuait-il tout simplement qu'elle devait se méfier de lui.

Après lui avoir lancé un dernier regard, elle s'enfuit. Elle n'avait plus qu'un seul désir : regagner sa cabine et s'y cloîtrer jusqu'à la fin du voyage.

3

Lord Josua Peterborough, septième vicomte Blackwell, était un homme particulièrement beau. Malgré l'approche de la quarantaine et ses cheveux noirs légèrement argentés, il se distinguait toujours par l'éclat de ses grands yeux verts. Avec un titre et de confortables revenus, il était un des pairs les plus recherchés du royaume. Qu'il arborât parfois une mine maussade lui était aisément pardonné: en effet, il avait été veuf très jeune et cet air mystérieux ne faisait qu'ajouter à son charme. Ses admiratrices le voyaient cependant comme quelqu'un de sympathique, d'humeur agréable, et bien sûr doté d'un immense pouvoir de séduction.

Il avait de nombreuses maîtresses. Lorsqu'il était reçu chez les Melbourne, Lady Melbourne insistait toujours pour qu'il se plaçât auprès d'elle. Lord Blackwell était introduit partout et invité chez les plus grands. Mais si la crème de la société l'avait adopté sans réticence, il y avait deux ou trois petites choses qu'ils ignoraient tous.

En premier lieu, son passé honteux, dans la pauvreté, en tant que fils de marchand d'orge sans titre. Il avait été envoyé très jeune à Heidelberg, dans l'espoir qu'il devînt un jour médecin. Et bien que n'ayant jamais terminé ses études, Josua Peterborough possédait toujours une connaissance approfondie du corps humain et n'avait rien oublié de certaines techniques chirurgicales.

Le second point ignoré de tous était que sa femme, riche héritière, n'avait pas pris seule cette dose d'opium qui l'avait tuée.

Et pour finir, personne ne connaissait l'origine de sa fortune. Il prétendait avoir hérité du titre de noblesse de son demi-frère décédé et des biens et revenus de son épouse, largement dotée le jour de son mariage. Mais rien de très clair !

Alors que l'empire des Blackwell s'effondrait, le vicomte était devenu un homme cupide, profitant des années de misère pour s'enrichir. Il avait ainsi trempé dans des trafics douteux. Ces entreprises s'étant rapidement avérées très rentables, sa convoitise pour ce genre de revenus s'était amplifiée. Aujourd'hui, sa fortune était sans limites : il possédait une flotte de navires, tous piratés sur les mers et soustraits à leurs véritables propriétaires. Il était devenu un astucieux contrebandier, capable par exemple de revendre des tableaux dérobés aux aristocrates parisiens, et un redoutable expert en matière d'art. Il colportait donc toute sorte de marchandises à travers l'Angleterre, et il agissait en toute discrétion depuis plusieurs années.

Le vicomte s'apprêtait à quitter Londres quand une lettre en provenance d'Irlande lui parvint. Lorsqu'il reconnut le sceau — deux dragons face à face —, son expression se durcit.

— Serait-il possible que ce soit Richard ? s'inquiéta-t-il.

Peterborough leva les yeux vers son nouvel associé, Alan, qui se tenait dans l'embrasure de la porte. C'était un jeune homme grand, blond, élancé et très séduisant, mais son comportement parfois efféminé agaçait le vicomte. A cet instant, Peterborough l'aurait étranglé avec plaisir.

— Je croyais t'avoir dit de ne jamais venir ici! C'était un de nos accords. Tu me laisses les messages et je te contacte si nécessaire, n'est-ce pas suffisamment clair?

D'un pas tranquille, Alan s'avança jusqu'à lui.

— Craignez-vous que vos relations apprennent que vous avez mauvais goût pour choisir vos amis? demanda Alan en s'installant confortablement dans un fauteuil en soie damassée rose.

— Nous travaillons ensemble depuis quelques semaines, et je n'admettrai aucune insubordination! menaça le vicomte en froissant la lettre avant de la jeter dans la cheminée.

— Je suppose que vous avez entendu parler de ce Richard, commenta Alan en regardant se consumer le papier.

— Oui, répondit sèchement Peterborough en serrant les poings de rage.

— J'imagine qu'il vous nargue avec cette émeraude?

— Il prétend qu'il est en Irlande et sur le point de découvrir l'Etoile.

— Il n'est plus en Irlande, il n'y a fait qu'un bref séjour. Il est à Londres depuis quelque temps.

Peterborough se crispa.

— Pourquoi ne m'a-t-on pas prévenu? s'exclama-t-il.

— Mais je vous ai écrit plusieurs fois, vicomte.

— Les messages n'étaient probablement pas assez clairs.

Alan haussa les épaules. Cette désinvolture fit perdre toute patience à Peterborough.

— Que le diable t'emporte! Si c'est tout ce que tu as à me raconter ce soir, tu peux repartir tout de suite! J'essaierai de m'entendre avec Richard demain, si c'est encore possible. Pour l'heure, j'ai mieux à faire : j'ai des billets pour une pièce de théâtre et je ne tiens pas à gâcher complètement ma soirée.

— J'ai entendu des rumeurs autour de Queenhite, poursuivit Alan. Richard aurait modifié ses plans. On dit qu'il aurait trouvé une fille, une certaine Miss Dayne, pour être précis. Est-ce que ce renseignement peut vous être d'une quelconque utilité ?

A cette nouvelle, Peterborough se figea sur place.

— Tu plaisantes, j'espère...

— Ce n'est qu'une rumeur, vicomte.

— Aurait-on aussi retrouvé la trace de Michael Dayne ?

— Je ne pense pas ! assura Alan.

Abattu, Peterborough s'assit sur le bord du bureau.

— En réalité, son père s'est enfui après l'avoir déposée dans un orphelinat. Et maintenant, Richard a mis la main dessus... avec elle, l'Etoile et tous ses pouvoirs, conclut le vicomte.

A ces mots, Alan poussa un profond soupir.

— Mon Dieu, pourquoi vous obstinez-vous à rechercher cette Etoile ? Pourquoi ne pas oublier toute cette histoire ? Nous sommes suffisamment occupés par ailleurs. En tout cas, ce Richard ne m'empêchera pas de vivre, moi.

— Ce n'est pas la valeur marchande de l'Etoile qui m'intéresse, mais ses pouvoirs magiques. *Les Chroniques de Crom Dubh* révèlent ses secrets. Il est dit que celui qui possède l'émeraude n'a rien à craindre de ses ennemis. Et c'est le seul moyen pour moi de détruire Richard.

— Sincèrement, que s'est-il passé entre vous ? On raconte que son désir de vengeance est sans limites.

Perdu dans ses pensées, Peterborough contemplait le feu.

— Eh bien... que lui avez-vous fait? insista Alan. Vous avez tué sa mère, kidnappé sa sœur?

— Richard est mon demi-frère, avoua le vicomte. Alan fut atterré par cette nouvelle. Il agrippa les bras du fauteuil et, incrédule, interrogea Peterborough du regard.

— Il n'est tout de même pas votre propre frère! Comment est-ce possible? bégaya-t-il.

— Il n'y a aucun doute là-dessus, confirma Peterborough. Et pire, il est encore en vie...

— Mais expliquez-moi, voyons!...

— Richard m'a toujours empoisonné l'existence. Peux-tu imaginer ce que j'ai pu ressentir lorsqu'on m'a envoyé dans une école privée pendant que ma mère se remariait et donnait naissance à un autre fils? Un fils qui devait hériter d'un titre et d'une fortune assez considérable — tout ce dont j'étais évincé de par ma naissance!

— Auriez-vous tenté de tuer le père de ce garçon?

— C'était impossible! Je n'aurais pas eu davantage de droits sur les biens des Blackwell. Je ne pouvais que supporter la place que me conférait mon rang. Mais lorsque le vieux Blackwell est mort, j'ai aussitôt compris que la seule chose qui se dressait entre moi et la vicomté n'était qu'un garçon d'une douzaine d'années.

— Votre frère!

— Mon demi-frère, corrigea Peterborough.

— Qu'est-il arrivé ensuite?

— J'ai décidé de me débarrasser de lui.

— Vous avez envisagé de tuer votre propre frère?

— Je n'avais pas d'autre solution. Je l'ai supporté pendant treize ans. Mais pendant mon séjour en Allemagne, je me suis endurci. Je ne pouvais plus tolérer cette situation. Ce pleurnichard accaparait toutes les attentions, c'était insupportable. Je suis rentré d'Heidelberg et je l'ai jeté hors de la maison.

— Qu'avez-vous comploté ? Et comment a-t-il pu vous échapper ?

— J'avais l'intention de le tuer et puis, au dernier moment...

— Vous n'en avez pas eu le courage, termina Alan.

— Non ! J'en aurais été capable, et sans le moindre remords... mais il m'a lancé une malédiction !

De rage, Peterborough martela le bureau de ses poings.

— Il m'a assuré que la Justice divine serait sans merci et qu'une fois dans la tombe, il me poursuivrait encore et toujours. Et devinez ce qui s'est passé ? Je n'ai pas pu. L'imprécation d'un gamin avait réussi à me paralyser.

Alan semblait stupéfait, mais le vicomte poursuivit son récit :

— Je suis un homme superstitieux et il en a profité, aussi n'ai-je eu d'autre choix que d'envoyer des mercenaires accomplir ce qu'il m'était impossible de faire moi-même. Mais Richard était déjà un superbe jeune homme, et lorsqu'ils ont réalisé qu'ils pouvaient gagner encore plus d'argent en le vendant à Alger dans un bordel, ils n'ont pas hésité. Ensuite, ils ont prétendu qu'ils l'avaient tué. Je n'ai compris que j'avais été trompé que dix ans plus tard, lorsque Richard est réapparu à ma porte.

— Il est revenu ici ? demanda Alan, abasourdi par cette incroyable histoire.

— Il voulait revoir notre mère. Lorsque je lui ai appris qu'elle était morte, il a paru soulagé.

— Vous l'avez tuée ? murmura Alan.

— Ne me soupçonne tout de même pas d'une telle chose ! Elle a péri dans l'incendie d'un théâtre. Ne te rappelles-tu pas le feu qui a ravagé l'Alcéa ?

— Richard est donc revenu pour récupérer son titre. De quelle manière vous en êtes-vous sorti ?

— Il ne voulait pas le titre. Il venait me raconter ce qu'il avait vécu pendant son exil forcé. Il avait bien surmonté son épreuve à Alger. Il a d'ailleurs pris un grand plaisir à m'expliquer comment et combien d'hommes il avait tués. Et, bien que très jeune au moment de la transaction, il a assassiné le premier homme... qui avait tenté de le toucher. Il m'a décrit tout ceci dans les moindres détails afin de me terroriser.

— Mais comment a-t-il pu faire fortune à Alger dans ces conditions ? demanda Alan.

— Il a trouvé sa voie auprès des pirates de la Casbah. Et lorsqu'il est revenu, il était déjà très riche.

— En réalité, Richard se moquait du titre. Il désirait simplement vous détruire !

— C'est pourquoi nous devons absolument récupérer cette émeraude. Mon sang se glace lorsque j'imagine de quelle manière il a tué cet homme dans le bordel.

Alan regardait le vicomte, touché par son désespoir. Afin de le réconforter, il tendit la main vers lui. Mais le vicomte ne le remarqua pas.

— Ressaisissez-vous, cher vicomte. Il est clair pour moi que Richard aurait pu vous tuer à plusieurs reprises, mais vous vous êtes montré plus habile que lui. Vous êtes toujours en vie, n'est-ce pas le plus important ?

Peterborough renversa la tête et éclata d'un rire sinistre.

— Mais c'est bien là le problème. En réalité, il cherche à me rendre fou. Il connaît *Les Chroniques de Crom Dubh* et il veut m'obliger à me mesurer à lui. S'il trouve la pierre avant moi, je serai perdu. Quelle malédiction que cette émeraude ! J'aurais préféré ne jamais en entendre parler ! Comme j'aimerais tenir Michael Dayne entre mes mains ! Il est à l'origine de mon infortune. Ce misérable voleur m'a parlé de cette Etoile, il m'a contraint à l'employer car il prétendait pouvoir la récupérer. Elle était cachée au château d'Inishmore. Mais j'ignorais que son idée était de récupérer l'Etoile pour lui tout seul. Et à cause de cette idiotie, je vais devoir me battre avec Richard jusqu'à la fin de mes jours.

— Vous êtes au moins aussi puissant que Richard. Ne vous souvenez-vous pas des hommes du *Léviathan* ? Je vous assure que ceux qui vous survivent parlent de vous sur un ton modéré.

— Ce Juif, Isaac Corbeil, en était le propriétaire. Effectivement, je ne l'ai pas épargné. Pourtant, je ne sais et ne retiens qu'une seule chose : ce pirate souhaite ma perte.

4

Aurore était hypnotisée par les yeux rouges et ardents du dragon. Elle se promenait à l'avant du bateau et venait de découvrir, scellé à la proue, un énorme dragon vert à la gueule terrifiante. La perfection de cette reproduction chinoise était surprenante. Chaque écaille de l'animal légendaire semblait se mouvoir, et il donnait l'impression de cracher du feu. Son regard malveillant semblait si authentique, si réel qu'elle eut peur un instant qu'il ne l'attaque. Il était difficile de comprendre quel lien il pouvait exister entre le *Seabravary* et ce reptile. Mais le dragon lui rappelait un peu le propriétaire du navire, tous les deux avaient au moins un point commun : ils inspiraient la crainte et le respect.

Une semaine s'était écoulée depuis leur départ, et Aurore avait croisé plusieurs fois le mystérieux propriétaire. C'était un exploit de l'éviter dans un endroit aussi confiné qu'un bateau. Pourtant, elle était peu sortie en raison du mauvais temps et du vent qui cinglait sur le pont.

Elle avait passé la plupart de son temps dans sa cabine ou en compagnie de Mme Lindstrom. Il lui était arrivé de déjeuner dans la salle commune avec les autres passagers, mais uniquement lorsque le capitaine et le propriétaire étaient absents.

— Magnifiquement sculpté ! Ne trouvez-vous pas, Miss Dayne ?

Aurore se retourna. Miss Karine Gédéon se tenait près d'elle. Miss Gédéon était la nounou d'une petite orpheline, Hélène Rune. Hélène partait vivre chez un oncle à St. Georges et Miss Gédéon l'accompagnait. En dépit des soins prodigués par la nounou, Aurore avait trouvé une triste mine à l'enfant et éprouvait de la pitié pour elle. Surtout lorsqu'elle avait découvert que Miss Gédéon n'apportait aucun réconfort, aucune affection à la fillette. Cette femme ne semblait posséder aucune patience et n'était pas à proprement parler la gouvernante idéale. Aurore était émue chaque fois qu'elle croisait Hélène.

— Bonjour, Miss Gédéon, bonjour Hélène, répondit Aurore. Je faisais tranquillement un petit tour sur le navire lorsque j'ai découvert ce terrible dragon.

— Il terrifie Hélène, mais je l'amène ici chaque jour afin qu'elle réussisse à dominer ces craintes ridicules, expliqua Miss Gédéon d'un ton sévère.

Aurore réprima non sans mal sa colère. Elle jeta un coup d'œil à Hélène qui gardait les yeux rivés au sol, tentant désespérément d'éviter de regarder le monstre. Son air sombre et renfermé trahissait sa peur.

— Elle a seulement cinq ans, plaida Aurore. Vous ne pouvez exiger d'elle qu'elle se comporte comme une adulte. J'ai moi-même frissonné lorsque j'ai vu ce dragon pour la première fois.

— Cette enfant est une orpheline, elle ne peut donc pas se permettre de tels caprices. Elle est seule au monde et ne doit espérer aucune compassion.

Aurore fulminait. Comment cette dinde pouvait-elle porter des jugements aussi incisifs ? Elle était sur le point de répliquer sèchement mais elle se maîtrisa. Aurore savait mieux que quiconque ce qu'une orpheline pouvait ou non espérer, la réponse étant malheureusement : pas grand-chose. Dans la masse des enfants abandonnés quotidiennement, Hélène avait finalement la chance d'avoir un oncle qui pourrait s'occuper d'elle et peut-être l'aimer. Plus tard, elle deviendrait probablement la demoiselle de compagnie de son épouse et gagnerait ainsi sa vie. La plupart des autres orphelins étaient jetés à la rue, sans avenir. C'était donc une solution acceptable pour cette enfant.

Gentiment, Aurore se pencha vers la petite fille et effleura sa robe couleur lavande — la teinte du demi-deuil. Ce détail réjouit Aurore qui ne trouvait rien de plus terrible que d'habiller une orpheline en noir.

— N'es-tu pas ravissante aujourd'hui, Hélène ? Dis-moi, comment préférerais-tu ce gros bateau ? Sans ce dragon, je parie ?

Hélène leva timidement les yeux vers Aurore, sans oser lui répondre.

— Voyons, Hélène, aimes-tu les comptines ? insista la jeune fille, déterminée à la voir sourire avant la fin du voyage. Moi, je les adore et j'en connais un grand nombre ! Veux-tu en entendre une ? J'ai envie de t'apprendre celle que mon père me récitait souvent quand j'étais petite. C'est ma préférée, je suis sûre qu'elle te plaira. Mais tu dois bien suivre tout ce que je dis et tout ce que je fais.

Lentement, Hélène inclina la tête, prête à écouter Aurore avec la plus grande attention.

— « Un ange du paradis tomba des cieux. »

Aurore mima la chute avec ses mains et Hélène tenta de l'imiter. Pour l'encourager, Aurore poursuivit en souriant :

— « Il demandait le chemin d'Aran. »

Elle indiqua le nord avec le doigt. Hélène leva son petit doigt dans la même direction.

— « Je suis revenu chercher mon Etoile ! »

Aurore plaça ses mains devant les yeux comme pour se protéger du soleil. Hélène reproduisait tous ses gestes.

— « Peux-tu m'aider à la trouver ? »

Cette fois, Aurore joignit les mains en signe de supplication. La fillette laissa éclater sa joie, et son petit rire ravit Aurore. C'était probablement la première fois depuis la mort de ses parents qu'elle s'amusait autant.

— Tu apprends très vite, Hélène ! Je devine que tu seras une élève brillante.

— Assez de niaiseries pour aujourd'hui, Miss Dayne ! coupa froidement Miss Gédéon, apparemment agacée par toute cette mise en scène. Ça va exciter cette enfant, et j'ai déjà assez de mal à la tenir à sa place... Venez, Hélène, c'est l'heure du thé.

Sur ce, Miss Gédéon entraîna la petite par la main.

— Mais, mais... balbutia Aurore, émue par le regard désespéré d'Hélène. Je n'ai pas terminé, il y a un autre couplet !

Mais avant d'avoir eu le temps d'esquisser un geste, elles avaient disparu toutes les deux.

Irritée, Aurore frotta les plis de son manteau en soupirant profondément. Cette femme était infernale, et plus triste encore, Hélène était la seule à supporter sa mauvaise humeur. Désolée, elle se retourna vers le dragon. A sa grande consternation, le propriétaire se tenait à quelques mètres d'elle, accoudé à la rambarde. Il la dévisageait intensément, un air de triomphe dans les yeux. Lorsqu'il lui sourit, elle eut le réflexe instinctif de saisir son médaillon, caché sous sa pelisse.

— Monsieur Richard, commença-t-elle, gênée.

— Miss Dayne, sommes-nous obligés d'être aussi cérémonieux pour nous parler ? demanda-t-il avec un petit sourire taquin.

— Que voulez-vous dire par là ?

— Tout simplement que je m'appelle Richard. Vous n'avez aucun besoin de rajouter un titre à ce prénom. Et je n'ai pas d'autre nom à vous proposer.

Elle le fixait, mal à l'aise. Elle comprenait parfaitement ce qu'il entendait par là. En effet, cet homme n'était pas un gentleman, il n'avait certainement pas eu la chance de naître du bon côté de la barrière. Et pourtant, il avait réussi à faire fortune. Mais était-ce vraiment surprenant puisque c'était un pirate ? Sa proposition ne la surprenait qu'à moitié, car il ne se souciait certainement pas des bonnes manières et des règles de la vie en société. Sa bâtardise ne le dérangeait apparemment pas. En tout cas, elle se sentait très gênée. Elle n'était pas conformiste, n'ayant pu accepter le mode de vie et la rigidité de John, mais de là à basculer dans un libéralisme excessif, il y avait une marge qu'elle refusait de franchir.

— Je suis heureux de vous rencontrer ici, Miss Dayne, dit-il en se rapprochant d'elle. Je vous croyais souffrante et confinée dans votre cabine. Les jeunes femmes fragiles sont souvent malades à bord.

— Je ne me considère pas comme particulièrement fragile, monsieur, rétorqua Aurore à la fois embarrassée et agacée.

Jamais elle ne pourrait se résoudre à l'appeler Richard, et « monsieur » était réellement trop cérémonieux... Aussi décida-t-elle de ne pas l'appeler du tout. Fragile, non mais vraiment... !

— Vous n'avez pas souffert du mal de mer ?

— Pas du tout ! Et j'apprécie pleinement cette traversée, assura-t-elle.

— Tant mieux, parce qu'un long voyage nous attend encore...

Il ne la lâchait pas des yeux et le trouble d'Aurore

s'accentua. Elle était à nouveau hypnotisée par ce regard d'un vert éblouissant et elle se sentit rougir.

— Passez une bonne journée, lança-t-elle en espérant écourter leur conversation.

Aurore posa la main sur son front comme pour simuler un mal de tête. Elle devait s'éloigner au plus vite, incapable de supporter davantage sa désinvolture. Elle n'avait pas fait trois pas qu'il lui saisit fermement le bras. Choquée par ce geste déplacé, elle vérifia que personne ne pouvait les voir : l'endroit était désert, il n'y avait même pas un marin.

— Vous êtes une vraie petite prétentieuse, Miss Dayne, ne vous l'a-t-on jamais dit ?

Elle leva les yeux vers lui, essayant de dissimuler son trouble. Il était si proche qu'elle eut l'impression de défaillir. Elle était fascinée par la force qu'il dégageait, par sa chevelure noire et sauvage, ses traits parfaits. Elle sentit aussi l'odeur envoûtante de son corps, semblable à l'air marin, fraîche, salée et mystérieuse à la fois. Elle avait l'impression de perdre la tête.

Mais comment se permettait-il de la qualifier de prétentieuse ? Miss Gédéon était une personne fière, John était un homme suffisant — elle n'aurait jamais pensé leur ressembler. Elle était simplement une aventurière. Mais lorsque leurs yeux se rencontrèrent, le doute s'empara d'elle. Une aventurière aurait su quelle attitude avoir face à un tel personnage. Une aventurière l'aurait méprisé comme elle l'avait lu dans d'innombrables romans. Une vraie lady l'aurait remis à sa place et aurait poursuivi son chemin. Elle ne parvenait même pas à articuler un seul mot.

— Lâchez-moi, s'il vous plaît, je dois partir, murmura-t-elle, aussitôt mortifiée par l'intonation soumise de sa voix.

— Miss Dayne, devrais-je vous enfermer dans ma cabine pour pouvoir vous parler ?

Les yeux d'Aurore s'agrandirent d'effroi.

— Pardon ? Mais... mais pas du tout... !

— Voilà qui est mieux. Le Bon Dieu ne vous a pas faite aussi belle et aussi plaisante pour que vous restiez seule, ma chère.

Aurore aurait souhaité disparaître dans un trou de souris. Elle tentait de ne pas laisser paraître son trouble, rassemblant d'un geste adroit ses cheveux indisciplinés et décoiffés par le vent.

— Qu'avez-vous de si important à me demander, monsieur ?

Un sourire apparut sur les lèvres de Richard. Elle comprit qu'il devinait ses pensées et qu'il avait parfaitement conscience de la terrifier. Elle faiblissait sous son regard.

— Miss Dayne, le capitaine Corbeil et moi-même avons invité Mme Lindstrom à dîner avec nous ce soir, et nous espérons que vous vous joindrez à notre table. Je vous promets un excellent dîner. Le chef prépare les mets les plus fins à mon intention.

— Je ne sais pas si cela serait très convenable d'accepter...

— Ma proposition est parfaitement honnête, Miss Dayne, trancha-t-il. Et Mme Lindstrom est un chaperon bien suffisant pour un modèle de vertu comme vous.

Les sarcasmes de cet homme étaient insupportables, mais elle prit la ferme résolution de ne plus y prêter attention.

— Oui, je pense que Mme Lindstrom conviendra, se contenta-t-elle de répondre.

— Mais êtes-vous sûre qu'elle vienne ? railla-t-il. A votre place, je courrais le lui demander. Je suis persuadé qu'elle vous rassurera. Elle vous convaincra de l'accompagner, ne serait-ce que pour briser l'ennui de ce voyage... Et aussi pour assouvir toute la curiosité que je lui inspire.

Aurore fulminait intérieurement. Pour qui la prenait-il ? Avec calme, elle rétorqua :

— Je suppose que si Mme Lindstrom a accepté, je n'ai rien à craindre. Et étant donné que je considère le capitaine Corbeil comme un parfait gentleman, j'accepte cette invitation avec plaisir.

Aurore était satisfaite de sa repartie, persuadée de l'avoir touché. Mais lorsqu'il éclata de rire, elle se sentit tout à fait ridicule.

— Ne voulez-vous pas me suivre dans ma cabine pour que je vous raconte quelques histoires sur le compte du capitaine ? Alors peut-être changerez-vous d'avis ? ricana-t-il.

— Je ne pense pas que cela soit nécessaire. J'ai appris à juger les gens.

Elle lui jeta un regard qui ne laissait aucun doute sur la façon dont elle l'avait jugé, lui. Mais il ne paraissait pas vexé le moins du monde par sa remarque.

— Merci pour la leçon, Miss Dayne, mais vous viendrez tout de même dîner avec nous ?

— Je serai là.

— Sept heures ?

— Sept heures.

Elle inclina la tête et esquissa un demi-tour.

— Miss Dayne ?

Elle se figea sur place. Qu'y avait-il encore ? Elle n'avait pas l'intention de se laisser attraper une nouvelle fois. Elle n'avait jamais été traitée de la sorte par un homme, et elle ne voulait pas qu'il prît l'habitude de la harceler à son gré.

— Oui ?

— Je vous ai entendue réciter une comptine tout à l'heure. Vous parliez de l'Etoile d'Aran, c'est bien cela ?

Elle fronça les sourcils. L'Etoile d'Aran? Pourquoi s'intéressait-il à cette histoire?

— Mon père m'a appris ce poème dans mon enfance. C'est d'ailleurs la seule chose de lui dont je me souvienne. Mais pourquoi parlez-vous de l'Etoile d'Aran? Savez-vous quelque chose sur cette Etoile?

Richard l'observait bizarrement.

— C'est sans importance. Je pensais que c'était le titre de votre comptine.

— Vous avez une mémoire étonnante, monsieur. Vous l'avez enregistrée en ne l'ayant écoutée qu'une seule fois?

— Je suis capable de me souvenir d'un tas de choses, Miss Dayne.

Un grand silence s'installa. Cet homme était une véritable énigme pour elle et elle doutait de pouvoir, un jour, le comprendre. Elle s'apprêtait à partir lorsqu'il la retint à nouveau.

— Encore une chose.

— Oui, murmura-t-elle.

Elle crut un instant qu'il allait lui effleurer la joue, mais il se reprit au dernier moment.

— Cette petite fille, Hélène. C'est une orpheline sans défense qui ne sourit pas beaucoup. C'était très aimable à vous de lui apprendre cette chansonnette.

— Oh, ce n'est pas grand-chose! J'aime les enfants et j'aime qu'ils soient heureux.

Il l'enveloppait de son regard d'une manière presque indécente.

— Si tel est vraiment le cas, Miss Dayne, pourquoi traverser ainsi l'Atlantique sur un bateau bourré d'étrangers au lieu de fonder une famille?

Etonnée, elle le dévisagea. Son désir de construire une famille remontait très loin. Petite fille, elle adorait Noël parce que les petits orphelins partaient chanter devant les maisons à Bekerly. Et elle avait ainsi l'impression de faire un peu partie des familles qui les écoutaient. Elle s'attardait toujours devant une maison, rêvant de connaître un jour ce bonheur.

Mais ce désir était un sujet qu'elle n'avait jamais abordé avec qui que ce fût, jusqu'à ce soir avec cet étranger. Elle ne l'avait jamais confié à John, sachant que c'était inutile. Et si elle était vraiment honnête avec elle-même, elle savait que c'était la raison pour laquelle elle avait embarqué sur le *Seabravary*. Elle croyait partir à l'aventure mais elle espérait aussi au plus profond d'elle-même trouver le bonheur au bout de la route. Cherchait-elle l'homme de sa vie? Et si oui, existait-il quelque part?

Elle lança un regard réprobateur à cet homme si perspicace dans ses analyses. Il la déroutait complètement et le fait de ne pouvoir prévoir ses raisonnements l'agaçait au plus haut point.

— J'ai toujours considéré que j'avais une mission à remplir auprès des enfants et je ne cherche rien d'autre, assura-t-elle pour garder contenance.

— Je vois, répondit-il avec un demi-sourire.

Il semblait heureux d'avoir trouvé le point sensible de la jeune fille. Elle se sentit rougir.

— A tout à l'heure, Miss Dayne.

— Oui, souffla-t-elle, consciente de sa vulnérabilité.

En quelques mots, ce pirate avait découvert son talon d'Achille.

5

« Un ange du paradis tomba des cieux,
Il demandait le chemin d'Aran.
Je suis revenu chercher mon Etoile !
Peux-tu m'aider à la trouver ? »

Richard lisait et relisait sans cesse cette comptine. Avec application, il avait reporté les vers dans son journal de bord. Il étudiait le texte pour la centième fois lorsqu'on frappa. A grandes enjambées, il se dirigea vers la porte, agacé. C'était Isaac.

— Tu m'as fait appeler ?

— Oui, son père lui a appris un poème mais c'est totalement incompréhensible, expliqua Richard en tendant le journal à Isaac.

Après avoir pris connaissance du texte, Isaac se gratta la tête, sceptique.

— Son père n'était pas fou, il lui a révélé un indice dans cette chansonnette, mais juste ce qu'il faut et rien d'autre ! Le moins qu'on puisse dire, c'est que ce n'est pas très clair. Crois-tu qu'elle en sache davantage ?

— J'en doute. Elle n'a rien d'une actrice et elle a paru complètement décontenancée lorsque je lui ai parlé de l'Etoile. Comme si je lui avais parlé en grec.

Richard rangea le carnet de bord dans un des

tiroirs de la bibliothèque. Il semblait particulièrement frustré et déçu.

— Lorsque je l'ai entendue réciter ces vers à la petite, j'ai cru que c'était gagné. Mais il doit y avoir un message que je ne parviens pas à déchiffrer. Tel quel, cela n'a aucun sens, ou alors il nous manque une partie essentielle. Et nous devrons patiemment attendre qu'elle nous la récite.

— Et la patience n'est pas ta principale qualité, Richard — surtout avec les femmes. Je suis d'ailleurs étonné que tu ne sois pas déjà en train de démolir la porte de sa cabine pour l'obliger à tout raconter. J'ai vu des femmes plus solides qu'elle s'effondrer à tes pieds sans pouvoir te résister. Pourquoi mets-tu des gants aujourd'hui ? J'ai l'impression que la tâche ne s'annonce pas facile, cette fois.

Irrité par ces remarques, Richard crut bon de se justifier.

— Nous avons un bateau avec des passagers, Isaac. Qu'est-ce que je leur dis si la demoiselle appelle au secours ? Je les jette tous par-dessus bord ?

— Tu as déjà fait pire !

— Peut-être, mais pas envers d'innocents voyageurs. Mais ne t'inquiète pas, je l'ai invitée à dîner ce soir et de plus...

— De plus ? l'interrompit Isaac.

— Je suis sûr de l'avoir déjà séduite. Nous réussirons d'ici peu.

Aurore fouilla dans son sac de voyage et en sortit la robe qu'elle désirait porter. Elle l'examina, déçue de n'avoir rien de plus présentable. C'était une simple petite robe de coton bleu, agrémentée de petits boutons blancs. Elle avait elle-même brodé les boutons de roses sur le col et le bas des manches. C'était ce qu'elle possédait de mieux, mais ne se doutant pas d'avoir à la porter si vite, elle l'avait rangée tout au fond de son bagage. Elle regrettait aujourd'hui de ne pas l'avoir soigneusement pliée car elle était toute froissée.

Nerveusement, elle essayait de la frotter dans l'espoir de faire disparaître les plis. Elle s'était déjà assez retardée et n'avait plus guère de temps pour se préparer. Pourtant elle souhaitait se présenter le mieux possible à cette soirée.

Tout l'après-midi, elle avait arpenté sa cabine, ne cessant de penser à *lui*. Elle avait été tellement tentée d'annuler cette invitation qu'elle avait même rédigé une note à cet effet. Mais elle s'était ravisée, ne souhaitant pas être considérée comme une lâche. Elle ne s'expliquait pas pourquoi cet homme la terrifiait autant. Il semblait capable de percer ses pensées les plus secrètes, et cette force la troublait beaucoup trop. Elle avait même le désagréable sentiment qu'il la connaissait mieux qu'elle ne se connaissait elle-même.

Elle désirait par-dessus tout l'éviter, mais elle était bien obligée d'admettre qu'il la fascinait. Elle se sentait terriblement vulnérable et prête à céder à la pression de ses yeux et de ses paroles. Indéniablement, il l'attirait. Comme si une part d'elle-même réclamait sa présence...

Un petit coup bref à la porte la tira de ses pensées. Elle finit de tresser ses cheveux, jeta un châle sur ses épaules et ouvrit la porte. C'était Ben, le jeune steward, attaché à son service depuis son arrivée à bord.

— Bonsoir, Ben, dit-elle d'un ton posé.

— Bonsoir, miss, répondit-il en installant dans un coin le broc à eau.

Il lui apportait quotidiennement une cuvette d'eau chaude pour sa toilette. Ben était un jeune homme attachant, effacé et malheureusement handicapé. Il lui manquait une jambe et il se déplaçait d'habitude avec une béquille. Mais aujourd'hui, il portait un genre de prothèse en bois. Ce qui surprenait le plus en lui, ce n'était pas sa jambe de bois, pas plus que son adorable visage, mais le petit singe en livrée rouge et or accroché en permanence à ses épaules.

— Et comment va Koonga, ce soir? demanda Aurore en caressant le petit animal.

— Elle a mis le cuisinier hors de lui! Elle a ouvert le garde-manger et a volé le petit pot de crème que l'on réserve pour le café de Mme Lindstrom. Cette chipie finira en soupe de singe si elle n'arrête pas ses bêtises! menaça Ben.

— Oh, quelle coquine!

Koonga donnait l'impression d'avoir compris l'avertissement. Elle enroula sa queue autour de sa taille et commença à crier en sautillant.

— Y a-t-il autre chose pour votre service, miss? demanda Ben après avoir installé toutes les affaires de toilette.

— Non, non merci, Ben. Tout est parfait. J'ai assez abusé de votre temps.

Elle le regarda s'éloigner, claudicant et maladroit. Elle ne supportait pas d'être ainsi servie et, bien que Ben fût très jeune — à peine seize ans —, elle éprouvait une certaine gêne à recevoir un homme dans sa cabine.

— Le capitaine Corbeil vous fait dire qu'il sera à votre porte à sept heures précises, miss, lui rappela-t-il en revenant pour lui tendre un paquet de serviettes fraîches et propres.

— Merci beaucoup, Ben.

Elle ne put s'empêcher de jeter un coup d'œil à sa jambe, s'interrogeant sur les causes de cette infirmité. Elle avait suffisamment de tact pour ne pas lui poser de questions trop embarrassantes, mais elle trouvait cela étrange. D'autre part, il manquait trois doigts au capitaine et le cuisinier était borgne. Pourtant l'ensemble de l'équipage paraissait impeccable, correct et parfaitement courtois.

Enfin seule, elle fit sa toilette puis enfila la robe qui moulait admirablement ses formes très féminines. La simplicité du vêtement mettait en valeur son teint de lait et donnait plus d'éclat à ses yeux bleus. Assez satisfaite d'elle, Aurore décida de coiffer ses cheveux en chignon. Quelques mèches retombaient gracieusement sur ses tempes. Elle s'apprêtait à les arranger lorsqu'un coup frappé à la porte la fit sursauter. Il était déjà sept heures.

— Bonsoir, capitaine, dit-elle d'une voix mal assurée en l'invitant à rentrer.

Elle le trouvait particulièrement élégant dans son manteau bleu marine rehaussé de galons dorés. Il portait également un pantalon blanc et des bottes parfaitement cirées. Il lui prit le bras pour la guider jusqu'à la cabine du propriétaire.

Mme Lindstrom était majestueusement installée sur le sofa noir et sirotait un vin de Madère. Ben était occupé à dresser la table pour le dîner. Un instant, Aurore crut qu'il n'y avait personne d'autre, mais près de la bibliothèque, elle aperçut Richard qui se servait une liqueur.

Il était magnifique. Elle n'avait jamais vu un homme aussi bien habillé. Son pantalon noir, son gilet en mérinos vert bouteille et sa cravate de mousseline blanche accentuaient sa saisissante beauté, et l'aspect désuet de ces vêtements s'accordait parfaitement à sa mentalité de pirate.

Tout occupée à le dévisager, elle s'aperçut soudain avec surprise qu'il en faisait autant. Les yeux verts de Richard scintillaient et elle se sentit prisonnière de ce regard envoûtant. Elle frissonna — de peur ou de plaisir? Elle avait la sensation désagréable de n'être pour lui qu'un butin plus précieux que les autres... ou une de ses nombreuses conquêtes féminines.

— Un verre, Miss Dayne? proposa-t-il, brisant ainsi le pesant silence.

— Je ne sais si... Euh oui, merci.

Elle avait parlé sans réfléchir. C'était la première fois qu'elle goûtait à un alcool : ces boissons étaient absolument interdites au sein de l'orphelinat. Mais elle était maintenant libre de mener sa vie comme elle l'entendait.

— Aurore ! Comme je suis heureuse de vous voir ! Richard nous racontait des histoires monstrueuses à propos de serpents de mer géants capables d'engloutir des navires. Il se pourrait qu'en ce moment même, l'un d'entre eux se glisse sous le *Seabravary*, lança Mme Lindstrom d'un air conspirateur, à la fois terrifiée et amusée.

Le capitaine fit installer Aurore auprès de son amie, sur le canapé. La jeune fille se demandait comment elle aurait pu supporter ce long voyage sans Lisbeth.

— J'ai quand même du mal à imaginer qu'il existe des choses aussi étranges que des serpents de mer, ajouta la veuve.

Aurore tenta gentiment de la rassurer, persuadée que Richard se moquait d'elle et profitait de sa crédulité.

— Mais l'équipage de M. Corbeil nous protégerait bien évidemment de telles créatures, n'est-ce pas, capitaine ?

— Vous n'avez rien à craindre, répondit-il avec un sourire coquin en s'asseyant près des deux femmes.

— Une liqueur ? lui proposa Richard.

— Avec plaisir. Si nous sommes attaqués par des serpents, qu'au moins je sois grisé et heureux.

Aurore était un peu étourdie par la boisson. Elle

n'était pas sûre d'apprécier cet alcool, mais il avait tout de même l'avantage de la décontracter.

— Si vous ne tremblez pas, messieurs, c'est parce que le dragon fixé à la proue est capable à lui seul de repousser tous les serpents de mer, continua Lisbeth. Dites-nous tout, Richard. Pourquoi ce dragon sur le bateau ?

Richard esquissa un sourire.

— Tous les bateaux que je possède ont un dragon à leur proue, c'est un signe de reconnaissance. J'ai une prédilection pour ces reptiles d'un autre monde.

Aurore le suivait des yeux, observant chacun de ses gestes. Il se comportait lui-même comme un dragon. Il y en avait d'ailleurs partout dans cette pièce : tissés sur le tapis, représentés sur un coffre verni, et même gravés sur les verres !

— Est-ce là la seule raison ? insista Mme Lindstrom.

— Je tiens à ce que l'on se souvienne de moi, voilà tout, se contenta-t-il de répondre.

— Et peut-être aussi souhaitez-vous tenir tout ennemi à l'écart, n'est-ce pas ?

— C'est un point de vue, répliqua-t-il en souriant, laissant planer le doute.

— C'est passionnant ! Voilà certainement pourquoi vos bateaux n'ont jamais été pillés. Votre emblème fait fuir tous vos ennemis, constata Mme Lindstrom en battant des mains.

— Le dîner est servi, annonça Ben.

Le capitaine offrit son bras à Mme Lindstrom. Aurore s'apprêtait à se lever aussi lorsque Richard lui présenta le sien. Peu disposée à accepter son aide mais ne souhaitant surtout pas qu'il note sa confusion, elle consentit à se laisser guider. Le bras du pirate semblait solide, sécurisant... Il la conduisit jusqu'à sa place avec beaucoup d'égards.

Lorsqu'ils furent installés, la conversation tourna

autour du savoir-vivre à table, tel que le choix des vins ou la préparation des plats. Le service de table était en porcelaine et Aurore admit que le cuisinier frisait le génie : il était capable de servir des mets aussi différents que raffinés. Le clou du repas fut un ananas frais livré à Queenhite la nuit de leur départ. Aurore avait déjà vu ce fruit rare et coûteux dans des vitrines, mais elle n'aurait jamais imaginé y goûter un jour. Pendant que Ben le coupait, une enivrante odeur exotique se répandit dans la pièce.

Alors qu'elle se régalait, profitant de chaque morceau, elle se sentit observée. Des yeux verts la dévisageaient de manière indécente.

— J'ai appris que vous descendiez à la Jamaïque, Miss Dayne ? demanda le pirate. Qu'est-ce qui vous amène là-bas ?

— J'y suis attendue par ma future patronne.

— Et qui est-ce, si je ne suis pas trop curieux ?

— Lady Perkins, de la plantation de Roselaune.

— Connaîtriez-vous cette personne ? interrompit Mme Lindstrom. C'est bizarre, mais je n'ai jamais entendu ce nom auparavant. Vous qui voyagez beaucoup, pourriez-vous nous renseigner sur l'endroit ?

Richard s'enfonça dans son fauteuil. Il jeta un coup d'œil au capitaine avant de répondre.

— Hélas oui, je connais cette plantation et j'ai entendu parler de cette Lady Perkins. J'ai bien peur que cette personne ne déçoive Aurore, car elle a une réputation de tyran. A l'avenir, je crois que Miss Dayne devrait mieux se renseigner sur les personnes qui l'engagent.

— Mais vous vous trompez sûrement, coupa Aurore, choquée par de pareils propos au sujet de cette si généreuse femme. Lady Perkins n'est certainement pas un tyran. La façon dont elle m'a installée sur ce bateau est la preuve de son extrême gentillesse.

— Et qui donc est-elle pour leurrer ainsi une aussi jolie jeune fille ? Si vous voulez mon avis, Miss Dayne, il est toujours préférable de se méfier du miel qui peut cacher le vinaigre...

— Son offre est très honnête, et elle semble vouloir me rétribuer plus que correctement. Sa lettre donne tous ces détails. Vous faites erreur, monsieur. Nous ne parlons probablement pas de la même personne.

— Votre loyauté envers quelqu'un que vous n'avez jamais rencontré est tout à votre honneur, Miss Dayne, assura-t-il d'une voix étrange. Mais si à l'avenir mes prédictions se révèlent exactes, j'espère que vous aurez l'honnêteté de reconnaître que j'avais raison.

Aurore essayait de dominer la colère qui montait en elle. L'arrogance de cet homme était sans limites.

— Je doute sincèrement d'avoir un jour à reconnaître une telle chose, monsieur. Mais si c'était le cas, je m'arrangerais pour éviter d'en discuter avec vous et je tirerais seule les conclusions de cette expérience.

— Oh ! Très chère Aurore, intervint Mme Lindstrom. Et s'il disait la vérité sur cette Lady Perkins ?

— Mais il se trompe ! trancha Aurore avec véhémence.

— Voyons, Miss Dayne... reprit Richard. Quel âge avez-vous pour porter des jugements aussi catégoriques sur le monde et les personnes ? Dix-huit ans à peine ?

Aurore se figea. Comme elle détestait qu'on l'interroge sur son âge !

— Je n'ai peut-être que dix-huit ans, monsieur, mais je suis sûre que vous faites erreur.

— Dix-huit ans ! s'exclama Mme Lindstrom. Mais vous m'avez avoué avoir dix-neuf ans, ma chère enfant !

Dans un silence épouvantable, Aurore sentit que tout le monde la regardait. Elle était cramoisie de honte et n'osait plus lever les yeux, penchée sur son assiette comme si elle pouvait y puiser un quelconque réconfort.

— Je suis terriblement désolée, madame Lindstrom, mais étant orpheline, je ne connais pas exactement ma date de naissance.

Mme Lindstrom était confuse d'avoir ainsi provoqué un tel malaise, Isaac se grattait le cou, lui aussi embarrassé. Seul Richard ne la lâchait pas des yeux. Aurore se demandait s'il éprouvait une certaine admiration face à sa franchise.

— Me pardonnerez-vous cette maladresse, Aurore? supplia Lisbeth. Je vous promets de ne plus poser de questions aussi indiscrètes.

— Voyons, ce n'est rien, assura Aurore.

Elle souhaitait désespérément que quelqu'un change de sujet de conversation. Devinant ses pensées, Mme Lindstrom lui fit une proposition.

— Bon, oublions cette Lady Perkins! La meilleure chose que vous ayez à faire, mon enfant, c'est de descendre à St. Georges avec moi. Présentez vos excuses à cette dame et suivez-moi. Je vous trouverai une place stable.

A cet instant, le capitaine Corbeil, qui tentait d'ouvrir une bouteille de whisky, projeta d'un geste brusque une partie de l'alcool sur la robe de Mme Lindstrom.

— Mille excuses, madame Lindstrom, je suis terriblement maladroit.

— Ce n'est pas grave, capitaine, déclara la veuve en frottant la robe avec sa serviette.

— Je rembourserai votre robe! promit-il.

— Mais vous n'y pensez pas, cher ami. Ma femme de chambre la nettoiera dans un instant.

— Alors permettez-moi de vous accompagner

jusqu'à votre cabine! Ma maladresse sera ainsi à moitié pardonnée.

Et sans lui laisser le temps de réfléchir, le capitaine lui présenta promptement son bras et la conduisit vers la porte.

Avant qu'Aurore n'ait eu le temps d'esquisser un mouvement, ils avaient déjà disparu tous les deux. A sa grande consternation, elle se retrouvait seule à table avec *lui*.

— Encore un peu de thé? lui proposa Ben.

Immédiatement, elle se sentit soulagée par la présence du jeune homme tout près d'elle.

— Non merci, je dois y aller moi aussi.

Rassemblant tout son courage, elle se leva, sourit à Ben et remercia son hôte.

— Ce repas était exquis et c'est très aimable à vous de m'avoir invitée.

— Ne partez pas tout de suite, Miss Dayne!

Elle jeta un coup d'œil inquiet à Ben qui s'apprêtait à quitter la cabine, les mains chargées de vaisselle.

— Je suis désolée, mais je dois partir...

La porte se referma silencieusement derrière Ben. Prise au piège, Aurore chercha du regard son châle, incapable de le repérer dans la pièce. Elle était pourtant sûre de l'avoir en arrivant! Elle l'aperçut enfin sur le sofa mais avant qu'elle ait pu le saisir, Richard lui barrait le passage. Il la dévisageait avec intensité et semblait s'amuser de la voir si apeurée. Ses yeux scintillaient de plaisir.

— Vous n'êtes pas en enfer, Miss Dayne. Vous n'avez pas besoin de fuir parce que nous sommes seuls. Personne ici ne vous demandera de comptes sur votre comportement, ni ne vous jugera.

— Sincèrement, il se fait tard et vous souhaitez peut-être vous reposer. Je ne veux pas m'imposer davantage.

Elle tenta de le contourner mais il s'interposa à

nouveau. Réalisant qu'il ne lui permettrait pas de reprendre son châle, elle sentit qu'elle perdait toute patience. Elle était pourtant décidée à ne pas flancher devant lui.

— Puis-je avoir mon châle, monsieur, ou ne possédez-vous réellement aucun savoir-vivre ? demanda-t-elle d'un ton froid.

Elle espérait l'avoir vexé mais elle se faisait des illusions.

— On ne m'a jamais posé la question auparavant, et je doute que vous appréciiez ma réponse, chère demoiselle.

Il lui souriait toujours, les bras croisés sur son impressionnante poitrine.

— Je vois... Je pense que je ferais mieux de quitter immédiatement cette pièce.

Elle décida de laisser son châle — Ben le lui ramènerait le lendemain. Il n'était guère prudent d'insister ce soir. Elle était sur le point d'ouvrir la porte lorsqu'elle entendit les pas de Richard derrière elle.

— Vous ne pouvez pas partir comme ça, Miss Dayne. Je manquerais à tous mes devoirs d'hôte.

Elle pivota sur elle-même, les joues écarlates.

— Laissez-moi sortir ou le capitaine aura de mes nouvelles. Vous ne me garderez pas prisonnière une minute de plus !

— Mais vous n'êtes pas ma prisonnière, assura-t-il en s'appuyant à la porte.

Il était maintenant tout près d'elle.

— Vous avez beaucoup à apprendre sur les prisonniers, Aurore.

Qu'il murmure ainsi son prénom la décontenança complètement, elle ne s'attendait pas à tant de douceur dans sa voix. Un frisson parcourut son dos, elle était troublée. Le ton qu'il avait employé ressemblait à une caresse.

— J'en connais assez sur les prisonniers pour ne

pas souhaiter en savoir davantage, dit-elle dans un souffle.

— Peut-être en apprendrez-vous bien plus auprès de Lady Perkins !

— Je vous répète que vous faites erreur concernant ma future patronne. Je ne changerai pas d'avis sur elle.

— Même après l'offre généreuse de Mme Lindstrom... Reconnaissez, Aurore, que c'est tentant. Osez prétendre que vous n'avez pas pensé à débarquer à St. Georges ?

Les paroles de cet homme étaient lourdes de signification, et elle réalisa à quel point il pouvait avoir de l'influence sur elle. Et uniquement par l'intonation de sa voix.

Elle serra les poings et le regarda droit dans les yeux.

— J'ai une haute opinion de Lady Perkins, et jusqu'à ce que l'on me prouve le contraire, je la croirai bonne et généreuse. Je me demande d'ailleurs en quoi ma situation peut bien vous intéresser. Mais vous n'avez peut-être pas mieux à faire que de vous soucier de mon avenir ? lança-t-elle avec une arrogance qui la surprit elle-même.

Elle s'attendait à le contrarier mais il éclata de rire.

— Votre prénom vous va à merveille, Aurore. Vous êtes aussi ardente et aussi belle que le point du jour. Vous êtes malheureusement un peu trop sûre de vous, méfiez-vous car le vent pourrait tourner.

Après cette mise en garde plus qu'énigmatique, il se dirigea vers le sofa et saisit le châle. A sa grande stupéfaction, il s'approcha d'elle et, tel un gentleman, posa délicatement le vêtement sur ses épaules. Elle ne put réprimer un frisson au contact de ses mains puissantes qui effleurèrent son dos. Elle sentait la chaleur de son corps tout près du sien.

Elle ne le repoussa pas comme elle aurait dû. Au

contraire, elle aurait souhaité prolonger ce contact. Aucun homme ne l'avait jusqu'à présent touchée de cette manière et elle était terriblement bouleversée. John ne lui avait jamais porté aucune attention. D'ailleurs, s'il l'avait réellement désirée, elle n'aurait peut-être pas quitté Londres. Pour John, elle n'était qu'un objet de convoitise et rien de plus.

Richard s'était maintenant dégagé d'elle, et elle en éprouvait subitement un curieux et inexplicable regret. Aussi dangereux que cela puisse paraître, elle aurait aimé qu'il la prenne dans ses bras. Mais il se tenait près de la porte, comme pour l'inviter à sortir. Aurore était clouée au sol, incapable du moindre mouvement.

— Votre lit vous attend, ma chère, dit-il enfin.

— Richard! La veuve est au chaud dans son lit, que comptes-tu faire maintenant?

Le capitaine venait de réapparaître à la porte et lorsqu'il aperçut Aurore, ses paroles s'évanouirent sur ses lèvres.

Consternée par l'attitude du capitaine, Aurore sentit son cœur battre à toute vitesse. Elle ne savait plus où se mettre. Le capitaine pouvait s'imaginer que Richard l'accompagnait dans sa chambre. Elle était mortifiée à cette idée.

En murmurant un timide merci à son hôte, elle s'échappa dans le couloir et s'enfuit vers sa cabine.

Après son départ, les deux hommes échangèrent quelques mots.

— C'est presque gagné! assura Richard.

— Dieu merci! J'ai cru un moment que nous aurions à neutraliser tous les passagers pour parvenir à nos fins, conclut le capitaine.

6

Cette caresse la tourmenta des nuits entières. Confortablement installée sur le gaillard d'avant, le visage au soleil, ses pensées la ramenaient toujours à ce moment où les doigts de Richard avaient couru sur son dos. Elle s'était toujours imaginé l'homme de sa vie semblable aux princes des contes de fées : beau, blond, délicat et prévenant. Aujourd'hui, elle était obligée d'admettre que son cœur vibrait pour un genre tout à fait différent. Le mystérieux et terrifiant propriétaire du *Seabravary*.

Il n'y avait eu entre eux qu'un contact insignifiant mais elle ne parvenait pas à l'oublier. Chaque soir, allongée dans son petit lit, elle se remémorait la scène : Richard l'aidait à arranger son châle. Mais dans son rêve, il ne la lâchait plus. Il renforçait son étreinte de ses bras puissants et lorsque leurs yeux se rencontraient, il déposait un baiser sur ses lèvres. Le plus doux et le plus passionné des baisers.

— Le capitaine a prévu un orage dans la soirée.

Tirée de ses songes, Aurore s'aperçut que Miss Gédéon lui parlait. Elles étaient installées avec Mme Lindstrom et la petite Hélène sur le pont depuis le début de l'après-midi. Aurore réalisa qu'elle avait perdu le fil de la conversation.

— Nous avons eu beaucoup de chance jusqu'à

présent, commenta Aurore. Il n'est donc pas étonnant qu'il y ait du changement.

Le temps, clément depuis leur départ, se réchauffait de plus en plus. Il y avait déjà quelques jours qu'elles ne portaient plus leurs manteaux pour se promener sur le pont.

— Nous n'avons rien à craindre, assura Mme Lindstrom. Le capitaine Corbeil est un marin aguerri. Il nous conduira sans problème à St. Georges.

— Quelle distance nous reste-t-il? demanda Miss Gédéon. J'aimerais autant ne pas essuyer une tempête.

— Isaac... euh... notre capitaine m'a assuré que nous y serions avant la fin de la semaine...

Mme Lindstrom, embarrassée d'avoir appelé le capitaine par son prénom, poursuivit son discours pour masquer sa confusion:

— Le capitaine Corbeil n'a toujours pas replié une des grand-voiles. N'est-ce pas la garantie de sa parfaite maîtrise?

Aurore réprima un sourire. Depuis la soirée chez Richard, Mme Lindstrom ne tarissait pas d'éloges sur le capitaine. Elle avait même demandé à Aurore s'il serait convenable de l'inviter à prendre le thé dans sa cabine. En dépit de son âge, Lisbeth manifestait un engouement d'écolière pour cet homme. Aurore trouvait cela charmant et souhaitait que la traversée ne se terminât pas trop rapidement. Pour Mme Lindstrom, bien entendu.

N'ayant pas perdu un seul mot de la conversation, Miss Gédéon jeta un regard désapprobateur à la veuve.

— Le capitaine est peut-être exceptionnel, mais il aura besoin de l'aide de Dieu pour affronter cette tempête. Tout ce que je souhaite, c'est que la petite ne soit pas trop effrayée et qu'elle puisse dormir. Je ne supporterais pas des gémissements toute la nuit.

« Comme elle est *charitable* ! » pensa amèrement Aurore. Pour éviter une réponse cinglante, la jeune fille préféra s'intéresser à Hélène. L'enfant venait de découvrir qu'il y avait un homme dans le nid-de-pie, et Aurore était émue par le regard ébloui de la fillette.

— Miss Dayne ! intervint sèchement Miss Gédéon. J'ai une question à vous poser, êtes-vous disposée à m'écouter ?

— Mais je vous en prie, Miss Gédéon. Quel est le problème ? rétorqua Aurore avec froideur.

— Réalisez-vous que vous êtes la seule à poursuivre jusqu'en Jamaïque ? J'ai discuté avec les Steele ce matin, et je n'ai dénombré que neuf passagers à bord !

— Le *Seabravary* embarquera probablement de nouvelles personnes à St. Georges, je ne serai certainement pas seule, rassurez-vous.

— Mais avez-vous envisagé cette possibilité ? insista Miss Gédéon. Personnellement, je n'aimerais pas être dans votre situation. Quelle horreur de voyager avec tous ces barbares !

Miss Gédéon lança un regard écœuré vers les membres de l'équipage. Sur le pont inférieur, Richard s'entretenait avec un des marins, un Marocain apparemment.

— Richard n'est pas un barbare, Miss Gédéon, on pourrait peut-être le taxer d'un peu d'excentricité, voilà tout, répliqua Lisbeth.

— Excentrique ou non, je ne pense pas qu'il soit très convenable pour une jeune fille de voyager seule en compagnie d'un tel individu. Une grande dame refuserait sans hésiter, ne trouvez-vous pas, Miss Dayne ?

Aurore fulminait. Elle avait envie de remettre cette Miss Gédéon à sa place, mais par-dessus tout, elle souhaitait se rassurer elle-même :

— Je crois au contraire qu'une jeune fille bien élevée n'a rien à craindre, surtout si elle est sûre d'elle et si d'autres personnes embarquent à St. Georges. Mais si ce n'est pas le cas, je peux vous assurer que mon comportement sera exemplaire. Je ne redoute donc pas cette éventualité, chère Miss Gédéon.

— Bravo, Aurore ! s'exclama Mme Lindstrom.

— Petite effrontée ! rétorqua Miss Gédéon.

Sur ce, saisissant Hélène par la main, elle les abandonna sur le pont.

— Quelle personne désagréable ! soupira Lisbeth. J'espère que cette enfant trouvera davantage de réconfort auprès de son oncle.

— Je l'espère aussi, approuva Aurore en suivant des yeux la vieille fille.

Richard avait terminé de donner ses ordres. Il scrutait le ciel lorsqu'il remarqua lui aussi le départ intempestif de Miss Gédéon.

Dès qu'elle eut disparu, il se tourna vers Aurore et, de son foudroyant regard, il anéantit d'un coup toutes les résolutions de la jeune fille. Sidérée par son attitude, Aurore feignit de ne pas s'en apercevoir. Mais déjà, de nouvelles questions la harcelaient : pourrait-elle résister à son emprise, parviendrait-elle à préserver sa respectabilité comme elle l'avait assuré à Miss Gédéon ? D'un autre côté, qu'avait-elle réellement à craindre ? N'était-elle pas en train d'imaginer trop de choses ?

— Pensez-vous que d'autres passagers monteront à St. Georges ? demanda-t-elle soudain à Lisbeth.

— Bien sûr que non, mon enfant. Mais ne vous inquiétez pas, le capitaine Corbeil sera là pour veiller sur vous.

Aurore jeta à nouveau un coup d'œil sur le pont inférieur. Le capitaine avait rejoint Richard et ils semblaient plaisanter ensemble. Aurore se sentit bizarrement mal à l'aise.

Tard dans l'après-midi, la prédiction du capitaine finit par se réaliser : des nuages menaçants encombrèrent le ciel et des gouttes de pluie commencèrent à tomber. La mer s'agitait de plus en plus, balançant le navire. A cause du tangage, Aurore eut toutes les peines à verser un peu d'eau dans son aiguière — faire sa toilette n'était pas chose aisée ce soir.

Le dîner fut calme. La plupart des passagers avaient réclamé leur repas en cabine ou l'avaient décommandé, déjà dérangés par le mal de mer.

Seuls Mme Lindstrom et les frères Magoun occupaient la salle à manger. Mais avant d'avoir terminé leurs assiettes, les deux jeunes gens durent s'excuser et quitter la table. Ils ne supportaient plus le roulis incessant. Mme Lindstrom ne tarda pas à regagner sa cabine, visiblement malade elle aussi.

Aurore se sentait un peu déprimée à l'idée de passer la soirée toute seule. Habituée à côtoyer beaucoup de monde à l'orphelinat, la perspective de cette solitude ne l'enchantait guère. De plus, sa cabine était située à l'opposé de toutes les autres.

Elle erra dans les coursives aussi longtemps que possible, puis retourna chez elle. Elle eut toutes les peines du monde à rejoindre sa cabine : ballottée d'un côté et de l'autre, elle s'accrocha tant bien que mal à la main courante. Mais à quelques mètres de chez elle, elle fut violemment projetée contre la porte opposée qui ne résista pas à cette poussée. Aurore fut renversée sur un tapis sans comprendre ce qui lui arrivait.

Ebranlée, elle se redressa sur les genoux, espérant que la pièce était vide. A cet instant, elle croisa les yeux brillants et terrifiants d'un dragon, encore plus impressionnant que celui de la proue. Il semblait prêt à l'attaquer et donnait l'impression de se mouvoir au rythme du navire. Clouée au sol, elle mit un moment à réaliser que ce dragon n'était pas vivant... mais peint sur le dos d'un homme nu.

Avant de pouvoir esquisser un geste, le visage de Richard lui apparut, remplaçant l'épouvantable créature.

— Cela vous embêterait de frapper avant d'entrer, Miss Dayne? demanda-t-il tout en saisissant ses poignets pour l'aider à se redresser.

Le bateau tanguait toujours, mais Richard avait suffisamment de force pour les maintenir debout tous les deux. Ils furent cependant projetés ensemble sur la porte qui se referma bruyamment.

— Votre... votre dos... bégaya-t-elle, gênée par sa proximité et encore troublée par ce qu'elle venait de voir.

— Eh bien, cela s'appelle un tatouage, mademoiselle.

— Comment avez-vous fait pour vous peindre une telle horreur dans le dos? murmura-t-elle.

— C'est une adorable Chinoise qui a réalisé cette œuvre. A Pékin. Dans la Cité interdite.

Il surveillait les réactions d'Aurore et ne fut pas déçu par son attente. Il sourit, satisfait de la stupéfaction de la jeune fille.

— En Chine? s'exclama-t-elle, complètement désorientée et au bord des larmes. Mais comment reste-t-il ainsi sur votre dos sans s'effacer?

— Il ne peut pas disparaître. Touchez-le, ordonna-t-il, se retournant à demi.

Elle n'avait jamais touché le dos d'un homme mais résister lui parut à ce moment impossible. Le dragon était si bien dessiné qu'on le croyait accroché à ses épaules. Timidement, elle avança sa main et effleura du bout des doigts l'étrange créature. Mais elle remarqua surtout la douceur et la puissance du dos musclé de Richard.

— Mais pourquoi est-il impossible de l'enlever? demanda-t-elle d'une toute petite voix.

Richard se retourna, la maintenant de ses bras robustes afin de lui éviter une nouvelle chute.

— Il restera sur moi parce qu'il a été gravé dans ma peau, à l'aide d'une teinture spéciale et d'une aiguille.

— Mais ce doit être extrêmement douloureux...

Il éclata de rire et elle fut frappée par la blancheur de ses dents et tout le charme qu'il dégageait lorsqu'il souriait. Il était si proche qu'elle crut défaillir.

— J'aurais pu souffrir énormément, mais cette petite jeune fille savait comment s'y prendre pour me faire oublier la douleur... Elle était particulièrement adroite avec l'aiguille, précisa-t-elle.

Aurore ne le quittait pas des yeux. Elle ne comprenait pas tout à fait ce qu'il entendait par là, mais elle eut le sentiment qu'un gentleman n'aurait jamais tenu de tels propos.

Le voilier tangua à nouveau et elle fut projetée contre le torse nu du pirate. Encore une fois, son parfum sauvage et mystérieux la bouleversa. Elle aurait préféré éviter de le toucher une nouvelle fois, mais la poitrine de cet homme était la seule chose à laquelle elle pouvait s'agripper. Elle se cramponna donc à lui de toutes ses forces. Le roulis fut si profond que la faible lumière de la lanterne fut noyée dans son propre alcool. Ils étaient plongés maintenant dans une quasi-pénombre. Seuls quelques éclairs illuminaient la pièce par instants.

— Vous m'amusez, Aurore, murmura-t-il dans un souffle.

Profitant d'une lueur vive, elle leva les yeux vers lui. Il paraissait encore plus terrifiant. On aurait dit à ce moment précis que se déroulait le duel final entre un prédateur et sa proie.

— Vous me semblez être une jeune fille bien timide, commenta-t-il avec un sourire en coin. Mais vous possédez plus de tempérament que la plupart des passagers qui gémissent en ce moment au fond de leur lit. Cela ne peut présager que de bonnes choses pour l'avenir.

— Vous parlez comme si vous connaissiez mon avenir, répliqua-t-elle d'une toute petite voix.

Richard profita d'un nouveau roulis pour se rapprocher encore davantage et la plaquer contre la porte.

— Je ne peux dire de quoi le futur sera fait. Il me surprend toujours. Après tout, je n'aurais jamais imaginé vous tenir dans mes bras cette nuit. Mais je dois avouer qu'Isaac avait vu juste : qui aurait pu se douter qu'une petite Londonienne sans artifices se révèle aussi séduisante ? murmura-t-il en lui caressant la joue.

Il se pencha vers son visage et lui glissa un de ses bras autour de la taille. Elle était sûre qu'il allait l'embrasser. Comme dans son rêve. Sa raison lui ordonnait de se dégager, de résister. Mais comment contrôler ses réactions dans une telle situation ? Il était si près, elle sentait son haleine chaude se promener sur ses joues. De son côté, elle laissait ses doigts courir sur la poitrine de cet homme qui la troublait terriblement. Elle ne rêvait plus quand ses lèvres frôlèrent les siennes. Elle sentit son cœur s'emballer lorsqu'il l'attira contre lui... Elle découvrait le plaisir sensuel de le caresser à son tour, de se laisser emporter dans ce tourbillon d'émois et de frissons. Sous sa main, elle percevait le battement rapide du cœur de Richard, enivré par le désir. Alors que le baiser qu'elle espérait tant semblait inévitable, la magie de l'instant fut interrompue par un petit bruit sec à la porte.

— Qu'est-ce que c'est? cria Richard sans lâcher Aurore.

— Richard! C'est Ben, le capitaine ne s'en sort pas avec cette tempête. Il a besoin de vous!

— Dis-lui que j'arrive dans une minute! Et qu'il ne fasse aucune manœuvre délicate tant que je ne suis pas là!

Il repoussa doucement la jeune fille et s'empressa d'enfiler une chemise pour rejoindre Isaac au plus vite.

— C'est compris, répondit Ben en s'éloignant.

Dans le silence qui suivit cette conversation, Aurore ne savait plus si elle devait s'enfuir ou demeurer là, à attendre que Richard quitte la pièce. Par chance, la pénombre masquait son visage décontenancé.

Plus menaçant que jamais, il la saisit à nouveau dans ses bras et ordonna:

— Restez ici et attendez mon retour!

— Mais c'est impossible, je ne peux pas rester ici! répondit-elle sans oser le regarder.

Elle était offusquée d'une telle demande. Pour quel genre de femme la prenait-il?

— Alors je vous conseille de retourner au plus vite dans votre cabine — tant que vous en avez une! lança-t-il en riant tout bas.

Sur ce, il claqua la porte derrière lui, la laissant pantoise, et le bruit de ses bottes se perdit dans le souffle du vent.

La nuit fut épouvantable. L'orage dura jusqu'au lever du jour, et bien que le *Seabravary* parût surmonter cette tourmente sans trop de dommages, Aurore était persuadée que pas une seule personne à bord n'avait pu fermer l'œil de la nuit.

Elle était restée habillée et éveillée dans sa cabine jusqu'au retour de Richard. Lorsqu'elle avait entendu des bruits de pas fatigués dans le couloir, elle avait été tentée de sortir pour lui parler. Elle souhaitait s'expliquer pour lever toute ambiguïté entre eux. Mais elle avait rapidement renoncé à ce projet : elle aurait été incapable de trouver les mots appropriés. Qu'aurait-elle bien pu lui dire ? Il ne s'était réellement rien passé, le pire ne s'était pas produit. Et n'était-ce pas le pire qu'elle espérait au fond d'elle-même ? Toute la nuit, elle s'était demandé si elle n'avait pas vraiment désiré ce baiser, si elle n'attendait pas que cet homme s'empare de sa bouche, juste pour lui montrer ce qu'elle avait manqué en refusant d'épouser John.

Lorsqu'il s'enferma dans son bureau, elle se risqua à sortir, impatiente d'avoir des nouvelles de Mme Lindstrom. Elle trouva la femme de chambre de son amie prostrée dans un coin, terrassée par le mal de mer, mais Aurore constata à son grand soulagement que Lisbeth était apparemment en pleine forme.

Elles étaient sur le point de se servir une tasse de thé lorsque le capitaine Corbeil apparut, satisfait de les voir ensemble. Il prit poliment des nouvelles de la petite servante et leur annonça ce qui était pour lui une bonne nouvelle : l'orage avait au moins eu un avantage, celui de les pousser plus rapidement vers St. Georges. De sorte qu'ils n'étaient plus qu'à deux jours de navigation des Bermudes. Pour sa part, Aurore ne savait si elle devait se réjouir ou se sentir horrifiée par cette information.

7

Leur arrivée matinale à St. Georges causa quelques troubles : le bateau n'était pas attendu aussi tôt et il fallut prévenir les familles des passagers, impatients de rentrer chez eux. Aurore suivait avec attention le débarquement. Les Steele avec leur bébé de trois mois furent les premiers à descendre. Les frères Magoun la saluèrent respectueusement avant de rejoindre leur père qui les accueillit sur le quai. L'adieu le plus «*sincère*» fut bien entendu celui de Miss Gédéon. Aurore s'inquiétait déjà pour la petite Hélène. Mais elle fut vite rassurée lorsqu'elle aperçut, devant un attelage somptueux, un homme et une femme qui faisaient des signes à l'enfant. Quelques instants plus tard, l'homme soulevait Hélène dans ses bras et l'embrassait. La femme paraissait très émue, essuyant quelques larmes. Hélène était désormais en de bonnes mains, chanceuse dans son malheur. Aurore sourit lorsqu'elle constata que Miss Gédéon était conviée à s'asseoir avec le conducteur et non à l'intérieur du cabriolet. Elle n'aurait plus la garde d'Hélène et cela la rassura complètement. Pour sa part, Miss Gédéon n'avait pas l'air d'apprécier ce changement brutal et imprévisible.

Amusée par tous ces va-et-vient, Aurore rejoignit

Mme Lindstrom qui attendait sur le quai avec sa domestique. La petite servante, toute pâlichonne et encore secouée par le mal de mer, semblait toutefois heureuse de retrouver la terre ferme, tenant fièrement la boîte à chapeaux de sa maîtresse.

— Ma chère enfant, est-il pensable que l'on ne se revoie jamais ? J'aimerais tant que vous changiez d'avis sur cette Lady Perkins ! Débarquez ici avec nous, je vous en supplie. Je vous assure que les Grafton cherchent une gouvernante...

— Ne m'en veuillez pas, Lisbeth, mais Lady Perkins m'attend. Je ne peux me dérober de cette manière, ce serait incorrect.

Aurore serra les mains de son amie.

— Il ne faut pas croire M. Richard, continua-t-elle. Je suis persuadée qu'il se trompe au sujet de Lady Perkins. N'ayez crainte, tout ira bien pour moi.

— J'espère que vous avez raison, ma petite. Mais promettez de m'écrire pour me donner de vos nouvelles. Je serai malade d'inquiétude jusqu'à ce que je reçoive une lettre, soupira Lisbeth.

— Je vous expédierai un mot dès mon arrivée, c'est promis.

Aurore étreignit sa compagne et, main dans la main, elles firent quelques pas sur le quai. La veuve mit un moment à réaliser que son chauffeur n'était pas encore arrivé.

— Ce coquin de Robert ! hurla-t-elle. Il n'est jamais à l'heure. S'il n'était pas à mon service depuis tant d'années, je le renverrais ! On l'a pourtant averti que le *Seabravary* avait de l'avance. Essayez de le trouver, Jane, demanda-t-elle à sa servante. Et s'il ne se présente pas rapidement, nous appellerons une autre voiture !

— Bien, madame.

Jane esquissa une révérence et s'empressa d'exécuter les ordres de sa patronne.

— Je vous attendrai à l'auberge, signala Mme Lindstrom.

— Puis-je faire quelque chose pour vous, Lisbeth ? proposa Aurore. Le capitaine pourrait peut-être vous aider à porter vos bagages ?

— Non, non ! J'ai déjà refusé son aide.

— Est-ce que le *Seabravary* fait souvent escale à St. Georges ? poursuivit Aurore.

— Apparemment pas, répondit Lisbeth avec une voix chargée de tristesse. Ecoutez, Aurore, je vais devoir patienter quelque temps avant de rentrer chez moi. Pourquoi ne m'accompagneriez-vous pas jusqu'à l'auberge ? Nous pourrions prendre un thé ensemble et cela vous ferait le plus grand bien de marcher un peu sur la terre ferme. Qu'en pensez-vous ?

— C'est une merveilleuse idée !

Aurore était ravie, elles se dirigèrent donc vers l'auberge. Tout à coup, la jeune fille s'arrêta.

— Mon Dieu, j'ai oublié mon sac à main ! Inutile de venir avec moi, Lisbeth. Indiquez-moi simplement où se trouve cette auberge, et je vous y rejoins aussi vite que possible.

— C'est de l'autre côté du quai, sur votre droite à deux cents mètres. Impossible de la manquer, l'enseigne est peinte en vert. Elle s'appelle tout bêtement l'auberge du Quai. Je retiendrai une table.

— Je ne serai pas longue, promit Aurore en regagnant le pont d'embarquement.

Cela lui prit pourtant quelques longues minutes pour atteindre sa cabine. Elle allait quitter la pièce, son sac à la main, lorsqu'elle aperçut un jeu de clés sur le lit. C'était le passe-partout de Ben dont il se servait pour livrer le linge de toilette. Pensant que les clés lui manqueraient, elle les fourra rapidement dans son sac et s'élança à sa recherche. Elle se dirigea vers la cabine du jeune garçon, toute proche de celle du capitaine. En passant devant le bureau de ce dernier, elle perçut des bruits de voix : celles du capitaine lui-même et de Richard. Il n'était pas dans ses habitudes d'écouter les conversations, mais lorsqu'elle entendit son prénom, elle ne put s'empêcher de prêter l'oreille.

— Il n'y a aucune chance pour qu'Aurore accepte l'offre de Mme Lindstrom, assurait Richard.

— En tout cas, répondit Isaac, elle n'a pas demandé à ce que ses malles soient descendues. C'est plutôt bon signe. Bien sûr, tu peux te féliciter de ta réussite. Mais pourquoi prends-tu un tel plaisir à l'effrayer ?

— Etre dirigée par une vieille femme acariâtre et autoritaire n'est certainement pas ce qu'elle mérite. J'aimerais qu'elle réalise qu'il serait préférable pour elle de voyager avec nous, et pourquoi pas de nous aider ? Si ce n'était Lady Perkins, ce serait de toute façon une autre sorcière qui l'aurait employée.

— Mais tu sais bien que cette Lady Perkins n'existe pas, elle est le pur produit de ton imagination. Pourquoi le lui cacher plus longtemps ?

Les mains d'Aurore se mirent à trembler. Qu'étaient-ils en train de dire ? Lady Perkins n'existait pas ! Horrifiée, elle vérifia que personne n'était dans les parages. L'étroit couloir était vide : elle devait rester là, quels que soient les risques, et en savoir plus...

— Je m'amuse à la tourmenter, c'est vrai, poursuivit Richard. Je n'ai jamais eu affaire à une petite jeune fille aussi séduisante et aussi fragile... J'attends avec impatience sa réaction lorsqu'elle découvrira la vérité. Mais je souhaite l'amener petit à petit à prendre conscience du piège dans lequel elle est tombée.

— Je dois avouer que j'appréhende les prochains

jours, Richard. Quelque chose me dit qu'elle ne sera pas aussi docile que tu le crois.

— Je suis prêt à me battre, s'il le faut. Ma seule crainte est qu'elle me déçoive, se contenta-t-il de répondre, un sourire sarcastique aux lèvres.

Pour sa part, Richard ne paraissait pas particulièrement inquiet, il était davantage préoccupé par des problèmes de pure intendance.

— A-t-on effectué les approvisionnements ? demanda-t-il. J'aimerais repartir le plus vite possible, autant ne pas s'attarder trop longtemps ici.

— Les marchandises et les tonneaux seront chargés dans moins d'une heure, assura Isaac.

— Parfait, alors nous lèverons l'ancre dans la soirée... avec notre précieuse passagère !

— Il faut bien reconnaître, Richard, que tu as agi de main de maître dans cette affaire. Jusqu'à présent, ton plan se déroule comme prévu. Bravo ! Je ne pensais pas que cela serait si facile !

Aurore ne pouvait en croire ses oreilles, mais comment refuser l'évidence ? Elle ne rêvait pas et tous ses espoirs s'écroulaient brusquement.

Choquée, elle s'appuya contre le mur pour reprendre ses esprits. L'horreur de la situation la bouleversait complètement. Depuis le départ, on l'avait dupée. La lettre d'embauche n'était qu'une supercherie, Lady Perkins avait été inventée de toutes pièces. En fait, elle avait tout simplement été kidnappée... Et le capitaine faisait partie de cet ignoble complot. Elle comprenait qu'un homme comme Richard fût capable d'un tel crime, mais comment quelqu'un d'aussi prévenant et gentil que le capitaine avait-il pu se fourvoyer ainsi ?

Tentant de trouver une explication plausible à toute cette histoire, elle perdit des instants précieux. Et avant d'avoir eu le temps de réagir, elle entendit des pas se rapprocher. La porte s'ouvrit brutalement et Richard apparut, la foudroyant de son regard vert et froid. Il ne lui restait plus qu'à s'enfuir le plus vite possible. Elle connaissait maintenant le plan des deux hommes et sa seule issue était de rejoindre son amie. S'il demeurait encore une chance, c'était d'accepter l'aide de Lisbeth. Relevant sa jupe, elle se mit à courir mais elle n'eut malheureusement pas le temps d'aller bien loin : Richard la rattrapa bientôt et la plaqua fermement contre une porte voisine. Il était trop tard pour leur échapper... Ils se regardèrent longuement.

— Mais que se passe-t-il donc, jeune fille ? Que fabriquiez-vous derrière notre porte ? demanda Richard en la serrant encore plus fort contre lui.

Il avait compris à sa mine décomposée qu'elle avait tout entendu.

— Mais... mais pourquoi m'avez-vous enlevée ? murmura-t-elle, tremblante et terrorisée. Je n'ai pas d'argent, personne ne paiera de rançon pour moi.

— Nous ne voulons pas d'argent. Simplement un tout petit renseignement. Laissez-moi vous raccompagner jusqu'à votre cabine. Nous discuterons plus tranquillement après notre départ.

Il parlait d'une voix assurée et pleine d'autorité, comme s'il s'adressait à un homme d'équipage.

— Je n'irai pas dans ma cabine ! hurla-t-elle en essayant de dégager son bras.

Derrière eux, elle apercevait le capitaine, visiblement contrarié par cette scène. Mais elle ne lut aucune pitié dans ses yeux.

— Je suis désolé que vous ayez appris la vérité de cette manière, Aurore, mais il n'y a aucun moyen pour vous de fuir, tenta d'expliquer Richard.

Il essayait de maîtriser la jeune fille qui se débattait de son mieux.

— Vous êtes entre nos mains, poursuivit-il. Et jusqu'à ce que nous obtenions le renseignement, aucune tentative d'évasion ne sera tolérée, est-ce suffisamment clair ?

« Pourquoi ? songeait Aurore. Pourquoi cet enlèvement ? » Il n'existait aucune Lady Perkins en Jamaïque. La lettre qui se trouvait dans son sac n'était qu'un leurre. Il n'y avait jamais eu de vieille dame en mal de compagnie. Tous ces éléments n'étaient que le fruit de l'imagination fertile et tordue de Richard. Et où comptait-on l'emmener maintenant ? En Jamaïque ? Elle en doutait de plus en plus. Elle serait probablement séquestrée dans un endroit sauvage où aucune aide extérieure ne serait envisageable et aucune évasion possible. Non, tout cela n'était qu'une grossière erreur, un terrible cauchemar !

— Vous vous êtes sûrement trompés de personne, lança-t-elle à ses geôliers. Je ne sais rien qui puisse vous intéresser, vous perdez votre temps. Vous faites une énorme bêtise, vous le regretterez !

— Je vous assure que nous ne nous trompons pas, rétorqua Richard en saisissant le médaillon d'Aurore.

Il le souleva à hauteur de ses yeux.

— Voyez-vous, chère petite, votre père vous a donné ce bijou avant de quitter l'Angleterre, et il a emporté avec lui l'Etoile d'Aran. Voilà pourquoi nous avons besoin de vous : pour nous aider à retrouver cette fameuse Etoile. Vous devez connaître des choses qui nous intéressent et nous espérons bien que vous parlerez !

Les derniers espoirs d'Aurore s'évanouirent à ces mots. Elle ignorait tout de cette Etoile, mais il était évident à présent qu'ils n'avaient pas fait erreur. Paniquée, elle tentait de forcer le passage pour trouver de l'aide.

— Impossible de vous enfuir, Aurore. Mais si vous coopérez, il n'y aura aucun problème entre nous, je vous le promets.

Richard n'avait pas l'air de plaisanter. Il lui tenait fermement les poignets et l'entraînait dans le couloir. Dans un sursaut de courage, elle décida de les prévenir tout de suite :

— Mais je ne sais rien sur mon père. Je ne me souviens même pas de lui, je ne vous serai d'aucune utilité.

— Nous verrons cela ! dit-il en la traînant derrière lui.

Aurore réalisa subitement qu'elle devait se battre, que si elle se laissait faire maintenant, elle n'aurait plus aucune chance de s'en sortir. Peu importait désormais les bonnes manières que Mme Bluefield lui avait enseignées. Son avenir dépendait de ce moment, car il était clair que Richard était déterminé. Il était loin d'être l'excentrique qu'il paraissait. C'était un homme libre, qui ne se soumettait à aucune règle dictée par la société — c'était un pirate ! Elle se souvint du dragon peint sur son dos : il était bien le symbole du pouvoir et de la violence. Elle devait réagir avant que le *Seabravary* n'ait définitivement quitté St. Georges. Ensuite, il serait peut-être trop tard.

Dans un mouvement brusque et imprévisible, elle réussit à dégager ses mains. Richard fut tellement surpris par cette rébellion qu'elle eut l'avantage sur lui un court instant. Sans hésiter une seconde, elle se mit à courir, perdant son sac et ses épingles à cheveux. Elle était pratiquement arrivée sur le pont lorsqu'il la saisit par la taille et la plaqua au sol.

— Croyez-vous pouvoir vous battre contre moi, Miss Dayne ? s'étonna-t-il en riant.

Tout à coup, Aurore explosa de rage.

— Lâchez-moi, bandit ! Au secours !

Elle tentait désespérément de se dégager. Elle se rappela les jeunes garçons qui se battaient à l'orphelinat et décida de les imiter. Elle se mit à lui donner des coups de pied, martelant en même temps avec ses poings la poitrine de son adversaire. Il riait de sa hargne inutile. Mais soudain, d'un brusque mouvement de jambes, elle réussit à lui envoyer son genou dans l'aine.

Momentanément étourdi par le coup, il relâcha son étreinte. Sans perdre une minute, elle se releva alors et courut à nouveau le plus vite possible.

Malheureusement pour elle, Richard avait une énorme faculté de récupération, et en un clin d'œil, il la rattrapa. A l'instant même, le capitaine venait de toute façon de lui barrer le passage. Aurore était prise au piège. Avant d'avoir pu supplier le capitaine de la protéger, Richard, furieux, la tirait par le fond de la robe, ne lui laissant plus aucune chance de s'échapper une nouvelle fois. Elle résista de toutes ses forces alors que le vêtement se déchirait.

— Vous êtes un monstre ! hurla-t-elle.

Il ne semblait pas l'entendre, aucunement perturbé par cette injure. Pourtant il haletait, sans doute éprouvé par le coup reçu quelques minutes auparavant. Livide et les yeux exorbités, sa force semblait s'être décuplée — comme si la perdre aurait été la pire des choses.

— J'aurais préféré ne pas en arriver là, lui dit-il enfin. Car je sais que les jeunes femmes aiment être traitées avec plus de déférence, mais vous êtes vraiment impossible !

— Et vous ? Vous ! Vous n'êtes pas celui que je croyais !

Il la plaqua contre le mur, les yeux brillants de colère, puis lui saisit les poignets et les releva au-dessus de sa tête. Sa robe déchirée glissait sur ses épaules. Elle sentit que Richard appréciait de la voir dans une position aussi dégradante.

— Laissez-moi partir, murmura-t-elle dans un souffle.

— Vous partirez, ma douce amie, dès que nous aurons l'information! promit-il en dégageant délicatement une mèche de cheveux de son front.

Les doigts de Richard effleuraient son corsage. Ce contact lui donnait une expression bizarre, un regard qu'elle n'avait jamais remarqué auparavant. Elle eut la sensation qu'il la déshabillait complètement.

— Même si je possède votre renseignement, je ne vous le donnerai jamais! Vous me comprenez? Jamais! Jamais après un tel traitement!

— Ça, nous verrons! Attendez que nous soyons partis... Ensuite, j'essaierai de vous persuader de parler, croyez-moi.

Ses doigts chauds et rugueux poursuivaient leur exploration dans le creux de son cou. Appuyée contre le mur, les yeux fermés, Aurore tentait en vain de le repousser.

Comment avait-elle pu rêver de cette bête sauvage? Comment avait-elle pu le considérer une seconde comme un homme normal? Sa main descendait à présent vers sa poitrine. Aurore ne pouvait en supporter davantage, elle ne devait pas tolérer qu'il la touche. Soudain, un frisson parcourut son dos: ce pirate la troublait encore! Il voulait certainement la voir se soumettre à sa puissance.

Alors elle pencha la tête et lui mordit le bras, aussi fort que possible. Il se dégagea en grognant. Derrière eux, le capitaine éclatait de rire.

— Tu n'as que ce que tu mérites, Richard. Je savais que tu la sous-estimais un peu trop! Je t'avais prévenu, tant pis pour toi!

Profitant de l'intervention du capitaine, Aurore chercha à s'échapper. Rassemblant toutes ses forces, elle parvint à se dégager, mais avant d'avoir pu se libérer totalement, il la saisissait à nouveau. Elle lutta de son mieux, distribuant coups de pied et coups de poing, mais sans succès. Tout ce qu'elle réussit à faire fut de perdre son chapeau, et ses cheveux dégringolèrent en une cascade rousse. Richard prenait à l'évidence beaucoup de plaisir à se battre avec un tel adversaire, et il s'amusa à écraser avec ses bottes les épingles et la coiffe de la jeune fille.

— Arrêtez! supplia-t-elle en martelant son dos. Elle essayait en même temps de se protéger, de retarder le moment où elle se retrouverait enfermée dans sa cabine, seule et face à lui. Mais Richard l'entraînait, avançant à grandes enjambées dans le couloir désert. Il avait remporté la bataille et elle était vaincue. Elle ne pouvait compter sur personne. Ils se trouvaient au niveau d'une écoutille lorsqu'elle aperçut Lisbeth Lindstrom accourant à toute vitesse.

— Lâchez-la tout de suite! criait-elle.

Richard n'eut pas le temps de réagir: il reçut une pluie de coups d'ombrelle dans les côtes. Il agrippa Aurore encore plus solidement, et appela le capitaine.

— Maîtrise-la, vite! hurla-t-il à son complice.

Ce dernier accourut et tenta de contrôler la situation. Il réussit à saisir l'ombrelle de la veuve, non sans avoir d'abord essuyé quelques coups.

— Que signifie tout ceci? Pourquoi vous en prenez-vous à Aurore? s'exclama Lisbeth, les joues écarlates. Vous n'avez pas le droit d'abuser ainsi d'une toute jeune fille!

— Isaac, emmène cette curieuse dans ma cabine, ordonna Richard, ivre de rage et d'impatience. Et jette-moi cette ombrelle par-dessus bord, s'il te plaît! Serrant toujours Aurore contre lui, il disparut ensuite avec elle sous le pont.

Consternée, Lisbeth se retourna vers le capitaine, sur le point de le réprimander pour son attitude inadmissible. Mais elle n'osa prononcer un seul mot en découvrant le pistolet qu'Isaac pointait vers elle. Son expression était sévère et sans ambiguïté : si nécessaire, il utiliserait l'arme. Il n'y avait aucun doute là-dessus ! Il lui fit signe d'avancer. D'un air fier et hautain, Lisbeth obtempéra.

8

— Vous ne vous en sortirez pas aussi facilement, Richard, menaça Lisbeth alors qu'Isaac la contraignait à s'asseoir.

La colère lui donnait un air comique. Richard suivait avec amusement les tentatives d'Isaac qui essayait non sans peine de lier avec une cordelette les pieds et les poings de la veuve.

— Je connais du monde à St. Georges ! On vous retrouvera !

Richard demeurait impassible, insensible aux menaces de la veuve. Déjà, au-dessus de leurs têtes, on entendait les préparatifs du départ tout proche. Cette perspective le réconfortait.

— Pensez-vous que je craigne vos petites relations ? se moqua-t-il. Mais ma pauvre dame, j'ai échappé à des personnes beaucoup plus influentes.

— Nous étions attendus à l'auberge, avec Aurore. Notre absence semblera suspecte, vous aurez tous les habitants des Bermudes à vos trousses !

— Et pourquoi me soupçonnerait-on ? Tous les passagers vous ont vue descendre. Tout ce que l'on retiendra, c'est que vous avez quitté l'auberge et que vous n'y êtes pas retournée. On pensera que vous avez glissé sur le quai et que vous vous êtes noyée.

— Pas du tout, monsieur! Lorsque les amis d'Aurore viendront la chercher, ils comprendront que nous avons été kidnappées!

Richard éclata de rire.

— Est-ce exact, petite mignonne? demanda-t-il en se retournant vers Aurore.

Elle était attachée à l'une des colonnes du lit à baldaquin du pirate.

— Est-ce que tous les gentlemen de Londres courront les mers pour vous retrouver, ma belle? railla-t-il.

Refusant de laisser paraître sa frayeur, Aurore regarda son ravisseur droit dans les yeux. Elles étaient pourtant dans une terrible situation et jouer la fière ne servirait peut-être pas à grand-chose. En réalité, pas une seule âme au monde ne se soucierait d'elles. Aurore ne manquerait à personne, Richard avait raison, mais elle devait cacher cette cruelle vérité.

— Mon fiancé me recherchera, il comprendra qu'il m'est arrivé quelque chose si je ne réponds pas à ses lettres. Il fera son enquête sur Lady Perkins et devinera tout. Il saura qui poursuivre, affirma Aurore sans ciller.

Les yeux de Richard se plissèrent. Un sourire cynique aux lèvres, il répondit:

— Selon notre minutieuse enquête, vous ne possédez aucun fiancé, ma chère. Qui est cet homme? Une illusion, probablement. Si vous deviez vous marier, pourquoi étiez-vous si pressée de quitter Londres pour la Jamaïque? Non, je pense que vous bluffez, Aurore, ce fiancé est une pure invention de votre part.

— Je dis la vérité. John Bluefield m'a demandée en mariage dès qu'il a hérité de l'orphelinat, précisa Aurore comme pour se persuader elle-même qu'elle n'inventait rien.

— Et pourquoi avoir refusé cette offre ?

Aurore n'avait pas prévu une question aussi incisive et elle ne savait quoi répondre.

— John devait régler certains problèmes, suite au décès de Mme Bluefield, marmonna-t-elle. Il devait réorganiser la direction de l'orphelinat. Je suis partie le temps de lui laisser mettre de l'ordre dans ses affaires. Et je rentrerai dès que possible.

Sa voix s'affaiblissait à mesure que Richard s'approchait d'elle. Elle tressaillit lorsqu'il caressa sa joue, cramoisie de honte parce qu'elle devinait qu'il ne la croyait pas un seul instant. Mais il jouait le jeu comme pour l'embarrasser davantage.

— Donc cet homme, votre fiancé, vous aurait laissée partir seule afin de régler ses problèmes. C'est un peu tiré par les cheveux, vous ne trouvez pas ?

Il la dévisageait sans vergogne, examinant chaque partie de son corps. Aurore frissonnait, troublée par ce regard inquisiteur et impudique. Elle serra la colonne du lit comme si elle constituait un rempart.

— Aurore, laissez-moi vous dire un secret : aucun homme ne serait aussi patient... ou aussi stupide ! affirma-t-il.

— Vous avez tort ! Je vous garantis que John vous poursuivra, et avec lui toute la flotte royale !

— Rien que ça ! Mais je suis terrifié, je ne vais plus oser sortir de mon lit ! Allons, mesdames, je me suis assez diverti pour aujourd'hui, nous reprendrons plus tard cette petite conversation. Maintenant, nous devons aller surveiller la manœuvre de sortie du port pour éviter toute catastrophe. Ben s'occupera de vous. Et si tout va bien, c'est-à-dire si Aurore coopère, nous vous débarquerons à San Juan. Par contre, si la demoiselle refuse de nous aider, je serai obligé de vous emmener toutes les deux sur mon île et vous y resterez le temps qu'il faudra !

— Où est cette île ? intervint Lisbeth.

— Elle est judicieusement baptisée le « Mirage de la Mer », parce qu'elle n'est représentée sur aucune carte.

Désespérée, Lisbeth soupira profondément, puis porta sa colère sur le capitaine qui se tenait près d'elle.

— Comment pouvez-vous me faire une chose pareille ? Vraiment... je pensais... que vous étiez un gentleman, bredouilla-t-elle.

— Lisbeth, pourquoi diable êtes-vous remontée à bord ? Que faisiez-vous sur le pont ? Vous souhaitiez me voir ? demanda-t-il d'une voix chagrinée.

— Certainement pas ! J'étais à la recherche d'Aurore. On avait rendez-vous à l'auberge, et ne la voyant pas revenir, j'ai songé qu'elle avait peut-être un problème. Mais je n'aurais jamais imaginé ça... Et moi qui avais confiance en vous ! Je vous ai même invité à prendre le thé dans ma cabine. Comment ai-je pu tomber dans un tel piège ?

Contrarié par les remarques de Lisbeth, Isaac se dirigea vers la porte, afin de s'esquiver au plus vite. Richard finit aussi par abandonner la place.

Lorsque les deux femmes se retrouvèrent seules, Lisbeth se tourna immédiatement vers Aurore.

— Oh, ma chère, est-ce que ce monstre vous a blessée ? Quel drame, mon Dieu, quel drame ! Comment vous sentez-vous ?

— Ma robe et mon honneur sont endommagés, mais rien d'insurmontable. Je suis vraiment désolée que vous soyez revenue à bord. J'aurais préféré que vous restiez en dehors de toute cette histoire.

— Mais que cherche Richard ? J'ai entendu parler de pirates qui aimaient de belles captives, mais cette affaire était préméditée, planifiée... Et Isaac ! Je refuse de croire qu'il soit mêlé à tout ceci sans une excellente raison !

— Ce n'est pas moi que veut Richard, mais un renseignement. Et je crains de ne pas être en mesure de le lui fournir. Mais peut-être qu'un bon mensonge nous aidera...

— N'espérez surtout pas pouvoir bluffer Richard, il n'est pas le genre d'homme que l'on endort facilement. Non, mentir n'est pas la bonne solution. Vous ne feriez qu'aggraver la situation.

— Alors j'essaierai de m'échapper quand nous arriverons dans le prochain port et je réclamerai de l'aide, décida Aurore qui se raccrochait à n'importe quelle idée, si saugrenue fût-elle.

— Aussi insensé que cela puisse paraître, c'est probablement notre unique chance de nous en sortir, approuva la veuve. Mais prions pour que le prochain port ne soit pas le « Mirage de la Mer ». Avec un nom pareil, l'endroit ne doit pas être facile à trouver, pas plus qu'il ne doit être facile de s'en évader.

— J'ai bien peur qu'on ne prenne ce chemin, répondit tristement Aurore, à l'instant où le bateau levait l'ancre.

Aurore se sentait de plus en plus angoissée à mesure que les quais s'éloignaient à l'horizon. Lisbeth avait été reconduite dans sa cabine par le capitaine. Elle était maintenant seule et toujours attachée à la colonne du lit. Ben, accompagné de Koonga, lui avait apporté un peu de thé, mais il lui était absolument interdit de libérer Aurore de ses liens. Seul Richard déciderait du moment propice pour la détacher. Tout ce qu'elle espérait à présent, c'était de revoir ce maudit pirate. Son attente ne fut pas vaine : dans les minutes qui suivirent le départ de Ben, elle entendit dans le couloir des bruits de pas.

En silence, Richard entra dans la pièce. Il lui lança un regard perçant, puis entreprit de se changer. Comme il fouillait dans un coffre, elle remarqua un accroc sur sa chemise. Elle nota aussi une écorchure au niveau des côtes, probablement le résultat des coups d'ombrelle de Lisbeth. La satisfaction qu'elle éprouva fut de courte durée lorsque lui apparut le dos du pirate et son terrifiant dragon. Les muscles du dos en mouvement donnaient vie au monstre. Les longs cheveux noirs de Richard recouvraient en partie les yeux rougeoyants et perçants de la créature. Ce dragon était véritablement horrible.

Cet homme ne ressemblait à aucun autre, et il était réellement dangereux.

— Si je dois rester prisonnière sur ce bateau, je souhaiterais retourner dans ma cabine, annonça-t-elle avec froideur, essayant de maîtriser au maximum le tremblement de sa voix.

Surpris qu'elle fût encore en mesure de formuler une requête, il lui sourit, amusé, en enfilant une chemise propre.

— Nous avons d'abord à discuter tous les deux, Aurore. Ensuite je verrai ce que l'on peut faire de vous.

— Si c'est ma collaboration que vous attendez, je vous suggère d'utiliser d'autres méthodes, lança-t-elle en tirant sur ses liens et en jetant un coup d'œil méprisant à son interlocuteur.

Il était visiblement agacé par tant d'insolence. Il s'approcha de la jeune fille, saisit une des boucles qui retombaient sur son visage et la força à le regarder.

— Que tout soit bien clair entre nous : ce n'est pas à moi de gagner votre coopération mais plutôt à vous de vous plier à mes exigences. Si vous acceptez de parler, je vous promets tout le confort possible sur ce bateau.

Le regard menaçant qu'il lui lança la pétrifia. Elle comprit qu'elle n'était pas en position d'exiger quoi que ce fût. Cet homme avait passé sa vie à piller, violer et tuer. Personne ne devait lui résister, il devait prendre ce qu'il voulait, quand il voulait. Comment aurait-elle pu se battre contre lui ? Quelle arme utiliser pour se protéger? Elle se sentait comme un misérable petit oiseau dans les griffes d'un lion.

Mais elle était suffisamment déterminée pour lui résister le plus possible. Elle n'avait pas l'intention de capituler aussi facilement. Dans certaines circonstances, elle était capable de prendre les décisions les plus périlleuses : après tout, n'était-elle pas partie de l'orphelinat de son propre chef, sans demander l'avis de personne ? N'avait-elle pas tenu tête à John ?

Ce qui la dérangeait le plus, c'était de lire une certaine satisfaction dans les yeux de Richard. Il éprouvait un plaisir certain à la terrifier. Elle devait se contrôler et éviter de paniquer — sans cela, il en profiterait. Soudain, la colère lui donna le courage suffisant pour l'affronter.

— J'aimerais que vous détachiez mes mains, ordonna-t-elle d'une voix ferme.

Il jouait toujours avec ses nattes, frôlant sa bouche de ses doigts rugueux. De son côté, elle lui lançait des regards noirs et réprobateurs, destinés à le mettre aussi mal à l'aise que possible.

— Ne pourriez-vous ajouter «s'il vous plaît»? Cela me met toujours en d'excellentes dispositions.

Troublée, elle baissa les yeux. De toute sa vie, elle n'avait éprouvé pareille humiliation.

— Vous ne voulez pas essayer, Aurore ?

Elle refusait toujours de le regarder. Elle aurait préféré mourir plutôt que de s'abaisser à obéir à ce barbare.

— Toujours pas décidée? Eh bien, libre à vous de choisir votre sort ! J'ai hâte de voir votre réaction quand je vais me déshabiller devant vous. Si vous rougissez autant que lorsque je suis torse nu, j'ai peur que vous n'ayez de réelles vapeurs lorsque j'enlèverai le bas avant de me coucher.

Décidément, il jouait avec ses nerfs.

— Je n'accepterai jamais d'être maltraitée, ni par vous, ni par qui que ce soit, se contenta-t-elle de répondre.

— Eh bien, nous nous battrons s'il le faut.

Sur ce, il ôta sa chemise d'un seul mouvement. Aurore se maintint sur ses gardes. Il fallait surtout garder son calme! Il entreprit ensuite de retirer ses bottes, mais lorsqu'il se pencha pour déboutonner son pantalon, elle ferma les yeux, paniquée.

— A nous deux maintenant, Aurore: le combat s'annonce intéressant.

Aurore entendit un bruit mat, celui du pantalon jeté sur le sol. Etait-il nu à deux pas d'elle?

— Qu'attendez-vous pour parler, Miss Dayne. Un seul mot et je vous libère.

Elle frissonna. Elle espérait seulement avoir le courage de se défendre. Qu'allait-il faire maintenant?

— Refusez-vous toujours de coopérer? Allons, nous n'allons tout de même pas passer notre vie à attendre votre bon vouloir.

Elle ouvrit les yeux mais les garda baissés, tordant les liens de ses mains. Elle était plus que jamais déterminée à ne pas lui céder.

Soudain, il s'approcha du lit et s'allongea carrément sur le matelas, presque nu. Affolée, Aurore se mit à crier. Ses yeux étaient rivés sur ce superbe corps musclé. Richard éclata de rire puis lui saisit brusquement les poignets, l'obligeant à s'allonger près de lui. Il la maintenait fermement de telle sorte que tout mouvement lui était impossible. Aurore ne bougeait plus, complètement tétanisée.

— Vous êtes trop impressionnable, petite fille. Même un gamin de douze ans parviendrait à vous effrayer. Mais je ne suis pas un jeune homme, et je vous conseille de parler sinon vous risqueriez de le regretter.

Aurore essayait de se libérer, de s'éloigner de lui, en vain... Tout à coup, il porta sur elle un regard étrange, plein de convoitise. Elle comprit qu'il la désirait — elle avait déjà vu pareil regard dans les yeux de John. Son cœur s'emballa, le sang battait à ses tempes. Il se rapprocha encore, si près qu'elle sentit son corps contre le sien. Elle savait quel danger il représentait. D'un seul baiser, il pouvait l'anéantir, la réduire à sa merci. Lorsqu'il tenta de prendre ses lèvres, elle le supplia de l'épargner :

— Laissez-moi, s'il vous plaît...

— « S'il vous plaît, dénouez mes liens. » Allez, répétez ! ordonna-t-il.

— S'il vous plaît, détachez-moi, répéta-t-elle froidement.

Alors, en moins d'une minute, elle fut libérée. Aussitôt, elle se précipita vers la porte.

— C'est fermé à clef, annonça-t-il.

— Comment ? Je ne peux pas aller dans ma cabine ?

— Pas encore. Venez ici et discutons... proposa-t-il en désignant le sofa.

Comme elle refusait de bouger, il saisit les pans de sa robe déjà déchirée et l'entraîna sans ménagements vers le canapé. Il s'assit auprès d'elle, s'installant confortablement avant de l'examiner.

— Qu'avez-vous à me regarder ainsi ? demanda-t-elle en arrangeant sa robe.

— Je pensais simplement que nous n'étions pas encore trop éloignés de St. Georges. Et je voulais vous conseiller de ne pas tenter de vous évader à la nage. Je n'ai pas envie d'avoir à vous rattraper.

— Je ne sais pas nager.

— Voilà une bonne nouvelle !

— Mais ce n'est pas parce que je ne peux pas

m'évader de cette façon que je vais me plier à vos exigences.

Elle était à demi dénudée et cherchait à recouvrir ses épaules pour dissimuler sa lingerie. Sa façon de la regarder était indécente et insupportable.

— Cessez d'être aussi prude, Miss Dayne. Je vous assure que personne ne vous touchera à bord!

Se moquait-il ? Elle lui lança un regard incrédule, et il se contenta de rire.

— Je n'accepterai jamais que vous, ou qui que ce soit, me traite de cette manière et reluque aussi effrontément mes sous-vêtements! rétorqua-t-elle en frottant ses poignets toujours endoloris.

— Qu'avez-vous à cacher que ne possèdent pas les autres femmes? Je ne voudrais pas vous choquer, Miss Dayne, mais je connais bien les femmes, je sais comment elles sont faites. Alors cessez ce manège. Et permettez-moi de vous faire remarquer que si vous ne m'aviez pas tant résisté dans le couloir, vous ne seriez pas à présent dans cet état. D'autre part, rassurez-vous, je sais me contenir. N'imaginez donc pas que je vais vous sauter dessus. Et en ce qui concerne vos poignets meurtris, ajouta-t-il en désignant ses mains, vous ne m'avez guère laissé le choix! Que pouvais-je faire d'autre pour vous empêcher de vous enfuir?

Aurore ne savait plus où se mettre, elle sentit ses joues s'empourprer.

— Je me demande si nous n'aurions pas besoin d'un peu d'alcool pour mieux nous comprendre, continua-t-il en jetant un regard écœuré sur la théière. Un peu de cognac vous réchaufferait et délierait peut-être votre langue.

— Non, je refuse absolument! Dites-moi seulement ce que vous voulez et ensuite, laissez-moi repartir pour St. Georges!

Ignorant ces paroles, il se dirigea vers le meuble

en acajou qui contenait toutes les bouteilles et saisit l'une d'elles.

— Buvez, ordonna-t-il en lui tendant un verre.

— Votre horrible liqueur va me brûler la gorge. Je préférerais régler immédiatement cette affaire et en finir une bonne fois pour toutes.

— Voilà qui est mieux, acquiesça-t-il en se servant lui aussi.

— Tout d'abord, sachez que je ne parlerai pas tant que vous ne m'aurez pas dit ce que vous comptez faire de moi et tant que vous ne me traiterez pas avec plus d'égards.

— Mais je prends soin de vous. Regardez, je vous propose même une fine Napoléon. Venez ici, chère Aurore, adorable petite orgueilleuse. Vous ne risquez rien à goûter ce cognac, prenez-en un peu.

— Non, merci.

Mais il lui saisit la main et l'obligea à tenir le verre.

— Pourquoi cet enlèvement alors que j'ignore tout de cette Etoile d'Aran? se hasarda-t-elle à demander.

Dans sa hâte d'obtenir une réponse, elle ne se rendit pas compte que sa robe glissait à nouveau sur ses épaules.

Les bras croisés, Richard la contemplait comme s'il avait devant lui une adorable et délicieuse petite proie. Emerveillé par la blancheur de sa peau et la délicatesse des formes qu'il devinait, ses yeux ressemblaient davantage à ceux d'un prédateur.

— Je vous répondrai en temps utile. Pour l'instant, n'oubliez pas que vous devez d'abord coopérer. Buvez ça, s'il vous plaît, nous discuterons quand votre verre sera vide.

Aurore hésita. Pour connaître toute la vérité sur son enlèvement, elle devait d'abord avaler cet horrible cognac. En grimaçant, elle but une gorgée.

Elle faillit suffoquer et réussit non sans mal à réprimer un accès de toux.

Puis, ayant récupéré ses facultés, elle reposa le verre sur la table.

— Un peu plus ? proposa Richard.

— Non, décréta-t-elle d'une voix enrouée.

Un verre à la main, il s'installa sur le canapé et s'étira voluptueusement. Elle essayait de se faire toute petite dans son coin, évitant le moindre contact avec cet homme qui la troublait déjà beaucoup trop. Pour la première fois de sa vie, elle subissait le total pouvoir de quelqu'un d'autre. Elle ne se souvenait pas d'avoir été un jour manipulée de cette façon par quelqu'un. De plus, cet homme l'intriguait beaucoup. Campé là, tout près d'elle, avec ses larges épaules et son torse musclé, il était extrêmement séduisant, en dépit du sourire exaspérant qu'il arborait depuis le début de leur conversation. Dans d'autres circonstances, elle aurait aimé passer ses doigts dans les cheveux noirs, ondulés et brillants de ce pirate. Ses yeux remontèrent lentement vers son visage au profil parfait et s'attardèrent sur sa puissante mâchoire, puis sur ses yeux d'un vert exceptionnel.

— Encore un peu de cognac ? proposa-t-il à nouveau en se penchant vers le verre d'Aurore.

Elle esquissa un mouvement pour retirer son verre et leurs jambes se frôlèrent. Ce contact pourtant insignifiant l'électrisa, lui remémorant toutes les sensations qu'elle avait éprouvées dans ses bras quelques jours plus tôt. Désormais, elle était sa prisonnière et ne comprenait toujours pas ce qu'il attendait d'elle.

Engourdie, elle considérait son verre, incapable de lui répondre. Même si cet alcool lui paraissait exécrable, il avait au moins le mérite de lui donner le courage et la force de combattre son adversaire.

Elle avait certes perdu une bataille, mais pas la guerre. Elle avala donc une nouvelle petite gorgée de ce breuvage si brûlant avant de se lancer :

— Mais que voulez-vous de moi exactement ?

— Que vous me disiez où se trouve l'Etoile d'Aran. Rien de plus. Et si vous m'aidez, je vous rendrai votre liberté, Miss Dayne.

— Mais qu'est-ce que cette Etoile ?

— C'est une émeraude, aussi grosse que votre poing. Votre père l'aurait volée au vicomte Blackwell.

— Mon père ! Mais il n'aurait jamais commis une chose pareille ! s'écria-t-elle, choquée par cette accusation.

Bien que ses souvenirs soient confus, son père lui apparaissait comme un homme bon et attentif. Il lui avait appris des comptines et lui avait donné ce médaillon. Un tel homme ne pouvait être un scélérat. Ce pirate délirait !

— Vous n'appréciez pas que je salisse la mémoire de votre père, n'est-ce pas ? Isaac m'avait prévenu que vous accepteriez difficilement la vérité.

— Mon père n'a pas pu voler ce bijou. Vous faites certainement erreur.

— C'est pourtant le cas. Il vous a ensuite laissée dans cet orphelinat. Mais où a-t-il caché cette émeraude, Aurore ? Vous le savez certainement, essayez de vous souvenir !

— Mon père n'a rien volé, je vous le répète.

Agacé par son entêtement, il saisit le médaillon et la força à soutenir son regard.

— Cessez ces manières, Miss Dayne. Pour qui vous prenez-vous donc ? Vous n'êtes que le résultat de l'union d'un voleur et d'une pseudo-actrice, plus prostituée qu'autre chose. Votre père a accepté que vous portiez son nom, mais il n'avait rien à faire de votre légitimité, mettez-vous bien ça dans la tête !

Aurore se sentit défaillir.

— Que dites-vous ?

— Je dis que vous n'êtes qu'une bâtarde, chère demoiselle !

— Arrêtez de proférer de tels mensonges ! Je ne veux plus rien entendre !

— Tout ceci n'est que la vérité, il faudra bien l'admettre un jour. Votre mère était une petite actrice dans un théâtre miteux de Bethnal, elle est morte en vous mettant au monde. Votre père vous a élevée un temps, puis lorsqu'il a découvert cette émeraude, il a préféré se débarrasser de vous. Ce que je veux savoir, moi, c'est où se trouve le bijou. C'est tout ce qui m'intéresse.

Aurore était abasourdie, incapable de croire de telles horreurs. Elle n'était pas bâtarde, elle était la fille de... Mais de qui, en fait ? Elle n'avait aucun souvenir du visage de ses parents. Qui était-elle ? La fille d'un homme riche, d'un homme pauvre — d'un mendiant... ou d'un voleur ?

Elle ferma les yeux, ne parvenant pas à se résigner, à accepter cette version. Elle se souvenait tout à coup d'un poème que lui récitait régulièrement Mme Bluefield, lorsqu'elle l'interrogeait sur ses parents.

Oh ! Rassure-toi, mon enfant,
Ton père était un preux chevalier,
Ta mère, une grande dame
Et tous deux s'aimaient et étincelaient.

En prononçant ces mots, Mme Bluefield lui avait toujours donné le courage d'affronter la vie. Dès lors, Aurore avait travaillé durement, apprenant les bonnes manières et étudiant dans les livres pour devenir digne de tels parents. Et toutes ces longues années de labeur dans cet orphelinat n'auraient aucune valeur, aucune raison d'être aujourd'hui ?...

Sentant les larmes envahir ses yeux, Aurore se retourna pour cacher sa peine. Elle comprit soudain que Mme Bluefield récitait ces vers à tous les enfants orphelins qui s'interrogeaient sur leurs parents. Pour chacun, ces quelques lignes représentaient un espoir.

— Vous êtes un monstre pour oser dire de tels mensonges, et vous ne savez que verser votre venin sur les autres, comme un serpent ! lança-t-elle, la voix cassée par l'émotion.

— Pauvre petite fille, si prude et si fière ! Il était grand temps de vous avertir, vous ne pouviez continuer à vivre dans cette ignorance !

Il attendit un instant, puis la questionna à nouveau :

— Où est l'Etoile, Aurore ?

— Même si cette accusation contre mon père est fondée, vous devriez savoir que je n'étais qu'une fillette lorsqu'il m'a laissée. Comment voulez-vous que je me souvienne de cette Etoile ?

— Il vous en parlait à travers la comptine. Alors récitez-la et révélez-moi son secret. Votre liberté en dépend.

Aurore percevait déjà les effets de l'alcool. Son esprit s'embrumait et la proximité de cet homme ne la gênait plus autant.

— Je ne croirai jamais que mon père a volé cette émeraude.

— Michael Dayne était un voleur, un des meilleurs qui soient ! insista Richard.

Aurore aurait souhaité prouver à Richard le contraire. Mais elle devait se rendre à l'évidence : elle n'avait aucune preuve. A part peut-être son médaillon. Mais Richard rétorquerait qu'il s'agissait aussi d'un objet volé.

— Que savez-vous d'autre sur mon père ? Est-ce qu'il est encore en vie ? Où est-il ? murmura-t-elle, disposée cette fois à tout entendre.

— Cela va vous paraître invraisemblable, mais on n'a plus entendu parler de lui depuis le jour où il vous a abandonnée dans cet orphelinat.

Aurore baissait les yeux, essayant de masquer sa déception.

— Vous ignorez tout de lui mais vous l'accusez quand même d'être un voleur ? Où sont vos preuves ? Vous le déshonorez gratuitement pour l'instant !

Soudain, les mains du pirate se posèrent sur le cou de la jeune fille. Elle frissonna au contact de ses doigts puissants qui la caressaient avec une extrême douceur. D'un geste délicat, il saisit la chaîne du médaillon.

— Tout ce que je sais, c'est que ce pendentif a été commandé pour Lady Blackwell, en cadeau de noces. Et votre père l'aurait volé à son mari. On vous a identifiée comme la fille de Michael Dayne parce que vous possédez la même couleur de cheveux que lui, précisa-t-il en frôlant ses boucles.

— Je ne suis pas la seule à avoir cette couleur.

— Mais vous êtes la seule à posséder ce bijou.

— Et vous pensez que la comptine peut vous renseigner sur cette Etoile d'Aran ?

— J'en suis persuadé. La clef du mystère est dans ces vers, assura-t-il en relâchant le médaillon.

Lentement, Aurore saisit à son tour le bijou, et soudain elle réalisa qu'elle avait une arme contre cet homme. Elle ne pouvait admettre tout ce qu'il avait dit sur ses parents. Mais il tenait absolument à retrouver cette émeraude, et si par chance les vers de la comptine cachaient la solution à son problème, elle gardait un atout majeur contre lui. Elle devait lui laisser croire qu'elle seule pouvait décrypter le message. Elle était aussi la seule à savoir qu'il existait un second couplet, gravé à l'intérieur du médaillon.

— Dites-moi tout ce dont vous vous souvenez sur votre père. Je vous écoute...

Aurore devait dissimuler le fait que son bijou était un médaillon et non un pendentif. Tant qu'il n'aurait pas découvert ce détail, elle serait en sécurité.

— J'aimerais un peu plus de cognac, osa-t-elle demander.

Pendant qu'il remplissait son verre, elle réfléchit aux réponses les plus judicieuses à lui proposer. Elle avait conscience qu'il fallait le satisfaire, mais sans trop en dévoiler non plus. Pour l'heure, il était préférable de ne pas parler du second couplet de la comptine. Elle détestait mentir et tergiverser, mais avait-elle réellement le choix ?

— Je ne sais pas grand-chose sur mon père et je ne me rappelle pas cette émeraude, mais il me paraît évident que cette Etoile se trouve en Irlande comme son nom l'indique. Et certainement sur les îles d'Aran. Mais je suis incapable de vous en dire plus.

— C'est vrai, l'Etoile était sur une de ces îles, à l'origine. Mais elle n'y est plus : j'ai déjà effectué des recherches. D'autres aussi d'ailleurs, ajouta-t-il de manière énigmatique.

— Pourquoi espérez-vous la localiser grâce à cette comptine ? Les vers n'ont aucun sens. Comment pensez-vous les décrypter ?

Richard la dévisageait avec une telle intensité qu'elle rougit, incapable de soutenir ce regard.

— Vous pouvez le faire pour moi, Aurore. Et vous le ferez.

Un frisson parcourut le dos de la jeune fille.

— Et... que se passera-t-il si je n'y parviens pas ?

— Vous resterez sur ce voilier jusqu'à ce que vous réussissiez, c'est aussi simple que cela.

Ces mots la glacèrent : impossible donc de lui échapper. Mais elle devait surmonter ses craintes pour affronter la réalité. Sa survie en dépendait.

Que faisaient les pirates de leurs prisonnières insoumises ? Les abandonnaient-ils sur de petites îles perdues au milieu de l'océan ? Devenaient-elles leurs esclaves à tout jamais ? Elle avala une nouvelle gorgée de cognac et se souvint des aventures de Robinson Crusoé.

— Vous allez tituber si vous continuez à boire autant, dit-il en riant.

Curieusement, elle ne comprenait plus ce qu'il lui racontait. La cabine lui parut soudain trop étroite. Elle suffoquait. Elle avait besoin d'air frais, vite ! Se redressant, elle parvint à ouvrir un des hublots. Une légère brise lui caressa le visage, lui redonnant ainsi quelques couleurs. Elle aperçut à l'horizon les quais de St. Georges qui disparaissaient peu à peu. Elle n'avait plus aucune chance de s'évader. Ils étaient vraiment trop loin. Une panique diffuse l'envahit.

— Richard, je vous supplie de croire que je ne peux vous être d'aucun secours pour cette émeraude. Je vous assure que j'ignore où elle est. Si je savais quelque chose, ne pensez-vous pas qu'elle serait déjà en ma possession ? argumenta-t-elle judicieusement.

Elle le sentit soudain tout près d'elle. Il encercla sa taille et l'attira contre lui.

— Vous avez peut-être raison, mais la mémoire vous reviendra, Aurore. C'est une question de temps.

— Je vous jure que je suis incapable de déchiffrer ces vers. Vous devez nous libérer, Lisbeth et moi.

— Vous ne partirez pas d'ici.

— Mais pourquoi ?

— Parce que vous me cachez quelque chose. Je le devine à votre comportement.

— Et si je vous dis ce que je sais, nous laisserez-vous partir ?

— Si c'est tout ce que vous savez, peut-être...

— Comment puis-je vous faire confiance, après tout ce que vous m'avez infligé aujourd'hui ?

Aurore s'approcha à nouveau du hublot pour respirer un peu d'air frais. Elle avait chaud et de plus en plus de difficultés à se faire comprendre.

— Je ne suis pas le seul à courir après cette Etoile. Et tout ce que je peux vous conseiller, c'est de confier vos renseignements à moi, plutôt qu'à d'autres.

— Ou de ne rien dire du tout, à personne, répliqua-t-elle.

— Ecoutez-moi bien. J'ai eu beaucoup de mal à vous avoir. Aussi, je ne vous relâcherai qu'après avoir obtenu ce que je souhaite, quel que soit le temps que cela me prendra. A vous de décider de la durée de votre détention !

— Vous ne me laissez guère le choix...

— Dites-moi ce que vous savez et vous ne le regretterez pas, insista-t-il.

— Et si je ne veux pas parler, se rebella-t-elle, que ferez-vous ? Vous me torturerez ? Je possède plus de courage et de ressources que vous ne l'imaginez !

— Dans certaines sociétés, la torture est tout un art. Elle ne blesse pas forcément, il suffit de trouver le point faible d'une personne et de jouer là-dessus...

— En ce qui me concerne, vous n'y parviendrez pas, assura-t-elle en le défiant du regard.

— Votre point faible, jeune fille, est par trop évident...

Un étrange silence s'installa dans la pièce. Chacun semblait narguer l'autre. L'esprit troublé par l'alcool, Aurore ne réalisait plus que son arrogance la mettait dans une position délicate.

— Jamais je ne vous obéirai, lança-t-elle dans un souffle.

Se moquant des menaces de la jeune fille, Richard la saisit brusquement dans ses bras et, l'attirant tout contre lui, tenta de s'emparer de ses lèvres. Choquée autant que furieuse, Aurore se débattait mais elle comprit rapidement qu'elle n'était pas en mesure de lutter contre lui. Un bras autour de sa fine taille, une main derrière sa nuque pour l'immobiliser définitivement: impossible de bouger. Alors une peur panique l'envahit. Elle voulut crier, appeler au secours, mais avant d'avoir pu émettre le moindre son, il étouffa ses plaintes de ses lèvres avides et gourmandes. Brusquement, elle sentit sa langue qui forçait le barrage de ses dents, lui imposant sa force et son désir. Jamais encore elle n'avait été embrassée de cette façon, avec une telle fougue et tant de violence. C'était indécent, insupportable. Les bras de Richard l'enserraient toujours plus fort, jusqu'à lui couper la respiration. A travers le coton de sa robe, elle sentit une main experte qui glissait sur ses seins comme pour en découvrir les voluptueuses formes. Affolée par toutes ces sensations, Aurore se soumettait à la volonté de cette bouche experte qui réussissait peu à peu à la dompter. Toutes ses forces l'abandonnaient. Elle gémit, et tenta dans un dernier sursaut de griffer son dos. En vain. Elle le regardait avec inquiétude tandis qu'il la caressait à travers le tissu de sa robe. Pourtant, toute scandalisée qu'elle était, une onde de plaisir lui parcourut les reins. Jamais un homme ne l'avait enlacée de cette manière. Ayant renoncé à lutter, elle attendait l'assaut final, frémissante d'appréhension. Mais brusquement, comme si cette reddition le déroutait, il se redressa, libérant Aurore du poids de son corps. Une expression étrange se lisait dans son regard. Il lui avait démontré qu'il pouvait faire ce qu'il voulait d'elle, quand il le souhaitait. Surprise de ne plus être soutenue, elle tituba jusqu'au hublot, encore étourdie.

Il lui fallut quelques minutes pour retrouver ses esprits. Son extrême pâleur soulignait la luminosité de ses yeux et la limpidité de son teint. Encore haletante et les cheveux épars, elle ressemblait à une biche aux abois.

Mais c'était sans compter sur ses facultés de récupération et, d'un mouvement rapide et précis, elle s'empara de son verre encore plein et en jeta le contenu à la figure du pirate.

— Vous n'êtes qu'un démon ! hurla-t-elle.

Impassible, il l'observait, contenant sa colère. Elle comprit à cet instant que jamais personne n'avait osé l'humilier de cette façon. Il avait certainement tué pour beaucoup moins que ça. Mais il était trop tard pour regretter son geste.

Essuyant son visage du revers de la main, il la saisit violemment par la nuque et l'obligea à le regarder droit dans les yeux.

— Je ne sais pas encore où se trouve l'Etoile, Miss Dayne. Mais méfiez-vous, j'ai tout mon temps et vous resterez avec moi jusqu'à ce que vous parliez ! Pour l'heure, je vais vous conduire jusqu'au Mirage de la Mer. Peut-être qu'un peu de solitude vous aidera à retrouver la mémoire. Réfléchissez-y bien, chère Aurore.

Il enfila une chemise, ses bottes, puis sortit en claquant la porte. Une fois seule, Aurore s'effondra, désespérée.

9

Le soir tombait, les derniers rayons du soleil empourpraient les vagues. Une légère brise claquait dans les voiles alors qu'une lune pâle se levait. C'était la nuit idéale pour naviguer, mais Richard ne paraissait pas l'apprécier. Il avait d'autres préoccupations. L'inquiétude se lisait sur son visage et la beauté de ce coucher de soleil sur l'océan ne parvenait pas à le détendre.

Plongé dans ses pensées, il suivait vaguement les jeux aquatiques d'une colonie de marsouins longeant le navire.

— Comment ça va ? demanda Isaac qui venait de le rejoindre.

— Pas comme je l'aurais souhaité ! Tout est allé de travers aujourd'hui.

— Tu n'es pas le seul à avoir eu des problèmes. Lisbeth Lindstrom a piqué une crise lorsque je lui ai dit qu'elle ne pourrait pas voir Aurore. J'aurais vraiment préféré qu'elle reste en dehors de tout ça ! Mon Dieu, qu'est-ce qui lui a pris de remonter à bord ?

— En tout cas, je te conseille de la surveiller de près...

— Elle restera enfermée dans sa cabine, je te le promets. Et pour Aurore, que comptes-tu faire ?

— Elle est dans ma cabine et n'en bougera pas tant qu'elle refusera de coopérer.

— Elle risque de nous résister encore longtemps.

— Possible...

— Comment allez-vous cohabiter, dans la même pièce ? s'inquiéta Isaac.

— Et partager le même lit, n'est-ce pas ? poursuivit Richard. Avoue que c'est cela qui te tracasse. Qu'elle soit installée confortablement ou non m'importe peu. Elle est avertie : à elle de décider de son sort !

— Elle a certainement plus de caractère qu'on ne l'imaginait au départ. Nous aurons du mal à la convaincre de nous aider.

— Si je le veux, une seule nuit me suffira pour la faire changer d'avis. Elle est fragile et très naïve, c'est ce que tu n'as pas encore compris.

— Tu ne vas tout de même pas la violer ! Ce n'est pas dans tes habitudes, Richard ? Au cours de nos voyages, nous avons souvent vu des femmes maltraitées par des barbares. Te souviens-tu de cette pauvre esclave aux Barbades ? Tu as pratiquement étranglé le soûlard qui avait abusé d'elle.

Richard hocha la tête en se remémorant la scène.

— Il l'aurait tuée sans ton intervention, conclut Isaac.

— Pour l'instant, je ne sais trop comment procéder avec cette petite.

— Je vois, tu imaginais la partie facile, qu'elle s'écroulerait très vite à tes pieds, mais tu hésites finalement à utiliser des moyens de persuasion trop violents... Parce que tu n'es pas sûr du résultat. Quel dilemme ! La subtilité n'est évidemment pas ton fort, alors tu ignores comment agir.

— Ce n'est qu'une faible jeune fille. Je l'obligerai à se soumettre si nécessaire.

— Peut-être, mais tu es bien obligé d'admettre

qu'elle ne ressemble à aucune autre femme, et tu en as pourtant connu plus d'une. Tu réussiras sans doute à la coucher dans ton lit, mais tu n'obtiendras jamais ce que tu cherches. Mon pauvre ami, tu devrais changer de méthode avec elle.

— Dans l'immédiat, je ne veux tenir compte que d'une seule chose, car elle déterminera toute ma façon d'agir.

— Et de quoi s'agit-il ?

— Peterborough veut cette émeraude et je jure que je l'aurai avant lui. Ni les océans, ni les continents, ni cette petite mijaurée ne m'en empêcheront, assura Richard en serrant les poings.

La cabine était dans la pénombre lorsque Aurore s'éveilla. Elle n'avait aucune idée de l'heure qu'il pouvait être. A travers les hublots, elle apercevait le ciel clair et étoilé. Les vagues frappaient à intervalles réguliers la coque du *Seabravary*. Ni la nuit déjà avancée, ni la fatigue de l'équipage ne semblaient en mesure d'arrêter sa course et le détourner de sa destination. Une crainte diffuse envahit la jeune fille alors qu'elle s'asseyait sur le bord du lit.

Après le départ de Richard, elle avait tenté d'élaborer un plan pour s'évader. Elle avait ouvert son médaillon, lu et relu le couplet, dans l'espoir d'y trouver la réponse à tous ses problèmes et la clef du mystère au sujet de l'Etoile. Retrouver sa liberté était ce qui importait le plus pour l'instant. Mais les vers semblaient dénués de sens.

Maintenant, elle s'inquiétait pour Lisbeth. Elle espérait que tout allait bien pour elle, regrettant simplement son absence en ces terribles moments. Pourvu que le capitaine l'ait correctement traitée, mieux que Richard envers elle. Chaque fois qu'elle repensait au baiser qu'elle avait reçu, elle tremblait de rage. La menace avait été claire : ou elle se soumettait, ou elle restait prisonnière dans cette cabine. Aurore n'était disposée à accepter aucune de ces deux solutions.

Elle réfléchit donc à nouveau sur ses chances d'évasion, inspectant la cabine dans l'espoir de découvrir une arme quelconque. Quelque chose dont elle puisse se servir pour le contraindre à ramener le bateau à St. Georges. Mais sa démarche était demeurée vaine. Elle n'avait même pas réussi à ouvrir les tiroirs de la bibliothèque. Elle était seulement tombée sur les affaires de toilette de Richard et sur un petit rasoir. Trop épuisée pour continuer ses recherches, elle s'était recouchée sur le lit du pirate, seule et désespérée.

Elle repensait à tout ce qu'il lui avait dit sur ses parents. C'était inadmissible, il s'était sûrement trompé... Engourdie par le sommeil, des mots lointains lui traversaient l'esprit : son père était un preux chevalier, sa mère une grande dame...

A l'affût du moindre bruit, elle sursauta lorsqu'elle entendit le bruit d'une clef dans la porte. Elle tira rapidement la couverture sur ses jambes. Ce n'était que Ben, qui venait allumer les lanternes.

— Ben ! s'exclama-t-elle. Quelle heure est-il ?

— Dix heures, Miss Dayne.

— Savez-vous si je peux retourner dans ma cabine ?

— Richard m'a ordonné de vous servir ici, miss.

Aurore lança un regard agacé au jeune homme.

— Richard compte-t-il me garder prisonnière ici encore longtemps ?

— Je l'ignore, miss, répondit-il en lui présentant son repas sur un plateau.

Pendant que Ben s'affairait, elle remarqua que la théière, les tasses, ainsi que la chemise déchirée de Richard avaient disparu. Richard était-il revenu pendant son sommeil ? Elle réalisa alors que quelqu'un s'était occupé de la couvrir. Etait-ce Ben ou Richard ? La question resterait sans réponse.

— S'il m'est impossible de sortir d'ici, Ben, pourriez-vous m'apporter mon sac de voyage ?

— Je ne sais pas si Richard sera d'accord, miss.

— Il ne va tout de même pas m'interdire de récupérer mes affaires, n'est-ce pas ? Soyez gentil, Ben, apportez-les-moi, s'il vous plaît. J'ai besoin de me changer et de faire un brin de toilette.

Après avoir réfléchi un instant, Ben se dirigea vers la porte en claudiquant.

— Je vous les rapporte tout de suite, miss.

Une minute plus tard, le jeune homme réapparaissait avec les bagages d'Aurore. Puis il quitta la pièce, non sans avoir refermé à double tour.

Aurore fouilla dans ses affaires et finit par découvrir une paire de ciseaux en acier que lui avait offerte Mme Bluefield pour son seizième anniversaire. Elle étudia attentivement les pointes acérées de ce bel instrument, testant les lames sur un bout de papier. Mais il était vraiment trop ridicule d'envisager de menacer un pirate avec un tel objet.

Déçue, elle se contenta de changer de robe et glissa négligemment les ciseaux dans une des poches du vêtement.

Ensuite, elle observa chaque détail de la cabine et s'aperçut que Ben avait posé sa brosse à cheveux sur le bureau, à côté des propres affaires de toilette de Richard. Elle récupéra tout ce qui lui appartenait et décida de se recoiffer, remodelant son chignon et domptant chaque boucle rebelle.

S'étant installée sur le canapé, elle examina avec convoitise les plats apportés par Ben, mais une douce somnolence l'envahit et elle se sentit incapable d'avaler quoi que ce fût. Peu à peu, elle sombra dans un profond sommeil.

Lorsqu'elle rouvrit les yeux, endolorie par sa position inconfortable sur le canapé et encore ensommeillée, elle comprit qu'elle n'était pas seule. Quelqu'un l'observait.

Elle ne vit d'abord qu'un pantalon noir de très grande qualité qui galbait parfaitement des jambes musclées. Lorsqu'elle releva les yeux, Richard était si près d'elle qu'elle sentit son haleine chaude sur son visage. Instinctivement, elle rejeta la tête en arrière pour prendre quelque distance. Elle avait la désagréable impression d'être paralysée par la seule force de ces yeux verts qui la dévisageaient étrangement. L'attitude craintive de la jeune fille ne parut pas émouvoir Richard. Aurore se demandait ce qui était arrivé à cet homme pour qu'il fût si froid et si inflexible.

— Bien dormi, Miss Dayne ? murmura-t-il en esquissant un sourire.

Elle comprit soudain qu'il attendait son réveil depuis un long moment. C'était probablement lui qui avait jeté un plaid sur ses épaules quelques heures auparavant. Elle aurait préféré que ce fût Ben. Elle imaginait mal Richard en homme prévenant et courtois.

— Est-ce l'heure d'un nouvel interrogatoire ? demanda-t-elle d'un air hautain. Parce que si ce n'est pas le cas, j'apprécierais de retourner dans ma cabine.

— Nous verrons ça tout à l'heure.

Sans donner plus d'explications, il se dirigea vers la bibliothèque et ouvrit un tiroir qui contenait tout un arsenal de machettes. Ces armes paraissaient particulièrement dangereuses. Trois paires de pistolets à crosse d'argent étaient soigneusement rangées dans des écrins. Des barillets de poudre et des rangées de cartouches complétaient la panoplie.

Richard saisit deux pistolets qu'il chargea avant de les glisser dans la ceinture de son pantalon.

— Que craignez-vous pour vous armer ainsi ?

Est-ce que vos hommes en auraient assez de vous et prépareraient une mutinerie? railla-t-elle.

— Désolé de vous décevoir, mais ce n'est pas le cas! Nous attendons des visiteurs, précisa-t-il, un sourire cynique aux lèvres en tournant la tête vers les hublots.

— Mais il fait nuit... Comment pouvez-vous le savoir?

Jetant un coup d'œil à l'extérieur, elle remarqua que l'aube pointait. Le soleil levant empourprait le ciel et la mer. Une forme se dessinait effectivement à l'horizon. Un frisson parcourut le dos d'Aurore. A cette distance, elle ne discernait aucun drapeau sur le navire qui semblait se rapprocher d'eux.

Un fol espoir traversa son esprit. Ce bateau représentait une chance inespérée. Peut-être n'arborait-il pas ses couleurs pour éviter d'être reconnu? Le *Seabravary* était célèbre et on le poursuivait sur toutes les mers, ce qui pouvait expliquer cette prudente approche.

Elle devait signaler par n'importe quel moyen sa présence. Tout espoir n'était donc pas perdu!

Richard avait refermé le placard qui contenait les armes, sans lui laisser le temps d'en dérober une. Il fallait absolument qu'elle lui fausse compagnie et qu'elle se débrouille pour regagner le pont supérieur. Profitant de ce qu'il ouvrait la porte pour sortir, elle réussit à se faufiler et à s'échapper. Aussi vite qu'elle put, elle enjamba les quelques marches qui la séparaient du pont. Mais avant d'avoir atteint son but, elle fut violemment plaquée au sol, deux bras puissants serrant sa taille. Elle tenta en vain de se dégager et dans un ultime mouvement de révolte, elle saisit les ciseaux dans sa poche et les planta de toutes ses forces dans la main de Richard. Il hurla de douleur et la lâcha immédiatement. Aurore s'apprêta à se relever, mais il la retint et arracha de ses petites mains la paire de ciseaux. Sa blessure était superficielle, il paraissait même amusé qu'elle ait eu l'idée de se défendre avec ce ridicule ustensile.

— Je vous préviens que j'ai l'intention de m'échapper, et lorsque j'aurai mis la main sur une arme digne de ce nom, je jure que je n'hésiterai pas à vous tuer, le menaça-t-elle d'une voix sifflante.

— Mais bien sûr, Miss Dayne. Comment ai-je pu douter de vous une seule seconde ? se moqua-t-il.

A sa grande stupéfaction, il lui tendit un des pistolets et lui indiqua comment s'en servir. Elle ne savait plus quoi penser, ni que faire. Il osait la narguer et la provoquer sans se soucier des conséquences... Cet homme était réellement déroutant.

— Allez-y, tirez ! Voyons de quoi vous êtes capable.

— Qu'essayez-vous de prouver ? Etes-vous complètement fou ? Vous souhaitez vraiment mourir ?

— Si vous voulez retrouver votre liberté, Aurore, ne réfléchissez pas trop longtemps ! Ou je serai obligé de vous abandonner là pour m'occuper de nos invités... précisa-t-il en jetant un œil sur l'autre navire.

Aurore était sceptique, ignorant si elle devait le prendre au sérieux.

— Mais qu'est-ce qui vous prend tout à coup ?

— La vraie question, Miss Dayne, est en fait de savoir si vous êtes capable de tirer. Alors j'attends.

Aurore ne pouvait en croire ses oreilles. Il lui demandait de le tuer. Etait-elle effectivement capable de le faire, supporterait-elle de devenir une criminelle ? Comprenant qu'elle hésitait, Richard éclata de rire. Il était sûr depuis le début qu'elle n'oserait pas l'abattre froidement. Il venait de la ridiculiser et il en éprouvait un réel plaisir. A cet instant, Aurore le méprisait de toutes ses forces.

— Allez, tirez ! Et dans une minute, vous serez sur le pont, libre d'appeler au secours.

Mais malgré son désir de s'évader, Aurore ne

pouvait se résoudre à faire couler le sang. Alors il lui reprit tranquillement l'arme et l'entraîna vers la cabine. Dans un ultime sursaut de courage, Aurore tenta de se défendre une dernière fois.

— Vous ne m'enfermerez plus dans votre cabine ! hurla-t-elle. Je vous jure que dans moins d'une heure, je serai à bord de l'autre voilier ! Avec Lisbeth !

Amusé par sa détermination et sa colère, il la plaqua contre la porte et répliqua :

— Miss Dayne, je doute que vous soyez mieux là-bas.

— Ce n'est pas à vous d'en juger. Même une simple barque serait préférable à votre repaire de pirates. Lâchez-moi tout de suite ! ordonna-t-elle en se hissant sur la pointe des pieds.

— Vous désirez vraiment nous quitter ? Eh bien, si tel est votre désir, nous allons vous présenter au célèbre capitaine du *Bleeding Heart* et vous pourrez également rencontrer son équipage de gentlemen ! Ensuite, vous les suivrez s'ils vous conviennent. Je ne vous retiendrai pas davantage.

— Vous parlez sérieusement, je...

Avant qu'elle ait terminé sa phrase, il retira une épingle de son chignon, libérant ainsi une longue mèche de sa chevelure. Aurore ne comprenait pas où il voulait en venir. Il ne cessait de jouer avec la boucle, les yeux rieurs.

— Offrons une avance au capitaine du *Bleeding Heart*, proposa-t-il.

Il sortit alors les petits ciseaux et coupa la longue mèche qui retombait sur ses reins. Arborant son trophée d'un air fier, il poussa sans ménagements la jeune fille dans la cabine.

10

En se rapprochant, le *Bleeding Heart* paraissait de plus en plus menaçant. Il brillait dans la lumière matinale comme un splendide aigle noir, prêt à s'abattre sur le *Seabravary*.

Aurore suivait les manœuvres d'approche, l'équipage du *Seabravary* se préparait à l'abordage. L'atmosphère était lourde, les hommes inquiets et concentrés, mais ils semblaient connaître parfaitement leur rôle, forts de leur expérience en la matière.

Richard criait des ordres aussi bien en français qu'en espagnol, selon le cas, avec une calme autorité. Ses yeux brillaient d'impatience tandis qu'il arpentait le pont en surveillant l'ennemi. Lorsqu'il s'aperçut qu'Aurore le regardait, il eut un sourire fort peu engageant, un regard moqueur, méprisant et dominateur — comme pour lui signifier qu'elle n'appartenait qu'à lui, et à lui seul.

— Vous espérez toujours une aide extérieure ? lui lança-t-il en désignant le navire ennemi qui n'était plus qu'à une centaine de mètres.

Aurore surveillait la progression du navire, qui impressionnait par son aspect lugubre : les voiles étaient en lambeaux et le mât principal dans un triste état. Mais lorsque le navire hissa son drapeau, elle comprit qu'elle n'avait rien à espérer : un crâne hilare, une paire d'os croisés sur un cœur ensanglanté... Des pirates !

— Que se passe-t-il, Aurore ? Changeriez-vous d'avis ? Désirez-vous toujours quitter le *Seabravary* ?

— J'ai l'impression que c'est un bateau de pirates, répondit-elle mécaniquement, d'une voix sans vie.

A cet instant, elle regrettait déjà la sécurité de sa cabine.

— Quel impressionnant pouvoir d'observation ! railla Richard.

Agacée par ses sarcasmes, Aurore tourna les talons, déçue. Mais au dernier moment, une idée lui traversa l'esprit. Ce n'était peut-être pas la solution idéale, mais elle espérait ainsi éviter un massacre.

— N'avez-vous pas songé à nous livrer, Lisbeth et moi, comme butin ? Vous n'auriez pas à subir cette attaque...

— Est-ce réellement ce que vous espérez, Aurore ?

Richard saisit alors sa délicate petite main et la porta à ses lèvres.

— Je ne sais plus, je ne pensais pas qu'il s'agissait de pirates.

— Et à qui parlez-vous en ce moment ?

— A un pirate, c'est évident.

Les yeux d'Aurore s'assombrirent et Richard ne put s'empêcher de rire.

— Ce sont de vieilles connaissances, précisa-t-il.

— Comment pouvez-vous fréquenter de telles personnes ?

Richard ignora sa question, se contentant de demander :

— Maintenant que vous connaissez les deux parties, qui choisissez-vous ? Eux ou moi ?

Après un instant de réflexion, elle soupira, dépitée.

— Je suppose que le *Seabravary* est un moindre mal. Après tout, vous arborez un drapeau neutre.

— Pas toujours.

Elle leva les yeux vers la brigantine et constata qu'une bannière noire ornée d'un dragon y flottait désormais. C'était la réplique exacte du dragon tatoué dans le dos de Richard. Rester sur ce navire lui paraissait insupportable, mais elle n'était pas sûre de tomber en de meilleures mains!

— Comment? Aucun commentaire cinglant dans votre bouche, pas de réflexion calomnieuse sur mon compte?

— A quoi bon... Vous osez montrer aujourd'hui votre véritable face, commenta-t-elle, les yeux fixés sur la bannière. Vous vous cachez derrière un drapeau britannique lorsque cela vous arrange, afin de laisser croire que vous naviguez et négociez pour le roi.

— M'accuseriez-vous de traîtrise, Miss Dayne? Ce serait une grossière erreur. Le *Seabravary* est le plus sûr de mes vaisseaux. Le pavillon britannique me permet de réaliser des affaires de grande importance entre Londres et New York.

— Bref, vous l'utilisez pour servir vos propres intérêts.

— Parfaitement. Mais je suis fidèle au roi.

— Et pourquoi arborer ce drapeau maintenant?

— Voyons, Miss Dayne, parce que, en ce moment, je suis seul concerné et je ne peux pas engager qui que ce soit d'autre.

Il la regardait avec une curieuse expression et soudain, il saisit une des boucles de la jeune fille qui retombait sur son visage. Il paraissait émerveillé par son intelligence et sa beauté.

— J'ai pour l'instant à protéger une précieuse cargaison à bord, continua-t-il. Et je ferai tout pour réussir et garder mon bien.

Il encercla la taille d'Aurore et, l'appuyant contre la balustrade du pont supérieur, l'obligea à regarder avec lui les manœuvres d'approche du *Bleeding Heart*.

Très rapidement, les deux bateaux se retrouvèrent côte à côte. Les équipages se jaugeaient, attendant le signal du combat. Le capitaine Corbeil, campé sur le pont inférieur, manifestait une certaine nervosité. Tout à coup, un homme du *Bleeding Heart* interpella Richard.

— Richard ! Comme c'est bon de te revoir, mon ami !

Aurore sentait le cœur de Richard s'emballer, et pourtant au même instant, il souriait à son adversaire.

— Azzedine ! Grand coquin ! Que fabriques-tu dans les parages ? Si ce sont tes complices que tu viens récupérer, j'ai bien peur qu'ils ne soient en train de barboter dans la baie des Bermudes.

Apparemment, Richard connaissait parfaitement ces brigands.

— J'apprécie beaucoup ton humour, Richard, mais je ne suis pas sûr que Peterborough en fasse de même.

— Dis à Peterborough qu'il n'y a pas assez de sang à verser sur ce bateau pour que cela puisse l'intéresser.

— Je lui dirai que tu ne veux pas coopérer, n'aie crainte. Notre conversation lui sera rapportée, mot pour mot.

Azzedine était un petit homme, trapu et basané, avec des yeux très noirs. Ces détails indiquèrent à Aurore qu'il était sûrement d'origine algérienne ou marocaine. Il était très typé, assez beau, mais même à cette distance, Aurore vit qu'il lui manquait quelques dents.

— Et qui est cette beauté, Richard ? demanda-t-il en jetant un œil goguenard sur Aurore.

Elle fut tellement surprise par la vulgarité de la question qu'elle se pelotonna contre la poitrine de Richard.

— Ah, c'est mon petit joyau, Azzedine, expliqua Richard en resserrant son étreinte et en humant les cheveux d'Aurore. Et tu ne devineras jamais où je l'ai trouvée. Dans un orphelinat, à Londres !

Aurore suffoquait de rage, mais jugea prudent de ne pas réagir.

— Je souhaiterais te présenter cette demoiselle, Azzedine. C'est Miss Aurore Dayne. Une passagère de grande valeur. Nous n'aimerions pas la perdre trop tôt, précisa Richard.

— Je vois. Et si j'avais une telle personne à bord, j'éprouverais le même sentiment que toi. Mais figure-toi qu'on m'a chargé de la récupérer. Aussi je te propose de la négocier. Je suis prêt à offrir un bon prix, tu sais.

A ces mots, Aurore tressaillit. Que se passait-il encore ? Cet homme aussi la recherchait ? Est-ce que tous les pirates du monde étaient payés pour la kidnapper ? Inconsciemment, elle s'accrocha aux bras de Richard. Il lui releva le menton, la forçant à le regarder droit dans les yeux. Elle sentait sur son corps ses mains chaudes et rassurantes.

— Azzedine ! Rejoins-nous à bord ! Mais je te préviens tout de suite : tu n'auras jamais Aurore.

Azzedine éclata de rire et s'engagea sur le pont du *Seabravary*. L'équipage de Richard le reçut froidement, mais poliment.

— On parle encore de toi dans la Casbah, Richard. Tu manques aux femmes et les hommes te détestent toujours autant, conclut le capitaine Azzedine en finissant son repas.

Il paraissait content de lui. Ils venaient de dîner

tous les trois dans la salle commune qui était réservée habituellement aux passagers, Richard ne souhaitant naturellement pas l'admettre dans ses quartiers.

Le chef s'était surpassé, proposant un repas royal. Malgré cela, Aurore n'avait pas d'appétit. Les regards que lui lançait l'Algérien l'angoissaient terriblement. Même si Richard semblait contrôler la situation, il était clair qu'Azzedine était déterminé à accomplir sa mission. Les deux hommes paraissaient se jauger, chacun demeurant sur ses gardes. Richard surveillait aussi Aurore, lui jetant des petits sourires moqueurs et peu rassurants.

— Ah, la Casbah ! Je dois reconnaître que j'ai d'agréables souvenirs. Est-ce que l'étroite rue Ben Ali est aussi dangereuse qu'autrefois ?

— Rien n'a changé et tu es aussi détesté, surtout par le *Pacha*. Il ne faut absolument pas prononcer ton nom devant lui. Il a même offert une forte prime pour ta tête.

— Mais j'espère bien que je suis toujours redouté là-bas. Je n'en attendais pas moins ! Que ma tête soit mise à prix prouve ma notoriété, et tu m'en vois ravi !

— Il offre cent pièces d'or à qui te tuera et punit celui qui ose prononcer ton nom devant lui !

— Je suis vexé que la prime ne soit pas plus élevée, mais disons qu'il n'a pas les moyens de faire une offre plus conséquente.

Perplexe, Aurore les écoutait. Elle était assise près de Richard et n'avait pas touché aux bananes flambées. Elle avait lu des documents sur Alger, sur ce pays et ses coutumes particulières. Cette ville aux éblouissantes maisons de briques enduites de stuc qui surplombaient le port grouillant de monde avait quelque chose de fascinant et d'inquiétant. Cela l'avait toujours choquée que cette ville qu'on surnommait la « Ville blanche » fût le repaire de tant de pirates, contrebandiers et escrocs.

Si la Casbah était pour toutes ces raisons un endroit si célèbre, elle comprenait que Richard et Azzedine la fréquentent. Aurore réalisait qu'ils ne craignaient pas la mort. Et particulièrement Richard. Il inspirait une crainte certaine à ses ennemis, qui préféraient le fuir plutôt que le provoquer. Mais qu'est-ce qui avait pu se produire dans sa vie qui le rende aussi peu vulnérable ?

— Alors, Richard... Que me conseilles-tu de dire à Peterborough si je rentre les mains vides ?

— Tu y réfléchiras sur le chemin du retour, conseilla Richard.

— Ah, mon ami ! Tu te moques de moi. Tu sais que Peterborough veut cette fille. J'espère que tu vas me la confier...

Une fois de plus, Azzedine la regardait comme un vulgaire morceau de viande sur un étal de marché.

— Je ne peux pas te la donner, Azzedine, mais je t'offre ceci, répondit-il en lui tendant la boucle rousse qu'il avait coupée quelques heures auparavant. Fais-en cadeau avec mes compliments à Peterborough. Et dis-lui d'abandonner l'idée de retrouver l'Etoile d'Aran. Elle sera en ma possession sous peu.

— Je lui transmettrai le message, puisque tu ne me laisses pas d'autre choix.

Aurore se sentait de plus en plus mal à l'aise. Elle savait maintenant que cet Azzedine ne la ménagerait pas s'il l'emmenait avec lui. La seule idée qu'il puisse un jour la toucher la glaçait littéralement. Elle ne supportait plus d'assister à cette négociation. C'était une torture insupportable que lui imposait Richard. Elle rougit lorsqu'elle s'aperçut que Richard la dévisageait avec amusement.

— J'espère que vous m'excuserez, messieurs,

mais je dois vous quitter, lança-t-elle en se levant brusquement.

A l'instant même, certainement pour l'impressionner, Azzedine porta la mèche de cheveux à ses lèvres, humant son délicat parfum. Aurore était rouge de honte. Elle ne supportait plus cette situation impossible.

— Où pensez-vous aller, Aurore ? demanda tranquillement Richard.

— Je vais dans ma cabine et je n'ai pas besoin d'être accompagnée, répondit-elle sèchement en se dirigeant vers la porte.

— N'avez-vous pas honte d'abandonner ainsi notre invité ? Allons, calmez-vous, ma chère Aurore, reprenez votre place et terminez votre repas.

— Je n'ai pas faim.

— Si vous continuez comme ça, ma douce, vous ne constituerez plus une marchandise de choix, se moqua-t-il.

— Et quelle catastrophe cela serait pour vous !

Aurore s'apprêtait à sortir sans son autorisation, mais avant d'avoir pu atteindre la porte, elle sentit la main de Richard sur son bras. D'un mouvement sec, il l'entraîna dans le couloir à l'abri du regard indiscret de l'Algérien.

— Aurore, je passe sur votre impertinence pour l'instant, mais je vous préviens que vous devrez changer d'attitude et de ton à l'avenir. Allez immédiatement dans ma cabine et ne vous égarez pas en chemin. Tous les hommes du *Bleeding Heart* attendent leur proie avec impatience et je doute que vous trouviez leur compagnie plus appréciable que la mienne.

— Lâchez-moi maintenant, et n'ayez crainte, je n'ai aucune envie de rejoindre ces hommes : j'ai ce qu'il faut ici !

A la façon dont elle le toisait, Richard comprit

qu'elle ne voyait aucune différence entre lui et cette bande de malfaiteurs.

— Pirates ou non, tenez compte de mes conseils, Aurore, dit-il en la secouant doucement.

— J'essaierai, mais je me demande si je ne ferais pas mieux de rejoindre ce Peterborough. Peut-être qu'il ne me traiterait pas comme une vulgaire marchandise, lui...

Furieux, Richard la saisit dans ses bras et cette fois, la bouscula sans ménagement.

— Ecoutez-moi bien, petite impertinente, vous êtes beaucoup mieux ici que sur le *Bleeding Heart* ! Si vous êtes assez folle pour souhaiter rejoindre ce Peterborough, réfléchissez d'abord à ce que je vais vous raconter : je l'ai vu brûler un homme à petit feu. Il le regardait agoniser sans la moindre compassion, riant du spectacle qu'il offrait à ses hommes. Alors remerciez plutôt le ciel de vous avoir placée entre mes mains, parce que vous pourriez subir un tout autre traitement à cette heure.

— Mais lâchez-moi ! hurla-t-elle. Vous me faites mal !

Enfin il la libéra, laissant Aurore perplexe. Elle n'aurait jamais cru qu'un homme aussi cruel que Peterborough puisse exister. Tout ce récit lui avait donné envie de vomir. Fixant Richard dans les yeux, elle comprit qu'il disait la vérité. Et maintenant, à cause de son père — un père qu'elle n'avait d'ailleurs jamais connu —, elle était au centre de ce tourbillon invraisemblable et l'objet de convoitise de plusieurs pirates.

Choquée, elle essayait de donner un sens à tout ça. Pour l'instant, elle subissait les événements sans en saisir la finalité. Quelle chance avait-elle de s'en sortir ? Qui croire ? Richard connaissait ce Peterborough et s'il lui affirmait que c'était un monstre, elle devait lui faire confiance et rester sur ce bateau avec l'espoir de pouvoir un jour s'évader.

— Je n'avais pas l'intention de vous effrayer, petite jeune fille, mais votre attitude ne me laisse guère de choix, expliqua-t-il, soudain attendri par l'extrême pâleur d'Aurore.

— C'est faux! répondit-elle avec un regard accusateur. Cela a toujours été votre but depuis que je suis montée à bord. Vous êtes un grossier personnage et vous profitez de votre position pour m'intimider. C'est tellement plus facile de manipuler des gens plus faibles, mais ne soyez pas si sûr de vous. Je suis encore capable de me battre!

— Vous êtes remarquablement intelligente, Aurore, et j'apprécie votre courage. Mais vous devriez finalement me remercier de vous avoir sortie de cet hospice! Vous vous seriez desséchée dans un endroit pareil: quel gâchis!

— Ce n'était pas un hospice, rétorqua-t-elle en s'enfuyant.

Elle se réfugia dans la cabine de Richard, poursuivie par son rire moqueur. Lutter pour sa liberté ne serait pas chose facile.

11

Nerveuse, Aurore arpentait la cabine. Dans quelle aventure était-elle tombée ? Devait-elle révéler à ce pirate le second couplet de la comptine et négocier ainsi sa liberté et celle de Lisbeth ? Ou devait-elle supporter l'ignoble comportement de cet homme et abuser de sa patience jusqu'à ce qu'il réalise qu'il ne tirerait rien d'elle ? Elle ne savait plus. Elle aurait aimé discuter avec Lisbeth, mais Richard prenait bien soin de les tenir à l'écart l'une de l'autre.

Elle se mordit la lèvre, incapable de trouver une solution. A l'extérieur, les hommes du *Bleeding Heart* commençaient à s'agiter, agacés par l'interminable négociation d'Azzedine et de Richard. Apparemment, la tension montait entre les deux équipages.

Elle allait s'approcher des hublots lorsque quelque chose lui parut anormal dans la pièce. Les rideaux en satin noir du lit à baldaquin, habituellement relevés et maintenus par des embrasses, étaient fermés. C'était d'autant plus étrange que le climat de l'endroit, d'une grande douceur, ne justifiait pas ce choix. Elle ne comprenait pas pourquoi Ben avait ainsi arrangé le lit. Après avoir réfléchi un instant, elle se hasarda à soulever un coin du tissu. Ce n'était peut-être pas très prudent, mais elle désirait être sûre que personne ne se cachait là-dessous.

Avant d'avoir eu le temps de réaliser ce qui se passait, un bras puissant surgit et la tira sans ménagement.

— Mais qu'avons-nous ici ?

Une voix terrifiante et rocailleuse la paralysa d'effroi. Un homme à la barbe humide se tenait devant elle, trempé, décharné, sale et probablement pouilleux. Le type même de la brute. Il dégageait une odeur immonde de chien mouillé.

— Relâchez-moi ! ordonna-t-elle en se tortillant pour se libérer.

Son cœur battait à tout rompre tant elle était effrayée.

— Changez de ton, belle demoiselle, ou je vous tranche la gorge d'une oreille à l'autre, menaça-t-il.

Joignant le geste à la parole, l'homme appliqua la pointe d'un couteau à la base de son cou. Aurore tremblait de tout son corps, incapable de maîtriser sa peur. Si elle bougeait d'un pouce, la lame allait la transpercer.

— J'ai quelques questions à vous poser. Alors calmez-vous et parlez doucement ! conseilla-t-il.

— Vous êtes un homme d'Azzedine ?

Elle connaissait pourtant la réponse : aucun membre d'équipage du *Seabravary* n'était aussi sale et aussi répugnant. Lorsqu'il acquiesça, Aurore se sentit défaillir. Elle ignorait comment cette brute allait se débrouiller pour l'entraîner sur le *Bleeding Heart*, mais il avait réussi à venir jusque-là sans se faire remarquer, et il n'y avait aucun doute sur ses intentions : il venait pour l'enlever. Qu'allait-elle devenir ?

— Dans quelle cabine sommes-nous ? demanda-t-il.

— Dans celle de Richard.

— Ah ! Je suis chez cet infâme bâtard ! Nous ne rêvons que de l'étriper, avec mes compagnons.

La haine lui tordait le visage, et ses yeux lançaient des éclairs.

Comprenant qu'il était impossible de le raisonner, elle tenta de l'impressionner :

— Vous osez venir le provoquer ici ! Vous savez qu'il n'appréciera pas que je disparaisse ainsi, sa vengeance sera terrible !

— Je fais cela pour un bijou gros comme mon nez, mademoiselle, expliqua-t-il. Voyez-vous, j'ai l'intention de m'enrichir moi aussi et il se trouve que vous êtes juste la personne qu'il nous faut !

— Mais je ne peux rien pour vous ! Ecoutez-moi, je vous supplie de me croire : j'ignore où se trouve cette Etoile.

— Nous vous aiderons à retrouver la mémoire, n'ayez crainte. Peterborough sait comment faire parler les jeunes filles. Il connaît une ou deux méthodes infaillibles pour délier les langues. Vous nous guiderez dans nos recherches et peut-être qu'avec un peu de chance et de bonne volonté, vous nous offrirez d'autres trésors ? dit-il en la serrant par la taille et en la reluquant sans vergogne.

Puis il éclata de rire.

— Vous êtes un précieux petit colis, murmura-t-il en se penchant sur elle.

Il se lécha les lèvres et cette conduite indécente épouvanta encore plus Aurore. Elle imaginait avec terreur quelles étaient les intentions de cet homme.

— Richard ne vous laissera jamais partir. Il est d'ailleurs en train de conclure un marché avec Azzedine. Et lorsqu'il s'apercevra de vos manœuvres, il aura vite fait de vous tailler en pièces.

— Richard ne conclura rien du tout... une fois mort, petite chérie.

Il promenait maintenant les mains sur le corsage d'Aurore, qui demeurait impuissante.

— Qu'avez-vous comploté ?

— J'exécute seulement les ordres d'Azzedine. Lorsque Richard sera mort, nous prendrons possession du vaisseau et de sa précieuse cargaison.

Il voulut toucher les lèvres de la jeune fille avec ses gros doigts sales, et elle se recula, horrifiée.

— Me repousserais-tu, ma belle ? dit-il en la plaquant sur le matelas.

— Non ! cria-t-elle, mais elle sentit le couteau sur sa gorge et se tut immédiatement.

Elle lutta de toutes ses forces afin d'éviter qu'il ne s'allonge sur elle, mais en vain. Il était trop fort. Et lorsqu'elle sentit la pointe de la lame s'enfoncer dans sa peau, elle songea que sa dernière heure était venue. Dans un dernier élan, elle tenta de lui donner un coup de pied, et cette rébellion eut simplement pour effet de l'énerver encore plus. D'un geste brusque, il déchira la robe. Il allait la violer et elle n'avait aucun moyen de lui échapper. Plus elle bougeait, plus il s'acharnait sur elle avec un déchaînement inouï. Aurore était désespérée.

Mais soudain, comme par magie, il fut violemment projeté en arrière.

— Explique-toi, Robert, hurlait Richard. Et vite, si tu veux que je t'épargne !

Aurore haletait, encore sous le choc et s'assit pour reprendre son souffle. Par bonheur, Richard avait probablement entendu ses cris de détresse.

— Alors, que faisais-tu ici ? reprit Richard. J'attends une réponse claire !

Aussi blanc qu'un linge, Robert semblait à la fois surpris et terrifié par la présence de Richard.

— C'est Azzedine ! C'est lui qui m'a ordonné de monter à bord ! C'est lui que tu dois tuer !

— Et c'est lui qui t'a conseillé de violer ma prisonnière ?

Les yeux exorbités, Robert perdait toute contenance, mais il avait gardé son couteau.

— Allons, ce n'est qu'une femme, Richard. Il faut bien se détendre un peu pendant ces longues traversées.

Tordant les poignets de Robert pour lui faire lâcher l'arme, Richard prit le temps de lui expliquer deux ou trois choses :

— Cette fille est ma propriété et tu sais ce qui arrive aux hommes qui cherchent à subtiliser le bien d'autrui ? Tu devrais pourtant connaître la règle qui existe entre marins ?

— Pitié, Richard ! Ne me tue pas ! suppliait Robert, à présent désarmé.

Il se réfugia dans un coin de la cabine.

Aurore n'avait jamais vu un homme aussi terrorisé. Elle-même ne se sentait guère à l'aise et savait de quoi Richard était capable. Il paraissait très furieux et Aurore craignit le pire. Même si cet homme la répugnait, elle ne pouvait supporter un tel acte. Elle ne voulait pas assister à un assassinat sans réagir.

— Richard, épargnez-le, je vous en prie ! Je ne suis pas blessée, ne le tuez pas froidement sans le juger !

— Robert, relève-toi, espèce de chien galeux ! menaça Richard.

— Non, Richard, s'il vous plaît... !

Se redressant, Aurore tenta de s'interposer entre les deux hommes.

— Regardez-moi, Richard, je suis indemne ! Je reconnais que cet homme mérite une punition, mais pas la mort. Il ne m'a même pas touchée.

Richard était interloqué. Comment osait-elle défendre l'homme qui avait failli la violer ? Et elle l'accusait, lui, d'être excessif dans son châtiment ? Pendant que Richard se posait toutes ces questions, perplexe, Robert profita de cet instant de trouble pour extirper un pistolet de sa veste. Aurore hurla. Mais avant que Robert n'ait eu le temps de tirer, Richard ramassa le couteau à ses pieds et le lança avec une grande précision dans la poitrine de son adversaire. Le pirate s'écrasa sur le sol, raide mort.

Aurore n'avait jamais vu autant de sang. Il y en avait partout : sur les vêtements, sur le parquet, sur Richard. Elle poussa un cri d'horreur et repoussa Richard qui tentait de la calmer.

— Ne me touchez pas ! Ne me touchez pas avec vos sales mains ! hurlait-elle.

Richard s'aperçut alors qu'il était maculé de sang. Proche du malaise, Aurore se mit à trembler nerveusement, incapable de se contrôler.

— Il ne mérite pas que vous versiez des larmes pour lui, commenta froidement Richard.

— Mais vous l'avez tué !

— Si je ne l'avais fait, c'est lui qui aurait tiré ! Est-ce que vous comprenez ?

— Mais il ne l'a pas fait !

— Fallait-il que j'attende qu'il nous abatte tous les deux ?

Aurore essuya ses larmes avec le revers de sa main.

— Vous auriez mieux fait de me laisser à St. Georges. Ainsi je ne serais pas devenue la complice d'un meurtrier.

Richard demeurait impassible, comme insensible aux paroles de la jeune fille.

— Richard ! Que se passe-t-il ?

Le capitaine Isaac venait de pénétrer dans la cabine, découvrant le triste spectacle. Il poursuivit :

— Comment le vieux Robert s'est-il débrouillé pour arriver jusque-là ? Nous étions pourtant très vigilants. Il a dû venir à la nage et se hisser par le hublot de ta cabine.

Azzedine finit par les rejoindre, et ne manifesta aucune émotion devant le cadavre de son complice.

— On sait qu'il était ici sur tes ordres, Azzedine ! hurla Isaac.

— Non ! s'exclama le pirate. Il a pris seul cette initiative. Mais fais attention, mon ami, ce sang risquerait de tacher ton superbe tapis.

Aurore ne parvenait pas à comprendre l'attitude de ces hommes. Est-ce qu'ils n'avaient donc aucun respect pour les morts ? Robert était peut-être un terrible individu, mais il méritait dans la mort un minimum de compassion.

Azzedine errait dans la cabine, Isaac parlait de commander à Ben le nettoyage rapide de la pièce, et Richard surveillait Aurore, conscient de son trouble.

Soudain, Azzedine se pencha, saisit le revolver de Robert et menaça Richard.

— Richard, je n'ai qu'un seul désir, celui de te tuer ! prévint Azzedine.

A nouveau, Aurore sentit son sang se glacer. Est-ce que Richard allait aussi le tuer ? C'était hallucinant : la même scène se reproduisait sous ses yeux à quelques minutes d'intervalle. Richard ne bougeait pas, imperturbable. Aurore n'en revenait pas. Le sang-froid qu'il parvenait à conserver dans cette circonstance la stupéfiait. Mais c'était probablement ce qui faisait sa force : cette attitude devait déstabiliser ses adversaires.

Lorsque Azzedine appuya sur la gâchette, Aurore hurla. Mais miraculeusement, aucun coup ne partit. L'arme s'était enrayée. Alors Azzedine éclata de rire, comme s'il s'était amusé à effrayer Richard.

— J'aurais bien aimé te tuer, Richard, mais malheureusement, la poudre est mouillée et le pistolet hors d'usage. Pauvre Robert ! Il est mort bêtement.

Il n'a pas réalisé qu'en te menaçant avec cet engin, il n'avait aucune chance de s'en sortir.

— Azzedine, retourne vite sur ton bateau, ordonna Isaac. Et estime-toi heureux de ne pas finir comme lui !

— Nous nous reverrons bientôt, mes amis, lança-t-il en quittant la pièce.

Lorsqu'il eut disparu, Aurore tremblait toujours.

— Vous auriez pu être tué, Richard, dit-elle d'une toute petite voix.

— Que préférez-vous finalement ? rétorqua-t-il avec une pointe d'agacement. Que je sois tué ou que je sois moi-même un tueur ? Il faudrait vous décider...

— N'y a-t-il pas d'autre alternative dans votre vie ?

— Pas d'autre choix possible, petite demoiselle. Et je vous rappelle que je vous ai sauvé la vie.

— Mon Dieu, mais qu'ai-je fait pour mériter ce sort ? Je vous supplie de nous relâcher, Lisbeth et moi, de nous laisser dans le prochain port. Je ne supporte plus d'être ici.

S'approchant d'elle, il la saisit par les épaules avec douceur.

— Vous n'avez rien à vous reprocher, mais le jour où votre père a volé et vous a donné ce bijou, il vous a indirectement impliquée dans cette affaire. Oubliez votre fierté et votre misérable passé ! Maintenant vous êtes entre mes mains, et vous y resterez jusqu'à ce que nous retrouvions l'Etoile.

Aurore sanglotait, épuisée et démoralisée par tous ces événements. Les mains de Richard, encore tachées de sang, laissèrent des traces sur sa robe. Percevant le malaise de la jeune fille, Richard ordonna à Isaac de la raccompagner dans sa cabine. Aurore se laissa guider par le capitaine, incapable de discuter davantage. Isaac lança un regard interrogatif à Richard qui répéta ses ordres :

— Sors-la d'ici, tout de suite !

Obéissant, Isaac poussa doucement Aurore vers la porte.

12

« Mais quel genre d'homme est-il ? » se demandait Aurore en essuyant ses larmes. Appuyée à la rambarde, elle contemplait l'océan, si somptueux et d'un bleu si profond.

Près d'elle, Isaac surveillait le *Bleeding Heart*, le visage fermé, comme si ce vaisseau lui rappelait de mauvais souvenirs.

— Mais ne réalise-t-il pas le prix de la vie ? Azzedine allait le tuer et il ne bougeait pas : en quoi est-il fait pour rester aussi impassible devant la mort ?

— Richard a toujours été une énigme pour moi, répliqua Isaac en soupirant.

— Je n'arrive pas à le comprendre, ses réactions sont tellement surprenantes.

— Il en a vu d'autres, Aurore, et il ne craint plus grand-chose maintenant. Il a vécu des moments très durs durant son existence. Parfois, je pense comme vous : je crois que sa vie lui importe peu. On dirait qu'il lui manque quelque chose, peut-être de croire en la bonté des autres. Il se moque de vivre ou de mourir. Je l'ai déjà vu prendre des risques inouïs.

— Mais vous avez eu vous aussi à vous battre dans votre vie. Et vous êtes aussi un pirate, vous paraissez pourtant moins insensible que lui.

Cette remarque fit rire le capitaine.

— Je ne suis pas un pirate, Aurore. Juste un capitaine de navire. C'est simplement la vie que je mène depuis que ma pauvre femme est morte de la vérole qui m'a forgé un caractère de pirate.

— Je ne comprends pas comment un homme comme vous a pu se laisser entraîner dans une telle aventure !

— Il y a dix ans que je suis fidèle à Richard. On peut lui faire confiance. C'est un homme très riche et très puissant. Il possède autant de vaisseaux que la Compagnie britannique des Indes.

— Mais cela ne l'empêche pas d'être un pirate, ajouta-t-elle. Et vous, qui prétendez être un honnête homme, vous travaillez cependant pour lui.

— Il ne faut pas le voir uniquement sous cet angle. Il donne cette impression quand cela l'arrange. En réalité, il préfère largement se promener sur les plages de son île et surveiller ses affaires à Londres que de se battre en mer.

— Alors pourquoi tient-il tellement à retrouver cette Etoile ?

— Il déteste Peterborough et rien ne l'arrêtera. Il veut ce bijou par-dessus tout, et il l'aura !

Aurore sentit qu'il y avait peut-être une chance pour elle de s'évader si elle réussissait à culpabiliser Isaac.

— Mais vous et votre équipage, vous avez certainement conscience de la gravité de ce que vous avez fait ? Empêchez-le d'agir, Isaac ! Et libérez-nous toutes les deux, je vous en supplie, Isaac.

— Nous demeurerons toujours fidèles à Richard, répondit simplement Isaac.

— Mais vous ne pouvez vous engager pour tous vos hommes. Il doit bien y avoir quelqu'un sur ce bateau capable de nous aider !

— Personne ne vous aidera, Aurore, s'il s'agit de

renoncer à combattre ce Peterborough. Croyez-moi, je connais tous ces hommes et certains depuis quarante ans.

— Mais ils ne sont pas fidèles à Richard depuis quarante ans.

— Non, nous étions avant sur un autre bateau. C'était un baleinier, le *Léviathan*. La moitié de l'équipage a suivi, en jurant fidélité et obéissance à Richard.

— Mais ce n'est pas possible, murmura Aurore.

— Ne vous faites pas d'illusions, ma chère. Je sais de quoi je parle.

Le regard perdu dans le vide, elle se demandait si elle retrouverait un jour sa liberté.

— Ramenez-moi dans la cabine, Isaac. Je dois parler à Richard.

Lui présentant le bras, Isaac reconduisit la jeune fille. Aurore avait l'impression qu'un gouffre infranchissable la séparait de cette liberté qu'elle espérait tant. Plus ils se rapprochaient de l'île de Richard, plus ses chances d'évasion s'envolaient.

La cabine avait été parfaitement nettoyée : plus aucune trace de sang, ni de bagarre. Richard n'était pas là et Aurore pria Isaac de la laisser seule. Elle avait besoin de se préparer à cette future confrontation.

Elle était déterminée plus que jamais à se battre, elle ne devait plus se laisser intimider par cet homme. Maintenant qu'elle savait ce dont il était capable, elle se sentait libérée de toute crainte. Prête à négocier avec le diable !

Ben lui apporta un repas qu'elle s'empressa de manger. Elle profita de ce moment d'intimité pour se laver et changer de robe. Mais bientôt, elle entendit la voix de Richard dans le couloir, donnant des ordres à un de ses hommes.

Il entra et fit mine de ne pas la voir, s'installant à sa table de travail. Il se mit à griffonner quelques mots sur son carnet de bord. Lorsque le silence devint insupportable, elle se lança enfin :

— Il y a un autre couplet dans la comptine.

— Pardon ? Que dites-vous ? s'étonna-t-il, incrédule.

— Je dis qu'il y a un autre couplet que vous ne connaissez pas encore.

— Pourquoi me dites-vous cela maintenant ?

— J'ai une proposition à vous faire : je vous le réciterai lorsque j'aurai la garantie que Lisbeth est bien traitée.

— Vous ne le croirez peut-être pas, Aurore, mais je n'ai pas pour habitude de violer ou de torturer les vieilles femmes.

— Je ne suis pas une vieille femme.

— Je m'en étais déjà aperçu, répliqua-t-il en la dévisageant longuement. Et maintenant, je vous écoute.

— Vous n'imaginez tout de même pas que je vais parler sans assurance de votre part ?

— Vous moqueriez-vous de moi ? Savez-vous que je peux vous faire parler si j'en ai envie...

Certaine qu'il faisait allusion à quelque chose d'immoral, elle préféra ignorer sa menace.

— Non, vous ne pourrez pas me forcer à parler. J'ignore où se trouve cette Etoile, mais la solution se cache peut-être dans les vers de la comptine, et moi seule connais ce poème. Alors à vous de voir... Je vous révélerai tout lorsque vous nous libérerez toutes les deux.

Se dirigeant vers elle, il la menaça :

— Vous allez parler et tout de suite.

Aurore demeurait de marbre, décidée à ne pas montrer sa peur.

— Vous ne saurez rien, Richard, et cela tant que

je ne serai pas libre. Et si vous m'emmenez sur votre île, je jure de rester muette comme une carpe.

— Je vois que vous appliquez mes conseils à la lettre.

— Eh oui : « Oubliez votre fierté et votre misérable passé », alors j'ai tout oublié. Je n'ai jamais mis les pieds dans un orphelinat. Je ne suis plus aujourd'hui qu'une jeune femme détenant le secret d'une énigme qui vous échappe. Et si vous voulez obtenir satisfaction, Richard, vous devrez m'obéir.

Inconsciemment, elle porta la main sur le médaillon.

— Et que dois-je faire pour vous plaire, mademoiselle ?

— Tout d'abord, je souhaiterais me réinstaller dans ma cabine. Ensuite, vous devez me promettre de nous débarquer dès que possible en nous offrant une compensation pour tous ces désagréments.

— C'est-à-dire ?

— Vous donnerez suffisamment d'argent à Lisbeth pour lui permettre de rejoindre St. Georges, et vous me paierez le trajet de retour vers Londres.

Richard réprimait manifestement un fou rire.

— Est-ce tout ? demanda-t-il de manière très solennelle.

— Ce sera tout. Ensuite, je vous révélerai le contenu complet de la comptine et vous pourrez courir après cette pierre précieuse.

— Mais je ne vous comprends pas, Aurore. N'éprouvez-vous donc aucun sentiment ? Après tout, votre père souhaitait ce bijou pour vous seule. Sinon pourquoi vous aurait-il appris cette chansonnette ?

Aurore se crispa. Bien sûr, elle aimait son père. Il était la seule personne de sa famille qu'elle ait connue, et penser à lui était une véritable souffrance. Il lui avait toujours manqué, et elle avait toujours conservé l'espoir de le revoir un jour. Mais après tout ce qu'elle avait appris sur lui ces derniers temps, elle ne savait plus si elle l'aimait réellement ou si elle aimait l'image qu'elle s'était faite de lui.

— Comment pouvez-vous dire que je n'éprouve plus rien pour mon père ? Si j'agis comme je le fais, c'est uniquement pour prouver qu'il n'était pas un voleur. Tout ce que je souhaite, c'est que vous reconnaissiez votre erreur de jugement, et que vous me libériez.

— Et si je vous laisse partir toutes les deux, n'allez-vous pas essayer de me faire condamner pour kidnapping et divers actes de piraterie ?

— Si Lisbeth veut porter plainte, c'est son droit. En ce qui me concerne, j'essaierai d'oublier toute cette histoire. Je désire seulement vivre en paix à Londres.

— Et rejoindre votre cher fiancé, je suppose...

— Parfaitement.

— J'imagine que votre rêve est de devenir Mme John Philipps aussi vite que possible, n'est-ce pas ?

Aurore hésita, incertaine. Elle ne souhaitait pas épouser John. Si cette aventure lui avait donné une certitude, c'était bien celle-là.

— Quoi que je fasse plus tard, cela ne vous regarde absolument pas. Votre seul problème pour l'instant, c'est le second couplet de cette comptine.

— Vous avez parfaitement raison, conclut-il, un peu irrité par le ton d'Aurore. Seulement, je ne saurai si ce second couplet est le bon que s'il me permet de retrouver cette émeraude. Il vous faudra donc patienter jusque-là.

— Vous avez ma parole que je vous confierai l'exacte vérité.

Cette promesse le fit éclater de rire. Comme si elle venait de lui raconter une bonne blague.

— Qu'y a-t-il de si comique ? l'interrompit-elle.

— Votre parole ! Mais pour qui me prenez-vous ? Pensez-vous que je n'aie pas l'habitude des prisonniers ? Ils essaient toujours de mentir pour parvenir à leurs fins.

— Mais je peux prouver que je vous dirai la vérité.

Elle se mordit la langue, réalisant qu'elle avait failli évoquer le médaillon et les vers gravés à l'intérieur. Révéler ce secret aurait été courir à sa perte.

Malheureusement, elle avait déjà éveillé la curiosité de Richard. Il prit son petit visage entre ses grandes mains et l'interrogea :

— Et comment pouvez-vous le prouver ?

— Quand l'heure sera venue, je vous le dirai. Relâchez-nous et vous connaîtrez le second couplet.

— Il est écrit quelque part, c'est cela Aurore ?

Aussitôt, Richard voulut saisir son sac de voyage pour le fouiller.

— Il n'y a rien là-dedans qui puisse vous intéresser, trancha-t-elle avant qu'il n'ait eu le temps de l'ouvrir.

— Et où est donc écrit ce couplet ? Sur un bout de papier caché sous votre robe ? demanda-t-il en s'approchant dangereusement.

Aurore restait muette.

Soudain, il la regarda d'un air bizarre et elle comprit qu'il suspectait quelque chose. Instinctivement, elle croisa les mains sur sa poitrine.

— Non ! Reculez-vous, s'il vous plaît.

— Allez, enlevez votre robe, Aurore. J'aimerais vérifier moi-même où se trouve ce bout de papier si précieux !

— N'y comptez pas. Je ne me déshabillerai pas.

— Eh bien, c'est moi qui le ferai. Je vais vérifier dans les plis de votre corsage.

En reculant pour lui échapper, Aurore heurta un fauteuil et manqua de tomber. Richard la rattrapa immédiatement et profita de l'occasion pour la presser contre lui, d'une manière si indécente qu'Aurore ne put s'empêcher de rougir.

Souriant et resserrant son étreinte, il se permit de caresser ses hanches.

— Comme j'adore les femmes qui ne portent pas de gaine, commenta-t-il.

Ne tenant aucun compte des protestations de la jeune fille, il l'attira vers le lit, toujours décidé à vérifier son intuition. Aurore résistait et se débattait de son mieux.

— Laissez-moi ! Vous ne trouverez rien sur moi, hurlait-elle alors qu'il la renversait sur le matelas.

Aurore se tortillait dans tous les sens, tentant en vain de se dégager du poids de cet homme. Elle était sur le point de réussir lorsqu'elle sentit la pointe d'un couteau découper habilement les coutures de sa robe. C'était la deuxième fois aujourd'hui qu'on la menaçait de cette façon.

— Où cachez-vous ce papier, belle jeune fille ? dit-il en commençant son inspection.

En quelques secondes, il mit la robe en lambeaux, dénudant ses épaules et dévoilant ses sous-vêtements. Et sous prétexte de chercher le fameux couplet, il en profita pour imposer à Aurore des caresses qu'elle-même n'aurait jamais osé imaginer.

Ses mains puissantes se promenèrent sur sa poitrine puis descendirent sur ses cuisses.

Aurore était choquée et gémissait, mais était-ce de colère ou de plaisir ? Son corps réagissait à ces attouchements, et cela la rendait malade de honte. Mais l'évidence était là : malgré ses réticences, elle sentait la pointe de ses seins se tendre sous les caresses de plus en plus expertes de Richard.

— Je vous déteste, cracha-t-elle en essayant de le frapper.

— Bien sûr, vous me détestez. Je constate à quel

point vous me haïssez, répondit-il en emprisonnant un de ses seins.

— N'imaginez surtout pas que je désire un individu aussi ignoble que vous.

Les yeux de Richard pétillaient d'amusement.

— Mais je ne me fais aucune illusion. Je sais que votre fiancé est le seul homme dont vous rêvez... Cela explique d'ailleurs pourquoi vous le fuyez à l'autre bout de la terre, n'est-ce pas ?

— N'oubliez jamais son nom et prenez garde, car il partira à ma recherche très bientôt.

Ce n'était qu'un mensonge, mais elle espérait impressionner Richard de cette façon. Pourtant, il ne parut pas le moins du monde effrayé par cette perspective.

— Comment, ce John posséderait un tel courage ?

De rage, Aurore tenta de le griffer au visage mais il eut tôt fait de la maîtriser. Il tenait fermement ses poignets au-dessus de sa tête et elle était maintenant complètement à sa merci. Elle aurait aimé avoir les ciseaux en main, elle n'aurait pas hésité à s'en servir.

— Passons aux choses sérieuses, ma douce. Encore une fois, où se trouve ce papier ?

— Pas sur moi ! Alors lâchez-moi tout de suite !

— Désolé d'insister, mais j'aimerais vérifier par moi-même.

Ne lui laissant pas le temps de répondre, il entreprit de poursuivre son travail. D'un geste brusque, il arracha ce qui restait de la robe. Aurore était maintenant presque nue. Seuls son pantalon et sa brassière préservaient encore un peu sa nudité. Richard fut saisi par la beauté de son corps, par la finesse de ses formes. Emu, il posa le couteau sur le bord du lit.

Doucement, il commença à défaire la brassière, effleurant les dentelles du bout des doigts. Aurore n'avait pas d'idée précise sur les intentions de cet homme, mais elle était terriblement inquiète. Elle se sentait humiliée. Pourtant, elle tressaillit sous la chaleur et la force de cette main qui semblait lui brûler la peau à travers le fin tissu de sa chemise.

— Non, je vous en prie, ne faites pas ça, supplia-t-elle en tentant de le repousser.

— Mais ces vêtements requièrent beaucoup de soin pour les enlever, répliqua-t-il d'une voix rauque et bizarre.

Lentement, ses doigts glissèrent sur le corsage de la jeune fille et, avec une adresse infinie, il découpa à l'aide des petits ciseaux les fines attaches du sous-vêtement.

Le regard froid du pirate et le contact glacé des lames sur sa peau la firent frissonner.

— S'il vous plaît, laissez-moi, implora-t-elle en haletant. Vous n'allez pas saccager tous mes vêtements.

— De toute façon, ils sont misérables, vous méritez mieux que ça! J'ai quelque part des robes qui vous iront à merveille et qui mettront en valeur votre beauté, ma chère Aurore.

Elle croisa son regard et comprit qu'il la désirait. Il avait certainement connu de nombreuses femmes et il était peut-être normal qu'il cherche à posséder aujourd'hui la seule jeune personne à bord de ce navire. Mais elle devina dans son attitude qu'elle l'intriguait et l'attirait plus qu'une jeune femme ordinaire. Elle lui paraissait insaisissable, mystérieuse, et cela la rendait encore plus séduisante.

— Non, murmura-t-elle à l'instant où il libérait ses petits seins de leur coque de dentelle.

Richard ne l'entendait pas.

— Ce n'est pas bien, déclara-t-elle en le repoussant. Jamais je ne parlerai, vous m'entendez?

Il découvrait des merveilles sous le tissu, de jolis

seins fermes et pommés. Cela le rendait ivre de désir. Aurore aurait voulu lui résister mais comment pouvait-elle se sortir de cette situation ? Il était tellement plus fort qu'elle.

Pendant un long moment, il se contenta de la contempler. Aurore était comme hypnotisée. Elle éprouvait un étrange mélange de sensations : elle était impressionnée par sa force et sa puissance, mais en même temps, il ne lui était pas aussi indifférent qu'elle souhaitait s'en convaincre. Il fallait reconnaître l'évidence : ce pirate l'attirait.

— Pourquoi me regardez-vous ainsi ? demanda-t-il brusquement.

Elle détourna les yeux. Qu'éprouvait-elle réellement pour cet homme ? Il n'était qu'une vulgaire canaille et pourtant, il parvenait à troubler ses sens. Il saisit son menton et la força à le regarder, droit dans les yeux.

Aurore repoussa doucement les mains de Richard et remonta sa chemise pour cacher sa poitrine. Comment pouvait-elle se poser toutes ces questions ? Pourquoi s'interrogeait-elle sur les sentiments qu'elle ressentait à cet instant ? Elle délirait, à coup sûr. Et c'était lui le responsable. Cette traversée, cet enlèvement lui faisaient perdre le sens des réalités. C'était la seule explication possible.

— Maintenant, vous allez parler ! ordonna-t-il fermement.

— Laissez-moi ! Qu'est-ce que vous voulez que je vous dise ? Que je ne supporte pas d'avoir les mains d'un meurtrier sur moi ?

— Vous ne sortirez pas d'ici tant que vous n'aurez pas parlé !

Enragé par les paroles de la jeune fille, Richard finit par la lâcher, lui jetant la couverture sur les épaules.

— Ce meurtrier vous a tout de même sauvé la vie, continua-t-il. Est-il besoin de vous le rappeler?

— Vous m'avez tirée des mains de cette fripouille et je vous en remercie, mais cela ne fait pas de vous un saint, rétorqua-t-elle.

— Je n'ai jamais prétendu en être un, dit-il d'une voix troublée.

Tout à coup, elle réalisa que Richard avait les yeux fixés sur ses seins qu'il devinait sous le tissu transparent de la chemise. Instinctivement, elle croisa les bras sur sa poitrine, mais ce geste parut l'exciter encore plus.

— Enlevez le reste, Aurore.

Richard suivait son idée et ne semblait pas décidé à la laisser tranquille.

— Elle n'est pas sur moi, répéta-t-elle une fois de plus.

Elle roula vers le bord du lit pour lui échapper.

— On a suffisamment perdu de temps, Aurore. Finissez de vous déshabiller.

— N'y comptez pas.

— C'est ce que nous allons voir!

Il la repoussa en arrière, la retenant d'une main, pendant que de l'autre il finissait de déchirer sa robe. Soudain, elle se retrouva plaquée contre le corps vigoureux de Richard. Malgré ses efforts, elle n'avait pas réussi à éviter ce contact charnel et tellement sensuel...

— Vous n'êtes qu'une bête! hurla-t-elle.

Plus une seule couture n'était intacte, mais il poursuivait ses recherches au milieu de cet amas de tissu et de dentelle.

— J'exige que vous me donniez ce papier! dit-il en jetant sa chemise de côté.

Aurore était désespérée d'être ainsi livrée au regard de cet infâme pirate. Tout à coup, elle aperçut à quelques centimètres d'elle le couteau qu'il avait abandonné quelques minutes plus tôt. Sans perdre un instant, elle le saisit.

— Poussez-vous ! cria-t-elle. Ou je vous le plante dans le ventre !

— Le vieux Robert n'a pas su manier cette arme correctement, pensez-vous faire mieux que lui ?

— En tout cas j'essaierai, alors tenez-vous à l'écart !

— Calmez-vous, Aurore. Encore votre pantalon et vous serez libre, je vous le promets !

Elle le regardait, incrédule. Elle savait qu'elle n'avait aucune chance contre lui, même avec un couteau dans les mains. Comprenant qu'elle était vaincue, elle dénoua lentement son caleçon et le lui jeta à la figure, puis s'empressa de dissimuler sa nudité derrière les rideaux du lit. Bizarrement, il parut déçu qu'elle ne lui résiste pas davantage. Il mit en pièces le sous-vêtement de la jeune fille mais sans résultat.

— Etes-vous satisfait, maintenant ? demanda-t-elle d'un ton amer.

Furieux, Richard saisit le sac de voyage de la jeune fille.

— Non ! Laissez ça, ordonna-t-elle.

Mais Richard n'en faisait qu'à sa guise, indifférent aux plaintes de la jeune fille. Il renversa sur le sol le contenu du sac et fouilla chaque vêtement, abîmant irrémédiablement toutes les affaires personnelles d'Aurore. Lorsqu'il saisit la robe bleue aux broderies roses, elle ne put s'empêcher d'intervenir :

— Je vous en prie, pas celle-là ! J'ai mis des mois à la broder.

Elle était persuadée qu'il ne tiendrait pas compte de sa remarque et elle finit par penser que Richard se comportait comme John, prenant un plaisir tout particulier à détruire ce qui lui appartenait.

Mais à sa grande surprise, Richard se ravisa. Ils se dévisagèrent un long moment, puis il lui tendit le vêtement. Il la stupéfia encore plus lorsqu'il s'appliqua à ramasser et à ranger toutes ses affaires. Finalement, il abandonnait la partie et essayait de se faire pardonner son odieux comportement.

Alors qu'elle croyait à un répit, Richard ouvrit un des hublots, les bras chargés de robes, brosses et épingles à cheveux, et jeta le tout par-dessus bord. Aurore était éberluée, incapable de réagir. Elle s'attendait à tout sauf à cela.

— Mais pourquoi faites-vous ça ? Mes robes, mes chaussures et mes épingles à cheveux n'y sont pour rien. Ce n'est pas ainsi que vous retrouverez votre Etoile.

— A partir de maintenant, vous n'attacherez plus vos cheveux, expliqua-t-il. Et vous marcherez nu-pieds, comme n'importe quelle prisonnière. Vous êtes sur un bateau de pirate, pas dans un salon de thé. De plus, il ne vous reste que cette robe... Aussi, je ne saurais trop vous conseiller de m'obéir si vous ne voulez pas qu'elle subisse le même sort que les autres.

Après lui avoir lancé un dernier regard noir, il sortit en claquant la porte. Aurore demeura seule au milieu de ce désastre, serrant contre elle cette robe qu'elle aimait tant. De rage, elle se rua vers la porte pour l'insulter.

— Vous n'êtes qu'un monstre ! Vous avez détruit tout ce qui me restait.

13

Quelques heures plus tard, Aurore tentait toujours de remettre de l'ordre dans ses affaires. Sa robe était irrécupérable, et elle ne pouvait plus se coiffer sans ses épingles. Elle avait donc enfilé sa robe bleue, sa seule et unique à présent. En vain, elle avait cherché sur le tapis d'hypothétiques épingles qui auraient échappé à la folie destructrice de Richard, mais elle avait tout de même réussi à attacher ses cheveux avec un bout de ruban.

Découragée, elle restait assise sur le bord du lit. Elle se sentait sale, souillée par les mains de ce bandit. Des mèches retombaient tout autour de son visage défait. Déchaussée et mal coiffée, elle n'avait pas plus d'allure que les pauvres enfants qui se présentaient à l'orphelinat. Mme Bluefield aurait été consternée de la voir dans cet état. Elle qui était tellement attachée à l'apparence soignée d'une personne devait se retourner dans sa tombe.

— On s'est remise de ses émotions ?

La voix de Richard la tira de ses pensées. Immédiatement, elle le fusilla du regard. Pourquoi revenait-il l'ennuyer ? Il arborait un sourire compatissant.

— Qu'avez-vous fait de toutes mes épingles ? Rendez-les-moi ! exigea-t-elle en essayant de contrôler sa colère.

— En avez-vous vraiment besoin? se contenta-t-il de répondre d'un ton négligent.

— Je n'ai pas à vous donner d'explication. Je tiens à récupérer ma boîte à épingles, et si vous devez plonger pour la retrouver, eh bien allez-y.

La fureur illuminait l'azur de ses yeux. Richard avait détruit tout ce qu'elle possédait, déchiré ses robes, bafoué son honneur. Elle n'était aucunement disposée à lui pardonner.

— Je ferai encore mieux que cela, proposa-t-il. Je vous offrirai une centaine d'épingles en or, si vous me récitez ce second couplet ou si vous me prouvez qu'il existe vraiment.

« Jamais, jamais je ne céderai, pensa-t-elle, surtout pas maintenant ! »

— Acceptez-vous mon offre, belle jeune fille ?

Elle ferma les yeux. Elle aurait voulu le frapper mais elle se résignait à se taire, sachant qu'elle ne parviendrait pas à grand-chose contre lui.

— Aurore... murmura-t-il. Que se passera-t-il si je vous prends l'unique épingle qui retient ce châle sur vos épaules ? M'accorderez-vous ce que j'attends ?

Instinctivement, elle recula pour éviter qu'il ne la touche à nouveau. Cette fois, elle n'allait pas se laisser manipuler, ni impressionner. Elle saisit un petit lion en porcelaine, apparemment un objet de grande valeur, et l'en menaça.

— Ne vous approchez pas ou je jure que je vous le lance à la figure ! s'exclama-t-elle.

— Pourquoi dramatiser, Aurore ? Vous auriez fait une excellente actrice de théâtre, se moqua-t-il.

Comme il s'avançait, elle mit sa menace à exécution. L'objet manqua sa cible et s'écrasa bruyamment sur le sol.

— Avez-vous l'intention d'ameuter tout l'équipage ?

— Restez où vous êtes ! ordonna-t-elle une dernière fois. Je vous garantis que vous ne me prendrez pas cette épingle !

Elle s'empara des verres à liqueur près d'elle qui volèrent eux aussi à travers la pièce.

Tout ce bruit allait forcément attirer quelqu'un, espérait-elle.

— Ne bougez plus, vous avez compris ?

— Vous n'êtes qu'une petite peste !

Aurore continuait à jeter tout ce qu'elle trouvait à portée de main. Mais il réussissait à éviter chaque projectile, et se rapprochait d'elle insensiblement. Lorsqu'elle se sentit prise au piège, elle lança le dernier verre du service puis tenta de fuir. Mais Richard eut tôt fait de la maîtriser, et à l'instant où il lui saisissait les poignets, Aurore poussa un cri de douleur.

— Que se passe-t-il ? demanda-t-il.

— Mon pied, gémit-elle. Je me suis blessée.

La douleur était telle qu'elle s'écroula. Immédiatement, il la prit dans ses bras et l'allongea sur le lit.

Oubliant un instant leur querelle, il examina la blessure. Elle poussa un petit cri lorsqu'il extirpa le morceau de verre qui avait pénétré dans la plante de son pied.

— Voilà ce qui arrive lorsqu'on ne se contrôle plus, dit-il en lui bandant le pied avec un mouchoir.

Pour la deuxième fois de la journée, Richard avait du sang sur les mains. Mais dans ce cas, c'était pour une bonne cause.

Aurore n'osait plus le regarder, elle avait honte d'elle. Quand il le voulait, Richard savait se comporter comme un gentleman, capable de douceur et de délicatesse.

— Je suis désolée, murmura-t-elle.

Elle ne comprenait pas pourquoi elle s'excusait mais les mots venaient naturellement à sa bouche.

— Souhaitez-vous toujours des épingles ?

Elle garda le silence, refusant toujours de céder.

— Voulez-vous cette épingle ? proposa-t-il, tenant entre ses doigts le petit objet si convoité par Aurore.

— Oui.

— Alors embrassez ma main, ordonna-t-il.

Choquée, elle le dévisagea. Comment osait-il exiger une chose pareille ?

— Mais Richard...

Elle n'eut pas le temps de terminer sa phrase. Il s'était rapproché d'elle, et ses doigts effleurèrent la bouche de la jeune fille. Il se mit ensuite à lui caresser le visage.

— Embrassez ma main, Aurore, répéta-t-il d'une voix étrange, envoûtante.

Elle le regardait, ne sachant que faire. Pourquoi tenait-il à ce qu'elle l'embrasse ? Cherchait-il à obtenir son pardon ? Espérait-il la séduire ? Comment aurait-elle pu éprouver quoi que ce fût pour un tueur ?

Mais elle consentit finalement à poser ses lèvres sur sa main. Sa peau était délicieusement chaude et rugueuse. Surprise par ce plaisant contact, elle ne se rendit pas compte qu'elle prolongeait plus que nécessaire ce tendre baiser. Satisfait, Richard se releva et s'installa à son bureau, puis il jeta l'épingle sur la couverture. Aussitôt, Aurore arrangea sa robe et se leva. Il se comportait comme si rien ne s'était passé, comme si ce baiser ne lui avait procuré aucune sensation.

— Vous feriez mieux de rester sur le lit, conseilla-t-il en enlevant sa chemise. Il y a du verre un peu partout et je ne vais pas réveiller Ben maintenant. Il nettoiera tout ça demain matin.

Effectivement, il était tard. La nuit était tombée... et elle était toujours dans cette cabine.

— Richard, j'aurais souhaité...

Mais elle ne put continuer sa phrase. Sous ses

yeux et sans la moindre pudeur, Richard enlevait son pantalon, exhibant ses superbes jambes musclées. Apparemment, il se préparait à se coucher. Pour éviter d'apercevoir le dragon dans son dos, Aurore préféra se retourner. Choquée par son manque de discrétion, elle se rua sur la porte, mais elle était bel et bien fermée.

— Bonne nuit, Miss Dayne, lança-t-il en s'allongeant voluptueusement sur le lit.

D'un souffle, il éteignit les bougies, de telle sorte qu'ils se retrouvèrent dans la pénombre.

Aurore frissonna. Elle était seule dans le noir, avec cet homme nu près d'elle, et le sol de la cabine était parsemé de bouts de verre. Terrifiée à l'idée de se blesser à nouveau, elle n'était pas sûre de pouvoir atteindre le fauteuil sans incident. Finalement, elle trébucha sur les bottes du pirate et heurta le bureau. Puis, prudemment, elle réussit à atteindre son but.

— Etes-vous bien installée, Miss Dayne?

Aurore sursauta.

— C'est parfait, répondit-elle. Merci.

— Cela ne tiendrait qu'à vous de regagner votre cabine dès ce soir. Vous savez d'ailleurs comment obtenir cette faveur.

Elle était tentée de parler. Mais alors il rallumerait les bougies et elle le verrait, encore une fois, complètement nu. C'était impensable. Elle préférait cette inconfortable position plutôt que de l'affronter à cette heure de la nuit.

— Je ne dirai rien tant que je ne serai pas libre.

— Je vois, mais je suppose qu'au bout de quelques nuits passées sur ce fauteuil, vous changerez d'avis.

— Je suis très bien installée.

— Peut-être, mais pas aussi bien que dans un lit.

— Le seul lit de cette pièce est occupé.

— Je suis disposé à partager…

— Non, non merci, répondit-elle vivement, effrayée par cette idée saugrenue.

— Alors tant pis pour vous et bonne nuit, conclut-il en se retournant et en faisant grincer le matelas.

Aurore fronça les sourcils, furieuse qu'il puisse ainsi se moquer d'elle. Epuisée, elle finit par appuyer sa tête sur l'accoudoir et sombra dans un profond sommeil.

Un coup sec à la porte éveilla Richard. Comme un chat dans la nuit, il se leva d'un bond et enfila prestement son pantalon et sa chemise. En quelques secondes, il fut à la porte, réussissant à éviter les bouts de verre.

— Que se passe-t-il ? demanda-t-il à Isaac qui se tenait devant lui, une lanterne à la main.

— Il y a un problème. Ben vient juste de me dire qu'un de nos tonneaux fuit. Nous n'aurons pas assez d'eau pour tenir jusqu'à San Juan.

— Et c'est ce qui t'autorise à me réveiller à une heure pareille ? Ce n'est pas un drame. Nous nous arrêterons dans le prochain port, rétorqua Richard, apparemment agacé d'avoir été dérangé pour si peu.

— C'est justement de cela que je voulais te parler. Le prochain port est sur l'île du Grand Talisman.

Richard demeura pensif un instant.

— Je vois, acquiesça-t-il doucement.

— Peut-on envisager d'y aller ?

— Je crois qu'on n'a guère le choix.

— C'est à toi de décider. C'est ta tête qu'ils veulent sur cette île, pas la mienne ! Mais on peut toujours tenter d'atteindre St. Kitts.

— S'il n'y avait que l'équipage, peut-être, mais nous avons deux femmes à bord. On ne peut pas risquer leurs vies. Je vais étudier la carte, il existe peut-être une autre destination possible.

Pendant que Richard se dirigeait vers son bureau, Isaac en profita pour lever sa lanterne vers le lit, s'attendant à y découvrir Aurore. Le lit était vide et Richard s'aperçut de son manège.

— Qu'es-tu en train d'imaginer, Isaac ? Que je l'ai jetée par-dessus bord ?

— Bien sûr que non ! Mais... où est-elle ?

Richard désigna le fauteuil de la tête. Aurore semblait profondément endormie, son épaisse chevelure rousse reposant sur un des accoudoirs.

Isaac parut contrarié de la trouver là, dans une position si peu confortable. Richard le comprit et pour couper court à toute discussion, le congédia rapidement.

— J'arrive dans une minute, Isaac. Retourne sur le gaillard d'avant. Tenez-vous prêts à changer de direction !

Sans insister davantage, Isaac quitta la cabine en maugréant.

Richard ne put s'empêcher de regarder Aurore. La clarté de la lune jouait dans ses cheveux et donnait à son visage un teint diaphane, presque transparent. Sa respiration profonde et régulière était celle d'une enfant livrée à la magie des rêves...

Richard s'approcha puis hésita un instant avant de la soulever délicatement dans ses bras pour l'installer dans le grand lit.

— Cela va vite devenir une habitude bien agréable de vous tenir dans mes bras, merveilleuse jeune fille, murmura-t-il en la déposant sur le matelas.

Pour toute réponse, Aurore saisit dans son sommeil la couverture et lui tourna le dos. Il était troublé par sa grâce et ne résista pas au plaisir de l'embrasser. Avec douceur, il dégagea une mèche qui barrait son visage et posa les lèvres sur sa bouche fine et offerte.

Ce fut un baiser chaste et furtif, mais qui le surprit énormément. Il l'avait embrassée presque contre sa volonté, seulement animé par un sentiment trouble et indéfinissable. Il l'observa longuement, incapable de l'abandonner.

— Quel genre de jeune femme êtes-vous donc, Miss Dayne ? chuchota-t-il.

Sans espérer de réponse, il quitta alors la cabine sur la pointe des pieds.

Aurore entrouvrit les yeux. Il faisait encore nuit mais la lune éclairait partiellement la pièce. Elle avait été réveillée par le claquement répété de la porte mal fermée. Mais elle se rendormit aussitôt, trop ensommeillée pour réaliser où elle se trouvait.

Elle rêva de Richard. Il lui apparut encore plus beau qu'en réalité. Il souriait et elle admirait ses dents blanches, parfaitement alignées, qui rehaussaient son sourire plus séduisant que jamais. Ses cheveux noirs, brillants et soyeux, ses yeux verts et son corps si magnifiquement sculpté lui faisaient perdre la tête. Il était sur une île, se prélassant au soleil. Sa boucle d'oreille en argent scintillait dans la chaude lumière des mers du Sud.

Dans son rêve, il lui appartenait : elle était à ses côtés, s'enivrant de son odeur, rassurée par sa force, caressant son corps musclé.

Dans ce monde imaginaire, il était à sa merci. Elle était là pour le sauver car il était menacé par un impressionnant dragon. Cette bête le possédait et elle tentait de l'exorciser. Si elle ne parvenait pas à le débarrasser de ce monstre, elle allait le perdre à jamais. Saisissant un sabre, elle transperçait le dragon qui disparaissait comme par magie.

Alors son rêve se modifiait du tout au tout : la situation lui échappait soudain. Elle essayait de retenir Richard mais le dragon réapparaissait avec plus de force. Richard la prenait alors dans ses bras puissants et lui imposait ses désirs. Elle lui appartenait.

Il lui donnait ensuite un baiser brûlant et fougueux. Elle voulait se dégager mais tout son corps se soumettait à la voluptueuse sensation de cette bouche gourmande. Malgré elle, elle répondait à l'appel impétueux du désir : l'odeur de cet homme, ses caresses l'embrasaient au plus profond d'elle-même. Un plaisir sourd et irrésistible la submergeait soudain lorsqu'une main chaude et puissante emprisonnait son sein gauche. Elle l'appelait, encore et encore. Richard étouffait ses gémissements sous un baiser irrésistiblement sensuel...

Aurore s'éveilla, les yeux emplis de larmes.

Le dragon avait gagné.

Elle mit quelques minutes à réaliser que tout ceci n'était qu'un cauchemar, ne comprenant pas ce qui venait de lui arriver. Jamais par le passé elle n'avait fait de rêve aussi intense. Elle était en nage et complètement désorientée. Une douce chaleur ondulait entre ses cuisses et prouvait à quel point ce songe l'avait marquée. L'odeur de Richard l'enveloppait encore et elle réalisa pourquoi : on l'avait transportée dans le lit pendant son sommeil. La pièce était vide mais l'oreiller près d'elle était encore chaud. Il n'y avait pas très longtemps qu'il était parti.

Les mains d'Aurore tremblaient et elle ne parvint que difficilement à arranger sa robe et à remettre ses cheveux en ordre. Avait-il dormi près d'elle ? L'avait-il touchée, caressée ?

Elle frissonna et rougit en repensant à son rêve. Au fur et à mesure qu'elle reprenait ses esprits, elle était consternée d'avoir pu imaginer quelque chose d'aussi indécent. Qu'éprouvait-elle réellement envers Richard pour rêver de telles images ? Elle était finalement heureuse qu'il ne fût pas actuellement dans la pièce, car il aurait tout deviné.

On frappa à la porte et immédiatement, elle bondit hors du lit, lissant rapidement ses boucles.

— Entrez, dit-elle d'une voix timide.

Ben passa la tête dans l'embrasure de la porte, Koonga accrochée à son cou.

— Votre petit déjeuner, miss.

Il la regardait étrangement, comme s'il avait assisté à toute cette scène entre elle et Richard. Elle comprit soudain qu'il constatait les dégâts dans la pièce, et notamment tout le verre éparpillé et brisé un peu partout. Il posa le plateau sur le bureau avec un air circonspect.

— Richard vous conseille de prendre l'air ce matin, vous pouvez aller où bon vous semble, annonça-t-il.

Elle acquiesça distraitement.

— Est-ce que tout va bien, miss ?

Il semblait inquiet. Elle avait encore très chaud et ses joues étaient très rouges. Il lui était impossible de comprendre pourquoi, mais il sentait un malaise indéfinissable qui perturbait la jeune fille.

— Je vais bien, Ben, tranquillisez-vous. Et comment se porte Lisbeth ? ajouta-t-elle en le raccompagnant à la porte.

— Elle est aussi folle qu'une guêpe. Mais vous la rencontrerez certainement sur le pont aujourd'hui, vous verrez vous-même dans quel état elle est. Elle a l'autorisation de sortir elle aussi.

— C'est merveilleux. J'ai hâte de la revoir.

— A quelle heure dois-je préparer votre bain, miss ?

— Mon bain ? répéta-t-elle, interloquée.

Elle en avait effectivement bien besoin après toutes ces émotions. Elle ne ressemblait plus à grand-chose. En tout cas, un bon bain lui rafraîchirait les idées.

— Eh bien tout de suite, si cela ne vous dérange pas.

— C'est entendu, miss.

— Merci beaucoup, Ben.

Cette perspective la réconforta. Se laver lui permettrait d'effacer les souvenirs de cette pénible nuit.

— Aurore, ma chère ! Que vous a fait subir cet ignoble personnage ? Comment allez-vous ? Mais pourquoi ne portez-vous pas de chaussures ?

Lisbeth s'avançait vers Aurore, l'air dépité et compatissant.

— Tout va bien, Lisbeth. Ne vous affolez pas ! Je m'inquiétais surtout pour vous.

Elles tombèrent dans les bras l'une de l'autre.

— Ma chère enfant ! Est-ce cet infect pirate qui vous a volé vos chaussures ?

Ce détail n'avait pas échappé à la veuve, qui imaginait déjà le pire.

— Oui, répondit simplement Aurore sans s'expliquer davantage. Mais ne vous inquiétez pas pour moi, ça s'arrangera. Parlez-moi plutôt de vous, Lisbeth !

— Je ne suis pas trop mal installée et correctement traitée... si ce n'est que je reste enfermée dans ma cabine et que je ne suis pas libre d'aller et venir ! précisa-t-elle en lançant un regard haineux au capitaine Isaac.

» Mais vous, ma petite... J'espère que Richard ne se montre pas trop désagréable ? J'ai l'impression que vous n'êtes pas en forme ?

Aurore esquissa un sourire amer. « Désagréable » était un faible mot si l'on tenait compte de la manière dont il l'avait traitée depuis la veille. Mais elle préféra rassurer la veuve :

— Je reconnais que nous ne faisons pas bon ménage, mais il n'y a aucune conséquence sérieuse à noter pour le moment.

— Dieu merci ! Pour ma part, j'ai été très malade... Le mal de mer. Mais Jane avait laissé des potions à bord et j'ai pu me soigner toute seule. Heureusement que la pauvre fille n'est pas avec nous, elle n'aurait pas supporté ce voyage.

Aurore prit la main de Lisbeth qui tremblait beaucoup. Elle la trouvait très courageuse, mais ce n'était plus une jeune femme et cette épreuve l'affectait certainement beaucoup. Aurore se promit de faire tout son possible pour lui permettre de regagner St. Georges au plus vite.

— Essayez de considérer cet incident comme une incroyable aventure, Lisbeth. Et plus tard, nous nous souviendrons avec bonheur de ces moments qui nous ont permis de devenir de grandes amies.

La veuve hocha tristement la tête.

— Ce sera peut-être une belle aventure... si nous nous en sortons en bon état. Après tout, je ne suis qu'une vieille femme. Que peuvent-ils faire de moi ? Mais vous, Aurore ! Vous êtes vulnérable et exposée à tant de dangers. L'aventure pourrait mal tourner pour vous. Rien que d'y penser, j'en ai la chair de poule !

— Non, Lisbeth. Je suis capable de m'en sortir toute seule. Je ne crains pas Richard et je me vengerai de tout ce qu'il me fera subir. Ça, je vous le jure.

Bien sûr, elle exagérait. Elle n'était pas en mesure de lutter contre lui et elle le savait parfaitement. Mais elle ne supportait pas de voir Lisbeth dans cet état.

La veuve lui sourit, se rappelant avec quel affront Aurore avait tenu tête à Richard. Elle jeta un coup d'œil à Isaac pour s'assurer qu'il ne les entendait pas et poursuivit :

— Vous avez bien fait d'inventer cette histoire de fiancé. J'avais envie d'applaudir. Vous étiez brillante. Tout à fait moi à votre âge, Aurore.

La jeune fille se sentit soudain troublée. Après

tout, ce fiancé aurait pu vraiment exister si elle l'avait souhaité lorsqu'elle était à l'orphelinat. Mais maintenant, il était trop tard. John ne la rechercherait jamais. Il avait été trop blessé qu'elle refuse de l'épouser et il devait encore lui en vouloir.

— Rappelez-vous, Lisbeth, qu'ils ne cherchent qu'à nous intimider. Nous avons une semaine devant nous pour élaborer un plan d'évasion. Nous serons en vue de San Juan dans une huitaine de jours.

Une toux sèche les interrompit. Isaac se tenait non loin d'elles, apparemment irrité par leur complicité. Il n'avait certainement pas entendu toute leur conversation mais il souhaitait y mettre un terme.

— Il est temps de retourner dans vos cabines, annonça-t-il en tendant son bras à Lisbeth.

— Pourquoi, capitaine ? Quel mal y a-t-il à prendre l'air ensemble ?

— Ce sont mes ordres, voilà tout, et je ne tiens pas à ce que l'on conspire dans mon dos comme des voleuses.

Aurore sursauta : c'était la voix de Richard. Rejetant ses cheveux en arrière, elle le découvrit tout près d'elle. Dans la clarté du matin, il était encore plus resplendissant et séduisant que dans son rêve. Elle nota qu'il portait le costume typique du parfait flibustier, c'est-à-dire un superbe ensemble de cuir et une ample chemise blanche largement ouverte sur la poitrine. Elle rougit en songeant à la nuit précédente et détourna la tête pour éviter son regard. Sur un ton glacial, elle décida de protester :

— Je ne crois pas que l'on puisse nous reprocher quoi que ce soit ! Qu'y a-t-il donc de mal à ce que nous discutions ensemble ?

— Rien du tout, répliqua Richard. Mais la règle sur ce bateau consiste à séparer les prisonniers, pour éviter toute conspiration, et vous n'échapperez pas à ce règlement.

— Comment? Mais quelles règles? Qu'elles aillent au diable, vos règles, hurla-t-elle en suivant des yeux Lisbeth et Isaac qui s'éloignaient.

La révolte d'Aurore amusa Richard mais il n'avait pas l'intention de céder.

— C'est moi qui commande ici, Miss Dayne. Ne l'auriez-vous pas remarqué?

Elle lui lança un regard furibond et lui tourna le dos. Quel insolent personnage!

— Dans trois jours, nous accosterons au port du Grand Talisman, annonça-t-il après un instant de silence.

— Je pensais que nous nous dirigions vers San Juan, répondit-elle, surprise.

Elle était gênée car elle sentait bien qu'il surveillait sa réaction.

— Eh bien, il y a un changement de programme. Une de nos réserves d'eau a une fuite, et je ne veux pas prendre de risques.

— Et ensuite, que se passera-t-il? Ferons-nous escale à San Juan ou irons-nous directement nous enterrer sur votre île maudite? ironisa-t-elle.

Rapide comme l'éclair, Richard lui donna une petite tape sur la joue.

— Comme vous êtes maligne, Aurore!

Le contact de cette main chaude et rugueuse l'agaça plus que de raison. Elle bouillait de colère. Comme dans son rêve, il la troublait beaucoup trop. Se rappelant avec clarté son comportement impudique de la nuit précédente, elle le repoussa. Elle venait de réaliser que cette modification d'itinéraire allait l'obliger à modifier ses plans. Elle avait prévu à San Juan de se faufiler hors du bateau et de chercher du secours pour libérer Lisbeth. Et elle comptait sur les huit jours qu'elle avait normalement devant elle, pour réfléchir au meilleur moyen de s'enfuir. Maintenant, il ne lui restait que trois jours pour combiner quelque chose. Que pouvait-elle faire en si peu de temps et sans aide extérieure?

Elle était tellement contrariée que Richard ne manqua pas de remarquer son air dépité et devina la raison de cette soudaine inquiétude.

— Un problème, mon amour? Douteriez-vous de vos chances d'évasion?

Incapable de supporter une minute de plus ses sarcasmes, elle décida de rentrer. Elle tournait déjà les talons lorsqu'il la rattrapa.

— Je ne vous ai pas donné la permission de partir, Miss Dayne, déclara-t-il en la saisissant par le bras.

Elle soupira, furieuse.

— Miss Dayne, j'ai oublié de vous dire que la deuxième règle à bord, pour les prisonniers, c'est d'obéir à mes ordres. Si vous quittez cet endroit sans mon accord préalable, je vous promets une belle punition. Et vous ne reverrez plus Lisbeth jusqu'à notre arrivée sur mon île.

Cette menace la fit réfléchir. Si elle ne pouvait rencontrer Lisbeth, son plan tombait à l'eau. Elle ne devait pas courir le risque de demeurer isolée alors qu'il ne leur restait que trois jours.

Serrant les mâchoires, elle décida de lui obéir — mais il ne perdait rien pour attendre! S'il lui était impossible de se débarrasser de lui, elle allait l'ignorer. Mais elle réalisa immédiatement que ce ne serait pas chose facile. Elle fit pourtant de son mieux pour paraître indifférente, jusqu'à ce qu'elle sentît deux bras puissants lui encercler la taille.

— Aurore, murmura-t-il derrière son oreille.

— Oui, que se passe-t-il encore, espèce d'abominable tyran?

Richard éclata de rire.

— Souhaitez-vous que je vous indique la règle numéro un sur ce bateau pour tout prisonnier ?

Elle aurait voulu refuser, mais il était seul maître à bord et elle était bien obligée de l'écouter. Aussi hocha-t-elle la tête, à contrecœur.

— Règle numéro un : tout ici m'appartient, aussi bien les personnes que le matériel, et moi seul ai des droits sur mes biens, dit-il en posant délicatement ses lèvres brûlantes sur la nuque de la jeune fille.

Les cheveux d'Aurore étaient encore humides, elle ne les avait pas attachés pour leur permettre de sécher plus vite au soleil. Richard semblait en être ravi.

Le baiser qu'il lui donna lui rappela une fois de plus les délires de la nuit précédente. Et elle comprit que, de manière symbolique, il venait de la faire sienne en lui imposant ses désirs.

Elle ferma les yeux, incapable de contrôler son émotion. Il s'écoula une éternité avant qu'il ne consente à la libérer. Enfin, Aurore put s'enfuir dans sa cabine.

14

Grand Talisman était une petite île abritée, à l'est de l'archipel des Bahamas. Les côtes rocheuses et les cèdres de St. Georges étaient loin. Déjà se profilaient les plages de sable blanc et les rangées de cocotiers et de palmiers, balancés par un vent chaud et particulièrement agréable.

A l'extrémité de l'unique promontoire de l'île, était bâtie une minuscule ville : New Providence, passage obligé de nombreux navires en transit. Aurore observait chaque détail de ce paysage magique et lumineux. Des maisonnettes aux teintes pastel rose et jaune donnaient l'impression de cuire sous le chaud soleil tropical, alors que des bâtisses aux murs blanchis apparaissaient comme de somptueux havres de paix. La différence était ainsi marquée entre les pauvres réduits à vivre dans des taudis, et les riches dissimulés derrière leurs luxuriantes cours. Les constructions avaient chacune un style différent qui révélait le nombre impressionnant de civilisations qui avaient laissé leurs empreintes.

Alors qu'ils approchaient des quais, Aurore aperçut de pauvres femmes portant sur leurs têtes des paniers remplis de fruits exotiques. Elles semblaient émerveillées de voir ce somptueux vaisseau et s'arrêtaient un instant, posant les paniers sur leurs hanches afin de suivre les manœuvres d'approche. Des marchands en tablier blanc sortaient de leurs boutiques, surveillant le navire avec un intérêt non dissimulé. Lorsque le *Seabravary* jeta l'ancre, une odeur exotique et enivrante chatouilla les narines d'Aurore. Elle était très excitée, car cela signifiait peut-être pour elle la chance de retrouver sa liberté.

Nerveusement, elle cherchait Lisbeth. Richard lui avait interdit de la revoir et depuis trois jours, elles n'avaient pas échangé un seul mot. Elle avait bien élaboré un plan mais elle était frustrée de n'avoir pu en parler avec son amie.

Du coin de l'œil, elle surveillait Richard, occupé sur le gaillard d'avant. Un instant, ils se défièrent du regard. Ne souhaitant pas attirer l'attention, elle arbora un air dégagé et passif. Elle ne voulait pas qu'il devinât quoi que ce fût. Elle repensa aux trois dernières nuits passées près de lui, à supporter sa présence et sa quasi-nudité. Une nuit de plus et elle serait devenue folle.

— Aurore !

C'était Lisbeth qui courait vers elle. Le capitaine, qui ne la quittait habituellement pas d'une semelle, avait curieusement disparu. Aurore devait saisir cette chance pour lui faire part de son projet. Elle espérait simplement avoir assez de temps pour tout lui expliquer.

Aurore rejoignit Lisbeth le plus calmement possible, afin de ne pas attirer les soupçons du pirate. Elle prit donc le maximum de précautions pour donner l'impression que leur conversation était tout ce qu'il y avait de plus banal.

— Lisbeth, j'ai un plan, murmura-t-elle discrètement. Mais j'aurai besoin de votre aide.

Aurore n'eut pas le temps de poursuivre : le capitaine s'avançait vers elles. Immédiatement, elle se tut.

Lisbeth fusilla Isaac du regard. Si elle avait eu son ombrelle, elle aurait menacé le capitaine et compromis le plan. Contrariée par ce contretemps, Aurore se mit à flâner sur le pont en attendant que le capitaine s'éloigne.

Elle espérait aussi sauver son amie mais la tâche s'avérerait probablement difficile. Elle lança un coup d'œil inquiet à Richard, puis respirant profondément, rassembla tout son courage pour agir. Elle devait se décider. Sans cela, elles se retrouveraient bientôt sur une île déserte, coupée du monde, et personne ne penserait plus à elles.

Sur les quais, la foule devenait de plus en plus dense. Stupéfaite, Aurore considéra tous ces spectateurs en extase devant le *Seabravary*. Des esclaves s'étaient regroupés, apparemment hypnotisés par le dragon. Tout à coup, à son grand étonnement, une troupe de cavaliers surgit, formant une barrière destinée de toute évidence à éviter que quiconque ne débarque.

Le capitaine suivait le manège de près et grommela un juron.

— J'ai bien peur que le *Seabravary* ne soit pas le bienvenu ici, se permit de remarquer Aurore, craignant déjà pour son plan.

— Nous sommes effectivement attendus avec autant d'enthousiasme que Napoléon à Austerlitz, n'est-ce pas ? ironisa-t-il.

Aurore observait tous ces soldats installés fièrement sur leurs montures. Ils portaient des uniformes argentés et des galons dorés paraient leurs épaules.

— Qu'attendent-ils ? demanda-t-elle.

— Ils veulent Richard, rien de plus, répondit Isaac avec sang-froid en toisant le capitaine de la garde.

Les esclaves, mains levées et poings serrés, se mirent soudain à scander le nom de Richard. Les soldats tentaient de contenir cette foule qui s'avançait vers le *Seabravary* de manière si déterminée, distribuant généreusement coups de fouet et coups de pied. Toute cette agitation fut rapidement réprimée.

— Mais qu'a-t-il donc fait pour susciter un tel accueil ? s'exclama-t-elle, consternée et intriguée.

Sans nul doute, Richard était très aimé parmi ces esclaves. Leur héros. Alors que les soldats semblaient sur le point de monter à bord pour l'arrêter. C'était à n'y rien comprendre.

— Le gouverneur de cette île ne possède aucune estime pour Richard, expliqua Isaac. En effet, notre ami a un jour détourné un navire rempli d'esclaves qui devaient être livrés à La Nouvelle-Orléans. Le gouverneur a ainsi perdu toute sa cargaison, d'un prix inestimable.

— Alors voilà comment Richard a fait fortune ! En revendant des êtres humains !

Aurore était écœurée. John avait pas mal de défauts, mais il militait au moins pour l'abolition de l'esclavage.

Pourquoi éprouvait-elle encore une fois le besoin de comparer Richard et John ? John était un saint à côté de ce pirate. Elle ne s'expliquait pas pourquoi elle se sentait finalement si déçue d'apprendre que Richard était réellement un ignoble personnage.

— Richard est la dernière personne qui se compromettrait dans un trafic d'esclaves, rétorqua le capitaine. Et si vous le connaissiez mieux, vous n'en douteriez pas.

— Mais qu'a-t-il donc fait de ce bateau ?

— Eh bien, je dois reconnaître qu'il a fait un petit profit en le vendant. Personne n'est parfait. En ce qui concerne les esclaves, il les a tous débarqués sur l'île de la Tortue et leur a rendu leur liberté. C'est pourquoi ils l'acclament tous ici. Certains avaient des enfants sur ce navire. Je suppose que cela leur donne du courage de savoir que leurs fils et leurs filles vivent libres quelque part à Haïti. Même s'ils sont eux-mêmes toujours maintenus en esclavage, ils ont retrouvé un peu d'espoir.

Aurore jeta un coup d'œil à Richard qui narguait tous les gardes avec un sourire moqueur. Il avait fait une chose admirable en libérant tous ces gens. Il était devenu un héros pour certains... et le pire des ennemis pour d'autres.

— Bonjour, miss, bonjour, capitaine.

Un jeune officier, d'origine française, les saluait respectueusement.

— Le gouverneur Ignatio Roberto Aquila Lopez a un message pour vous, annonça-t-il.

— De quoi s'agit-il ? demanda Isaac.

— Il vous informe qu'il a ordonné que Richard soit fusillé à vue s'il descend de son navire.

— Je vois, et quoi d'autre ?

Isaac avait enlevé sa casquette et commençait à transpirer sérieusement.

— Il aimerait aussi discuter avec vous, il a une proposition à vous faire. Il vous convie donc à dîner chez lui, ce soir. Vous pourrez ainsi vous entendre sur les marchandises que vous désirez embarquer pour l'équipage.

— Je vous remercie, conclut Isaac.

Le messager du gouverneur disparut aussitôt. Malgré elle, les menaces de l'officier contre Richard avaient bouleversé Aurore.

— Pensez-vous qu'il serait capable de tuer Richard ? demanda-t-elle, inquiète.

— Ils n'y parviendront pas, soyez-en sûre.

— Mais les gardes pourraient envahir le navire...

— Le gouverneur n'est pas assez stupide pour agir aussi bêtement.

Devant cette assurance, Aurore se sentit un peu ridicule. La seule chose à retenir était l'impossibilité pour Richard de quitter le navire. Tant qu'il restait à bord, il ne courait aucun risque. Cependant, elle percevait une certaine tension qui montait et qui compromettait ses projets.

— Richard ! cria Isaac. Je suis invité à dîner. J'ai droit à plus d'égards que toi, mon cher ami. Je vais donc accepter cette offre, si tu n'y vois pas d'inconvénients. Pour ta part, j'ai bien peur que tu ne sois obligé de te contenter de quelques mangues pour ton repas.

Richard esquissa une grimace.

— Je t'autorise à aller chez le gouverneur, et j'attendrai ton retour avec impatience.

— On verra bien ce que va me proposer Ignatio.

— J'aimerais que tu prennes un chien de garde avec toi, plaisanta Richard. Lisbeth, par exemple ! lança-t-il en se retournant vers la veuve. Accepteriez-vous d'accompagner Isaac, chère amie ?

Lisbeth parut très contrariée par tant de désinvolture, mais elle fut à la hauteur de la situation.

— C'est d'accord ! déclara-t-elle, les surprenant tous les deux.

— Alors c'est une affaire conclue ! Vous êtes vraiment faits pour vous entendre, remarqua Richard en riant.

Lisbeth et le capitaine faillirent protester, mais chacun réalisa que répondre le mettrait terriblement mal à l'aise.

Cette scène avait beaucoup amusé Aurore. Elle savait combien Lisbeth était sensible au charme du capitaine. S'ils allaient ensemble chez le gouverneur, il y aurait sûrement des étincelles. Mais si son plan fonctionnait, la nuit prochaine, Lisbeth dormirait libre quelque part dans New Providence, loin du capitaine Corbeil.

Aurore priait pour que tout se déroulât comme prévu. Richard ne pouvant quitter le navire, les choses étaient plus simples pour elle. Une fois à terre, elles ne traiteraient avec ce satané pirate que par l'intermédiaire d'un membre d'équipage et elles auraient ainsi plus de chances de gagner la partie.

Elle jeta un coup d'œil au capitaine, en grande conversation avec l'un de ses hommes. Il était temps de se décider à agir, car elle s'était un peu éloignée de Lisbeth, du capitaine et de Richard. La voie était libre. Elle s'engagea sur le pont, puis feignit de trébucher et de se cogner contre la lourde rambarde.

Elle avait prévu de tomber évanouie avec le plus de vraisemblance possible. Mais en désirant trop bien faire, elle se fit réellement mal. Il lui fallut quelques secondes pour retrouver ses esprits.

— Mon Dieu, Aurore ! Que vous arrive-t-il ? Vous avez un malaise ? hurla Lisbeth en se précipitant vers la jeune fille.

Elle entendit des bruits de pas dans son dos et sentit une main qui se posait sur ses épaules. Ce n'était pas une main douce et rassurante, mais lourde et peu délicate. Elle espérait que ce fût Isaac mais elle fut déçue de découvrir Richard. Elle sentit à son air qu'il se méfiait d'elle.

Aurore gémit pour garder contenance. Avait-elle donc manqué son coup ?

— Mon Dieu, Aurore ! Pouvez-vous nous parler ? Que vous est-il arrivé ?

Manifestement, Lisbeth paniquait. Aurore lui lança alors un coup d'œil appuyé, et la veuve parut comprendre.

— Elle a besoin d'un médecin, capitaine, implora-t-elle. Vous ne pouvez l'abandonner dans cet état !

— Il n'en est pas question, elle se remettra très vite, répondit-il en jetant un regard à Richard.

Le pirate la soulevait déjà dans ses bras, examinant son visage aux traits délicats.

— Il faut appeler un médecin, insista Lisbeth.

— Nous sommes tout à fait capables de nous occuper d'elle, madame Lindstrom, ne vous affolez pas tant ! coupa Richard.

— Et moi je vous dis qu'un tel malaise peut être grave !

— Qu'en savez-vous ? demanda Richard.

— Je le sais parce que ce sont des malaises propres aux jeunes femmes dans certaines circonstances.

Aurore avait du mal à réprimer une envie de rire. Lisbeth faisait tout son possible pour alarmer les deux hommes.

— A ma connaissance, rétorqua Richard, les jeunes femmes souffrent de vertiges et s'évanouissent seulement lorsqu'elles attendent un enfant, n'est-ce pas ?

Un lourd silence suivit ce commentaire plein de sous-entendus. Lisbeth en fut troublée et elle se mit réellement à craindre le pire.

— Peut-on redouter qu'elle soit enceinte ? lança-t-elle à Richard avec un regard accusateur.

— Je ne le pense pas, assura Richard. Mais si elle attend un bébé, je peux vous jurer que je ne suis pas le père de ce bâtard.

Aurore se sentit rougir de la tête aux pieds. Les insinuations de Richard la vexaient terriblement, tout en la mettant très mal à l'aise. Comment osait-il supposer qu'elle avait eu des relations avec un homme ?

— C'est entièrement de votre faute ! s'exclama Lisbeth. Vous traitez cette petite comme une esclave depuis qu'elle est à bord, et elle est tombée malade. Si vous ne l'aviez pas kidnappée, elle serait encore en pleine forme. Et maintenant elle risque de mourir ! Elle doit voir un médecin. Je vais chercher mon sac et je l'accompagnerai.

Aurore était émerveillée par l'à-propos et la ruse de son amie.

— Je les conduirai, proposa le capitaine.

— Il n'en est absolument pas question ! trancha Richard en s'adressant à Isaac. De plus, tu dois te rendre chez le gouverneur. Je m'occuperai moi-même d'Aurore. J'irai en ville. Envoie un matelot chez Neville l'avertir que nous aurons besoin de renfort pour créer une diversion et tromper les hommes d'Ignatio pendant quelques minutes.

Aurore sursauta, elle n'avait pas prévu cette éventualité. Etait-il en train de délirer ? Il allait enfreindre les ordres du gouverneur et risquer sa vie pour elle ? Elle savait pourtant qu'il n'était pas dupe de sa supercherie : il ne la croyait pas du tout souffrante.

— Richard, tu ne peux pas faire ça, conseilla le capitaine. Tu ne peux pas prendre un tel risque. C'est une chose de narguer Ignatio avec une centaine d'hommes à bord et le Code maritime en ta faveur. Mais les choses seront différentes à terre, tu ne réussiras jamais à combattre toute une armée.

— Je serai rentré avant votre retour de chez le gouverneur, assura Richard, incroyablement détendu.

Aurore était allongée sur le lit de Richard, et Lisbeth finissait de l'installer, encore émue par tous ces événements.

De temps à autre, Aurore entrouvrait les yeux pour rassurer son amie. Mais la vieille dame tremblait, incapable de reprendre le dessus et imaginant déjà le pire.

« Tout ira bien », songeait Aurore. Une fois à terre avec Richard, elle lui fausserait compagnie et partirait délivrer son amie chez le gouverneur. Elles seraient libres, dès cette nuit.

De longues minutes d'angoisse s'écoulèrent avant que Richard ne fût prêt et ne se décidât à la prendre dans ses bras. Elle entendit Lisbeth insister pour les accompagner. Mais sans succès. Richard restait inflexible sur ce point : Lisbeth devait aller chez le gouverneur avec Isaac.

Ils descendirent enfin et Aurore n'entrouvrit les yeux que lorsqu'elle fut sûre qu'ils n'étaient plus sur le *Seabravary*. La nuit commençait à tomber et des torches éclairaient les quais. Les gardes dans leurs habits d'apparat surveillaient toujours le navire, prêts à intervenir à la moindre alerte.

Richard s'adressa au nouveau capitaine de la garde, le fameux Neville, qu'il avait fait prévenir.

— Je n'oublierai jamais ce que vous faites pour moi ce soir, lui dit-il.

Le dénommé Neville s'exprimait dans un patois irlandais que paraissait comprendre Richard.

— Le gouverneur n'est pas mon ami, je n'hésiterai pas une seconde à le trahir. Par chance, nous avons réussi à tromper ses gardes avec ces costumes volés !

— Couvrez-nous, c'est tout ce que je vous demande. Après notre départ, rentrez chez vous. Je m'arrangerai pour le retour. Ne m'attendez pas, ce serait trop dangereux. Vous avez pris suffisamment de risques pour l'instant.

— Nous resterons tant que vous ne serez pas revenu !

— Inutile, Neville. Si je ne peux pas faire autrement, je nagerai pour regagner le *Seabravary*.

— Et comment vous débrouillerez-vous avec la petite jeune fille ?

Aurore gardait les yeux fermés, feignant l'inconscience. Elle sentit que Richard la regardait.

— Si elle est vraiment malade, nous resterons à terre quelques jours. Mais si ce n'est pas le cas, elle fera comme moi : elle nagera pour sauver sa peau !

Tous les hommes éclatèrent de rire, mais l'heure n'était pas à la plaisanterie. On présenta une monture à Richard qui, saisissant Aurore par la taille, l'installa en selle devant lui.

— Demain, nous serons tous des héros, commenta Neville.

— Il y aura toujours une place pour toi sur le *Seabravary*, lui assura Richard. Et pour tes hommes aussi. Suivez-nous, vous ne le regretterez pas. Je vous emmènerai à la Tortue. Si j'avais assez de place à bord, j'emmènerais tous les esclaves avec nous.

— C'est impossible, mon ami, nous avons du travail sur cette île. Mais un jour, nous serons libres.

Richard soupira puis serra fermement Aurore contre lui. Talonnant son cheval, il partit au galop dans la nuit étoilée.

Quelques minutes plus tard, ils atteignaient une petite villa de planteur à l'orée d'un bois. Une lampe brillait à l'intérieur. Richard transporta délicatement Aurore jusqu'à la maison.

— Qui va là ? interrogea une voix caverneuse.

Un vieil homme aux manches retroussées éclaira les arrivants avec son chandelier.

— Mon Dieu ! Mais je rêve ! C'est toi, Richard... ? s'exclama l'homme.

— En chair et en os, Rémy Sovens. Comment vas-tu, vieille branche ?

Et sans attendre la réponse, Richard pénétra dans la maison.

— Je n'arrive pas à y croire ! continua Rémy en éclairant le passage.

Il jeta un coup d'œil intrigué sur Aurore.

— Mais que tiens-tu là, Richard ?

— Elle a eu un malaise sur le bateau. On accostait pour embarquer de l'eau et elle a perdu connaissance. Peut-être a-t-elle mangé quelque chose d'avarié ?

Ils déposèrent Aurore sur un matelas moelleux dans une pièce aux senteurs exotiques. La jeune fille entrouvrit les yeux et constata aussitôt qu'il était possible de s'échapper par la fenêtre.

— Je vais être honnête avec toi, Rémy, expliqua Richard. Cette jeune personne ne me supporte pas beaucoup et je crois bien qu'elle simule ce malaise. Mais si ce n'est pas le cas, il faut prendre bien soin d'elle car je ne peux pas me permettre de la perdre.

Aurore crut détecter une trace de compassion, voire de tendresse dans la voix de Richard. Puis elle repensa à la comptine et à cette satanée Etoile d'Aran : c'était tout ce qu'il craignait de perdre en réalité.

Elle sentit le désespoir l'envahir à nouveau et pria ardemment pour qu'ils la laissent enfin seule. Elle enjamberait la fenêtre entrouverte et s'enfuirait à travers les plantations de cannes à sucre. Cette île était suffisamment petite pour qu'elle parvînt à retrouver son chemin jusqu'à la ville. Une fois sur place, elle irait chez le gouverneur et lui expliquerait qu'elles étaient prisonnières de Richard. Elles seraient libres cette nuit et pourraient retourner chez elles au plus vite.

A cet instant, elle entendit des bruits d'eau : Rémy se lavait les mains. De toute évidence, il devait avoir quelques connaissances en médecine. Mais à présent, son avenir la préoccupait beaucoup plus. Rentrerait-elle à l'orphelinat, John accepterait-il de la reprendre à son service ? Ou devrait-elle chercher une autre place ailleurs ? Pourquoi ne pas suivre Lisbeth à St. Georges ? Elle lui avait promis de lui trouver un travail. De toute façon, elle n'envisageait pas de se marier. Elle savait ce qui l'empêcherait à jamais de fonder une famille : elle ne possédait rien, n'avait aucune dot et ne pourrait tromper personne sur sa modeste condition.

Mais au fond d'elle-même, elle souhaitait évidemment le contraire. Après tout, elle devait admettre qu'elle avait quitté Londres avec l'espoir secret de trouver ce bonheur sur sa route.

Les voix des deux hommes la tirèrent de ses pensées.

— Sais-tu, Richard, quelle est la raison habituelle d'un tel malaise chez une jeune femme de cet âge ? questionna le praticien.

— Je doute sérieusement qu'elle soit enceinte, coupa Richard qui avait deviné l'allusion. Je ne l'ai pas touchée et je n'ai vu aucun homme près d'elle ces derniers temps. De toute manière, elle est aussi froide qu'une morte, personne n'oserait coucher avec elle !

Hérissée par ces paroles, Aurore serra les dents. Elle aurait voulu le gifler mais elle était contrainte à rester allongée, à supporter les rires moqueurs de ces deux monstres.

— Il se peut aussi que son corset la serre trop et lui ait coupé la respiration, expliqua le médecin. Peux-tu m'aider à la soulever, je vais l'examiner de plus près. Il faut dégrafer sa robe.

Aurore sentit sur elle les mains moites du vieil homme. La panique commençait à la gagner. Elle n'avait pas envisagé une telle éventualité. Et de plus, Richard allait assister au spectacle ! Ils plaisantaient et se moquaient sûrement d'elle ! Tout ceci était la suite du mauvais cauchemar qui avait débuté le premier jour où elle avait posé le pied sur le *Seabravary*.

— Quelle poisse ! J'ai besoin d'une autre bougie. Mes yeux ne sont plus ce qu'ils étaient. Je reviens tout de suite.

— Attends, Rémy, je t'accompagne, ajouta Richard.

Elle les entendit s'éloigner. Quelle chance ! Son cœur battait à tout rompre lorsqu'elle ouvrit les yeux. Elle jeta un coup d'œil autour d'elle. Elle était seule. L'unique bougie dessinait des ombres inquiétantes sur les murs. De l'autre côté de la porte, Rémy et Richard discutaient. Elle n'avait pas une minute à perdre !

D'un bond et malgré la quasi-obscurité, elle se leva et vérifia que tout restait calme. Puis elle se glissa à pas de velours jusqu'à la fenêtre. Elle allait l'enjamber lorsqu'elle fut interrompue par une voix rugissante. Aurore fut tellement surprise qu'elle crut réellement défaillir cette fois.

— Mais c'est un véritable miracle ! hurlait Richard, à la fois étonné et irrité par sa découverte.

Les yeux exorbités par la peur, Aurore était paralysée. Richard la saisit violemment dans ses bras, toute résistance devint inutile et dangereuse.

— Qu'avez-vous à dire pour votre défense, Aurore ? Vous m'avez obligé à venir jusqu'ici au péril de ma vie, petite peste !

— Non Richard ! supplia-t-elle. Je ne pensais pas que vous viendriez jusqu'ici. Je n'ai jamais eu l'intention de vous faire prendre un tel risque. C'est vous qui avez insisté pour m'accompagner à terre ! Libérez-moi, je vous en prie !

Il paraissait hors de lui, ses yeux brillaient de rage. Et Aurore n'osait imaginer quel châtiment l'attendait maintenant.

— Réalisez-vous que si je me fais arrêter, ils vous pendront avec moi parce qu'ils croiront que vous êtes ma fiancée ! Est-ce une fin qui vous séduit ?

Il resserrait son étreinte, plaquant Aurore contre lui. Elle sentait son odeur fauve mêlée à l'odeur exotique de la pièce. Elle était terrorisée et c'est ce qu'il aimait. Qu'elle le craigne comme une esclave craint son maître, voilà ce qu'il espérait.

— Quel était le but de votre manœuvre, Aurore ? Vous retrouver pendue à mes côtés ?

Il recommençait à la narguer, à la provoquer, et malgré sa peur, elle ne résista pas au plaisir de lui répondre.

— Qui imaginera que je suis votre fiancée ?

N'avez-vous pas prétendu que j'étais aussi froide qu'une morte ? lança-t-elle en le défiant du regard.

Richard éclata de rire et elle était toujours dans ses bras lorsque le docteur réapparut, une bougie à la main.

— Comment ? Déjà sur pied ? Je n'ai jamais vu ça de ma vie, dit-il d'un air amusé. Je ne sais pas ce que tu lui as fait, Richard, mais j'aimerais connaître ton secret pour soigner aussi rapidement tous mes patients.

Aurore décida de tenter sa chance auprès du vieux docteur :

— Je vous en prie, docteur Sovens, aidez-moi ! J'ai été kidnappée. Quoi que vous puissiez penser de Richard, vous ne connaissez pas toute la vérité sur son compte. C'est un pirate et il n'a jamais hésité à commettre les pires actions.

— Vous divaguez, miss. Voyons, approchez-vous de moi ! Richard n'est certainement pas un pirate, vous faites erreur !

Le vieil homme clignait des yeux pour mieux l'examiner, et vraisemblablement, il jouait lui aussi avec ses nerfs.

— Comment ? s'exclama-t-elle. Vous ne me croyez pas !

Aurore était déconcertée par une telle attitude.

— Au contraire, je vous crois, et je connais Richard mieux que vous ne pouvez l'imaginer. J'ai été le médecin du *Seabravary* pendant de longues années. Et j'ai pris ma retraite lorsqu'il me l'a conseillé.

— Ô mon Dieu ! soupira Aurore en s'effondrant dans les bras de Richard.

Son évasion était désormais sans espoir. Jamais une occasion pareille ne se représenterait.

— Allez, reprenez-vous, miss. Richard ne vous a certainement pas si mal traitée que ça.

— Ce n'est qu'une bête immonde ! Il ne mérite même pas le nom d'homme, dit-elle dans un sanglot.

— Calmez-vous ! Il n'est pas si mauvais que vous le prétendez. J'aimerais vous aider, miss, mais ce n'est plus de mon ressort, ajouta-t-il en regardant Richard du coin de l'œil.

Aurore se redressa et joignit ses mains en signe de supplication.

— Mais si vous ne pouvez rien pour moi, essayez au moins de faire libérer mon amie Lisbeth. Elle est retenue prisonnière elle aussi à bord du navire.

Mais le vieil homme secouait négativement la tête, il était inutile d'insister.

— Non, je suis désolé, miss. Je ferais prendre des risques à trop de monde.

— Mais votre titre de médecin devrait vous permettre d'obtenir de l'aide sans problème, plaida-t-elle une dernière fois.

C'était sans appel. Aurore réalisa qu'elle avait devant elle un homme qui avait passé des années aux côtés de Richard et qui ne le trahirait jamais. Il exerçait certes une noble profession, mais il était lui aussi un pirate !

— Vous capitulez, Aurore ? demanda Richard qui l'avait laissée parler jusque-là sans intervenir.

— Jamais ! répondit-elle en se laissant entraîner à l'extérieur.

15

L'immense résidence du gouverneur se situait sur les hauteurs de New Providence. Toutes les lumières de la ville illuminaient cette demeure majestueuse à laquelle on accédait en suivant de grandes allées de palmiers qui bordaient la route poussiéreuse. Pendant tout le trajet, Lisbeth et Isaac s'épièrent sans arrêt.

Au départ, ils feignirent de s'ignorer — ce qui ne fut pas chose aisée, pour la bonne et simple raison qu'ils étaient confinés dans une voiture étroite et peu confortable. Ils se contentèrent donc de s'observer sans un mot.

Lisbeth le foudroyait du regard, à tel point qu'Isaac n'avait d'autre alternative que de détourner les yeux ou de se montrer encore plus distant et méprisant avec elle. Et, lorsque ce fut à son tour d'être inspectée par son compagnon de route, elle eut l'impression d'être dévisagée par le diable en personne. Incapable de supporter davantage la tension, elle finit par briser ce pesant silence.

— Je n'arrive pas à croire que j'ai eu un jour la faiblesse de vous inviter à prendre le thé dans ma cabine, dit-elle en lui tournant le dos.

— Pourquoi le regretter maintenant ? se moqua-t-il ?

— C'est la chose la plus stupide que j'ai pu faire de toute ma vie ! Je ne me le pardonnerai jamais. Mme Stéphane Lindstrom de St. Georges... et de Londres, a pris le thé dans sa cabine avec un pirate, c'est impensable !

— Pour commencer, je ne suis pas un pirate, coupa-t-il. Et je suis fatigué d'être obligé de m'expliquer sans cesse sur ce point. Ne vous en déplaise, chère amie, je suis un marin, un authentique capitaine, et pour longtemps encore. Autre chose encore si vous le permettez : je n'ai jamais rencontré de femme possédant aussi peu de bon sens que vous. Vous ne me faites regretter que plus vivement la compagnie de mon épouse, j'avais au moins affaire à quelqu'un de sensé et logique dans ses raisonnements. Dans la vie, on peut certes se reprocher certaines choses, mais pourquoi revenir sur ce qui a été fait et de bon cœur de surcroît ! Vraiment, je ne vous comprends pas !

Soulagés l'un et l'autre d'avoir pu exprimer ce qu'ils avaient sur le cœur, ils continuèrent à bouder jusqu'à leur arrivée chez le gouverneur.

A l'intérieur de la résidence, ils furent surpris par le style de décoration : le propriétaire des lieux avait probablement été marqué par l'empire du Soleil-Levant et toutes ses merveilles. Des fauteuils rouges en faux bambou jusqu'aux commodes type Weisweiler laquées noires, tout rappelait la Chine. Des oiseaux fantastiques et très colorés étaient peints sur le papier de l'entrée et de minuscules objets en porcelaine étaient disposés un peu partout. Les couleurs dominantes, l'écarlate et le pourpre, éblouissaient de toute part. Et pour finir, de grands miroirs reflétaient cet intérieur chargé et précieux et offraient la possibilité à Ignatio Roberto Aquila Lopez de s'admirer à chaque coin de salle.

L'impressionnant personnage attendait ses invités dans le salon, caressant de la main le manche d'une épée. Lorsqu'il aperçut ses convives, il passa un doigt sur sa moustache d'un air satisfait. Un bataillon d'esclaves en livrée jaune canari se déploya pour présenter des rafraîchissements à Lisbeth et à Isaac.

Dans un coin, un jeune boy agitait de grandes feuilles de palmier destinées à procurer une agréable sensation de fraîcheur dans la pièce.

Le gouverneur prit la parole le premier :

— Vous savez, capitaine, que mon vœu le plus cher est de pouvoir un jour transpercer Richard avec cette épée, et de le voir se vider de son sang sous mes yeux. Maintenant, ajouta-t-il en s'asseyant tel un pharaon sur son trône, que me conseillez-vous pour parvenir à mes fins ?

La grossièreté et la vulgarité de cet homme dépassaient tout ce qui était imaginable. Lisbeth avala son thé de travers, choquée par ces paroles cruelles. Pour sa part, Isaac ne parut pas surpris par le comportement pour le moins inquiétant d'Ignatio.

Isaac se passa la main sur le front avant de répondre.

— Je ne sais que vous dire, gouverneur. Richard possède le *Seabravary*, je ne suis que le capitaine de ce vaisseau.

— Mais des bateaux, cher capitaine, je peux vous en donner des dizaines si c'est tout ce que vous désirez en échange de votre aide.

— Un bateau me conviendrait, bien sûr, marmonna Isaac, l'air pensif.

— Préféreriez-vous de belles femmes ? proposa le gouverneur. J'ai ici trois beaux spécimens qui pourraient vous convenir. Je vous propose d'en choisir une, dit-il en faisant un signe pour qu'on les amène devant lui.

— Je vous demande pardon ? s'exclama Lisbeth

en se levant et en s'adressant directement à Isaac. Mais quel genre d'homme êtes-vous donc pour vendre ainsi vos amis ? Je n'ai guère d'estime pour Richard et je condamne ses agissements, mais il a droit à un jugement en règle pour ses crimes ! Vous ne pouvez pas le trahir de cette manière.

Immédiatement, Ignatio bondit de son fauteuil.

— Qui est cette impertinente, Isaac ? Votre femme ?

— Mon Dieu, non ! assura le capitaine.

Folle de rage, Lisbeth toisa le gouverneur.

— Et vous, vous n'êtes qu'un monstre, un infâme individu pour oser parler ainsi devant moi.

— Capitaine, mais qui est cette femme, nom d'un chien ? Je pourrais la faire exécuter pour parler avec tant d'insolence ! menaça le gouverneur.

Isaac tenta de s'interposer, très ennuyé.

— Gouverneur, attendez. Elle ne réalise pas la gravité de ses paroles.

— Je sais parfaitement ce que je dis, insista Lisbeth qui aggravait ainsi la situation.

Et pour que le gouverneur la comprît bien, elle crut nécessaire d'ajouter quelques explications.

— Pour vous prouver, gouverneur, que je suis tout à fait consciente de mes paroles, j'affirme tout haut que vous êtes, tous les deux, des malotrus, incapables de tenir vos langues en présence d'une dame. Et j'exige que l'on me raccompagne immédiatement sur le bateau. Je ne supporterai pas de rester ici une minute de plus !

— Je la ferai exécuter ce soir même ! jura Ignatio en montrant son poing.

Il semblait ivre de colère. La pauvre femme réalisa soudain, mais un peu tard, qu'elle avait affaire à un fou furieux. Elle l'avait provoqué et les représailles n'allaient pas tarder. Instinctivement, elle posa les mains sur son cou comme pour se protéger. Anxieux, Isaac tentait de calmer le gouverneur.

— J'obtiendrai qu'elle vous fasse des excuses, gouverneur. Laissez-moi un instant en tête-à-tête avec elle et je lui expliquerai son erreur !

Ignatio fulminait, prêt à exploser. Son visage s'empourprait et sa moustache vibrait, agitée par le tremblement de ses lèvres. Heureusement, il consentit à la requête du capitaine, et s'éloigna.

— Réalisez-vous ce que vous avez fait, Lisbeth ? murmura Isaac. Est-ce la mort que vous cherchez ? Seriez-vous devenue folle ?

— Mais cet homme est répugnant, c'est un tortionnaire. Je veux partir d'ici tout de suite !

Le cœur battant à tout rompre, Lisbeth ouvrit un éventail qu'elle cachait sous sa robe et s'éventa frénétiquement.

— Je partage votre avis sur lui, assura Isaac. Et je sais tout ça. Mais nous devons composer avec cet homme car il possède tous les pouvoirs sur cette île, comprenez-vous ? Notre vie à tous dépend de lui et de lui seul.

Lisbeth lui jeta un coup d'œil réprobateur.

— N'y a-t-il vraiment aucun gentleman ici ?

— Des gentlemen ? Mais vous rêvez, ma chère ! Il faudrait d'abord que vous soyez vous-même à la hauteur de cette espérance, répondit-il méchamment. Maintenant, je vous conseille de vous taire. Fermez-la, compris ? Je vais essayer de vous sortir de ce mauvais pas.

Contrariée d'être ainsi réprimandée, Lisbeth referma brusquement son éventail.

— Mon mari — Dieu ait son âme ! — ne m'aurait jamais parlé ainsi, lança-t-elle, vexée. Vous êtes un goujat, capitaine. Vous m'entraînez dans ce repaire de brigands, et ensuite vous osez m'insulter. Sachez que si j'ai quelque chose à dire, vous ne m'en empêcherez pas, est-ce suffisamment clair ?

— Ça, c'est ce que l'on verra ! Vous resterez tranquille si je vous l'ordonne, un point c'est tout ! Et ne discutez plus, s'il vous plaît !

— Comment ça ? Vous pouvez tout me faire, capitaine : me kidnapper, me torturer, m'emprisonner. Mais vous ne m'empêcherez jamais de parler, ne l'oubliez pas !

— Mais je connais un excellent moyen de vous réduire au silence.

— Ah oui ? Et quel est-il ? demanda-t-elle sur un ton ironique.

— C'est une méthode qui a fait ses preuves depuis des siècles...

— Je meurs d'impatience de la connaître, ironisa-t-elle.

— D'accord, je vais donc vous donner une leçon dont vous vous souviendrez ! s'exclama-t-il en saisissant Lisbeth.

Lisbeth mit quelques secondes à réaliser les intentions précises du capitaine. La serrant contre lui, sans qu'il lui soit possible de réagir ou de s'esquiver, il lui donna le plus fougueux des baisers. Elle crut avoir une attaque. Lorsqu'il la relâcha, elle était comme pétrifiée sur place, incapable de bouger, les yeux écarquillés. Isaac se sentait lui aussi mal à l'aise, surpris de sa propre audace. Il se demandait déjà s'il n'était pas allé trop loin.

— Voilà de quoi vous réduire au silence, marmonna-t-il en s'asseyant sur un des canapés.

Le gouverneur, qui ne s'était guère éloigné, applaudissait et félicitait le capitaine comme s'il s'était agi d'une corrida. Finalement, un domestique annonça le dîner.

Ils furent conduits dans une immense et somptueuse salle de réception. Aucun frais n'avait été épargné. Des mètres de satin de couleur rouge cerise recouvraient les tables, décoraient le tour des fenêtres et jonchaient le sol. Bien entendu, Ignatio présidait la table, jetant de temps à autre un regard belliqueux à Lisbeth. Isaac se sentait de plus en plus mal.

— Pouvons-nous poursuivre notre conversation sans nouveaux incidents ? demanda le maître des lieux.

— Bien sûr, répondit précipitamment Isaac.

— Donc, je veux Richard. Votre prix sera le mien...

— Donnez-nous d'abord de l'eau pour continuer notre voyage, exigea le capitaine.

— N'ayez crainte, vous en aurez. Quand me livrerez-vous cet homme ?

Isaac s'apprêtait une fois de plus à détourner la question lorsqu'un des gardes du gouverneur interrompit leur négociation. Il était en sueur et des bouts de corde lacérées pendaient à ses poignets. Visiblement épuisé, il s'exprimait en espagnol. Il gesticulait et tous comprirent qu'il avait reçu un coup à la tête.

— *El Draque! El Draque!* répétait-il sans cesse.

Ignatio se redressa et, après avoir échangé quelques mots avec lui, sortit de la pièce. Dès qu'ils furent seuls, Isaac obligea Lisbeth à se lever.

— Où allons-nous ? s'inquiéta-t-elle.

— Au bateau et sans perdre une minute, ordonna-t-il.

— Mais pourquoi, que se passe-t-il ?

— N'avez-vous pas entendu le garde parler d'*El Draque*? Cela signifie une seule chose : qu'ils ont trouvé Richard.

Aurore ne reconnaissait plus la route qui menait à New Providence. La nuit était impénétrable et elle n'avait pas eu la possibilité de tout repérer à l'aller, puisqu'elle simulait un évanouissement.

Richard paraissait toujours furieux. Il ne la tenait

plus avec autant de délicatesse que lorsqu'il la croyait évanouie. Elle avait l'impression que des lanières de cuir la serraient autour du buste. Elle en avait la respiration coupée. Quel châtiment allait-il lui réserver lorsqu'ils seraient à nouveau sur le *Seabravary*? Elle imaginait déjà le pire et le silence de Richard ne faisait que confirmer cette présomption.

Elle n'avait d'autre choix pour l'instant que de subir son sort. Il avait gagné une nouvelle bataille, mais la guerre n'était pas terminée. Avant de rejoindre le navire, elle pensait pouvoir lui échapper encore une fois.

— Qu'est-ce qui se mijote dans cette petite tête? demanda brusquement Richard en se penchant sur son cou et en lui mordillant l'oreille.

Contrariée par ce baiser indécent, Aurore se raidit, ignorant le frisson qui parcourait son dos.

— Comment comptez-vous remonter à bord du *Seabravary* sans éveiller l'attention des gardes? lança-t-elle d'une voix moqueuse.

Au loin, la ville semblait embrasée. Neville et ses révolutionnaires devaient être très occupés à cette heure. Elle avait entendu parler de rébellions d'esclaves dans les Caraïbes. Si le gouverneur ne se méfiait de rien, Grand Talisman subirait sous peu le même sort que Haïti, et l'on retrouverait très bientôt la tête de ce tyran empalée sur un pieu.

Richard talonna le cheval, ils devaient accélérer la course. Il restait pourtant parfaitement calme malgré l'agitation toute proche. Aurore réalisa subitement qu'une clarté inhabituelle les éclairait: des dizaines d'hommes, des torches à la main, arpentaient les champs de cannes à sucre.

— Que se passe-t-il? demanda Aurore, soudain terrorisée par ce remue-ménage autour d'eux.

— Probablement une battue. Ils cherchent les

esclaves qui ont mis le feu aux plantations, mais nous ne devons pas prendre de risques.

Sans attendre, Richard stoppa sa monture. Aidant Aurore à descendre, il donna un coup de fouet à la bête qui partit au galop dans la direction opposée à la leur.

— Mais qu'est-ce que vous fabriquez? s'exclama Aurore.

— Venez! ordonna-t-il à la jeune fille en l'entraînant derrière lui.

Ils coururent longtemps à travers champs. Epuisée, Aurore se blessait à chaque pas avec les longues feuilles effilées et saillantes. Richard ne ralentissait jamais, avançant avec l'instinct d'un limier, profitant de la clarté de la lune pour se diriger.

Lorsqu'ils atteignirent enfin la ville, leur prudence redoubla: il y avait des gardes un peu partout. Par chance, ils se remarquaient facilement avec leurs uniformes brillant sous la nuit étoilée. Richard comprit, aux bribes des conversations saisies çà et là, qu'il était lui aussi recherché.

Aussi entraîna-t-il Aurore dans un dédale de cabanes d'esclaves qui longeaient la route. Soudain, elle trébucha et s'appuya, exténuée, contre une porte. Une affiche à moitié effacée et jaunie par le temps attira son attention. Ce n'était rien d'autre qu'un avis de recherche: on pouvait reconnaître le visage de Richard, dessiné grossièrement, avec une inscription en dessous et le mot *El Draque*. Aurore sentit son sang se glacer.

— Nous ne pourrons probablement pas rejoindre le bateau, commenta Richard. Il doit être surveillé de tous les côtés.

La jeune fille remarqua pour la première fois que Richard était tendu.

— Il faut nous cacher quelque part, en attendant, ajouta-t-il.

Aurore saisit cette occasion pour élaborer rapidement un nouveau plan d'évasion.

— Je pourrais retourner sur le *Seabravary* toute seule. Il n'y a aucun risque pour moi, et ainsi j'avertirais le capitaine pour qu'il vienne vous chercher. Dites-moi où vous comptez vous réfugier pendant ce temps.

Richard la pressa contre lui.

— Quelle offre généreuse ! Si j'accepte cette proposition, je sais que vous allez courir chez Ignatio à l'instant même où je vous lâcherai... Je me passerai donc de votre aide, mon amour.

— Non, je ne vous trahirai pas...

Mais elle fut incapable de poursuivre sa phrase. Ils étaient trop près l'un de l'autre et cette intimité la troublait.

— Alors, où nous cachons-nous ? demanda-t-elle.

Il l'examina un court instant puis lui sourit à demi, attentif à sa réaction.

— On peut peut-être suivre votre idée. Ignatio va battre la campagne, courir toute l'île pour me retrouver, mais pensera-t-il à chercher dans sa propre maison ? Personne n'osera fouiller le domaine du gouverneur, qu'en dites-vous ?

— Mais c'est de la folie !

Richard éclata de rire puis, sans attendre davantage, prit la main de la jeune fille et l'entraîna avec lui.

— Oui, elle feignait d'être malade, avouait Lisbeth au capitaine. Elle comptait s'échapper dès que Richard l'aurait déposée à terre. Comme je regrette maintenant de ne pas l'avoir persuadée de renoncer à cette idée.

Bouleversée, Lisbeth essuyait ses larmes. Ils avaient maintenant regagné le *Seabravary* et ils surveillaient avec inquiétude l'agitation dans la ville. Quelque part, Richard et Aurore tentaient de sauver leurs vies.

— J'ai envoyé des hommes à terre, nous finirons bien par retrouver leur trace !

Isaac était gêné par le chagrin de Lisbeth et tentait de la rassurer.

— Tout est de ma faute. J'aurais dû penser qu'en exposant Richard à tous ces dangers, Aurore en subirait elle aussi les conséquences, se lamentait-elle.

— Lisbeth, ne désespérez pas. Richard a connu des situations bien plus périlleuses.

— Peut-être, mais il n'avait certainement pas une jeune fille à protéger en même temps. Je crains qu'ils ne s'en sortent pas... tous les deux.

— D'accord, ça ne sera pas facile, mais il faut garder confiance. Si c'était quelqu'un d'autre, je serais plus réservé. Mais Richard possède des ressources inestimables.

— N'essayez pas de jouer à ce petit jeu avec moi, Isaac. Vous êtes aussi préoccupé que moi. Il est comme un fils pour vous, n'est-ce pas ? Inutile de le nier.

D'un geste très naturel, Isaac prit Lisbeth dans ses bras, l'appuyant contre son épaule. Au fond, elle le comprenait bien.

— Il est le fils que je n'ai jamais eu ! finit-il par avouer dans un souffle.

16

Jamais Aurore n'avait eu aussi peur de sa vie. Ils se glissèrent dans les cuisines désertes de la grande demeure. La résidence du gouverneur... Quelque part, une pendule sonna minuit et Richard l'entraîna le long des couloirs, à travers différentes pièces, réussissant tant bien que mal à esquiver les rencontres indésirables avec le personnel de la maison.

Les lieux paraissaient étranges à Aurore, elle avait l'impression de déambuler dans un monde irréel. Des fresques chinoises étaient peintes un peu partout, des oiseaux chanteurs aux allures insolites décoraient les murs écarlates. Une indéfinissable ambiance régnait ici. Richard eut à peine le temps de la pousser dans un vestibule afin d'éviter, une fois de plus, une esclave. Il profita de l'occasion pour serrer Aurore contre lui, si fort qu'elle pouvait à peine respirer. Ils attendirent, étroitement enlacés, que tout danger fût écarté.

Aurore tremblait de la tête aux pieds, réalisant qu'ils pouvaient être découverts à chaque instant. A chaque pas, ils risquaient leurs vies. Richard renforçait son étreinte, devinant les craintes de la jeune fille. Elle comprit une fois de plus qu'elle avait auprès d'elle un homme particulièrement fort et rusé. Il était d'ailleurs obligé de modérer sa force lorsqu'il la tenait, pour éviter de la blesser. Entre ses mains puissantes, elle était aussi fragile qu'un objet en porcelaine. Mais est-ce que cette force suffirait aujourd'hui pour les sauver ? Il paraissait invincible, mais jusqu'à quel point ?

— Richard, vous voyez bien que nous ne pouvons pas rester ici. On va nous surprendre, je ferais mieux de retourner sur le bateau.

— Pourquoi m'aideriez-vous ? Comment vous faire confiance ? répondit-il alors que ses lèvres effleuraient le cou d'Aurore.

— Parce que... je... enfin, Isaac m'a tout raconté. Il a dit que vous aviez libéré tous ces esclaves. Je vous crois innocent et je ne peux laisser le gouverneur vous exécuter froidement, même si j'ai personnellement des choses à vous reprocher. Je sais respecter certaines règles, il y va de mon honneur !

— Votre honneur ! Mais vous plaisantez, je suppose ?

— Comment pouvez-vous mettre en doute ma parole ?

— Comment pouvez-vous être si belle et si émouvante, Aurore ? se contenta-t-il de répondre.

Aurore leva les yeux vers lui. Elle sentit qu'il caressait son dos, puis il renversa brusquement la tête de la jeune fille. Elle devina qu'il désirait l'embrasser.

— Non, murmura-t-elle. Vous êtes fou !

— Pas complètement, ma douce amie !

— Non ! Lâchez-moi, vous me faites mal !

Ignorant ses supplications, il passa la main dans ses cheveux. Elle lisait le désir dans ses yeux.

— Savez-vous à quel point vous me tentez, Aurore ? Vous êtes une petite sorcière.

— Est-ce là votre code de l'honneur ? Démolir ma réputation ? dit-elle en le repoussant de toutes ses forces.

Aurore réussit à se dégager et, se faufilant dans le petit couloir attenant, parvint à lui échapper. Elle descendit quelques marches et se retrouva dans un étroit corridor plutôt sombre. Soudain, elle perçut des bruits de voix. Elle eut juste le temps de se rendre compte que deux gardes s'avançaient dans le passage.

Surpris par sa présence, ils la dévisagèrent avant de l'interroger.

— Que fais-tu là, jeune fille ? rugit l'un d'eux en soulevant la lanterne pour mieux la voir.

— Le gouverneur ne reçoit des demoiselles que le mardi, habituellement. Tu t'es trompée de jour...

Aurore était paralysée d'effroi. Des gouttes de sueur perlaient sur son front. Aussi discrètement que possible et avec le plus grand calme, elle jeta un coup d'œil sur le côté. Richard était tapi dans l'ombre, le regard menaçant, un pistolet à la main.

— Elle n'est pas là pour le gouverneur, mon pauvre David, commenta un des hommes. Je suis sûr que c'est une petite voleuse qui essaie de se cacher.

Il la menaçait déjà avec son arme.

— Vous vous trompez, cria Aurore. Je vous jure que je ne suis pas une voleuse !

— Alors que fabriques-tu ici ?

Le garde la poussa avec sa baïonnette, déchirant sa robe avec la pointe de l'arme. Aurore croisa les bras sur sa poitrine pour se protéger. Il semblait se réjouir qu'elle s'affole ainsi.

— Je n'ai jamais vu d'aussi beaux yeux par ici, jeune fille. D'où viens-tu ? Sur quel bateau étais-tu ?

— Le *Sea*...

Mais elle s'interrompit. Elle ne pouvait pas dire ça ! Elle distinguait Richard dans l'ombre. Il paraissait parfaitement calme et froid comme du marbre. Quoi qu'il puisse s'imaginer à cet instant, elle ne le trahirait pas. Il donnait pourtant l'impression d'attendre le coup de grâce, le moment où elle allait le vendre à ces deux soldats.

— J'étais à bord du *Cécilia*, murmura-t-elle.

— Diable, je n'ai jamais entendu ce nom. Tu nous mens, fillette.

— Je vous jure que je me suis perdue. J'ignore même où je suis, plaida-t-elle, les implorant du regard.

En chœur, ils éclatèrent de rire.

— Tu ne pouvais pas mieux tomber, n'est-ce pas, Mike ? assura le dénommé David.

— Où suis-je ?

— Dans ce que nous appelons le « corridor des cachots » !

— Si vous m'autorisez à partir, je vous promets de ne parler à personne de ce que j'ai vu.

— Laisse-la partir, Mike.

Bizarrement, l'autre garde parut accepter la proposition de son camarade.

— T'as raison. Après tout, c'est une adorable jeune fille. Si le gouverneur se lasse d'elle, elle se souviendra peut-être de notre gentillesse.

— Mais au fait, David, nous ne sommes pas sûrs qu'elle soit une des protégées du gouverneur, dit Mike en la menaçant à nouveau avec la baïonnette.

Du coin des yeux, Aurore apercevait toujours l'ombre de Richard, qui demeurait immobile.

— Je vous en supplie, laissez-moi partir. Vous avez certainement mieux à faire cette nuit que de perdre votre temps avec moi.

— C'est vrai. Nous recherchons *El Draque*. Aurais-tu entendu parler de lui ?

Aurore était épouvantée. Ses mains tremblaient tellement qu'elle fut obligée de les dissimuler derrière son dos. Elle savait que Richard comptait sur elle. Il ne pouvait rien contre ces deux hommes, avec un seul pistolet. Trahir Richard était peut-être la seule solution à ses problèmes, mais elle ne pouvait se résoudre à avoir ce poids sur la conscience le reste de sa vie. Si elle avouait tout, elle condamnerait un innocent. Faire ce choix risquait de lui coûter cher, mais il fallait prendre le risque. Elle avait un jour dit à Richard qu'elle ne manquait pas de courage. Il était temps de le lui prouver.

— Je ne sais pas de qui vous parlez, déclara-t-elle d'une voix ferme.

Tapi dans son coin, Richard soupira de soulagement.

Soudain, il était touché, ému par le comportement exemplaire d'Aurore, par sa générosité, par le pardon qu'elle lui accordait en taisant sa présence.

— De toute façon, il mourra cette nuit, assura un des gardes. Cette fois, le gouverneur ne le manquera pas.

Aurore s'obligea à soutenir le regard des deux hommes. Elle ne devait pas paraître préoccupée par quoi que ce fût. Leurs vies en dépendaient.

— Je ne voudrais pas vous retenir plus longtemps, messieurs, dit-elle en avançant de quelques pas.

— Reste là, mignonne. Nous allons te présenter au gouverneur pour savoir si tu es l'une de ses favorites du moment.

— Et s'il ne me reconnaît pas ? demanda Aurore, terriblement inquiète.

— Alors tant pis pour toi. Nous nous occuperons de ton avenir, moi et mon copain…

Le garde semblait prendre un grand plaisir à la torturer ainsi.

Aurore ne voulait pas les suivre… mais comment leur échapper ? Richard ne pouvait intervenir, cela équivaudrait à un suicide, et tous deux le savaient. Mike la prit alors dans ses bras, lui imposant son haleine empestant le rhum.

— Tu es sûre que le gouverneur ne va pas te reconnaître lorsqu'il te verra ?

— Non, murmura-t-elle.

— Ça suffit, Mike. Laisse cette pauvre fille !

— Mais pourquoi ? Ce n'est pas toutes les nuits qu'on a l'occasion de s'amuser, pas vrai ?

Mike n'en faisait vraisemblablement qu'à sa tête. Il saisit Aurore par la taille et la souleva. Elle gesticulait dans tous les sens pour échapper à son emprise. Impuissant, Richard enrageait d'assister ainsi à toute cette scène.

« Il ne tentera rien pour moi, sauf s'il est sûr de retrouver cette Etoile », songea-t-elle.

— Lâchez-la immédiatement, ou vous êtes morts !

La menace tomba, froide, incisive. Les deux gardes bondirent, surpris. Aurore étouffa un cri, réalisant que Richard venait de se découvrir pour elle. Il semblait prêt à tout. La rage se lisait sur son visage crispé.

— Il ne peut tirer qu'un seul coup, David ! cria Mike, le plus audacieux des deux gardes. Prends-lui son arme !

— Pensez-vous que deux pauvres imbéciles comme vous peuvent m'impressionner ? demanda Richard en marchant vers Aurore.

— C'est ta petite amie, n'est-ce pas, *El Draque* ?

Manifestement, Mike venait de le reconnaître et maintenait toujours Aurore contre lui. Mais en même temps, il titubait, complètement imbibé d'alcool.

— C'est exact, et je ne supporterai pas que vous la maltraitiez plus longtemps.

Richard s'avançait vers Mike qui reculait, impressionné par le physique de son adversaire.

— Richard, ta vie est mise à prix. Tu mourras cette nuit, le gouverneur a promis une grosse récompense à celui qui te capturera.

— Oh, ne vous faites pas d'illusions : ce ne sera pas vous !

Aurore était réellement impressionnée par le courage du pirate. A ses yeux, il n'avait aucune chance contre ces deux hommes, et pourtant il avait éprouvé le besoin de se dévoiler. Pourquoi risquait-il ainsi sa vie ? Pour elle ou pour l'Etoile ? En tout cas, quelle folie d'avoir tenté de la délivrer ! C'était la pendaison qui l'attendait, sans aucun doute.

— Le gouverneur souhaite discuter avec toi avant ton exécution, avertit Mike. Tu auras donc un sursis jusque-là.

David ne semblait pas très rassuré.

— Mike, je pense que tu devrais t'occuper personnellement de lui, déclara-t-il.

— Ne discute pas, et fais ce que je te dis.

Richard fit quelques pas et David n'eut d'autre solution que de se montrer courageux.

— C'est bon, reste où tu es, ordonna-t-il en menaçant Richard avec son arme.

— Allons, messieurs, vous voyez bien que dans l'état où vous êtes, vous ne parviendrez à rien. Vous avez trop bu, commenta Richard, sûr de lui.

— C'est ce qu'on verra, répliqua Mike en serrant le cou d'Aurore.

Richard voulut s'interposer mais David perdit tout contrôle et tira une balle en direction du pirate.

Touché, Richard s'effondra contre le mur. Un filet de sang jaillit de son épaule. Aurore se mit à crier, incapable de croire à la mort de Richard. C'était un affreux cauchemar.

Satisfait, David retrouvait un peu d'assurance, fier d'avoir éliminé un homme aussi dangereux. Aurore se précipita vers Richard pour lui porter secours. Mais Mike l'en empêcha.

— Je l'ai tué, Mike, marmonnait David, encore étonné par son propre courage. J'ai tué le Dragon. C'est le gouverneur qui va être content.

— Prends-lui tout de même son pistolet, on n'est jamais sûr de rien avec ce genre d'individu.

David s'exécuta et se pencha prudemment vers Richard. Mais à l'instant où il se retournait vers Mike, le pistolet à la main, il reçut un grand coup sur la tête. Il tomba à terre, inconscient.

— Lâche-la ! ordonna Richard à Mike en se relevant.

Il le menaçait avec son pistolet, et si son épaule saignait toujours, il gardait toute sa détermination. Aurore constata que la blessure n'était que superficielle. Le garde obtempéra, n'ayant aucune autre solution.

— Richard, laisse-moi une chance ! supplia-t-il. On peut discuter peut-être... Je ne dirai pas au gouverneur que tu étais ici.

— Et tu crois que je vais te faire confiance ? Tu te moques de moi ! Tu vas immédiatement courir chez lui si je te laisse filer.

Richard avait récupéré la baïonnette et manifestait l'intention de s'en servir.

— Non, Richard ! Ne tire pas ! Je t'en prie, plaida Mike, persuadé que sa fin était proche.

Aurore tressaillit. Un homme allait-il encore une fois être tué sous ses yeux ? Elle avait l'impression que son cœur s'était arrêté de battre.

Soudain, Mike écarta d'une main la baïonnette et se jeta sur le pirate. Les deux hommes luttèrent un moment, mais Richard eut rapidement le dessus et, tout à coup, il planta la baïonnette dans la hanche de Mike. Il y eut un grand silence, pas une plainte, pas un cri. Aurore s'attendait au pire, à découvrir un homme agonisant. Mike avait la bouche ouverte, apparemment choqué. Il était pourtant toujours en vie mais ne bougeait plus, comme pétrifié sur place. Aucun son ne sortait de sa bouche, pas une goutte de sang ne coulait. C'était inexplicable. Alors elle compris ce qui s'était passé et réprima un sourire : Richard avait, en quelque sorte, épinglé son adversaire contre le mur, la baïonnette plantée dans son pantalon. Il ressemblait à un papillon sous verre, incapable de faire le moindre mouvement.

— Richard, tu n'es qu'un sale bâtard, hurlait Mike.

Insensible à ces insultes, Richard s'empressa de saisir la main d'Aurore.

— A plus tard, mon ami, lança-t-il en abandonnant le garde à son triste sort.

— Dépêchons-nous, Aurore, nous avons peu de temps devant nous, ordonna-t-il à la jeune fille.

— Pourrons-nous trouver la sortie ? demanda-t-elle, inquiète.

Elle s'accrochait au bras du pirate et nota que sa blessure n'était vraiment pas sérieuse. Un simple bandage suffirait.

Ils jetèrent un coup d'œil à l'extérieur, tout semblait calme dans la cour de la résidence. Quelques torches vacillaient çà et là entre les palmiers, mais aucune agitation inquiétante.

— Nous avons quelques minutes d'avance, guère plus, dit-il en la prenant par la taille.

Elle protesta faiblement, mais il n'y prêta aucune attention.

— Avant de continuer, Aurore, j'ai besoin de savoir quelque chose... Et nous ne partirons que lorsque vous aurez répondu. Pourquoi ne m'avez-vous pas trahi tout à l'heure ?

Richard parlait à voix basse et resserrait son étreinte.

— Votre blessure saigne, il faudrait vous bander, répliqua-t-elle, feignant de ne pas avoir entendu.

— Je vous ai posé une question, Aurore. Je veux une réponse.

— Je risquais moins que vous, dit-elle simplement.

— Ne croyez pas ça, Aurore. Il vous aurait livrée au gouverneur et vous auriez été pendue comme une vulgaire voleuse, voilà tout.

La main de Richard glissa sur la joue d'Aurore. C'était plus qu'une simple caresse.

— Je ne comprends pas, Aurore. Vous avez risqué votre vie pour moi, pourquoi ?

— Non ! Pas pour vous, protesta-t-elle.

Elle évitait de le regarder. Elle ignorait vraiment ce qui avait motivé son attitude. Pourquoi avait-elle éprouvé le besoin de protéger cet homme ? Il était innocent, bien sûr, mais il y avait autre chose. Que devait-elle avouer ? Qu'un sentiment encore confus et inexplicable l'avait poussée à ne pas le trahir ? Que commençait-elle à ressentir réellement pour ce pirate ?

— Vous avez besoin de soins, insista-t-elle.

— Vous tentiez de me protéger, n'est-ce pas, Aurore ? Répondez, ordonna-t-il en la serrant contre lui.

— Richard, ne me demandez rien...

— Cela vous gêne que je vous demande pourquoi vous m'avez sauvé la vie ? Est-ce que la réponse vous trouble tant que ça ?

— Il n'y a rien à expliquer. J'ai agi comme vous l'avez fait ensuite vous-même. Pour la même raison. C'était la seule chose à faire. Une bonne action, voilà tout. Vous avez prouvé que vous étiez vous aussi capable de courage.

Richard prit son visage entre ses mains et l'obligea à le regarder.

— Vous semblez regretter votre geste, maintenant. Pourquoi refouler vos sentiments, Aurore ? Pourquoi me repoussez-vous ?

— Je n'éprouve que du mépris pour vous, Richard. Ne vous méprenez pas sur mes motivations. Si j'ai choisi de me taire tout à l'heure, ce n'était pas par amour.

— Peut-être... mais pour l'instant, vous avez besoin de moi. Alors suivez-moi.

Il la bouscula un peu, l'obligeant à avancer devant lui, son corps appuyé contre le sien.

— Accepteriez-vous de passer une petite nuit avec moi, mon amour ?

Aurore était furieuse. Sa grossièreté n'avait donc aucune limite. Comment osait-il lui faire une telle proposition ?

— Laissez-moi, je peux marcher toute seule. Vous n'êtes qu'un goujat, qu'un monstre pour essayer de profiter ainsi de la situation.

Mais il ne semblait pas décidé à la lâcher.

— Est-ce que vous souhaitez toujours vous débarrasser de moi ? demanda-t-il sur un ton moqueur.

A cet instant, elle leva la main pour le frapper mais il la maîtrisa aussitôt et il l'attira fermement contre lui. Aurore était complètement déroutée. Soudain, son expression se durcit comme s'il n'avait subitement plus envie de plaisanter.

— N'imaginez surtout pas que je puisse un jour devenir un gentleman, jeune fille !

— Mais pourquoi, pourquoi refusez-vous de changer ? implora-t-elle, les larmes aux yeux.

Sans en comprendre la raison, elle se sentait bouleversée par cette conversation. A croire qu'ils n'avaient pas de problèmes plus importants à régler. Ils étaient dans la maison du gouverneur, des gardes les recherchaient partout sur l'île et leurs chances de retourner un jour à bord du *Seabravary* étaient plus que faibles. Alors pourquoi tentait-elle désespérément de retrouver l'homme qu'elle avait cru entrevoir, quand il s'était exposé à tous les dangers pour la sortir des griffes des deux gardes ? C'était incompréhensible.

— Souvenez-vous toujours de ce que je vais vous dire, Aurore, déclara-t-il d'une voix grave et pénétrante. Je ne redeviendrai un gentleman qu'à l'instant où je mourrai.

— Non, murmura-t-elle dans un souffle.

— Si je change, si j'accepte d'être différent, Aurore, je n'aurai plus aucune chance face à mes ennemis !

— Mais ce Peterborough n'est pas immortel, ni invincible tout de même !

— C'est certain, mais les hommes cruels ont toujours des amis, des complices. Et ils finissent par gagner. L'homme trop bon, le gentleman, perd fatalement tous les combats.

— Mais c'est faux ! affirma-t-elle. Si vous acceptiez de changer, vous ne vous retrouveriez pas seul pour autant.

— Je ne suis pas un homme bon, Aurore. Je ne pourrai jamais le devenir.

— Je refuse de croire ça, Richard. J'ai compris que vous étiez un homme sensible et généreux lorsque vous avez réagi pour me délivrer tout à l'heure. Et ce n'est pas uniquement l'Etoile qui vous a poussé à agir. Mais votre conscience. Vous vouliez me sauver et rien de plus, ne le niez pas, Richard ! Reconnaissez que vous pourriez changer, oubliez votre passé...

— Je ne suis que ce que vous voyez, Aurore, et n'espérez rien d'autre ! dit-il en l'enlaçant plus étroitement.

Leurs deux corps semblaient fusionner à présent. La lueur de désir qui brillait dans le regard de Richard fit frémir Aurore. Elle sentit qu'il effleurait ses lèvres de sa bouche gourmande, mais elle n'avait plus la force de lui résister. Sanglotant, elle subissait malgré elle ce baiser qui n'avait qu'un seul but : l'humilier ! La langue du pirate brisait déjà la fragile résistance de ses lèvres. Elle enrageait de ne pouvoir se dégager, d'être soumise au désir féroce de cet homme. En même temps, une onde de plaisir lui parcourait les reins. Tout cela était complètement absurde!

— Avez-vous toujours une haute opinion de moi, mon amour? demanda-t-il en la libérant enfin.

— Ne recommencez plus jamais ça, Richard. N'oubliez pas que je vous ai sauvé la vie, je mérite un peu de respect!

— Taisez-vous, ma douce, sinon je serai incapable de me contrôler et je vais être obligé de vous embrasser une nouvelle fois.

A cet instant, elle réalisa qu'il l'entraînait dans la chambre du gouverneur.

— Arrêtez! ordonna-t-elle.

Mais il la renversa sur le lit et la couvrit de son corps puissant. Il entreprit de défaire sa robe méthodiquement, caressant au passage sa poitrine. Elle frissonna d'horreur lorsqu'elle comprit que sa fine brassière était tout ce qui protégeait sa nudité.

— Me prenez-vous toujours pour un saint? murmura-t-il d'un ton moqueur.

Il la dévorait du regard, saisi par sa beauté et sa délicatesse. Puis, emporté par son propre désir, il commença à parcourir avec la pointe de sa langue les petits seins qu'il devinait à travers le vêtement de lin. Aurore rejeta la tête en arrière, tentant de le repousser. Mais rien ne semblait pouvoir l'arrêter. Aurore subissait cet assaut indécent, furieuse mais incapable de contrôler la situation.

— Il y a du bon en vous, Richard, mais vous l'ignorez tellement que vous ne parviendrez jamais à vous comporter comme un gentleman.

Elle espérait ainsi l'humilier et le convaincre de cesser ce jeu.

— Cet homme que vous espérez n'existe pas, rétorqua-t-il.

Il saisit dans sa bouche un mamelon de la jeune fille, puis passa à l'autre, les titillant jusqu'à la faire gémir. Aurore tentait désespérément de se dérober, incapable de dominer cette étrange onde de plaisir qui s'insinuait en elle. Une douce chaleur se répandait au creux de ses reins. Tout ce qu'elle refusait, son corps le réclamait. Cet homme excitait ses sens jusqu'à la rendre folle.

— Je m'aperçois que vous êtes une vraie femme finalement, dit-il en constatant son émoi.

Elle aurait aimé appeler à l'aide, mais c'était impossible et dangereux. Afin d'éviter les gardes du gouverneur, ils n'avaient eu d'autre solution que de se cacher dans la propre chambre du maître des lieux. Le seul endroit que l'on ne fouillerait pas. Elle devait donc assumer ce terrible face à face. Elle s'était fait piéger et Richard paraissait déterminé dans ses intentions.

Il remonta la robe de la jeune fille jusqu'aux épaules, de telle manière que ses mouvements deviennent plus difficiles. Dévoilant ses fines jambes et ses hanches, Richard s'installa de façon à pouvoir admirer tous ses trésors. Aurore essayait en vain de se défendre mais elle avait l'impression de s'épuiser pour rien. C'était sans appel, les mains de Richard s'enhardissaient de plus en plus.

— Qui aurait pu imaginer un jour que je vous tiendrais ainsi dans mes bras ? murmura-t-il.

Malgré les protestations d'Aurore, il recommençait à caresser ses seins.

— Vous n'aimez pas me toucher, douce Aurore ? demanda-t-il. Ne vous a-t-on pas enseigné à embrasser dans votre orphelinat ? Pourtant, j'ai cru comprendre que vous aviez un fiancé là-bas ? Est-ce que votre soupirant n'a jamais tenté de vous séduire ?

Il murmurait chaque mot, comme pour leur donner plus de poids. Saisissant la main d'Aurore, il la guida sur son corps.

— Personne n'aurait jamais osé me traiter comme vous le faites, cria Aurore. J'étais respectée.

— Bien sûr, mais quelqu'un éprouvait-il de l'amour pour vous ?

Décidément, il prenait plaisir à se moquer d'elle et à la torturer.

— Je pourrais vous montrer ce qu'est vraiment l'amour... poursuivit-il.

— Richard, non !

Mais déjà, il se relevait et commençait à se déshabiller. Il lui imposait ce spectacle sans la moindre pudeur et prit tout son temps pour enlever ses bottes, son pantalon et sa chemise. Aurore était à la fois effrayée et excitée par ce corps puissant et redoutable.

Lorsqu'il s'approcha du lit, les yeux brillants de convoitise, Aurore bondit pour lui échapper. Sa robe à moitié défaite la rendait encore plus désirable. Richard devinait son corps par transparence et elle ne réalisait pas à quel point elle était provocante dans cette quasi-nudité. D'un pas, il marcha sur le fond de la robe qui traînait derrière elle. Elle cria, surprise de se retrouver ainsi immobilisée. D'un geste brusque, il la renversa à nouveau sur le lit.

Aurore tentait de le griffer mais il n'eut aucun mal à la maîtriser.

— Je vous déteste, Richard ! souffla-t-elle.

— Bien sûr, vous me détestez. Mais pour l'instant, cessez de parler et de remuer ainsi.

— Richard, je vous en supplie, je suis encore vierge, vous ne pouvez pas abuser de moi comme ça, ce serait un crime !

— Ne vous affolez pas, mon amour. Si vous arrêtez de gesticuler, je ne vous ferai pas mal.

Elle martelait toujours sa poitrine pour l'obliger à reculer, mais cela l'excitait encore plus.

Rien ne semblait pouvoir empêcher cet homme de commettre le pire. Brusquement, il emprisonna d'une main puissante les bras de la jeune fille et de l'autre parcourut ses cuisses, caressant avec volupté son intimité soyeuse. Il souhaitait réveiller le feu qui sommeillait en elle, rien ne l'en empêcherait maintenant.

Elle reçut un véritable choc au contact de cette main experte qui l'embrasait, malgré ses résistances et sa honte. Elle voulait refuser cette sensation de plaisir qui l'envahissait contre son gré. Elle ne devait pas accepter ces attouchements indécents. Elle était furieuse mais hésitait pourtant à se rebeller, inquiète de la réaction de ce monstre.

Allongé sur elle, lui imposant le poids de son corps, il lui coupait la respiration. Ses yeux s'emplirent de larmes, elle n'allait tout de même pas perdre son honneur dans des circonstances aussi horribles. Elle réussit à dégager une de ses mains et l'approcha de la boucle d'oreille du pirate. Peut-être que si elle la lui arrachait, il cesserait de l'importuner? Mais Richard, qui avait deviné ses intentions, emprisonna de nouveau la main de sa jeune proie.

— Pensez-vous pouvoir gagner la partie de cette façon, ma chère? Alors allez-y, je ne crains pas la douleur. C'est déjà arrivé...

Aurore remarqua qu'il portait en effet une fine cicatrice sur le lobe de l'oreille.

— Est-ce une femme qui vous a puni? demanda-t-elle. Peut-être abusiez-vous d'elle? Elle n'a fait que se défendre.

— Non, c'est l'œuvre d'un mendiant dans la Casbah. J'avais seulement quinze ans et il a tenté de me la voler.

— L'avez-vous corrigé?

— Je n'ai pas à vous le dire... mais il n'a plus besoin d'argent là où je l'ai envoyé.

Aurore ne désirait pas en savoir davantage. Elle le fixait, terrifiée. Cet homme était capable de tout !

— Mais oublions ceci, douce Aurore, nous avons un travail à terminer.

Soudain, d'un mouvement rapide et précis, elle tira sur la boucle... Pas suffisamment fort pour l'arracher.

Une expression de douleur parcourut le visage de Richard, mais ce n'était pas assez pour le décourager. Sanglotant, elle réalisa qu'elle ne serait jamais capable de lui faire mal, qu'elle ne savait pas blesser les autres. Aussi abandonna-t-elle le combat. Richard parut surpris de cette brusque reddition.

De rage, les joues ruisselantes de larmes, Aurore enfouit son visage sous la couverture.

— Je ne peux rien contre vous, je suis incapable de vous faire du mal ! hurlait-elle, trop troublée pour regarder cet homme qui lui inspirait tant de sentiments contradictoires.

— Aurore ! Regardez-moi ! cria Richard, bouleversé lui aussi par cette attitude aussi émouvante qu'imprévisible. Ecoutez-moi, Aurore. Je ne vous toucherai pas, c'est juré, mais regardez-moi un instant.

Il la secoua vivement afin qu'elle reprît ses esprits et cessât de crier. Mais le monde d'Aurore s'était effondré cette nuit. Avoir été kidnappée n'était rien, comparé à ce sentiment étrange et horrible qu'elle éprouvait pour lui.

— Aurore, murmura-t-il, haletant tout près d'elle.

Alors elle se tourna vers lui, les yeux baissés. Il prit son visage entre ses grandes mains et l'obligea à lever la tête. Il la découvrait ce soir avec des yeux neufs. Le passé n'existait plus. Avec une infinie tendresse, il caressa son visage du bout des doigts. Aurore eut une réaction inattendue : elle avança timidement une main vers lui.

— Rejetez le dragon qui est en vous, Richard ! Débarrassez-vous de ce monstre qui vous habite, je vous en supplie.

— Non, Aurore, ce n'est pas possible, pas maintenant !

Ils étaient tous les deux torse nu, l'un contre l'autre, immobiles et bouleversés par leur étreinte. Richard sentait sur sa peau la pointe ferme des seins de la jeune fille. Instinctivement le corps d'Aurore répondait à l'appel impérieux du désir qu'il éveillait en elle. Elle comprit malgré tout qu'il ne la forcerait pas. Richard était vaincu et renonçait à la posséder dans ces conditions. Décidant de quitter le lit, il déposa un délicat baiser sur la joue d'Aurore, et comme par enchantement, elle accepta cet hommage. Mieux, elle tourna la tête afin que leurs lèvres se touchent en une inoubliable rencontre.

Jamais dans ses rêves les plus fous, Aurore n'aurait imaginé un baiser aussi sensuel. Leurs langues s'entremêlaient dans un tourbillon de sensations érotiques. Emportée par cette magie, Aurore s'abandonna, caressant timidement la poitrine de Richard, frôlant les cheveux noirs, longs et soyeux du pirate.

Richard semblait lui aussi plongé dans ce délire sensuel. Il parcourut les seins d'Aurore, mordillant leurs pointes dressées, emprisonnant dans sa bouche les bourgeons rosés.

Aurore était émerveillée, étourdie de plaisir. Que se passait-il ? Pourquoi percevait-elle maintenant de la tendresse dans les gestes de cet homme ? Qu'estce qui l'avait conduit à changer subitement d'attitude ? Elle se livrait, persuadée qu'il était désormais différent... sans parvenir à penser de façon cohérente. Tout s'emmêlait. Les sentiments, les sensations. Lorsqu'il s'empara à nouveau de ses lèvres, l'odeur virile, salée, ensorcelante de sa peau l'enivra. Elle sentit des doigts chauds glisser sur ses cuisses dénudées et frémissantes.

Ensuite, tout alla très vite.

Soulevant d'une main les hanches de la jeune fille, il écarta ses jambes. De ses doigts précis et experts, Richard caressa l'intimité d'Aurore avec une infinie douceur. Puis, lorsqu'il la sentit prête, il la couvrit de son corps, et brisa d'un coup la virginité de la jeune fille. Il la pénétra profondément, attentif à ses réactions. Un mélange de surprise et de douleur apparut dans les yeux de la jeune fille. Richard étouffa d'un baiser ses plaintes puis, lentement, se mit à onduler, lui laissant le temps de s'habituer à sa présence. Elle tenta un instant de l'arrêter, mais Richard ne l'entendait plus. Il s'enfonçait au plus profond de son intimité, lui révélant des voluptés inconnues. Rapidement, Aurore oublia la honte, oublia ses principes et se livra tout entière. Mais était-ce Richard ou le dragon tapi en lui qui la possédait ? Si c'était le dragon, elle n'abandonnait pas l'espoir de le dompter. Libérée de ses craintes, elle s'accorda aux mouvements sauvages de Richard, balançant instinctivement ses hanches vers lui, lui griffant le dos comme pour anéantir le démon. Et tout à coup, elle poussa un cri, tandis qu'explosait en elle une sublime jouissance.

Elle comprit alors qu'une partie d'elle-même était aussi sombre et trouble que la face cachée de Richard.

17

Un rayon de soleil éclairait les deux visages endormis. Quand Peterborough pénétra dans la chambre et souleva les lourds rideaux du baldaquin, le jeune homme s'éveilla. S'étirant voluptueusement, il plissa les yeux, ébloui par la lumière du jour.

— Vicomte, dit-il, la voix encore lourde de sommeil.

— Très cher Lord Worthington, est-ce que votre père sait où vous êtes à cette heure ?

— Pas vraiment, vicomte.

— Alors essayez d'imaginer sa déception lorsqu'il réalisera quels sont les plaisirs nocturnes de son héritier !

Sur ce, Peterborough arracha sans ménagement le jeune homme à la tiédeur de la couche et, avant qu'il n'eût le temps de comprendre ce qui lui arrivait, le projeta violemment à l'autre bout de la pièce.

— Que se passe-t-il ? demanda Alan en s'asseyant à son tour sur le lit, brusquement réveillé par ce remue-ménage.

— Prépare-toi. Nous n'avons pas de temps à perdre. Nous partons pour le Mirage de la Mer.

Alan jeta un coup d'œil à son amant, ahuri et totalement paniqué.

— Mais je ne comprends pas, reprit-il. J'ai moi-même parlé à Azzedine. Il devait personnellement s'occuper de Richard.

Peterborough s'assombrit, manifestement mécontent.

— Je ne te donnerai pas d'explications ici, sous le nez de ton amant. Voulez-vous nous excuser, Lord Worthington, dit-il en s'adressant au jeune homme.

— Bien sûr, répondit le lord. Mais je souhaiterais tout de même m'habiller...

— C'est inutile, rétorqua Peterborough.

Le jeune homme était sur le point de protester, mais avant d'avoir pu ouvrir la bouche, il recevait un coup de crosse de pistolet derrière la tête. Il s'effondra lourdement sur le sol sans émettre le moindre son.

— Mais pourquoi avez-vous fait ça? hurla Alan en se dirigeant vers son jeune ami.

— Je dois te parler et tout de suite, ordonna Peterborough.

— Mais il n'y avait aucun risque! Il ne nous aurait pas trahis, pourquoi cette agressivité? Comment pourrai-je expliquer au duc qu'il est mort? Je risque d'être pendu pour ça! Etes-vous devenu fou?

— Tu n'auras pas d'explications à donner. Nous partons immédiatement, le bateau nous attend. Prépare-toi, déclara-t-il en lui lançant un regard écœuré.

— J'espère qu'il n'est pas mort, poursuivit Alan. C'est un brave garçon, en dépit de son impossible caractère.

— Arrête de geindre. Ce n'est pas ton genre d'homme. Allez, dépêche-toi, tu as mieux à faire que de t'apitoyer sur lui.

Ne manifestant pas la moindre sensibilité, Peterborough s'assit confortablement dans un large fauteuil, près du corps inerte du jeune homme, et entreprit de résumer la situation à son associé.

— J'ai eu des nouvelles du *Bleeding Heart* ce matin. Azzedine a raté sa mission, comme un misérable bâtard qu'il est.

— Pourquoi ne pas envoyer quelqu'un d'autre sur place pour contrer Richard ? proposa Alan tout en s'habillant.

— Tais-toi, pauvre imbécile, tu ne dis que des âneries. C'est toi que je vais envoyer sur place, tu peux embrasser une dernière fois ton petit comte parce que tu pars aujourd'hui.

Alan comprit au regard haineux de Peterborough qu'il n'avait pas le choix et qu'il valait mieux obéir. Les yeux du vicomte étincelaient méchamment.

— Souviens-toi de ce que je vais te dire. Cette fois, je détruirai cette vermine ! J'en ai assez de ce frère indésirable. Bientôt, il sera mort et l'émeraude m'appartiendra, est-ce bien clair ?

Peterborough piétinait le corps gisant à ses pieds. Il semblait incapable d'éprouver le moindre sentiment.

— Un jour, vous irez trop loin, se permit de remarquer Alan d'une voix tremblante.

— Pour l'instant, c'est moi qui juge ! Je me moque de tes avertissements !

Un instant, Alan ferma les yeux. Il aurait aimé lui répondre, dire au vicomte ce qu'il pensait de ses agissements. Mais c'était impossible. Une part de lui-même était attirée par cet impressionnant personnage. Un sentiment qu'il n'aurait jamais osé lui avouer le torturait déjà depuis quelque temps.

A contrecœur, il boutonna sa chemise, pensif et silencieux.

Richard et Aurore restèrent enlacés près d'une heure. Richard n'osait bouger, de crainte de la voir soudain se volatiliser. Il avait l'impression d'avoir vécu quelque chose d'exceptionnel, de tenir dans ses bras une merveille.

Aurore le dévorait des yeux. La fougue des instants passés semblait s'être apaisée. Quelque part, ils entendirent une horloge sonner quatre heures. A cet instant, Aurore aurait aimé arrêter le temps, et demeurer à jamais dans les bras de son amant.

Mais les minutes s'écoulaient et la réalité reprenait ses droits. Finalement, Richard se détacha d'elle. La nuit était chaude et une étrange moiteur avait envahi la pièce. Des gouttelettes perlaient sur le corps d'Aurore. Elle frissonna en apercevant le pirate, maintenant près de la porte, attentif au moindre bruit, les bras croisés. Le dragon était immobile. Soudain, consciente de sa totale nudité, elle ramena la couverture sur ses épaules.

— Richard? murmura-t-elle, incapable de contrôler le tremblement de sa voix.

— Habillez-vous! Nous ne sommes restés ici que trop longtemps! Ignatio sera bientôt de retour, il a probablement passé la nuit à me chercher avec ses hommes.

— Mais nous devons parler, supplia-t-elle.

— Habillez-vous!

Il semblait incapable de dire autre chose. Aurore ne put contenir ses larmes, troublée par cette attitude distante. Il la repoussait à présent, après avoir abusé d'elle. A cet instant, elle l'aurait poignardé avec le plus grand plaisir. Il se retourna et remarqua son visage en larmes.

— Tout ceci n'aurait jamais dû se produire, Aurore, marmonna-t-il.

— C'est pourtant trop tard pour le regretter...

— Il n'y aura pas de suite. Jamais!

D'autres larmes roulèrent sur les joues de la jeune fille. Comment se pouvait-il qu'il l'ait caressée, aimée, tenue dans ses bras quelques minutes plus tôt ? L'homme tendre, séduisant, prévenant avait disparu. Elle n'avait pourtant pas rêvé...

— Aurore, j'ai... j'ai perdu tout contrôle de moi-même. Il faut oublier ce qui vient de se passer.

Les yeux de Richard erraient sur le lit défait, et lorsqu'il aperçut des traces de sang sur le drap blanc, signe de la virginité perdue d'Aurore, il sembla encore plus troublé et confus. Il détourna les yeux.

— Je n'avais pas l'intention de...

— L'intention de quoi ? l'interrompit-elle.

Subitement, tout se compliquait. Richard préféra ne pas répondre. Il n'avait d'ailleurs aucune explication à donner. Engourdie, Aurore ne parvenait plus à penser. Elle trouva pourtant la force de se rhabiller. Sa robe était en piteux état... tout comme son honneur et ses sentiments. Elle parvint toutefois à récupérer ses affaires. Richard lui tendit deux ou trois épingles qu'il venait de ramasser sur la couverture. De toute sa vie, jamais elle ne s'était sentie aussi mal qu'en ce moment. Jamais elle ne pourrait lui pardonner de la faire tant souffrir.

— Isaac nous attendra dans la baie de Dieppe si nous ne parvenons à le rejoindre au port. Passons à travers champs, nous y serons dans une heure.

Richard s'exprimait avec une certaine retenue et beaucoup de froideur. Il donnait des instructions, rien de plus. Lui aussi s'était rhabillé et il balayait maintenant la pièce du regard, à la recherche de quelque chose. Il disparut dans un petit vestibule puis réapparut avec une paire de pantoufles de soie qu'il tendit à Aurore. Elles lui allaient parfaitement, le gouverneur était réellement de petite taille.

— Il s'apercevra qu'on est venu dans sa chambre, précisa Aurore.

— Qui donc?

— Le gouverneur, voyons...

Un sourire moqueur aux lèvres, Richard se dirigea vers une somptueuse commode et saisit un énorme vase de Chine sur lequel était peint un dragon. S'avançant vers le lit, il le posa délicatement sur un des oreillers. Le dragon donnait l'impression de surveiller la chambre, avec ses étranges reflets verts.

— Maintenant, il saura exactement qui était là...

Aurore l'observait, désespérée par cette provocation qu'elle jugeait inutile et dangereuse. Il la prit par la main et ils quittèrent cette immense demeure.

La baie de Dieppe était une crique peu profonde entourée de récifs de corail. Dès qu'ils l'atteignirent, Aurore aperçut le *Seabravary* ancré au-delà de la barrière de corail. Elle se demanda comment elle aurait le courage de continuer la route.

A travers les pantoufles, le sable et les cailloux meurtrissaient la plante de ses pieds. Ses bras étaient lacérés par les longues tiges des cannes à sucre. Elle avait trébuché plusieurs fois sur des noix de coco, ce qui lui avait valu de nouvelles égratignures. Richard marchait prudemment devant elle, épiant le moindre bruit suspect. Epuisée, Aurore finit par s'adosser au tronc d'un palmier. Elle ne parvenait toujours pas à réaliser ce qui s'était produit dans le lit du gouverneur. Si elle s'était mieux défendue, aurait-elle changé le cours des choses? Elle ferma les yeux, désespérée. Non, se débattre davantage n'aurait servi à rien, il avait un pouvoir de séduction trop important sur elle. Comprenant qu'il n'obtiendrait rien par la force, il avait feint de bons sentiments pour parvenir à ses fins. Et elle était bêtement tombée dans le piège. Elle réalisait trop tard qu'il l'avait trompée. Pourtant, quelque part au fond de son cœur, elle ne pouvait croire qu'elle lui était indifférente.

Richard la tira de ses pensées.

— On a mis le canot à l'eau pour nous. Dès que nous serons sur le *Seabravary*, nous lèverons l'ancre.

La jeune fille ne réagit pas, les yeux perdus dans le vague face à l'immensité ténébreuse de l'océan. Elle était inerte, comme une statue de marbre.

— Aurore? s'inquiéta Richard en s'approchant d'elle.

Elle eut un mouvement de recul.

— Regardez-moi, s'il vous plaît.

Mais Aurore refusait obstinément de lui accorder le moindre regard.

— Vous me décevez, mon amour. Je pensais que les événements de la nuit auraient définitivement modifié nos relations.

Ces mots résonnaient douloureusement aux oreilles d'Aurore. Elle dissimula les larmes qu'elle sentait déjà couler sur ses joues.

— Je peux vous assurer que je n'ai pas changé et que je n'ai pas l'intention de vous céder une nouvelle fois.

— Pas étonnant que ce brave John vous ait laissée partir...

— Qu'est-ce qui vous permet de porter un tel jugement? s'exclama-t-elle, furieuse. De toute façon, vous ne le connaissez pas et vous n'avez pas suffisamment de classe pour pouvoir prétendre lui arriver à la cheville!

— Est-il aussi parfait que vous le décrivez? ironisa Richard.

— Absolument, affirma-t-elle, sûre de son effet.

Elle n'avait jamais autant détesté cet homme qu'en cet instant précis. Il la mettait hors d'elle. De quel droit pouvait-il juger si John lui convenait ou non ? N'importe quelle femme aurait préféré John à ce pirate fier et vulgaire.

— Il est si parfait que vous le fuyez subitement à l'autre bout du monde sans savoir vraiment où vous allez, ni avec qui vous partez ?

— Si j'avais imaginé ce qui s'est passé cette nuit entre nous, je ne serais jamais partie.

— Mais peut-être que vous désiriez inconsciemment trouver autre chose ou quelqu'un d'autre ? N'est-ce pas la vérité ? John n'était peut-être pas l'homme que vous souhaitiez... dit-il en la prenant dans ses bras.

Aurore devait admettre que Richard n'était pas loin de la réalité, mais elle refusait de le lui avouer.

— C'était un gentleman, pas un vaurien, lâcha-t-elle.

— Ce sont pourtant les mains d'un vaurien que vous avez aimées cette nuit.

Aurore sanglota. Elle s'était pourtant juré de ne plus verser une larme. Elle n'osait le regarder en face. Il finit par la relâcher pour l'étudier plus attentivement.

— N'oubliez pas, ma chérie, que toute cette aventure aurait pu être évitée si vous n'aviez simulé ce stupide malaise.

— Ou tout simplement si vous ne m'aviez pas enlevée ! rétorqua-t-elle.

— Vous exagérez, mon amour. Vous avez mis nos deux vies en péril. Vous ne pouviez tout de même pas sortir totalement indemne de cette escapade.

— Je n'y suis pour rien, dit-elle d'une voix basse et gênée.

— Je suis d'accord avec vous, ce n'est pas entièrement de votre faute. Je suis seul responsable de tout ce qui s'est passé dans la maison du gouverneur. Tout ce que je veux aujourd'hui, c'est que vous m'aidiez à retrouver cette émeraude et nous oublierons cette nuit, proposa-t-il gentiment.

— Comment ? cria-t-elle, outrée. Vous m'avez déshonorée, vous avez volé ma virginité et vous osez me proposer un tel marché ! Je ne pense pas qu'il me soit facile, contrairement à vous, d'oublier si aisément ce que vous m'avez fait subir.

De rage, elle se jeta sur lui, martelant de ses poings les épaules de ce goujat. Et soudain, elle sentit couler sous ses mains quelque chose de chaud : elle venait de rouvrir la blessure de Richard.

— Calmez-vous un peu, ordonna-t-il d'un ton serein. Notre étreinte n'était qu'une erreur. Je vous jure que cela ne se reproduira plus. Jamais !

Aurore pleurait, complètement désemparée. Mais elle ignorait si c'était de rage ou de dépit.

Lorsque le canot atteignit la plage, Isaac vint à leur rencontre, soulagé de les retrouver en vie tous les deux. Il comprit cependant à l'expression d'Aurore qu'il s'était passé quelque chose de terrible. Ils montèrent en silence sur le canot et rejoignirent le *Seabravary*.

— Mon Dieu, Aurore, vous voilà saine et sauve. Je me suis tellement inquiétée, cria Lisbeth en enlaçant la jeune fille.

Lorsqu'elle put l'observer de plus près, elle devina, à ses cheveux défaits et emmêlés, à sa mine affligée, que des dégâts irréparables avaient été commis. Et elle savait parfaitement de quoi il s'agissait. Le regard qu'elle lança à Richard était très éloquent, mais il fit mine de ne pas s'en apercevoir et s'adressa à Ben :

— Tu prépareras la cabine de Miss Dayne. Elle a besoin de repos.

— Bien, monsieur.

— Isaac, est-ce que Neville et ses hommes ont pu nous réapprovisionner en eau?

— C'est fait.

— Pas d'incident à signaler?

— Tout était terminé à minuit.

— Nous levons l'ancre immédiatement, ordonna Richard. Direction le Mirage!

Puis il se tourna vers Aurore:

— Miss Dayne, je vous conseille de profiter du voyage pour récupérer. Lorsque nous serons sur mon île, je reprendrai sans relâche mes recherches et je compte sur votre aide.

Il lui avait parlé sur un ton distant et impersonnel.

— Très bien, se contenta de répondre Aurore, amère et déçue.

— Ben va vous accompagner.

— Il n'en est pas question, coupa Lisbeth. Je m'en occuperai personnellement. Et cette fois, personne ne m'en empêchera.

— Comme vous voulez, conclut Richard avec froideur.

Lorsque Aurore sentit Lisbeth lui prendre le bras, elle crut déceler un certain regret dans les yeux de Richard. Mais cela ne dura qu'une seconde: aussitôt, le dragon reprit sa place dans le cœur du pirate.

18

Une fois seules dans la cabine, Aurore s'effondra sur le lit. Elles gardèrent le silence, l'émotion était trop forte.

Lorsque Ben eut ramené toutes les affaires d'Aurore, Lisbeth releva le menton de la jeune fille pour la dévisager.

— Aurore, croyez-moi : vous devez aider Richard à retrouver ce satané bijou. Sans cela, nous resterons prisonnières ici. C'est la seule solution, mon enfant. Ensuite, vous viendrez vivre à St. Georges avec moi et nous oublierons ce terrible voyage.

— Non, je ne lui céderai jamais, je ne veux pas, coupa Aurore en se redressant.

— Ecoutez-moi, nous savons l'une et l'autre qu'ils ne nous tueront pas. Et après ce qui s'est apparemment passé entre vous, le mieux est de ne pas lui résister davantage. Il en va de votre honneur. Racontez-lui tout, et Richard ne vous importunera plus. Sinon, je crains le pire...

— Inutile d'insister, Lisbeth. Il n'aura rien, pas la moindre indication. Même si ma vie en dépend.

— Mais vous courez un grand risque en persistant dans votre entêtement. Y avez-vous songé ? implora Lisbeth.

— Que peut-il m'arriver maintenant? Le pire s'est déjà produit, répondit tristement Aurore.

— Le pire, chère enfant, serait que vous attendiez un enfant de cet homme!

A ces mots, Aurore se figea, consternée par cette horrible perspective.

— Rassurez-vous, il est peu probable que cette nuit ait des conséquences, mais il ne faudrait pas que ces choses se reproduisent... expliqua Lisbeth pour tranquilliser son amie.

— Il n'y aura pas de prochaine fois entre lui et moi, assura Aurore.

— Qu'est-ce que vous pouvez en savoir, mon enfant? J'ai bien vu dans les yeux de Richard qu'il s'intéressait toujours à vous. Il est difficile de résister à un homme lorsqu'on lui a cédé une fois... ajouta Lisbeth en rougissant, car la nature de leur conversation la mettait mal à l'aise.

— Je vous jure que cela ne se reproduira pas.

Aurore semblait sûre d'elle. Elle avait succombé aux caresses de cet homme, elle lui avait offert son innocence, mais on ne l'y reprendrait plus. A cette heure, il se souvenait probablement de cette folle nuit et s'amusait de sa naïveté.

Il n'y aurait pas de prochaine fois. Plus aucun homme ne la toucherait. Si elle avait la chance de ne pas payer par une grossesse le prix de sa reddition, elle oublierait chaque détail de ces horribles moments.

— Il n'y aura pas de prochaine fois, répéta-t-elle à haute voix.

— J'ai maintes fois entendu de telles promesses, répliqua Lisbeth. Maintenant, vous devriez vous reposer. Nous reparlerons de tout ça lorsque vos idées seront plus claires.

— Je ne l'aiderai pas, Lisbeth, n'y comptez pas.

Lisbeth observa un moment la jeune fille, qui paraissait très éprouvée.

— Vous a-t-il obligée à coucher avec lui ? A-t-il été cruel avec vous ? Vous a-t-il forcée à parler ?

Aurore n'osait pas regarder son amie. Qu'aurait-elle pu lui dire ? Que Richard n'avait pas abusé d'elle ? Qu'elle était même consentante ? Qu'il avait su la séduire par sa grande habileté ? Elle se rappelait trop avec quelle facilité elle lui avait cédé. Et elle en avait trop honte pour se confier à son amie. Des larmes de rage roulaient sur ses joues. Elle ne succomberait plus jamais. Elle se battrait jusqu'au bout, jusqu'à la mort s'il le fallait.

Les jours suivants, Aurore fit en sorte de s'exiler à l'avant du bateau, près de la proue, face à l'insondable océan. Elle semblait désemparée, errant sur les ponts comme une pauvre âme en peine. Pourtant, ce n'était qu'une apparence bien calculée. Aurore reprenait des forces, se forgeait une carapace pour résister aux luttes futures.

Les hommes d'équipage l'observaient, tous en extase devant elle. Mais ils n'auraient jamais osé lui adresser la parole. Il y avait quelque chose de différent en elle, et ils s'en apercevaient. Ce n'était pas la même jeune fille qui avait embarqué à Londres. Ses yeux bleus paraissaient plus déterminés que jamais et répondaient effrontément aux regards de Richard.

— Elle a bien changé, constata un jour Isaac.

— Et ce n'est que le début, précisa Richard en guise de réponse. Lorsque nous serons sur le Mirage, je m'occuperai d'elle personnellement.

Sur ce, Richard fit appeler Ben.

— Raccompagne Miss Dayne dans sa cabine. Elle perturbe trop l'équipage.

— Bien, monsieur, déclara Ben en s'exécutant.

Il redoutait d'aborder Aurore mais lorsqu'elle l'aperçut, elle parut tellement ravie qu'il trouva le courage de lui parler. Quant à Richard, il sembla irrité par l'accueil qu'elle venait de réserver à Ben. Comme s'il l'enviait.

Les ordres transmis par Ben l'irritèrent profondément, mais elle était décidée à ne pas le montrer.

— Dites à Richard que je n'ai pas l'intention de rester cloîtrée dans ma cabine toute la journée, lança-t-elle en toisant le pirate qui se tenait de l'autre côté du pont.

— Je ne peux pas lui donner une telle explication, miss, plaida Ben. Il n'est pas en d'excellentes dispositions en ce moment. Nous serons sur le Mirage dans deux jours et son impatience est grande.

— Que craignez-vous, Ben? Qu'il me jette par-dessus bord?

— Je ne souhaite pas imaginer ce dont il serait capable, miss.

Elle allait lui répondre lorsqu'elle s'aperçut de l'absence du singe sur l'épaule de Ben.

— Mais où est donc Koonga? demanda-t-elle.

— Elle semble mal en point aujourd'hui, et j'ai dû la laisser dans ma cabine.

— Mon Dieu! De quoi souffre-t-elle?

— Je n'en ai pas la moindre idée, répondit tristement Ben. Hier, elle n'a rien mangé et aujourd'hui, elle s'est pelotonnée dans un coin. Elle refuse de bouger.

Troublée, Aurore prit Ben dans ses bras comme pour le réconforter. Ce dernier fut surpris et gêné par la réaction de la jeune fille, mais il se sentait si éprouvé par la maladie de l'animal que cette marque d'amitié lui redonna un peu de courage.

— Puis-je la voir? proposa Aurore. Peut-être que je pourrai faire quelque chose pour elle?

— Mais miss, Richard a ordonné que...

— Peu importe ce que raconte Richard. Conduisez-moi auprès d'elle. Avant toute chose, nous devons la secourir.

— Ce n'est pas possible, miss. Richard ne me le pardonnera jamais.

— Je ne retournerai pas dans ma cabine sans avoir vu votre petite camarade, Ben. Conduisez-moi, j'en prends la responsabilité. Et si Richard n'est pas content, je me ferai un plaisir de lui expliquer la situation...

— Bien, miss. Je vous serais très obligé si vous la guérissiez. Je m'inquiète tellement pour elle.

La voix de Ben était brisée par l'émotion.

— Je ferai tout ce qui est en mon pouvoir, assura Aurore.

Ils disparurent dans le passage conduisant aux cabines. Seul Richard avait noté qu'il se tramait quelque chose à son insu. Aussi paraissait-il terriblement en colère.

— Où vont-ils ? demanda-t-il à Isaac.

— Elle a peut-être prévu de prendre le thé avec Lisbeth, répondit le capitaine.

— As-tu remarqué comme elle l'a serré dans ses bras ? Que sont-ils en train de manigancer ?

— Est-ce de la jalousie que je perçois dans ta voix, Richard ?

— Ne sois pas stupide, Ben est un gamin. Il n'a même pas dix-sept ans.

— Et Aurore en a dix-neuf ! Bien trop vieille pour lui, railla le capitaine. Tu as raison, ils ne sont probablement que de bons amis.

— En tout cas, elle me désobéit délibérément en se rendant chez Lisbeth.

— Elle n'y est peut-être pas...

— Que veux-tu dire par là ? Explique-toi, Isaac !

— Rien, rien, répondit-il vaguement. Elle est peut-être en train de flâner sur le pont inférieur avec Ben, voilà tout. Elle aime bien ce garçon, tu sais. Elle souhaite peut-être passer un moment en sa compagnie.

— Je vais lui montrer qui commande ici ! décréta Richard.

— Tu ne vas tout de même pas la punir pour ça !

— Je me fiche de savoir qui elle apprécie ou pas à bord de ce bateau. La seule chose que j'exige d'elle, c'est son obéissance.

— Il me paraît difficile d'obtenir satisfaction en agissant comme tu le fais.

Richard coupa court à la conversation en abandonnant son ami, agacé par ses suppositions.

— Oh ! La pauvre petite chérie... s'exclama Aurore en s'approchant prudemment de Koonga.

Frissonnant, le petit singe implorait Aurore du regard. La jeune fille eut un instant l'impression d'être à l'orphelinat près d'un enfant malade.

— Donnez-moi un peu de thé, commanda Aurore en saisissant Koonga dans ses bras.

— Avez-vous besoin d'autre chose, miss ?

Aurore serra Koonga contre sa poitrine. Le petit singe tremblait de la tête aux pieds.

— Tout ce qu'il me faudrait, c'est une couverture.

A ce moment, Richard passa devant la cabine de Ben. Reconnaissant la voix d'Aurore, il s'arrêta pour écouter la conversation.

— Est-ce que celle-ci fera l'affaire ? proposa Ben.

— C'est parfait. N'est-ce pas, mon amour ? répondit Aurore en s'adressant à Koonga.

— Aurons-nous besoin d'autre chose ? J'ai entendu dire que parfois une saignée...

— Ne vous inquiétez pas, Ben. Nous avons tout notre temps avant d'envisager cette éventualité. Il n'y a vraiment aucune raison de vous inquiéter.

Contentez-vous d'être attentif et tendre, et tout se passera bien. Vous verrez, vous serez largement récompensé de vos efforts.

Richard était consterné. Comme s'il venait de recevoir un coup de poing. Aurore avec Ben ? Etait-il en train de rêver ?

— Rassurez-vous, Ben, il n'y a aucun risque. J'ai de l'expérience, faites-moi confiance.

Incapable d'en supporter davantage, Richard bondit dans la cabine sans prendre la peine de frapper, fou de colère. Il découvrit alors Koonga, enveloppée dans une couverture et blottie dans les bras de Ben. Ce dernier la tenait avec l'émotion d'un père présentant son nouveau-né pour la première fois.

— Qu'est-ce qui vous prend ? jeta froidement Aurore au pirate. Avez-vous l'habitude de vous donner en spectacle de cette façon ?

— Que se passe-t-il ici ? J'ai entendu...

Mais Richard s'arrêta tout net, réalisant à quel point il s'était trompé.

— Koonga est malade, monsieur, expliqua Ben. Miss m'a proposé de la soigner, voilà pourquoi je vous ai désobéi...

Richard remarqua que Koonga tremblait, et il eut soudain honte d'avoir imaginé toute sorte de choses folles et invraisemblables.

— Que Miss Dayne emporte Koonga dans sa cabine, décréta Richard. Elle s'en occupera chez elle. Elle n'a rien à faire ici, et il serait compromettant qu'elle reste chez toi.

— Quel ignoble hypocrite vous faites, coupa Aurore en le toisant.

N'importe quel homme se serait senti confus et honteux, mais Richard affrontait l'air accusateur d'Aurore sans sourciller.

— Raccompagne-la chez elle, Ben, ordonna-t-il d'un ton sec et dénué de toute patience.

— Tout de suite, monsieur.

Ben tendit Koonga à Aurore et la précéda. « Quel ignoble personnage, songeait Aurore. Quel insupportable démon ! »

Une fois dans sa cabine, la jeune fille tenta de faire avaler un peu de thé chaud à la petite bête. Ben avait retroussé ses manches et Aurore remarqua qu'il portait des traces indélébiles de suie sur la peau.

Elle fut choquée, car de nombreux enfants de l'orphelinat portaient les mêmes marques. Ben avait-il connu ces souffrances ? Intriguée, elle ne put s'empêcher de l'interroger :

— Etiez-vous un petit ramoneur, Ben ?

Gêné, il tenta de redescendre ses manches.

— Travailliez-vous à Spitafield ?

— Non. A Bristol, répliqua Ben, de plus en plus mal à l'aise. C'est là que Richard m'a ramassé.

— Quel âge aviez-vous ?

— Dix ans, miss. Ma mère est morte lorsque j'avais trois ans et j'ai dû me débrouiller pour survivre.

— Je vois, répondit Aurore avec douceur, émue par cet aveu.

De tous les travaux, apprenti ramoneur était le plus pénible et le plus dangereux. De jeunes enfants étaient utilisés pour ces tâches difficiles : petits et menus, ils se faufilaient facilement dans les conduits des cheminées. Ils risquaient leurs vies à chaque ascension. Grimpant nus le long des étroites cheminées pour ne pas brûler leurs vêtements, leur peau frottait les parois chaudes des conduits et s'abîmait à jamais. Les enfants manquaient souvent d'air dans ce labyrinthe mais il n'était pas question de redescendre avant d'avoir terminé le travail. Aurore en connaissait parfaitement les conséquences désastreuses.

— Cela n'a pas été si terrible, miss, la rassura Ben. Richard m'a tiré de là et je l'ai suivi sur les mers.

Pour rien au monde, elle n'aurait souhaité reconnaître le geste admirable de Richard, mais il fallait admettre qu'il avait été généreux de recueillir ce pauvre garçon.

— Richard est tombé sur un garçon travailleur et entraîné en vous engageant à son service. C'était sans doute une aubaine pour lui.

— J'espère qu'il ne m'en voudra pas trop à cause de Koonga, rétorqua le jeune garçon, heureux de changer de conversation.

— Non, ne vous inquiétez pas, Ben. Je lui expliquerai la situation.

— Merci beaucoup, miss, dit-il en se dirigeant vers la porte.

— Attendez, Ben.

— Oui, miss ?

— Avez-vous perdu votre jambe lorsque vous étiez ramoneur ? demanda-t-elle, intriguée.

— Non, miss. J'avais douze ans lorsque je l'ai perdue. C'est Richard qui m'a amputé.

Aurore faillit tomber à la renverse. Ce n'était pas vraiment la réponse qu'elle escomptait.

— Comment ? Mais comment a-t-il pu faire une chose pareille ? Je n'arrive pas à l'imaginer...

Comprenant que sa stupéfaction gênait Ben, elle tenta de s'excuser :

— Je suis désolée, Ben. Je n'aurais jamais dû vous poser cette question. Cela ne me regarde pas... J'espère seulement que ce n'est pas pour vous punir qu'il a fait ça ? Je sais que les pirates sont capables de tout, et surtout du pire, mais je refuse de croire...

— Oh non, miss ! Ce n'est pas ça. Ma jambe était attaquée, couverte de verrues noires.

Aurore hocha la tête: Ben avait eu la maladie typique des enfants ramoneurs. Quelle chance pour lui d'avoir survécu à ce terrible mal!

— C'est un miracle que vous soyez en vie, murmura-t-elle.

— C'est aussi ce que pensait le docteur Sovens. Il ne voulait pas couper ma jambe. En le faisant, Richard m'a sauvé la vie.

— Mais vous deviez être paniqué. Quel courageux petit homme vous êtes pour avoir accepté cette solution! Et quelle confiance vous devez avoir en Richard...

— C'est vrai, miss. Mais c'est facile de lui faire confiance. Lorsqu'il s'est décidé à couper ma jambe, il est venu avec une bouteille de rhum et il me l'a fait entièrement boire. Ensuite, je ne me souviens de rien. Le docteur Sovens m'a raconté qu'il avait dû me maintenir sur la table, mais je n'ai aucun souvenir de tout ça. J'ai compris qu'il m'avait fait boire pour que je ne souffre pas et il a réussi.

— Il a eu raison d'agir ainsi, il vous a épargné des heures insupportables, répondit Aurore, la voix tremblante.

— C'est pourquoi je fais toujours confiance à Richard. Il agit toujours bien.

«Pas toujours!» faillit-elle rectifier en se remémorant son kidnapping et les heures passées chez le gouverneur... Mais pouvait-elle encore calomnier Richard après tout ce que lui avait raconté Ben aujourd'hui? Ce dernier resterait fidèle à Richard jusqu'à la mort.

— Merci d'avoir été aussi franc, Ben. C'était maladroit de ma part d'insister autant pour connaître la vérité. Je vous prie de m'excuser.

Ben rougit, troublé par la gentillesse d'Aurore.

— Je vous devais bien cette explication: vous êtes si gentille de prendre soin de Koonga.

Les frissons du singe avaient cessé. Elle était maintenant endormie dans les bras d'Aurore, comme un petit bébé. Koonga avait en fait besoin d'un peu de soin et d'amour, comme n'importe quel enfant.

— Elle va déjà mieux, Ben.

— Merci beaucoup, miss.

Elle le regarda s'éloigner, imaginant la terrible épreuve qu'avait sûrement représentée cette amputation. Il avait à peine douze ans. Elle avait vu Richard se battre, tuer... Soudain, la nuit qu'elle avait passée dans ses bras lui revint à l'esprit. Elle l'avait vu aussi faire l'amour. Elle réalisa que malgré tout, elle le haïssait toujours pour tout ce qu'il lui avait fait subir. Elle n'arrivait pas à croire que cet homme était aussi celui qui avait sauvé la vie à Ben. Parce que alors, elle aurait pu l'aimer.

19

— Dans moins de deux semaines, nous aurons atteint les Bermudes, annonça Alan avec une pointe d'impatience dans la voix.

Surpris, Peterborough regarda derrière lui : son associé se tenait à quelques mètres sur le pont. Il n'avait pas envie de lui répondre.

— N'êtes-vous pas satisfait de mon choix ? poursuivit Alan. Le *Merry Magdalene* est un excellent navire. Je pensais que vous l'aimeriez. Il est sûr et rapide. Et l'équipage est aussi déterminé qu'un vautour en quête de proies.

— Le capitaine est certain de trouver cette île, c'est tout ce qui compte.

Manifestement, Peterborough s'inquiétait. Il scrutait l'horizon comme s'il était sur le point d'apercevoir les plages du Mirage.

— Il nous y conduira, affirma Alan. Nous lui avons donné suffisamment d'or pour cela.

— J'ai l'impression que Richard a de l'avance sur nous. Je ne cesse de le sentir près de moi, en train de me narguer avec son émeraude. C'est vraiment insupportable.

Alan tenta de rassurer son patron :

— N'ayez crainte, vicomte. Il y a probablement une erreur dans vos fameuses chroniques. La malédiction ne se réalisera peut-être pas, même si Richard trouve l'Etoile avant nous.

— Qu'est-ce que tu peux en savoir, pauvre idiot?

— Pas grand-chose, je le reconnais. Mais condamné à passer mes journées sur ce bateau, à ne manger que des bouts de lard, j'ai tout le temps de réfléchir.

Alan posa une main timide sur l'épaule du vicomte.

— Tu mangeras mieux plus tard, mon ami. Pour l'instant, je dois te dire que tes manières et tes goûts douteux commencent à nuire à notre affaire, Alan. Je te jure qu'une nuit passée avec moi te guérira à jamais de tes penchants. Tu ferais mieux d'occuper autrement ton temps!

Cette perspective glaça Alan. Il retira immédiatement sa main et s'éloigna sans un mot.

Seule sur le pont, Aurore admirait les côtes resplendissantes des deux îles qui se dessinaient à l'horizon. Le relief montagneux de St. Kiss d'un côté, les plages de Nevis de l'autre. On ne distinguait que deux îles, mais il y en avait trois en réalité. L'île de Richard se cachait dans ce secteur. Et une fois là-bas, Richard serait impitoyable. Il la harcèlerait à nouveau pour connaître le second couplet de la comptine.

Elle devait réagir avant qu'il ne fût trop tard. Elle avait réfléchi toute la nuit à un plan éventuel et aux sacrifices qu'il entraînerait pour gagner la partie. La seule solution acceptable était de ne pas céder aux pressions de cet homme. Instinctivement, elle saisit son médaillon. Richard la soupçonnait de dissimuler quelque part les vers du couplet. Mais il n'y avait aucune chance qu'il devinât que ce qu'il considérait comme un pendentif était en réalité un médaillon. Il pouvait tout lui prendre: son honneur, son corps, son passé, mais il n'obtiendrait pas ce qu'il cherchait par-dessus tout. Ce médaillon était le seul lien qui la reliait à son père. Il lui appartenait. C'était son héritage, la seule chose qu'on ne lui avait pas donnée par charité.

Pourtant, elle avait pris une grave décision : elle devait s'en débarrasser. C'était une décision difficile mais la seule envisageable. Il n'y avait pas d'autre solution. Tôt ou tard, Richard découvrirait la vérité.

Emue, elle ôta le médaillon, et les émeraudes scintillèrent dans la lumière. Elle ferma les yeux pour rassembler son courage. Elle le serra une dernière fois contre son cœur, puis le jeta par-dessus la rambarde. Malheureusement, elle n'avait pas prévu qu'elle manquerait sa cible : le bijou fut rattrapé au passage par la main adroite de Richard qui se tenait sur le pont inférieur.

Surpris par le geste incompréhensible d'Aurore, il examina de près le bijou qui scintillait plus que jamais dans la lumière. Il comprit bientôt qu'il s'agissait d'un médaillon et réussit finalement à l'ouvrir.

— Je vous déteste, cria-t-elle, complètement désemparée.

— Je le conçois parfaitement, répondit-il en lui faisant signe de le rejoindre.

Aurore se souviendrait toujours du Mirage. Cette île était composée de quelques couleurs bien déterminées : vert, bleu, jaune et noir. Un paysage qui laissait sans voix.

Elle fut d'abord frappée par la verdure luxuriante et par le nombre incalculable de palmiers qui recouvraient l'unique colline de l'île. Ce vert était mis en valeur par le bleu translucide de la mer. Une véritable féerie, le tout baignant dans une lumière exceptionnelle qui apportait une touche de jaune flamboyant. Enfin, complétant ce paysage paradisiaque, des plages à perte de vue, constellées de grains de sable noirs et brillants provenant sans doute d'un ancien volcan éteint.

Cette île ressemblait à Richard : belle, sauvage, mystérieuse. Ici, le pirate paraissait se détendre complètement. Il ne portait qu'un pantalon blanc et se promenait sur les plages à longueur de journée. Jour après jour, il prit un teint plus mat et son rire se fit entendre plus souvent, signe de sa bonne humeur. Aurore ne le vit pas souvent car très vite, elle avait été enfermée dans un des appartements. Une nuée de servantes se tenaient à sa disposition, mais elle n'avait pas le droit de rencontrer Lisbeth ou Ben. Elle n'avait pour compagne que Koonga, autorisée à résider avec elle en attendant son complet rétablissement.

C'était une immense demeure qui surplombait l'île et donnait sur l'océan. Chaque pièce était décorée avec goût et sa chambre était particulièrement ravissante. Le lit, la commode, le secrétaire et les fauteuils étaient taillés dans un acajou de la meilleure qualité. La tête du lit et les chaises étaient capitonnées de lin, et le lit à baldaquin drapé de mousseline blanche. De larges baies montant du sol au plafond offraient le plus féerique des spectacles : hibiscus géants, bananiers, plantes exotiques et aromatiques — et au-delà, la mer, bleue, calme, immense. Malheureusement, Aurore ne pouvait ouvrir les baies, elle devait se contenter d'admirer le paysage. Une prison de rêve, en quelque sorte. Aurore et Koonga auraient aimé prendre l'air, faire quelques pas à l'extérieur. Hélas, la journée s'annonçait aussi monotone que les précédentes. Aucun moyen de sortir, aucun espoir d'évasion.

Depuis que Richard gardait son médaillon, il

avait pris soin de ne plus lui adresser la parole. Elle avait tout essayé pour obtenir un peu de liberté et ne comprenait pas pourquoi il lui interdisait tout contact avec Lisbeth. Il possédait désormais ce qu'il cherchait depuis longtemps, il connaissait le second couplet. Bien évidemment, elle se doutait qu'il devait avoir les plus grandes difficultés à décrypter le message. Ce qui expliquait peut-être cette quarantaine. Elle savait par cœur la comptine qui n'avait pas davantage de sens pour elle.

Incapable de se résigner à cet enfermement, elle réfléchissait sans cesse au moyen de sortir de cette impasse. St. Kiss et Nevis n'étaient pas très éloignées, mais elle aurait tout de même besoin d'un canot pour s'y rendre. Mirage était le royaume de Richard, tout lui appartenait sur cette île. Il n'y avait aucun village, peu de maisons — hormis la sienne et les baraques de ses serviteurs — et elle ne pouvait compter sur personne pour l'aider. Alors il fallait attendre, attendre encore.

Koonga avait complètement récupéré et commençait à causer quelques dégâts dans la pièce. Aurore était parfois obligée de la gronder. A cet instant précis, elle sautait sur le lit en poussant de grands cris, amusée par ses propres bonds. Elle avait besoin d'exercice. Aurore tentait de la calmer lorsqu'on frappa. Elle pensait qu'on lui apportait son repas, mais quelle ne fut pas sa stupéfaction de voir défiler plusieurs servantes, les bras chargés de robes plus somptueuses les unes que les autres. Aurore était ébahie.

— Mais qu'est-ce que toutes ces affaires, Tsin ? demanda-t-elle au vieux Chinois qui dirigeait la maisonnée.

— Ce sont des robes — pour vous, miss !

— Mais pour quoi faire ?

— Richard a ordonné de vous les apporter.

— Où les a-t-il eues ? Les a-t-il volées ?

— Oui, miss.

— Je n'en veux pas ! cria Aurore. Je ne porterai jamais ces robes, vous pouvez le lui dire. Ce n'est qu'un pillard !

— Oh ! Quel malheur ! se lamenta Tsin. Mais vous devez les porter, miss. Vous en avez bien besoin ! Richard ne veut plus vous voir en haillons.

— Ecoutez-moi, Tsin. Je n'obéirai pas à Richard. Répétez-lui bien ces mots : je n'en essaierai pas une seule !

Le pauvre homme secouait la tête, tournait en rond, levait les bras au ciel. Ne souhaitant pas désobéir à son maître, il fit poser toutes les robes dans un coin avant de se retirer.

Pendant une heure, Aurore refusa de les regarder, tout occupée à sa toilette. Mais la tentation devint trop grande et sa coquetterie l'emporta. Elle en déplia une et fut émerveillée par sa finesse et la beauté du tissu. Rien à voir avec ses anciennes robes. Celle-ci était cousue de fils d'or et ornée d'une petite traîne absolument ravissante. Elle ne put résister au plaisir de la plaquer sur ses épaules et de se regarder dans le miroir. Elle fut éblouie, la robe mettait en valeur son teint abricot et le bleu azur du tissu s'harmonisait parfaitement avec la couleur de ses yeux.

Elle caressa un long moment le tissu, admira la coupe, l'élégance de la robe.

Puis elle la reposa sur le lit avec un soupir, en attendant que Tsin vienne la reprendre.

— Richard ! Richard ! criait Tsin. Miss refuse d'essayer les robes ! Elle m'a demandé de vous le dire. Elle ne les portera jamais ! C'est affreux, quelle catastrophe !

Allongé sur la plage, Richard fut amusé par le ton dramatique de son serviteur.

— Du calme, Tsin, je vais régler moi-même ce problème !

— Vous allez lui parler ?

— Parfaitement, Tsin. Et tranquillise-toi : elle finira par les mettre !

Saisissant sa serviette, il écouta avec attention les explications peu claires de Tsin, démesurément affolé.

— Elle a dit que vous pouviez reprendre toutes les robes et les rendre à leur propriétaire !

Richard éclata de rire. Il jeta un coup d'œil à la fenêtre d'Aurore et comprit qu'elle le regardait.

— Que dois-je faire ? gémit Tsin.

— Rien du tout. Je me charge de lui apporter personnellement la réponse, répliqua Richard en s'éloignant.

Aurore sursauta lorsqu'elle le vit entrer. Elle ne lui avait pas parlé depuis leur arrivée et elle ne s'en plaignait pas. Il était là sur le seuil de la porte, vêtu seulement de son pantalon blanc qui mettait en valeur sa poitrine bronzée. Il lui souriait, mais elle comprit que ce sourire ne présageait rien de bon.

— Que fabriquez-vous ici ? demanda-t-elle froidement.

Elle était d'autant plus surprise qu'il n'avait pas manifesté le désir de l'interroger depuis leur installation sur l'île.

— Juste une rapide visite, ma chère. Tsin m'a averti que les robes ne vous plaisaient pas.

— Qui avez-vous tué pour les voler ?

— Qu'allez-vous imaginer ? J'ai intercepté, sur ordre du roi, un navire en provenance d'Italie qui transportait toutes ces belles marchandises.

— Et rien de plus ?

— Je peux vous jurer que pas une seule goutte de sang n'a été versée. Le roi pensait que la princesse Caroline était à bord de ce navire et avait secrètement ordonné de le couler. Elle n'y était pas, mais j'ai exécuté ses ordres puisque j'étais payé pour cela, et nous avons récupéré toutes les affaires de la princesse.

— J'ai beaucoup de mal à vous croire. Toutes vos histoires sont plus invraisemblables les unes que les autres. Finalement, est-ce que le roi souhaite vous pendre ou vous anoblir ? Il vous frappe d'une main et vous paie de l'autre. Quelle étrange situation ! Mais qui avalerait une histoire aussi farfelue ? Pourquoi le roi souhaiterait-il la mort de la princesse de Galles ? C'est impensable !

— Ecoutez, la prochaine fois que je passerai près de son hôtel particulier, je lui laisserai une note demandant des explications. Je suis sûr qu'il nous en fournira s'il sait que cela vient de vous.

— Mais c'est magnifique ! Et je suppose que vous allez prétendre que ces robes sont celles de la princesse ?

— C'est exact, mais elle n'en a pas voulu. Et savez-vous pourquoi ?

— Non, monsieur, je n'en ai pas la moindre idée.

— Tout simplement parce qu'elles étaient trop belles pour elle... et un peu trop petites aussi.

Aurore avait entendu dire que la princesse était assez forte. Par ailleurs, elle n'avait pas la réputation d'avoir très bon goût. Elle avait davantage l'allure d'un personnage de cirque que celle d'une future reine. Mais toute cette histoire était absolument ridicule. Richard se moquait d'elle et lui jouait un bon tour.

— Désolée, mais je ne vous crois pas, déclara-t-elle d'une voix qu'elle souhaitait ferme.

— Vous avez plutôt tendance à penser que j'ai

pirate un bateau pour le butin qui se trouvait à bord, n'est-ce pas ? Que j'ai enlevé et séquestré la jeune femme qui les portait et que je vous offre aujourd'hui ce qui appartenait à une autre ?

Richard observait Aurore avec beaucoup d'attention, guettant ses moindres réactions. Ce qui accentua le trouble de la jeune fille.

— Vous vous êtes mis dans la tête que j'ai volé tout ce que je possède, continua-t-il en la renversant sur le lit. Vous êtes persuadée que je suis une sorte de monstre, un mélange de meurtrier, voleur, ravisseur de jeunes femmes, tuant et violant pour l'argent. C'est bien ça ?

Alors qu'elle se débattait, elle croisa son regard intense. Malgré sa volonté, resurgirent les moments forts et inoubliables passés dans la maison du gouverneur. Elle ne pouvait s'empêcher de revoir toute la scène : son émotion, son élan, le plaisir qu'elle avait ressenti dans ses bras. Mais elle devait tenir sa promesse : il n'y aurait plus rien entre eux.

— Oui, vous êtes un monstre. J'en suis maintenant certaine.

Exaspéré par son comportement, Richard décida de lui montrer ce qu'était réellement un monstre.

— Puisqu'il en est ainsi, laissez le pirate s'amuser un peu ! lança-t-il méchamment.

Il la bascula aussitôt sur la pile de robes posées sur le lit, et commença à la caresser sans se soucier de ses plaintes.

— Je vous défends de me toucher, hurla-t-elle.

Richard ne l'entendait pas, il cherchait les lèvres de la jeune fille.

— Mais vous avez encore de nombreuses choses à apprendre, mon amour, railla-t-il.

— Ne croyez pas m'intimider, je ne vous crains plus maintenant.

— Très bien. Alors au travail !

Aurore balançait la tête de droite à gauche pour éviter le baiser de Richard qui riait de ses efforts désespérés. Furieuse de ne pouvoir le repousser, elle le mordit violemment au poignet. La douleur le surprit et elle profita de l'occasion pour lui échapper et bondir hors du lit.

— C'est tout ce que vous méritez ! s'exclama-t-elle.

— Peut-être, se contenta-t-il de répondre en l'observant.

Aurore défroissait sa robe qui avait apparemment souffert dans cette lutte. Richard semblait soudain soucieux et abattu. Il donnait l'impression d'admettre son échec. Il ne souhaitait certainement plus lutter.

— Attendez, dit-il en lui prenant la main. Laissez-moi arranger vos cheveux.

Il passa doucement ses doigts sur le visage d'Aurore afin d'arranger les boucles qui retombaient sur son front. Sans comprendre pourquoi, émue par ce geste tendre, Aurore posa sa main sur la sienne. Ils se regardèrent un long moment. L'intensité de leurs regards trahissait le désir qu'ils éprouvaient l'un pour l'autre. Aurore sentait qu'il brûlait de l'embrasser mais qu'il se retenait pour éviter tout nouveau refus. Elle entrouvrit la bouche pour parler, mais avant d'avoir pu prononcer un seul mot, il s'empara de ses lèvres en un baiser puissant et suffocant. Aurore aurait voulu se débattre, mais il contrôlait déjà la situation et le plaisir qu'elle ressentait ne laissait plus aucune place à la colère. Son cœur battit encore plus fort lorsqu'il la transporta sur le lit. Aurore gémissait, troublée par la confusion de ses sentiments : elle le désirait tout en le haïssant. Richard prolongea le baiser jusqu'à la sentir complètement soumise à ses désirs. Elle lui offrait sa bouche, se laissait caresser par cette langue experte et sauvage. Richard était lui aussi emporté par cette vague sensuelle. Il promena ses mains sur sa poitrine, emprisonnant ses petits seins. Une voix disait à Aurore de fuir, d'empêcher cet homme d'aller plus loin. Mais au même instant, tout son corps réagissait au contact de ces caresses insensées. Soudain, il parut déçu par sa reddition. Il semblait ne plus comprendre pourquoi elle cessait de lutter. Particulièrement troublé, il se redressa, ajustant son pantalon. Aurore rougit, choquée par ce geste.

— Ne recommencez plus jamais ça, murmura-t-elle en reprenant ses esprits. Pourquoi êtes-vous venu ici aujourd'hui ? A cause des robes ?

Richard restait silencieux.

— Vous ne parvenez pas à décrypter le second couplet de la comptine, n'est-ce pas ? poursuivit-elle. Et vous souhaiteriez peut-être que je vous éclaire ? Vous êtes toujours persuadé que je sais quelque chose.

Richard ne réagissait toujours pas. Aurore était enchantée, sûre de son coup.

— Compte tenu des circonstances, je jure de ne vous communiquer aucune autre information au sujet de l'Etoile. Je jure que vous serez le dernier à savoir ce qui se cache derrière ces vers !

— Touché ! se contenta-t-il de répondre, un sourire crispé aux lèvres.

A cet instant, Koonga réapparut, sautant dans les bras d'Aurore.

— Elle a l'air d'aller mieux, commenta Richard.

— Elle avait seulement besoin d'un peu d'affection.

— J'ai un petit conseil à vous donner, Aurore : si vous ne voulez pas attendre ici éternellement et voir un jour cette petite guenon devenir grande, je ne saurais trop vous conseiller de parler, et vite !

— Et que comptez-vous faire de Lisbeth ?

— Elle repartira en fin de semaine. J'ai un autre bateau qui passera par St. Georges.

Aurore se mordit la lèvre. Elle entrevoyait déjà une nouvelle possibilité d'évasion. Embarquer sur ce navire comme passagère clandestine, seule solution possible pour elle.

Devinant ses pensées, Richard continua :

— Je parie que vous envisagez de nous quitter. N'y comptez pas trop, petite demoiselle. Pas tant que vous ne m'aurez pas donné la clef de cette énigme.

— Vous ne m'empêcherez pas de partir, Richard. Je ne vous dois absolument plus rien, vous avez suffisamment profité de la situation.

— J'ai d'autres moyens, beaucoup moins agréables, de vous contraindre à m'aider. Serons-nous obligés de les employer, Aurore ?

La jeune fille garda le silence, pour éviter de montrer sa peur.

— J'imagine que vous allez encore vous battre, Aurore, et je dois reconnaître que vous êtes très forte dans ce domaine. Mais sachez que vous ne gagnerez pas à ce petit jeu. Je ne vous laisserai aucune chance. Je trouverai cette Etoile. Et avec votre aide. Alors pourquoi résister plus longtemps ? Il ne tient qu'à vous de repartir pour St. Georges à la fin de la semaine...

— Je n'aiderai jamais un vulgaire pirate, rétorqua-t-elle méchamment.

— Bien...

Il se dirigea vers la porte, puis s'arrêta un instant, pensif.

— Au fait, je comptais vous inviter à dîner ce soir. Cela vous changera de cette chambre... Je n'ai pas encore choisi la méthode que j'utiliserai pour vous faire parler, mais je vous conseille, entre-temps, de réfléchir davantage. Cela nous évitera de mauvais moments à l'un comme à l'autre. Suis-je assez clair ?

Nerveuse, Aurore ne répondit pas.

— Ah ! Encore une chose. Veuillez porter cette robe pour cette inoubliable soirée.

Il indiqua à la jeune fille une magnifique robe de mousseline bleu pâle. Celle qu'elle avait précédemment remarquée.

— N'y comptez pas ! Je refuse !

— Prouvez-nous, Aurore, que vous avez un peu de goût. Je passerai vous prendre à huit heures. Il vaudrait mieux que vous soyez prête. Sinon je me chargerai personnellement de vous habiller. Et je vous promets que vous le regretterez ! dit-il en promenant son regard sur ses seins.

Lorsqu'elle fut seule, Aurore saisit un vase en opaline et le fracassa contre la porte, ivre de rage.

20

Quand le *Merry Magdalene* accosta aux Bermudes, une certaine tension se lisait sur les visages des autochtones. Il représentait un danger pour de nombreuses personnes. Le capitaine n'avait pas très bonne réputation. Il était connu pour avoir sabordé de nombreux vaisseaux au milieu de l'océan. Peterborough paraissait satisfait de provoquer un tel effet. Il adorait répandre la peur sur son passage. C'était selon lui le meilleur moyen, et le seul, de réussir dans les affaires.

— J'adore les Bermudes, commenta Alan. Et je n'ai qu'un désir : m'allonger au soleil sur une plage et savourer une tranquillité bien méritée.

— Si nous trouvons l'Etoile, tu pourras t'installer ici. Dans combien de temps serons-nous au Mirage ?

— Dans deux ou trois semaines, selon le capitaine. Qu'allons-nous réellement gagner dans cette folle poursuite ?

— Lorsque nous serons face à Richard, j'espère que tu auras enfin une idée !

Alan se détourna, fatigué par les insinuations et les moqueries du vicomte. Pourtant, Peterborough lui semblait fatigué, abattu depuis quelque temps. Ses yeux n'étaient pas aussi brillants que d'habitude. Cette Etoile le préoccupait et quelque part, il craignait la confrontation avec Richard. Une peur confuse, sournoise commençait à le ravager. Mais sa force de caractère et son physique lui donnaient encore le pouvoir de terroriser son entourage. Et il paraissait plus déterminé que jamais à gagner la partie.

— Je venais vous dire qu'Azzedine vous envoie ceci, ajouta Alan en lui tendant une enveloppe. J'avais oublié de vous la donner.

Nerveusement, Peterborough déchira le papier. Il extirpa alors une longue mèche de cheveux roux.

— Pensez-vous qu'elle appartient à la jeune fille ? demanda Alan.

— Michael Dayne avait cette étrange couleur de cheveux. Et pour notre malheur, sa fille est maintenant entre les mains de Richard. Quand nous parviendrons au Mirage, nous nous occuperons d'elle...

A huit heures moins cinq, on frappa à la porte. Aurore ouvrit, sûre de trouver Richard. Mais c'était Tsin, les bras chargés de boîtes.

— Miss, Richard m'a dit de vous donner ça.

Il lui tendit les coffrets et s'en alla aussitôt.

Désormais résignée à tout accepter, Aurore les posa négligemment sur le lit sans prendre la peine de les ouvrir.

Elle était presque prête et s'était résolue à porter la robe de mousseline. Mieux valait ne pas provoquer la colère de Richard. Elle ne tenait pas tellement à le voir mettre ses menaces à exécution. S'il lui restait une seule chance de repartir avec Lisbeth, elle ne voulait pas la gâcher par son entêtement. De plus, elle n'avait aucune envie d'être habillée de force par cet homme. Pour rien au monde elle ne lui accorderait ce plaisir.

Elle s'examina longuement. Quelle robe somptueuse... Elle lui allait à la perfection, à croire qu'elle avait été faite sur mesure. C'était un chef-d'œuvre d'élégance. Elle ne pouvait croire qu'un tel vêtement ait été confectionné pour la princesse de Galles. Elle enfila ensuite de longs gants de satin qui montaient jusqu'aux coudes et glissa ses pieds dans des ballerines de satin blanc. Eblouie par son propre reflet, elle avait complètement oublié les boîtes envoyées par Richard. Curieuse, elle entreprit de les ouvrir. Elles contenaient divers bijoux de grande valeur dont une parure de diamants. Tous plus éblouissants et précieux les uns que les autres : un diadème en or, un sautoir agrémenté de pierres merveilleuses, des colliers et bracelets de perles fines. Il y avait tous les genres de parures, aussi bien de type égyptien qu'étrusque, et elle découvrit aussi une ferronnière, joyau porté par les femmes au milieu du front pendant la Renaissance. Il lui suffirait d'emporter avec elle une de ces parures pour satisfaire ses rêves les plus fous jusqu'à la fin de ses jours.

Elle fut alors interrompue par un coup sec à la porte. Elle entendit le travail de la clef dans la serrure et Richard apparut. Il avait une allure étourdissante. Il arborait un élégant pantalon noir, une paire de bottes impeccablement cirées, un gilet gris perle et une écharpe assortie. Il aurait été difficile de le prendre pour un pirate, n'était la petite boucle d'oreille. Il était évident qu'il semblait tout aussi satisfait de la mise d'Aurore. Elle s'attendait à ce qu'il affichât un air suffisant et méprisant à son égard, et elle découvrit une réelle admiration dans son regard. Il était subjugué par la beauté de la jeune fille.

— Vous me faites un grand honneur de porter cette robe, mon amour, dit-il d'une voix basse et émue.

Elle fut choquée par ce terme. « Mon amour », ce mot résonnait étrangement à ses oreilles. Il l'avait prononcé d'une voix si séduisante qu'Aurore n'en fut pas fâchée cette fois-ci.

— Nous y allons ? proposa-t-il en présentant son bras.

— M'autorisez-vous à rendre une petite visite à Lisbeth après le dîner ?

— Toujours soucieuse de fuir ma compagnie, n'est-ce pas ?

Elle le foudroya du regard. Cette réponse ne lui convenait guère. Richard était amusé par sa réaction.

— D'accord, admit-il. Je vous permettrai de rencontrer votre amie. Mais uniquement après le repas. Où sont vos bijoux, princesse ? N'y en a-t-il aucun qui vous convienne ?

Saisissant une parure dans ses mains, il s'approcha pour la lui passer.

— Non, Richard, je vous en prie. Je ne peux pas porter de telles choses.

— Et pourquoi ? Ces boucles d'oreilles en diamants ne vous plaisent donc pas ? demanda-t-il en les plaçant sur ses oreilles.

— Si, mais je ne tiens pas à les mettre.

— Vous savez, si cela peut vous tranquilliser, je n'ai tué personne pour les avoir.

— Peu importe, mais ces bijoux ne sont pas pour moi. Ce serait insensé et indécent de se promener avec une telle fortune autour du cou. Je préférerais me contenter du médaillon de mon père. C'est déjà bien suffisant que j'accepte de porter cette robe !

Elle semblait embarrassée d'avoir fait une telle confession, mais c'était la stricte vérité. Elle n'était pas la princesse de Galles, elle n'était qu'une pauvre fille, une orpheline. Ayant toujours connu la pauvreté, elle ne pouvait se résoudre à accepter ces bijoux princiers.

Richard reposa la parure sur le lit et observa la jeune fille.

— Ces breloques sont effectivement trop ordinaires pour vous.

Il ne lui laissa pas le temps de répondre : il lui caressa la joue puis, s'approchant d'elle, tira sur ses épingles à cheveux pour libérer toutes les boucles emprisonnées qui retombèrent sur ses épaules en une magnifique cascade rousse.

— J'admets que vous refusiez ces bijoux, ils sont trop vulgaires. Mais promettez-moi de remettre cette robe ! Vous êtes si belle...

Il posa un délicat baiser sur sa bouche avant de lui sourire enfin, puis l'invita à le suivre.

Ils dînèrent sur une terrasse en marbre dominant la baie, devant la plage de sable noir. Le coucher du soleil fut un spectacle inoubliable. Une légère brise marine rafraîchissait l'air et rendait supportable la chaleur des tropiques. Les plats étaient exquis : salade exotique de papayes, pintade grillée et pour terminer, un ananas très parfumé.

Tout en mangeant, Aurore observait Richard. Ses dents blanches mordaient voluptueusement le fruit, il savourait chaque bouchée de manière presque indécente.

— Vous aimez ? demanda-t-il, surpris par l'expression pensive d'Aurore.

La jeune fille eut l'impression qu'il lisait dans ses pensées. Troublée, elle baissa la tête sur son assiette. Elle ferma les yeux pour oublier cette bouche gourmande et terriblement sensuelle, mais cette image la poursuivait. Que lui arrivait-il, enfin ? Pourquoi la fascinait-il autant ? Pour se donner une contenance, elle piqua un morceau d'ananas avec sa fourchette. Elle sentit qu'il l'observait.

— Qu'avez-vous ? s'inquiéta-t-elle, trop perturbée pour rester silencieuse.

— Je vous regardais déguster ce fruit et j'admirais vos lèvres. Après tout, n'étiez-vous pas en train de m'observer de la même manière et pour la même raison ?

— C'est faux, je ne vous regardais pas précisément, coupa-t-elle, gênée.

— Non, ne niez pas, Aurore. Vous me regardiez exactement comme ça !

— Je ne comprends pas de quoi vous voulez parler, répliqua-t-elle, cramoisie de honte.

— Ah bon ? Je croyais pourtant...

Saisissant la main de la jeune fille, il l'approcha de lui et entreprit de la plus obscène des façons de sucer le fruit qu'elle comptait manger, sous ses yeux effarés.

— Est-ce cela qui vous plaisait tant ?

Toute rouge, elle tentait toutefois de se contrôler.

— Vous dites n'importe quoi. Comment peut-on admirer quelqu'un en train de manger un ananas ?

— Croyez-moi, il y a mille manières de désirer quelqu'un. Un peu d'expérience vous l'apprendra. Souhaitez-vous que je vous montre comment manger cette banane, par exemple ?

— Je ne vois pas ce que vous voulez dire. Cessez de m'ennuyer avec vos histoires !

Aurore était de plus en plus mal à l'aise. Elle ignorait où il voulait en venir, et cela l'ennuyait terriblement. Richard prit un autre morceau d'ananas et se mit à le lécher.

Ecœurée par cette attitude, elle se concentra sur son assiette. Elle n'avait jamais été autant humiliée mais ne cherchait plus à le comprendre. Rester de marbre était la meilleure chose à faire.

Mais ce n'était certes pas facile. Particulièrement

lorsqu'elle sentit qu'il ne la lâchait pas des yeux. Agacée, elle se leva brusquement.

— Lisbeth doit déjà m'attendre...

— Lisbeth ne sait pas que vous devez lui rendre visite. Alors rasseyez-vous, et tout de suite.

Lentement, Aurore s'exécuta.

— Vous n'avez pas terminé votre ananas.

— J'ai assez mangé. Merci.

— D'accord, mais restez assise. Pour ma part, je n'ai pas terminé.

Il continua à grignoter le fruit, savourant à nouveau chaque bouchée et apparemment satisfait de son petit effet. Il s'amusait d'elle, de son innocence. Décidée à l'ignorer, elle se tourna vers la mer, admirant le magnifique paysage qui se déployait devant elle.

Quand il eut fini son dessert, Tsin apporta une liqueur et une tasse de thé. Ce repas était décidément interminable, elle avait l'impression d'être à table depuis des heures. Soudain, il sortit quelque chose de sa poche et le lui remit.

Son médaillon. Il scintillait dans la lumière du soleil couchant.

— Avez-vous décidé de me le rendre ? demanda-t-elle, incrédule.

— Certainement pas. Ce médaillon m'appartient.

— Est-ce votre méthode pour vous approprier tout ce que vous désirez posséder ?

— Vous savez, Aurore, je n'aurais jamais cru que vous soyez si têtue !

— Je suis dans mon droit et je tiens à le récupérer.

— Ecoutez, je suis dans une situation embarrassante. J'ai besoin de votre aide pour déchiffrer ces vers. Puis-je compter sur vous ou serai-je obligé de vous contraindre par la force ?

Richard ne plaisantait plus, Aurore en était désormais convaincue. Les choses sérieuses commençaient.

Bien que la nuit fût chaude et agréable, un frisson parcourut son dos. Cet homme la troublait. Il lui arrivait de se sentir bien en sa présence, oubliant ses réelles intentions. Mais il savait aussi lui rappeler sans ménagement ses obligations et ce qu'il attendait d'elle. Il avait le pouvoir de se faire respecter d'un seul regard ou d'un seul mot.

— Comment envisagez-vous de me contraindre ? le nargua-t-elle.

— Mille possibilités s'offrent à moi, sans nécessairement recourir à la force.

— Si vous espérez m'effrayer avec la perspective de nouvelles nuits en votre compagnie, vous vous faites des illusions, murmura-t-elle.

— Je suis en mesure de vous proposer un petit tour dans certains jardins de l'île qui raviront vos sens...

— Croyez-vous que vos menaces m'impressionnent ?

— Ce n'est pas le but, mais je veux retrouver cette émeraude, tous les moyens seront bons. Et malheureusement, ma chère, vous êtes un de ces moyens.

Aurore garda le silence. Richard se balançait sur la chaise, les bras croisés.

— A quoi pensez-vous, Aurore ? Pensez-vous pouvoir négocier quelque chose d'acceptable avec moi ?

— Certainement pas, répondit-elle sèchement.

Son air hautain amusa Richard. Il but une gorgée de brandy avant de poursuivre ses explications :

— C'est sûr. Comment imaginer une seconde notre adorable Miss Dayne pactisant avec le diable en personne ! Vous savez, Aurore, je ne vous l'ai jamais dit, mais vous me rappelez quelqu'un que j'ai un jour tenu à ma merci.

— Et qui donc, si je puis me permettre ?

— Elle s'appelait Miss Pendergast. On la surnommait vieille Penny. C'était ma gouvernante. Une femme autoritaire mais à qui j'ai donné beaucoup de soucis. Malgré tout et en dépit de tous mes défauts, elle n'a jamais désespéré de me faire changer. En réalité, nous étions les meilleurs amis du monde.

Il s'arrêta un instant, absorbé dans ses souvenirs.

— Vraiment, Aurore, vous lui ressemblez. C'était aussi une vieille fille et elle en avait tous les attributs. Même ma mère la trouvait pénible et vieux jeu.

Aurore demeurait sans voix. De tout ce que lui avait dit Richard jusqu'à présent, c'était la plus vexante des injures. Comment pouvait-il la comparer à une abominable vieille fille ? Une gouvernante... mais comment était-ce possible ? Ce sauvage assis près d'elle avait eu un jour une gouvernante ? Elle avait toutes les peines du monde à le croire.

— Mais... comment se fait-il que vous ayez eu... une gouvernante ? Je ne comprends pas.

— Vous voulez dire : comment ai-je pu avoir une autre vie que celle que je mène actuellement, c'est bien ça, Aurore ?

Elle acquiesça.

— C'est difficile à croire mais c'est pourtant la réalité. J'ai eu une vie rangée autrefois. Une enfance dorée. Du moins, jusqu'à mes treize ans.

— Que s'est-il passé ensuite ?

— Avez-vous déjà entendu parler d'esclavage blanc ?

— Oui, mais quel rapport avec vous ?

— Eh bien, mon amour, j'ai été vendu comme

esclave à l'âge de treize ans. Je n'étais qu'une vulgaire marchandise.

Stupéfaite, Aurore soutenait son regard. Quelle incroyable et terrible chose! Elle comprenait plus que jamais l'intérêt des orphelinats comme celui de Mme Bluefield. Ils protégeaient les enfants des abus des hommes.

Elle sentit les larmes lui monter aux yeux. Y avait-il un lien entre cette quête assidue de l'Etoile d'Aran et son passé? Cherchait-il à se venger de quelque chose ou de quelqu'un? Ces questions resteraient pour l'instant sans réponse. Mais à la lumière de ses explications, elle le comprenait déjà mieux. Cet enfant de treize ans qui avait eu une vie normale, une gouvernante, une mère, avait soudain été plongé dans un monde épouvantable où se battre pour survivre était indispensable. Elle réalisait que ce passé difficile avait forgé son caractère.

Les pensées et les sentiments d'Aurore s'embrouillèrent soudain. Même si sa conscience lui dictait de ne pas fléchir, elle ne pouvait s'empêcher de plaindre Richard. Il remarqua qu'elle était émue.

— Mon histoire vous trouble, n'est-ce pas?

— Je serais une personne sans cœur si ce n'était pas le cas, qu'en pensez-vous?

— Vous êtes un peu trop sensible, Aurore, et c'est ce qui me gêne en vous. N'oubliez pas que je veux cette émeraude et que je ferai tout pour l'avoir. Je vous demande donc de m'aider. Dites-moi tout ce qui serait susceptible de me mettre sur la piste. Je vous en prie, insista-t-il. Ne m'obligez pas à être méchant avec vous...

A nouveau, Aurore tressaillit. Elle ne devait pas oublier que le garçonnet de treize ans était mort, et qu'un implacable dragon l'avait remplacé.

— Me menacer ne servira à rien. Ce n'est pas

par ce biais que vous obtiendrez mon aide, je vous préviens.

— Je ne désire pas vous faire peur. Je veux simplement cette émeraude.

— Est-ce pour vous venger de cet homme ? Est-ce ce Peterborough qui vous a envoyé dans la Casbah ?

Il garda le silence.

— Vous savez, Richard, la vengeance n'apporte qu'une faible satisfaction.

— C'est compris, Aurore. Je prends bonne note de votre position dans cette affaire. Mais j'ajouterai que la vengeance est importante, quand c'est tout ce qu'il reste à un homme pour retrouver un peu de dignité.

— Je vous plains sincèrement, se contenta-t-elle de répondre.

Ils se regardèrent un long moment, puis Richard se leva et la conduisit jusqu'aux appartements de Lisbeth.

Aurore fut agréablement surprise de trouver son amie en pleine forme. Pour la première fois depuis qu'elles se connaissaient, Aurore remarqua qu'elle portait un col blanc qui égayait ses habituels vêtements de deuil. Lisbeth avait changé. Aurore était persuadée qu'il y avait un lien entre cette métamorphose et le capitaine Isaac. La présence de Richard ne facilitait pas la conversation entre les deux femmes, pourtant heureuses de se revoir. Lisbeth parvint à lui murmurer quelques mots sans éveiller les soupçons de Richard. Elle lui promit de ne pas quitter le Mirage sans elle. Aurore lui en était reconnaissante, pourtant persuadée que Lisbeth n'aurait pas le choix.

Lorsqu'ils sortirent, Aurore songea à ce navire, le *Resolute*, qui devait lever l'ancre en fin de semaine.

Comment se débrouiller pour partir elle aussi ? Elle devait rapidement élaborer un plan. Encore un ! Soucieuse, elle ne se rendit même pas compte que Richard s'était rapproché d'elle et qu'il la tenait maintenant par la taille.

— Etes-vous si préoccupée pour ne pas faire attention à ce que je suis en train de vous dire ? demanda-t-il sur un ton moqueur.

— Avez-vous réalisé que Lisbeth ira directement porter plainte contre vous une fois à St. Georges ? répliqua-t-elle.

— Je le sais parfaitement, mais pensez-vous qu'on croira à son histoire ?

— Elle est connue et respectée. Pourquoi mettrait-on sa parole en doute ?

— C'est une aventure bien trop extraordinaire et invraisemblable. Une femme de son âge mystérieusement enlevée et séquestrée sur une île qui ne figure sur aucune carte... qui croira ça ? Et si on finissait par la prendre au sérieux, imaginez-vous que les autorités feraient une enquête pour retrouver un homme qui lui a payé le trajet retour après s'être aperçu de son erreur ? Vous rêvez, je pense.

— Elle pourra toujours parler de moi. Et ils tenteront certainement de me rechercher. Après tout, je ne suis qu'une innocente victime.

— Pas si innocente que cela, murmura-t-il en frôlant ses lèvres.

Aurore n'osait le regarder. La façon qu'il avait de présenter les choses la gênait terriblement. Il se mit à caresser doucement ses boucles rousses.

— Laissez-moi vous raconter ce qui va réellement se passer. Lisbeth parlera de vous, c'est sûr, mais les autorités locales contacteront Londres avant d'entamer des recherches. Elles demanderont si une certaine Aurore Dayne est portée disparue. Et que découvrira-t-on ? Que vous avez quitté

Londres et l'orphelinat de votre plein gré. Et espérez-vous que John réagira ?

Aurore était furieuse, furieuse de réaliser que Richard avait raison. Personne ne la rechercherait. Il n'avait rien à craindre, son plan était brillant depuis le départ.

— Accepteriez-vous que je vous fasse visiter l'île demain ? proposa-t-il gentiment pour détendre l'atmosphère.

— Ne craignez-vous pas que je tente de m'échapper ?

— J'adore les plaisirs de la chasse ! répondit-il avec un clin d'œil amusé. Vous prendrez votre petit déjeuner avec moi demain matin. Tsin viendra vous chercher.

— Non merci, je prendrai le petit déjeuner dans ma prison !

— Aurore, vous déjeunerez avec votre geôlier, c'est un ordre. Soyez donc ponctuelle demain matin. J'ai hâte de vous faire découvrir toutes les merveilles de cette île. Ce soir, je ne fermerai pas votre porte à clef, vous pourrez aller où bon vous semble. Tous les chemins ramènent à la maison mais méfiez-vous, cette île est peuplée de créatures étranges, conclut-il en riant.

— Je verrai bien, se contenta-t-elle de répondre, trop heureuse d'être enfin libre de ses mouvements.

Tout à coup, sa tête fourmilla de plans. Elle pouvait aller sur les quais et se cacher quelque part. Ou bien essayer d'obtenir l'aide d'une des servantes. Avec cette clef, mille possibilités s'offraient à elle.

— Dormez bien, mon amour, murmura-t-il avant de se retirer.

Seule dans sa chambre, Aurore ne tenait plus en place, ne prêtant aucune attention à Koonga qui voulait jouer avec elle. Elle devait agir vite. Elle s'assit sur le bord du lit pour se calmer. Soudain,

Koonga se jeta sur elle en hurlant. Aurore ne comprenait pas ce qui lui arrivait, puis elle aperçut enfin la raison de cette panique.

Sur l'oreiller, une étrange bête rouge et menaçante les regardait. Aurore cria, serrant le petit singe dans ses bras.

Comme par miracle, Richard réapparut en un instant.

— Vite ! Là, sur le lit ! s'exclama-t-elle en pointant un doigt vers l'oreiller.

Richard ne voyait rien.

— Mon Dieu ! Mais faites quelque chose ! Il y a un monstre dans cette pièce !

— Mais quoi donc ? demanda Richard, surpris par la peur de la jeune fille.

— Une bête... horrible... rouge.

— A quoi ressemblait-elle ?

— On aurait dit un serpent rouge avec des pattes.

Richard éclata de rire.

— Qu'y a-t-il de drôle ? Qu'était-ce donc ? s'écria-t-elle, vexée par sa réaction.

— Un genre de mille-pattes ! Très venimeux ! Mais une de ses morsures ne vous tuerait pas. Sauf bien sûr s'il y a un nid dans votre chambre.

— Un nid ? Vous voulez dire qu'il y en a peut-être plusieurs ici ?

— C'est peu probable. Ils vivent habituellement à l'extérieur. Est-ce que j'ai pensé à vous laisser la clef de votre chambre, Aurore ? Sait-on jamais, vous pourriez avoir envie d'aller faire un tour dehors, railla-t-il.

Incapable de se contrôler, encore sous le coup de l'émotion, elle éclata en sanglots. Cette bestiole la rendait malade de peur. Elle était à bout avec toutes ces épreuves.

— Calmez-vous, maintenant. Ce n'est pas si dramatique que cela. Vous pourrez tenter de vous évader la nuit prochaine. Faites seulement attention à ne pas passer à travers les champs de cannes à sucre. Ces bêtes ont l'habitude de s'y cacher la nuit.

Richard s'amusait à la torturer.

— Vous êtes un goujat! C'est sûrement vous qui avez placé cette bête dans ma chambre. Cela explique que vous m'ayez donné la clef et que vous ayez attendu derrière la porte que je découvre cet animal!

— Désolé de vous décevoir, mais c'est une pure coïncidence. Et si vous avez trop peur pour dormir ici ce soir, accompagnez-moi dans mes appartements, dit-il en posant un doux baiser dans son cou.

— Vous êtes ignoble de profiter ainsi de la situation, répliqua-t-elle, terriblement agacée par cette proposition. Tenter de me séduire à l'instant où je viens d'échapper à la mort. Vous ne possédez vraiment aucun principe!

Soudain, le mille-pattes réapparut, tout près d'elle. Paniquée, Aurore se jeta dans les bras de Richard, les mains crispées sur sa chemise. L'ayant saisie par la taille, il la souleva pour laisser passer la bestiole qui s'enfuit par la baie entrouverte. Le visage enfoui contre l'épaule de Richard, Aurore ne cessait de trembler. Il l'installa sur le canapé, tentant par des gestes tendres de l'apaiser.

— Vous n'avez plus aucune raison de vous inquiéter. Il est sorti.

— Je ne veux plus rester ici. Emmenez-moi dans un endroit sûr, je vous en prie.

Touché par sa détresse, Richard ne savait trop comment la tranquilliser.

— Dans ma chambre? proposa-t-il en lui caressant la joue.

— N'y a-t-il aucune de ces étranges créatures chez vous?

— En tout cas, je serai là pour vous protéger, assura-t-il avec un sourire.

— Je vous remercie d'être intervenu si vite, j'étais... paralysée de peur, balbutia-t-elle. Je... je n'avais jamais vu quelque chose d'aussi horrible.

Il la sentait si vulnérable à cet instant qu'il la serra très fort contre lui. Ils restèrent enlacés de longues minutes. Richard n'osait rompre le charme. Ensuite, ils se regardèrent longuement, comme s'ils venaient de découvrir quelque chose qu'ils ne désiraient admettre ni l'un ni l'autre.

— Acceptez-vous de venir dormir chez moi ? murmura-t-il, la voix tremblante.

Aurore ferma les yeux, surprise par le désir fou qui s'éveillait soudain au creux de ses reins.

— Si je viens, est-ce que tout ira bien ?

Tous les deux connaissaient la réponse : Richard ne pouvait rien lui promettre.

Finalement, il la repoussa doucement. Elle aurait préféré demeurer blottie contre lui, dans ses bras puissants, rassurants.

— Ecoutez, dormez ici, conseilla-t-il. Ma chambre est à deux pas. Si vous avez peur, vous n'aurez qu'à me rejoindre.

Aurore faillit presque le supplier de rester avec elle. Elle n'imaginait pas une seconde qu'elle puisse avoir assez de courage pour le rejoindre en pleine nuit.

— Ne vous inquiétez pas, tout ira bien. Tsin viendra vous chercher à huit heures demain matin.

Il se détacha d'elle et sortit. Aurore avait la tête qui tournait : comment était-il possible qu'elle fût tombée amoureuse d'un pirate ?...

21

Comme prévu, Aurore se présenta à la terrasse à huit heures pour le petit déjeuner. Elle avait amené Koonga avec elle, ne souhaitant pas la laisser seule dans la chambre après la nuit tumultueuse qu'elles venaient de passer.

Richard portait un grand pantalon resserré à la taille par un simple lien et ses cheveux flottaient sur ses épaules, ce qui accentuait le côté aventurier de son personnage. Il la regardait étrangement mais elle préféra ignorer son air renfrogné.

— Cette bestiole serait beaucoup mieux avec son maître maintenant, commenta-t-il.

— C'est possible, mais je n'ai pas revu Ben depuis notre arrivée, dit-elle en installant Koonga sur un petit siège près d'elle.

— A la façon dont vous la maternez, je me demande si vous souhaitez réellement qu'il la reprenne.

Aurore ne releva pas le ton aigre de cette repartie.

— J'aime sa compagnie et je pense qu'il est normal que je me sois attachée à elle, ne trouvez-vous pas ?

— Elle compense effectivement un désir naturel, mais d'une piètre manière. Je n'ai jamais rencontré de jeune femme aussi soucieuse que vous d'avoir un bébé.

Aurore rougit violemment. Il connaissait décidément tous ses points faibles.

— Et moi, je n'ai jamais rencontré quelqu'un d'aussi jaloux que vous.

— Ça va, ça va, je plaisantais. Ne vous énervez pas comme ça.

Aurore n'avait aucune intention de se laisser déstabiliser par cet homme. Elle respira profondément pour se calmer. On aurait dit qu'il cherchait la bagarre ce matin. Elle l'avait rarement connu d'aussi mauvaise humeur. Y avait-il un lien avec la nuit passée? La meilleure chose à faire étant de l'ignorer, elle déplia sa serviette et découvrit à sa grande stupeur qu'elle contenait une banane. Elle sentit ses joues s'enflammer à nouveau.

— Bon appétit, fit-il avec un sourire sournois.

Aurore comprit qu'il souhaitait l'embarrasser, comme la veille au soir. Il attendait avec impatience qu'elle pèle ce fruit et le goûte. Décidée à ne pas se donner en spectacle, elle le posa sur le côté de son assiette et prit une mangue. Ce qui la troublait particulièrement, c'était de ne pas comprendre le but de sa manœuvre.

Affamée, Koonga manifestait son impatience, sautillant dans tous les sens. Il était impossible de la calmer. Soudain, elle sauta sur la table, puis sur les épaules de Richard, fouinant avec ses pattes dans l'épaisse chevelure du pirate. Devant la mine consternée de Richard, Aurore éclata de rire.

— Mais que fabrique-t-elle? hurla-t-il en tentant de saisir la petite bête.

— Je crains qu'elle ne cherche des poux, répondit simplement Aurore.

— Comment! s'exclama-t-il, fou de rage. Si j'ai

des poux, ce sera uniquement parce que cette infâme bestiole m'en aura donné.

Aurore lui jura que Koonga n'en avait pas un. Cet incident l'avait vengée pour la banane. Elle n'en était que plus satisfaite. Quand les choses se calmèrent un peu et qu'Aurore eut récupéré sa petite camarade, la conversation reprit un tour normal.

— Puisque vous souhaitez apparemment vous amuser aujourd'hui, ma chère, je vais vous conduire près d'une soufrière. Nous nous y rendrons par un adorable chemin escarpé et sauvage.

— J'espérais me promener sur le port, répliqua-t-elle avec un brin d'amertume dans la voix.

— Ah oui, bien sûr! Vous préféreriez certainement visiter le *Resolute*, n'est-ce pas? se moqua-t-il.

— Cela me plairait beaucoup, effectivement!

— Je suis d'accord, mais n'imaginez pas que vous aurez la possibilité de vous échapper si facilement.

— Sait-on jamais? dit-elle avant d'avaler son thé.

— Par contre, si vous le désirez, nous irons sur la plage dès que nous aurons un peu de temps devant nous. Et si vous êtes assez courageuse, nous pourrons flâner les pieds dans l'eau et admirer les poissons, qu'en pensez-vous?

— Ce serait amusant, mais je ne sais pas nager.

— Eh bien, vous vous accrocherez à moi. Tout ira bien, vous verrez.

Mais Aurore était sceptique: cette journée risquait de se révéler très éprouvante.

— Si vous étiez un homme digne de ce nom, Isaac, vous trouveriez un moyen d'embarquer Aurore sur le *Resolute* le moment venu, décréta Lisbeth.

— Désolé, Lisbeth, mais je ne trahirai jamais

Richard et surtout pas pour une femme, déclara Isaac, apparemment mal à l'aise.

— Je ne comprends pas votre fidélité et votre confiance aveugle en cet homme. Vous sembliez pourtant pressé de négocier avec le gouverneur et contre les intérêts de Richard lorsque nous étions à Grand Talisman ?

— Je vous ai expliqué mille fois que c'était une simple ruse destinée à tromper Ignatio ! Venez près de moi, je vous sens tendue... Peut-être qu'un ou deux petits baisers vous calmeront.

Mais Lisbeth n'était pas d'humeur ce matin à accepter les avances du capitaine.

— Ah, je vous en prie, Isaac ! Je ne vous ai pas demandé de venir ici pour m'embrasser. Il y a plus urgent : aider Aurore par n'importe quel moyen ! De toute façon, nous avons passé de bons moments ensemble depuis notre arrivée ici et vous en avez bien profité, n'est-ce pas ? Maintenant, nous avons mieux à faire et plus de temps à perdre. Je ne vous permettrai plus de m'embrasser de cette façon.

— J'étais pourtant persuadé que vous aviez apprécié...

— Mon Dieu, non ! J'ai été très choquée par votre comportement et vos excès. Aucune dame de qualité n'apprécierait d'être traitée avec autant de désinvolture.

— C'est possible, mais ne niez pas que vous avez aimé, que vous étiez troublée. Et je croyais aussi que vous adoriez nos petites escapades sur l'île ?

— Qu'osez-vous insinuer ? Que je ne suis pas une dame de qualité ? s'exclama-t-elle d'une voix courroucée.

Si elle avait eu son ombrelle sous la main, elle lui en aurait donné un coup avec plaisir.

— Pour moi, vous êtes une grande dame, Lisbeth, mais je n'ai guère d'expérience en la matière.

— Eh bien, je peux vous assurer que j'en suis une et à ce titre, je ne tolérerai plus que vous me traitiez si vertement, monsieur. Je vous demande donc de reconsidérer la situation d'Aurore. Cet homme n'en fera qu'une bouchée si nous ne l'extirpons de ses griffes. Je vous laisse imaginer ce qu'il risque d'arriver si nous l'abandonnons.

— Rassurez-vous, je pense qu'elle n'a rien à craindre de lui, et devinez pourquoi ? Parce que j'ai la nette impression qu'il est tombé amoureux d'elle, bien avant qu'elle n'admette elle-même ses sentiments pour lui. Je suis d'ailleurs très surpris : si on m'avait raconté il y a encore un an que Richard s'enticherait d'une petite institutrice d'orphelinat, j'aurais éclaté de rire. Mais aujourd'hui, à la façon dont il parle d'elle, je sais qu'il l'a dans la peau.

— Et comment parle-t-il d'elle ? demanda-t-elle incrédule.

— Avec passion et tendresse, c'est extraordinaire venant de lui.

Lisbeth était confuse.

— Croyez-moi, Lisbeth, je ne l'ai jamais vu dans cet état. Richard a eu sa part de femmes. Il y en avait peut-être une autrefois, un été à Paris, une de ces femmes mystérieuses, angéliques, diaphanes... je pensais qu'il s'était attaché à elle — mais il s'est finalement fatigué, comme d'habitude. Vous savez, jusqu'à présent toutes ses aventures ont commencé avec passion et se sont terminées dans l'ennui. Mais avec Aurore, c'est totalement différent. Depuis leur nuit chez le gouverneur, il a changé. On dirait qu'il est en extase devant elle.

— Je vous en prie, n'en parlez plus. Je suppose plutôt qu'il a abusé de son innocence ce soir-là, répondit Lisbeth, les joues rougissantes.

Isaac l'observait d'un drôle d'air tout à coup.

Soudain, il l'attira vers lui et l'obligea à prendre place sur le canapé à ses côtés.

— Venez près de moi, Lisbeth. J'ai des choses à vous dire qui nécessitent un peu plus d'intimité.

— Lâchez-moi tout de suite ! ordonna-t-elle.

— Allons, ne résistez pas tant ! Juste un petit baiser et je vous libère, promit-il en cherchant sa bouche.

De son côté, Lisbeth essayait de le frapper.

— Arrêtez de vous comporter comme un adolescent, Isaac ! Nous ne sommes plus des gamins. Pour une fois, tenez-vous correctement !

— Ecoutez-moi bien, Lisbeth. Vous ne gagnerez pas à ce petit jeu. Vous désirez autant que moi être aimée. Mais je dois reconnaître que les femmes qui ont du caractère comme vous m'excitent particulièrement !

— Vous êtes ignoble de dire des choses pareilles ! Vous me faites honte. Et n'oubliez pas que vous vous adressez à une veuve. Il me semble que mes vêtements devraient vous inspirer plus de retenue.

Elle se tortillait toujours pour éviter tout contact.

— Ma chère amie, est-il utile de vous rappeler que votre mari est mort depuis de nombreuses années ? Envisagez-vous de rester seule le restant de votre vie ?

— Et pourquoi pas ? D'ailleurs, je ne suis plus une jeune fille pour me permettre de rouler dans le foin avec mon amoureux.

— Personnellement, je n'y verrais aucun inconvénient, Lisbeth. Mon âge ne m'arrête pas si j'ai envie de faire quelque chose. Là où il est, M. Lindstrom comprendra votre choix de vivre intensément.

— Taisez-vous, Isaac, vous me gênez. Enfin quand même, nous ne sommes pas mariés !

Soudain, Isaac se leva et déclara solennellement :

— Très bien. En tant que capitaine, je nous déclare mari et femme. Est-ce que cela vous convient ?

— Mais vous perdez la raison, mon pauvre ami. Qu'est-ce qui vous prend tout à coup ?

Le capitaine était, selon toute apparence, déterminé à la faire sienne tout de suite. Il jetait des coups d'œil sans équivoque en direction du lit.

— Je dois bien vous l'avouer : j'espère que le pire se produira bientôt, expliqua-t-il fiévreusement.

— Mon Dieu ! Mais vous allez me rendre folle.

Retirant d'un geste rapide sa chemise, il s'approcha d'elle. Le désir se lisait dans son regard.

— Je vous en prie, Lisbeth. Nous souhaitons l'un et l'autre cette union. Vous n'êtes plus une enfant, vous avez vécu, vous avez enfanté — en un mot, vous connaissez la vie. Alors pourquoi me résister ?

— Comment pouvez-vous me parler ainsi ?

Lisbeth se sentait défaillir. Joignant ses mains, elle tenta d'implorer le capitaine de la laisser tranquille. Mais Isaac l'avait déjà saisie par la taille et la serrait contre lui.

— Ne vous sentez-vous pas trop oppressée dans vos vêtements ? Je pourrais peut-être vous aider à délacer votre robe ? murmura-t-il en posant les mains sur son chemisier.

— Non, non, arrêtez, dit-elle en le repoussant.

— Bon, alors je vais me déshabiller en premier, histoire de vous mettre à l'aise. Vous verrez que je n'ai aucune honte, et ensuite nous nous occuperons de vous, ça vous va ?

— Vous êtes incroyable, Isaac ! Vous avez réussi à m'embrasser par surprise et c'est bien suffisant. Je ne peux aller plus loin avec vous, ce serait parfaitement indécent !

— Excusez-moi, Lisbeth, je suis parfois maladroit. Mais je ne sais comment vous exprimer mes désirs, dit-il en la serrant plus étroitement.

— Cessez ces folies, Isaac. Nous sommes trop vieux pour ça.

— Personnellement, je ne m'estime pas trop vieux pour avoir encore droit au bonheur, et si vous le permettiez, je pourrais vous démontrer que nous avons encore l'âge de nous aimer...

— Quel homme pervers vous faites ! Où sont mes sels ? Je commence à me sentir mal.

— Allez-vous simuler un malaise comme Aurore ? Vous n'avez absolument pas besoin de sels, affirma-t-il. Etes-vous prête, ma douce amie ?

Elle émit une faible protestation lorsqu'il la conduisit jusqu'au lit. Puis elle tenta un dernier essai :

— Non, Isaac, vous ne pouvez agir ainsi. Remettez tout de suite votre chemise !

Deux bruits sourds retentirent. Lisbeth réalisa que le capitaine venait d'enlever ses bottes.

— Pourquoi faites-vous cela ? demanda-t-elle, la voix tremblante.

Il y eut encore quelques plaintes étouffées puis des gémissements sourds montant du lit avant qu'ils ne se retrouvent nus l'un et l'autre.

— Mon Dieu, Isaac, mais vous êtes juif, murmura Lisbeth.

Puis Lisbeth cessa de discuter. Pour une heure au moins.

22

Aurore resta étendue sur son lit toute la nuit, incapable de fermer l'œil. Elle avait passé une journée inoubliable. Richard lui avait montré toute l'île. Il l'avait initiée à certaines coutumes locales, lui avait fait goûter des conques et de la langouste. Ils avaient également rencontré de vieux hommes à dos d'âne dont le travail consistait à élaguer les mangroves, et des jeunes filles qui portaient de magnifiques colliers de perles. Aurore avait été émerveillée par tous ces trésors.

Il l'avait ensuite guidée à travers la montagne aux singes — c'était à cet endroit que Ben avait recueilli Koonga. D'après les explications de Richard, ces petites bêtes avaient été amenées à St. Kiss un siècle auparavant, pour satisfaire un puissant planteur qui s'amusait à les chasser. Richard lui avait raconté comment ces primates avaient été exterminés. A force d'être massacrés, quelques-uns avaient sans doute réussi à se réfugier sur le Mirage. Mais comment, on l'ignorait. Il existait peut-être un passage souterrain sous la mer reliant les deux îles.

Ensuite, il avait conduit Aurore près de la soufrière. D'étranges vapeurs montaient de ce massif volcanique, dont les anciennes éruptions expliquaient la couleur noire du sable. Si elle ne devait, plus tard, se souvenir que d'une seule chose, ce serait probablement des orchidées sauvages. Elle était restée en extase devant leurs pétales aux nuances exceptionnelles de jaune, rose et lavande. C'était un spectacle qui ravissait les yeux.

En fin d'après-midi, il lui avait proposé de goûter à des fruits très particuliers : des limettes, sorte d'agrumes à la pulpe verdâtre et parfaitement comestibles. Il lui avait montré comment les manger. Après avoir pelé les fruits, il les avait mis lui-même dans sa bouche. C'était une véritable initiation. Aurore avait été étourdie par la saveur de ce fruit, par la finesse du goût. Alors qu'ils étaient assis l'un près de l'autre, savourant un instant de repos, Aurore avait compris pourquoi il aimait tant cette île.

Pourtant, allongée maintenant sur son lit, d'autres pensées hantaient son esprit, d'autres interrogations diffuses qui n'avaient rien à voir avec la beauté de l'île. Bizarrement, elle pensait aux bananes.

Ce soir, elle l'avait rejoint sur la terrasse pour dîner, elle avait encore une fois trouvé une banane sur sa serviette. Elle avait tenté d'ignorer ce détail mais son attitude avait beaucoup amusé son hôte. Elle ne comprenait pas pourquoi il la harcelait sans cesse, pourquoi il se moquait ainsi d'elle. Aussi avait-elle décidé de quitter la table. Elle était retournée dans sa chambre, avait examiné draps et couvertures, et une fois sûre qu'il n'y avait pas le moindre insecte dans la pièce, s'était allongée pour mieux réfléchir.

Elle se souvenait de la première banane qu'elle avait goûtée. C'était à St. Georges. On lui en avait présenté une dans son assiette et après avoir essayé de la manger avec une fourchette, tentant de morceler le fruit, elle avait renoncé. La peau était vraiment trop dure. Elle avait ensuite eu l'idée de la couper avec un couteau mais le résultat au niveau du goût avait été déplorable. Elle s'était alors juré de ne plus toucher à ce fruit. Puis elle avait eu un jour la surprise de croiser Koonga, une banane à la bouche. Elle l'avait pelée avec une extraordinaire facilité et Aurore l'avait imitée : finalement, ce fruit lui plaisait beaucoup. Jusqu'au jour où le petit jeu de Richard avait commencé.

Irritée par cette pensée, elle se retourna dans son lit du côté de la table de nuit et tomba sur une coupe de fruits, contenant entre autres des bananes. Décidément, elles la poursuivaient partout !

Richard semblait s'amuser de son embarras devant ce fruit si inoffensif. Troublée mais déterminée à comprendre ce qui le réjouissait ainsi, elle en saisit une et l'examina. C'était vraiment quelque chose de très ordinaire qui ne méritait pas plus d'attention qu'un autre fruit. Elle la pela délicatement et se surprit à rougir lorsqu'elle réalisa soudain qu'il ressemblait à...

Elle en eut la respiration coupée. A quoi pensait Richard en lui demandant de... de... Non ! C'était impossible ! Jamais elle n'aurait imaginé une chose aussi ignoble.

Elle était cramoisie de honte.

Cela expliquait pourquoi il insistait tant pour qu'elle mange la banane devant lui. Tout à coup, une énorme colère l'envahit. Ce n'était qu'un homme pervers et sans morale. Elle se sentait humiliée, mortifiée. Elle n'était sûre que d'une chose : il allait lui payer ça ! Elle lui montrerait ce dont elle était capable et lui dirait ce qu'elle pensait de sa mauvaise plaisanterie. De rage, elle mordit violemment dans la banane et en éprouva une grande satisfaction.

Le lendemain matin, vêtue d'une splendide robe couleur ivoire, moulant son corps à la perfection et dotée d'un décolleté audacieux, presque indécent, Aurore se présenta sur la terrasse pour le petit déjeuner.

En d'autres circonstances, elle n'aurait jamais eu le courage de porter une robe aussi impudique. Mais ce matin, elle ne manquait pas de cran.

Elle s'approcha de la table à pas de loup. Richard admirait le paysage et n'avait pas encore remarqué son arrivée. Soudain, il la sentit près de lui et leva les yeux. Son expression changea du tout au tout. Il parut étourdi, surpris par la transformation de la jeune fille. Si elle avait eu suffisamment de pertinence et d'aplomb, elle aurait refermé d'un doigt la mâchoire grande ouverte du pirate. Mais elle opta pour l'indifférence, feignant de ne pas avoir noté sa consternation. Et pour l'épater davantage, elle lui décocha le plus adorable des sourires.

— Quelle magnifique journée, n'est-ce pas? Quelle chance vous avez de posséder cette île! dit-elle en appuyant son corsage sur le bord de la table.

Elle sentit ses yeux verts et lumineux se poser sur sa poitrine. Elle faisait des efforts surnaturels pour ne pas s'enfuir immédiatement dans la chambre, mais son désir de vengeance lui donnait du courage. Elle jeta un coup d'œil sur sa serviette et sembla découvrir la banane pour la première fois, simulant un air ravi. Elle joua avec le fruit, le caressant de ses doigts fins, pour le peler finalement avec habileté et précaution.

Richard était sidéré. Il ne savait trop quelle attitude avoir face à ce revirement de situation.

— Vous paraissez particulièrement bien disposée ce matin, Miss Dayne, se contenta-t-il de constater.

— Et pourquoi ne le serais-je pas? répondit-elle en dépliant sa serviette sur les genoux.

— En effet, vous avez toutes les raisons d'être heureuse.

— Je suis affamée, lança-t-elle en reprenant la banane. Et vous ?

— Quoi, moi ? demanda-t-il bêtement.

— N'avez-vous pas faim ?

Aurore termina de peler le fruit. Il ne devinait pas qu'elle prenait vraiment sur elle pour garder son calme. Elle passa sa langue sur ses lèvres et se prépara à croquer dans le fruit. Richard frôlait l'extase.

Alors elle extirpa d'une des poches de sa robe la paire de petits ciseaux à broder qu'elle avait camouflée dans ses affaires et, sous les yeux terrifiés du pirate, coupa la banane en deux.

Aurore était persuadée d'avoir produit son petit effet en constatant la mine crispée et incrédule de Richard. Satisfaite, elle jeta par-dessus son épaule le fruit mutilé et se leva.

— Vous n'êtes qu'un odieux personnage ! s'exclama-t-elle en s'éloignant.

Mais Richard éclata de rire, d'un rire puissant et incontrôlable qui décontenança complètement la pauvre Aurore. Elle ne s'attendait pas à cette réaction. Qu'est-ce qui pouvait autant le réjouir ?

— Pourquoi riez-vous ? ronchonna-t-elle, les mains sur les hanches. Vous devriez plutôt mourir de honte !

— Comment vous êtes-vous débrouillée pour récupérer ces ciseaux ?

— Ils sont à moi et je les ai repris là où ils se trouvaient... c'est-à-dire sur votre bureau.

— Très bien, alors rendez-les-moi maintenant.

Et aussitôt, le pirate la saisit par la taille et la plaqua contre son corps.

— Lâchez-moi tout de suite ! ordonna-t-elle en martelant sa poitrine.

— Calmez-vous un peu. Sachez que je suis ravi d'avoir réussi à vous entraîner sur cette pente. Je n'en attendais pas moins de vous. Cela m'amuse beaucoup que vous ayez compris l'allusion au sujet de la banane...

Aurore rougit et le foudroya du regard.

— Nous n'avons plus rien à nous dire, monsieur.

— Ça, c'est ce que nous verrons...

— Vous n'êtes vraiment qu'un porc !

— C'est vrai, je suis mal élevé. Mais je n'ai jamais prétendu être un gentleman !

— A présent laissez-moi tranquille, j'aimerais déjeuner tranquillement.

— Ici ? demanda-t-il, étonné.

— Certainement pas, et en tout cas plus jamais en votre compagnie ! dit-elle en tentant de se dégager.

Richard la retint, accentuant sa pression. Même si elle refusait de l'admettre, son corps la trahissait et réagissait avec plaisir à ce contact troublant.

— Auriez-vous changé d'avis ? s'étonna Richard qui sentit sa détermination fléchir.

— Non !

— Peut-on marquer une trêve ? plaida-t-il enfin en lorgnant la banane. Après tout, vous avez eu votre vengeance. Restez et déjeunons ensemble, je vous promets de ne pas vous ennuyer.

Aurore réfléchit un instant. Elle ne s'était pas si mal débrouillée, et Richard semblait accepter sa défaite...

— Je reviendrai déjeuner si vous me laissez partir maintenant...

— Où voulez-vous aller ?

— Je vais me changer. Je ne veux plus porter cette robe ridicule.

— Il n'en est pas question. Je n'ai pas encore eu

le temps de vous admirer et j'ai encore beaucoup à découvrir.

— Quelle idée ! J'aurais juré qu'elle ne vous plairait pas. Ce n'est pas vraiment votre genre !

— Décidément, vous êtes en forme ce matin, mon amour. Où avez-vous appris à être aussi caustique ?

— Il y a fort longtemps... au contact d'un pirate qui m'avait un jour kidnappée et fait subir les pires traitements...

— Mais c'est épouvantable...

D'un coup sec, il souleva alors ses jupons et reprit les ciseaux dans l'une des poches de sa robe.

— Que faites-vous ? cria-t-elle. Ces ciseaux m'appartiennent.

— Possible, mais je ne souhaite pas prendre le risque que vous puissiez un jour vous en servir contre moi. Votre démonstration avec la banane m'a amplement convaincu de votre habileté.

— Mais je n'aurai désormais plus rien pour me défendre.

— Vous n'avez rien à craindre pour l'instant, affirma-t-il avec un demi-sourire. Par contre, si Peterborough nous retrouve, nous reconsidérerons la situation.

— Peterborough ? Mais pourquoi viendrait-il ici ?

Richard ne répondit pas. Elle comprit à son air pensif que ce n'était pas le moment d'aborder le sujet. Il lui fit signe de s'asseoir.

— Je vais me changer, avertit-elle.

Richard la dévisageait — pire, la déshabillait du regard, appréciant ses formes que le vêtement mettait en valeur.

— Je vous en prie, Aurore, ne l'enlevez pas ! Vous n'avez pas idée comme vous êtes belle ce matin. Vraiment très belle. Aussi, je vous demande de la porter encore un peu.

Le ton sur lequel Richard fit cette déclaration la bouleversa. Il y avait une pointe de respect et d'admiration qui ne la laissa pas indifférente.

— Asseyez-vous près de moi et déjeunons. Parce que ensuite, j'ai une surprise pour vous, jeune fille.

Aurore le regardait, sceptique et méfiante.

— Que me réservez-vous encore ? Qu'avez-vous manigancé pour vous moquer de moi une nouvelle fois ? Pour être honnête, Richard, je commence à redouter vos prétendues surprises...

— Oui, je reconnais avoir abusé parfois de votre crédulité, mais je vous promets que cette fois vous ne serez pas déçue, assura-t-il en souriant.

Il poussa alors vers elle une adorable petite boîte en marqueterie. Elle était si jolie qu'Aurore fut étonnée de ne pas l'avoir remarquée plus tôt.

— Ce coffret me paraît trop étroit pour contenir un mille-pattes, plaisanta-t-elle.

— Je vous assure que ce n'est rien de désagréable. Allons, ouvrez-le. C'est un cadeau pour vous.

— Et pourquoi donc un cadeau, aujourd'hui ?

— Pour votre anniversaire.

Stupéfaite par cette réponse, elle rougit soudain.

— Ce n'est pas possible ! Je ne connais pas ma date de naissance, vous le savez bien.

— Eh bien, j'ai décidé que ce serait aujourd'hui, voilà tout. Donc vous devez accepter mon cadeau.

Aurore n'osait toucher à la boîte.

— Si c'était aussi simple que cela, il y a longtemps que je me serais attribué une date d'anniversaire.

— Mais ce n'est pas à vous de la choisir, mais à une tierce personne. Aujourd'hui ne vous convient pas ?

Aurore ne savait quoi dire. Etait-il encore en train de jouer avec ses nerfs ? Lui préparait-il une mauvaise plaisanterie ? Ou agissait-il par pure gentillesse? Etait-il sincère? Elle chercha dans ses yeux la réponse à ses questions. Ne constatant rien de suspect dans ses manières, elle rassembla tout son courage et, les mains tremblantes, souleva le couvercle, prête à voir surgir n'importe quelle monstruosité. Aussi, quelle ne fut pas sa surprise de découvrir une chaîne en or et rubis nichée dans un écrin de satin. Lorsqu'elle souleva la parure, elle aperçut une clef en cuivre qui pendait au bout de la chaîne. De sa vie, Aurore n'avait reçu de cadeau aussi précieux et aussi raffiné. Elle leva les yeux vers Richard, émue. Personne n'avait jamais eu d'attentions pour elle. Quel magnifique cadeau d'anniversaire...

De la part de Richard — cet homme qui l'avait kidnappée, qui avait tué pour elle, qui s'était battu avec elle, qui lui avait fait l'amour — elle n'en revenait pas. Soudain, elle se rappela qu'il avait sauvé la vie à Ben, à des centaines d'esclaves... et qu'elle aurait pu l'aimer. Pourquoi sentait-elle ses yeux s'embuer? Car elle aimait cet homme. C'était une réalité qu'elle devait enfin admettre. Trop troublée pour rester face à lui, elle se leva et se précipita vers la maison.

— Que se passe-t-il? demanda Richard en la rattrapant par le bras. Vous ai-je encore offensée, êtes-vous déçue? Pensez-vous que ce cadeau soit mesquin?

— Oh, non! Au contraire, il est magnifique.

— Alors pourquoi ces larmes, Aurore?

Elle le regardait d'un air désespéré. Il lui avait tout fait: il l'avait séduite, humiliée, il avait abusé d'elle. Mais aujourd'hui, ce geste inattendu avait tout effacé. Elle venait de comprendre qu'elle était tombée amoureuse de lui, et cela la rendait d'autant plus vulnérable. Ce sentiment la terrifiait.

— Richard, pourquoi avez-vous fait ça pour moi? chuchota-t-elle.

— Je ne l'aurais jamais fait si j'avais pu prévoir que cela vous mettrait dans cet état, répondit-il en essuyant une larme sur la joue de la jeune fille. C'est vraiment trop facile de vous émouvoir, Aurore. Vous êtes très sensible, plus sensible qu'une enfant.

— Alors je suis probablement votre parfait complément, car il est par contre impossible de vous attendrir. Je ne vous ai vu ému qu'une seule fois, Richard.

Aurore essayait de contrôler le tremblement de sa voix, s'efforçant de paraître calme.

— Ce qui est arrivé chez le gouverneur n'aurait jamais dû se produire, poursuivit-elle. J'ai beaucoup de mal à oublier cette nuit.

— Moi aussi, Aurore.

Elle évitait de le regarder. Richard lui-même était gêné par la réaction de la jeune femme. Pour rompre le malaise, il prit le collier et l'attacha autour du cou d'Aurore avec une infinie délicatesse.

— J'aimerais aller à la plage avec vous. Qu'en pensez-vous ?

Aurore sentait les doigts rugueux et doux à la fois de Richard sur sa peau. Que lui arrivait-il ? Elle jeta un coup d'œil à cette mystérieuse clef qui pendait sur sa poitrine. Elle s'interrogeait à son sujet mais ce n'était pas le moment de demander des explications.

— Pas aujourd'hui, Richard, murmura-t-elle.

Tout à coup, elle avait l'impression d'avoir un vertige.

— Faites-moi plaisir, Aurore, insista-t-il. Venez avec moi, j'ai quelque chose à vous montrer.

Ils se dévisagèrent un instant. Aurore comprit qu'elle ne pourrait lui résister longtemps.

— D'accord, je vous suis.

Aurore connaissait les risques qu'elle prenait en acceptant cette proposition, mais elle n'avait plus envie de refuser.

— Bravo ! dit-il en l'entraînant sur le petit sentier qui descendait vers la mer.

23

Se pouvait-il qu'il existât au monde un endroit plus ensorcelant, plus beau que le Mirage ? Rêvait-elle ou découvrait-elle les plus beaux paysages qui soient sur cette terre ? Aurore comprenait maintenant pourquoi Richard aimait tant son île. Elle finissait par se demander si tout ceci n'était pas qu'une illusion. Si Dragonard, la maison de Richard, n'allait pas disparaître subitement. Le Mirage portait décidément bien son nom.

Richard s'était baigné. Maintenant, il venait de la rejoindre sur le sable. Aurore ne put s'empêcher de l'observer. Le pantalon blanc et mouillé lui permettait de distinguer son corps par transparence, et en particulier ses cuisses musclées. Ses épaules humides luisaient sous le chaud soleil tropical et Aurore était gênée par la présence de ce corps puissant si près d'elle. Elle était en tout cas sûre d'une chose : personne ne pouvait contester sa virilité.

— Venez dans l'eau avec moi, Aurore, proposa-t-il soudain en lui prenant la main.

— Impossible, dit-elle en secouant la tête.

— Pourquoi ? Vous vous inquiétez pour votre robe ?

— En partie, oui.

Elle essayait de garder son calme.

— Qu'à cela ne tienne, enlevez-la !
— Certainement pas, répondit-elle, choquée.
— Vais-je devoir l'enlever moi-même ?
Instinctivement, Aurore croisa les bras sur sa poitrine comme pour se protéger.
— Allons, venez dans l'eau, ma chérie.
— Je ne sais pas nager. Souhaitez-vous que je me noie ?
— Comment pouvez-vous imaginer une chose pareille ? Venez, Aurore. Il y a tant de merveilles à découvrir sous l'eau. N'ayez pas peur, je vous tiendrai.
Il l'aida à se relever.
— Richard, ce ne serait pas convenable pour une jeune femme de se baigner ainsi en public, tenta-t-elle d'expliquer.
— Nous sommes seuls ici, petite fille. Que craignez-vous donc ?
Elle esquissa un sourire : il n'y avait en effet personne pour les juger ou les surveiller.
Richard la tira jusqu'au bord de l'eau. Mais elle refusait catégoriquement d'abîmer une robe aussi coûteuse. Fatigué par ses protestations, il la souleva dans ses bras et avança à grandes enjambées dans la mer.
— Vous êtes fou, criait-elle, s'agrippant à son cou.
— Taisez-vous et admirez, ordonna-t-il gentiment. Regardez sous l'eau, ma douce.
Baissant la tête, Aurore aperçut à travers cette eau d'une limpidité extraordinaire des bancs de poissons aux couleurs féeriques. Certains se faufilaient entre les jambes de Richard. Elle n'avait jamais vu pareil spectacle.
— Ils sont merveilleux.
Rassurée, Aurore toucha l'eau du bout des doigts, et un poisson frôla sa main. Surprise, elle la retira

vivement et chercha un réconfort dans les yeux de Richard. Mais elle ne s'attendait pas qu'il la regarde aussi intensément.

Elle fut gênée, troublée par ce qu'elle lisait sur son visage. Ce n'était rien d'autre que l'image du désir. Aurore n'osait même plus respirer.

— Richard... murmura-t-elle.

Mais il ne lui laissa pas le temps de terminer sa phrase. Aussi vif et précis que l'éclair, il la déposa délicatement sur le sable sec et la serra dans ses bras, si fort qu'elle en eut le souffle coupé. Déjà ses lèvres recouvraient les siennes. Elle aurait voulu l'empêcher d'aller plus loin mais elle savait que ce serait inutile. Pour la première fois de sa vie, elle ne se sentait plus seule, et cette impression effaçait toute honte, toute gêne. Son père l'avait abandonnée — John aussi d'une certaine manière, car il n'avait jamais réussi à combler sa solitude.

Aujourd'hui, il y avait Richard et ses lèvres gourmandes qui attendaient une réponse claire. Pourtant, il ne lui offrait aucun avenir concret : ni mariage, ni famille, ni maison, et peut-être pas l'amour qu'elle espérait depuis toujours. Mais que savait-elle de l'amour ? Le peu de chose qu'elle connaissait lui avait été appris par Mme Bluefield. Que souhaitait-elle réellement ? Rester seule toute sa vie ?

Lorsqu'il s'écarta un peu, elle le retint immédiatement. Elle ne voulait plus qu'il la laissât. Elle avait soudain peur d'être abandonnée, elle redoutait de le perdre ou pire, de ne jamais l'avoir pour elle seule. Paniquée par cette perspective, elle s'agrippa à lui. Pour la première fois, elle s'offrait à lui. Complètement.

— Que se passe-t-il, ma chérie ? s'inquiéta Richard, surpris par cette soudaine passion.

— Serrez-moi contre vous, Richard. Je vous en prie.

— Depuis quand êtes-vous si soucieuse de me perdre, petite fille ?

— Vous aviez raison, Richard. Personne ne m'attend à l'orphelinat. Personne ne me recherchera...

Après cet aveu, elle détourna les yeux. Quelle allait être sa réaction ? S'il l'abandonnait maintenant, elle ne s'en remettrait jamais. C'était la seule chose dont elle était sûre. Et aussitôt, pour lui prouver qu'elle tenait à lui, elle se jeta dans ses bras, cherchant sa bouche avec fureur.

Richard finit par la repousser doucement, comme s'il redoutait de s'engager davantage.

— Que nous arrive-t-il, Aurore ? J'ai l'impression de perdre la tête lorsque je suis près de vous. Vous avez le pouvoir mystérieux de m'ensorceler. Chaque fois, je fais la promesse de ne plus vous toucher et je ne parviens pas à la tenir. Quelque chose en vous m'attire irrésistiblement.

— Vous pouvez m'embrasser, Richard. Ne tenez pas vos promesses, c'est aussi bien comme ça. Mais pour ma part, je ne vous embrasserai plus jamais la première.

— Si, Aurore, refaites-le tant qu'il vous plaira, mais je ne veux plus voir cette mine défaite.

— Et qu'est-ce qui vous dérange ?

— Ce qui me gêne, Aurore, c'est que je ne pourrai jamais vous aimer comme vous m'aimez. Et c'est pourtant ce que vous attendez. Parce qu'il n'y a pas de place dans ma vie pour l'amour.

— Alors votre vie ne vaut pas la peine d'être vécue, murmura-t-elle en se retournant. J'aurais dû comprendre plus tôt que vous étiez incapable de sentiments.

— Ecoutez-moi, Aurore. Je suis aussi perdu que

vous. Il m'est impossible de vous dire quel avenir nous attend, je ne peux rien vous promettre. J'ignore même pourquoi je vous désire autant. Certes, vous êtes très belle, mais j'ai déjà rencontré dans ma vie de belles femmes... La différence avec elles, c'est que vous me rendez fou.

— J'ai la réponse, Richard. Pour vous, je représente un défi. Quelqu'un d'inaccessible à conquérir. Vous n'avez jamais connu autant d'obstacles avec vos précédentes conquêtes. Aujourd'hui, je refuse de continuer à jouer ce rôle. Ce n'est pas suffisant pour moi.

— C'est faux, Aurore. Je vous ai aimée cette nuit-là. Cela a tout changé. J'ai changé ! Et je n'ai qu'une envie : vous garder pour toujours.

— Peut-être, mais pouvez-vous m'aimer ?

Richard soupira, incapable de se prononcer.

— La question n'est pas de savoir si vous m'aimez, mais si vous le pourrez un jour... Puis-je espérer, Richard ?

Des larmes commençaient à couler sur ses joues.

— Je ne suis pas l'homme de votre vie, Aurore. Je ne vous offrirai pas ce que vous souhaitez. Pas pour le moment en tout cas, tant que j'aurai cette Etoile d'Aran en tête. La seule solution, le seul espoir qui vous reste serait de m'aider à la retrouver. Et ensuite, vous repartirez avec Lisbeth à St. Georges, où vous commencerez une nouvelle vie.

Le cœur brisé, Aurore ne comprenait plus rien. Si elle l'aidait, elle le perdait définitivement. Si elle refusait, cette intolérable torture continuait.

— Parlez, Aurore, je vous en prie. Et dans quelques jours, vous aurez retrouvé votre liberté.

— C'est que je ne suis pas très sûre de moi. J'ignore ce que vous attendez exactement et je n'ai pas la certitude de détenir la clef de l'énigme. Mes souvenirs sont confus, j'ai peur de vous décevoir.

— Nous allons rentrer à la maison, et en parler calmement. Et si le peu que vous savez ne suffit pas, rassurez-vous, vous partirez tout de même avec Lisbeth.

Il lui prit la main et ils marchèrent en silence. Aurore avait encore une fois oublié de l'interroger sur cette mystérieuse clef.

24

Un ange du paradis tomba des cieux.
Il demandait le chemin d'Aran.
Je suis revenu chercher mon Etoile.
Peux-tu m'aider à la trouver ?

Le lézard rusé s'assit en souriant.
Ses yeux étaient tournés vers l'océan.
Je connais le chemin,
Mais ne peux te l'indiquer.
Mon nom te donnera la direction.

Aurore avait finalement cédé au dragon. Les appartements de Richard étaient décorés de noir et or, aussi luxueux que le palais d'un roi. Une énorme cheminée, la seule de la maison d'ailleurs, trônait au milieu de la pièce. Et comme il paraissait difficile de l'utiliser ici, elle était superbement décorée de guirlandes argentées, vert et or.

Richard remarqua l'étonnement d'Aurore devant ce mobilier princier et le goût raffiné avec lequel la pièce était agencée. Elle ne put résister au plaisir de s'asseoir dans un immense fauteuil recouvert de coussins en soie. Abîmer sa robe ne semblait plus la déranger.

Richard s'installa à son bureau et déplia une

carte du monde. Il était évident qu'il s'imaginait qu'elle allait lui montrer l'endroit où devait se trouver l'émeraude. Comme si c'était aussi simple. Aurore ne se sentait soudain plus aussi sûre d'elle. Richard lui tendit un parchemin sur lequel il avait recopié les couplets de la comptine. Elle relut avec beaucoup d'attention ce poème qu'elle connaissait pourtant par cœur.

— Dites-moi ce que vous savez, Aurore.

— J'ai peur de vous décevoir, Richard. J'ai quelques vagues souvenirs, mais ce sont certainement des détails sans importance, qui n'ont rien à voir avec votre affaire.

— Parlez, Aurore, je vous en prie. Chaque indication peut m'aider même si elle vous paraît insignifiante.

— Je me souviens que mon père m'a un jour emmenée à un bal organisé dans la demeure des Carlton. J'ignore pourquoi il m'avait entraînée là, mais nous attendions l'arrivée des invités dans la rue. Les femmes étaient merveilleusement habillées. Et mon père paraissait particulièrement intéressé par les bijoux qu'elles portaient, tous plus beaux les uns que les autres. Il a alors commencé à réciter le premier couplet de la comptine. Il semblait incapable de s'arrêter. C'est tout ce dont je me souviens. C'est-à-dire bien peu...

— Venez ici, et examinez attentivement cette carte. Peut-être évoquera-t-elle autre chose pour vous ?

Aurore s'approcha en soupirant. Elle n'avait aucune idée de ce qu'il entendait par là. Quel rapport avec la chansonnette ?

— Comment pourrais-je vous aider, Richard ? J'étais trop jeune à l'époque ! Tout ceci n'a vraiment aucun sens pour moi.

— J'ai l'impression que vous ne vous concentrez

pas assez. Ne souhaitez-vous plus repartir à bord du *Resolute* ?

— Si, bien sûr. Mais je ne vois rien d'autre, et cette carte ne m'inspire pas davantage. Je suis désolée, Richard.

— Nous y mettrons peut-être beaucoup de temps, mais nous trouverons bien une indication, si banale soit-elle. La solution est peut-être proche. Courage, Aurore, réfléchissez !

— Je ne sais rien de plus. Quel lien y aurait-il entre ce poème et toutes ces îles ?

— Pourquoi vous obstiner à vous taire, Aurore ? Je suis sûr que vous pouvez faire un effort. Ma réussite et notre avenir ne dépendent que de vous. Mais je finis par me demander si vous ne désirez finalement pas rester sur cette île.

— Pas du tout ! Je souhaite au contraire partir, et le plus tôt possible.

Réalisant qu'il lui était impossible de se dérober, elle se pencha à nouveau sur la carte, plus pour lui faire plaisir et lui obéir qu'autre chose.

Finalement, Aurore se réfugia près de la fenêtre, les yeux perdus dans le vague. Pour la première fois depuis son arrivée sur cette île, le paysage extérieur perdait de son éclat et de son mystère.

— Je pensais que nous avions conclu un marché, Aurore ? Pourquoi ce mutisme ? J'étais pourtant persuadé que votre liberté importait plus que tout. Il me suffirait de quelques indications... et ensuite, je me débrouillerai seul.

Aurore elle-même s'interrogeait. Pourquoi ne parvenait-elle pas à se concentrer ? N'avait-elle plus envie de quitter cet endroit ? Elle aurait pourtant fait n'importe quoi pour apaiser Richard. Son désir de vengeance s'était affaibli et transformé en une véritable passion pour cet homme.

— C'est une recherche vaine. Je vous le répète

encore une fois, j'étais bien trop jeune à l'époque. Je n'ai malheureusement rien d'intéressant à vous apprendre. Vous avez perdu votre temps en me séquestrant, il faut bien l'admettre.

— Je ne pense pas. Je crois plutôt, et pour je ne sais quelle raison, que vous me cachez certains éléments.

— Pourquoi agirais-je ainsi, Richard ? demanda-t-elle avec un petit rire qui sonnait faux.

— Je l'ignore, d'autant que vous savez que je ne plaisante pas sur ce sujet. Qu'est-ce qui vous empêche de parler ? Pourquoi ce silence ? Dois-je employer la méthode forte pour obtenir ce que j'attends ?

— Il n'y a rien qui puisse vous intéresser.

— Regardez-moi dans les yeux, Aurore, ordonna-t-il en saisissant son bras. Jurez-moi que vous ne me dissimulez rien...

— Je... je... bégaya-t-elle.

Mais elle fut incapable de jurer.

Aurore craignit qu'il n'explosât de rage, mais le calme qu'il manifestait lui parut encore plus menaçant. Il la maintenait fermement. Elle n'avait donc pas d'autre solution que de supporter son regard froid et pénétrant.

— Vous ne partirez pas d'ici tant que je ne saurai pas où Michael Dayne a caché cette Etoile, déclara-t-il fermement.

Se dirigeant vers la porte, il ferma à clef les lourds battants pour parer à une éventuelle tentative de fuite.

— Ce n'est pas de ma faute, Richard, si je n'ai pas les bonnes réponses !

— Est-ce que je vous ai un jour raconté l'histoire du *Léviathan*, Aurore ?

Elle secoua la tête. Richard semblait plus résolu que jamais.

— C'était le navire d'Isaac, reprit-il. Un bateau magnifique, qui reliait régulièrement Southampton à Alger. Isaac était un des meilleurs navigateurs qui soient. Un capitaine expérimenté. Il prenait soin de son bateau comme de sa propre femme.

— Quel rapport peut-il y avoir entre le *Léviathan* et l'Etoile ? coupa-t-elle.

— Vous comprendrez mieux dans quelques minutes. Un jour, il a été attaqué par un navire battant pavillon anglais. Isaac n'en revenait pas. Même les pirates ont le courage d'arborer leur vrai drapeau lorsqu'ils abordent un ennemi.

— C'était un bateau de Peterborough ?

— Ah bravo ! J'avais oublié combien vous êtes intelligente, Aurore. C'est exact, c'était le bateau de Peterborough.

— Et je suppose qu'il a piraté le navire d'Isaac et que ce dernier ne le lui a jamais pardonné.

— Vous avez tout deviné. Sauf un petit détail : pendant sa jeunesse, Peterborough avait étudié la médecine en Allemagne. Lorsqu'il a compris que l'équipage ne se rendrait pas, il s'est arrangé pour prendre Isaac en otage et lui a coupé les doigts un à un jusqu'à ce qu'il capitule. Pensez-y, Aurore : chaque articulation coupée une à une !

Aurore ferma les yeux en imaginant le supplice d'Isaac. C'était horrible.

— Est-il nécessaire que je fasse venir les hommes d'Isaac pour confirmer mes propos ? Souhaitez-vous savoir comment le pauvre cuisinier a perdu son œil ?

— Non, non, murmura-t-elle.

— Je vois que ce récit vous fait frémir.

— N'importe qui réagirait comme moi...

— Alors vous réalisez pourquoi ils désirent tous se venger de ce Peterborough ? Il y avait près de deux cents hommes sur le *Léviathan*, vingt-six seulement ont survécu.

Choquée, Aurore s'effondra sur un des fauteuils. Elle ne pouvait plus rien cacher désormais. Même si son bonheur devait en pâtir. Elle réfléchit un moment avant de reprendre la parole.

— Et que vous a fait Peterborough, Richard ? Vous n'étiez pas sur le *Léviathan*, vous.

— Si je vous le dis, est-ce que cela vous décidera à parler ? Je n'en suis pas sûr. Vous aimez aider les innocents, Aurore, et vous savez depuis longtemps que je n'en suis plus un.

— Racontez-moi ce qu'il vous a fait...

— Je vous en prie. Aidez ces pauvres hommes, ils ont besoin de vous !

Aurore avait l'impression d'être manipulée, certaine que Richard se servait des victimes du *Léviathan* pour parvenir à ses fins. Sa stratégie était brillante, elle devait l'admettre, car elle ne pouvait supporter l'image de ces souffrances.

— Croyez-moi, Aurore. La solution est en vous.

Elle respira profondément et commença, d'une toute petite voix :

— Mon père s'appelait Michael. Il a grandi à Londres. Je me souviens vaguement de l'endroit où il habitait. Dans la partie est de la ville. Tous les jours, les gardes royaux passaient devant chez nous. Je me rappelle aussi que j'avais peur la nuit et que mon père me récitait la comptine pour me rassurer...

— C'est bien, Aurore. Continuez, laissez-vous aller, dit-il doucement pour l'inciter à poursuivre.

— Nous la répétions tous les soirs, comme une prière avant de nous endormir. Il voulait être sûr que je ne l'oublierais jamais.

— Il voulait surtout que l'émeraude vous appartienne un jour.

— Probablement, acquiesça-t-elle avec tristesse.

Richard enferma ses mains dans les siennes.

— Je ne souhaite pas vous déposséder, croyez-le bien. Dès que je mettrai la main sur cette pierre, je vous jure qu'elle vous appartiendra.

— C'est tout ce dont je rêve depuis des années, ironisa-t-elle. D'une émeraude aussi grosse que mon poing !

— Que venez-vous de dire, Aurore ?

— Je dis que je me moque éperdument de cette émeraude et que lorsque je rentrerai à Londres, je retournerai travailler à l'orphelinat. Je n'ai pas besoin de devenir riche pour être heureuse.

— Mais vous aurez besoin d'un peu d'argent pour prendre soin de vous, non ? Je ne vous permettrai jamais de repartir à Londres dans ces conditions.

— Et pourquoi donc ?

— Peterborough vous retrouvera, c'est bien trop dangereux !

— Je n'ai pas d'autre endroit où aller.

— Ecoutez-moi bien, ma beauté. Peterborough ne vous épargnera pas s'il met la main sur vous. Il sait que votre père lui a volé cette émeraude et il vous le fera payer. Vous ne devez pas retourner dans cet orphelinat. Vous resterez avec Lisbeth à St. Georges. Et vous y resterez jusqu'à ce que je vous donne l'autorisation d'aller où bon vous semble, est-ce clair ?

— Lorsque vous aurez votre pierre précieuse, je ne vous devrai plus rien. Je serai libre de mes mouvements.

— Soupirez-vous toujours après votre cher John ?

Aurore refusa de répondre.

— Aurore, écoutez-moi. Il est hors de question que vous retourniez seule à Londres, ce serait suicidaire. Si vous y tenez vraiment, écrivez à John, expliquez-lui la situation et demandez-lui de venir vous chercher.

— Toute cette histoire ne vous concerne pas, Richard.

— Je ne vous laisserai pas partir comme ça.

— Et pourquoi donc ?

Qu'attendait-elle exactement comme réponse ? Que Richard lui fît une déclaration d'amour ? Il n'était apparemment pas disposé à s'engager dans cette voie.

— Méfiez-vous de Peterborough, Aurore. Il vous écrasera si vous tombez entre ses griffes, est-ce si difficile à comprendre ?

— Comment pouvez-vous en être si sûr ? Je me demande ce qui justifie tant votre soif de vengeance à son égard ?

— C'est mon frère.

Aurore était abasourdie. Que s'était-il passé pour que deux frères se détestent autant ? Le visage de Richard exprimait tout ce qu'il avait enduré et toute la colère qui bouillonnait en lui. Les blessures étaient profondes, comme marquées dans la chair.

— Que vous a-t-il fait ? demanda-t-elle avec douceur.

— Nous avions la même mère, mais mon père était le vicomte Blackwell.

Cette confession donnait subitement un sens à toute cette histoire. Elle comprenait maintenant l'enfance dorée dont il avait parlé, et cette terrible adolescence dans les bas-fonds d'Alger.

— Pourquoi vous a-t-il vendu ? Comptait-il usurper votre titre de vicomte et vous voler tous vos biens ?

Richard ne semblait pas souhaiter en dire plus pour aujourd'hui. Il se refermait sur ce douloureux passé.

Elle observa de plus près la clef sur sa poitrine et remarqua alors qu'elle était gravée aux armoiries des Blackwell. Les pièces du puzzle se rassemblaient petit à petit. Elle remarqua qu'étaient dessinés, sur l'écusson familial, deux dragons se faisant face. Il s'agissait bien entendu du dragon tatoué sur le dos de Richard : c'était tout simplement l'emblème des Blackwell.

Mais alors, l'empreinte qui ornait son médaillon ne représentait pas un lézard mais un dragon stylisé ! Le dragon des Blackwell ! Comment n'avait-elle pas fait le rapprochement plus tôt ?

— Il paraît que le dragon est une créature bienveillante, du moins en Chine. Est-ce exact, Richard ?

— Parfaitement.

— Pourtant, il n'a pas la même signification en Angleterre. Le vôtre représente les armoiries de votre famille, si je ne me trompe. D'où vient cette clef, Richard ?

— Elle était dans ma poche lorsque j'ai quitté Londres à treize ans.

— Alors pourquoi me l'avoir donnée ?

— Parce qu'elle symbolise tout mon passé heureux et insouciant. Et avec vous, j'ai retrouvé un peu de ce bonheur...

Aurore se sentit défaillir. Etait-il possible qu'elle ait réussi à apprivoiser un tant soit peu cet homme ? Aurait-elle calmé un peu sa rage, sa soif de vengeance ? Elle n'osait y croire. Cependant, elle avait ouvert une brèche et tout espoir n'était peut-être pas perdu.

L'amour qu'elle lui offrait pouvait, avec un peu de chance, constituer un rempart contre les mauvais souvenirs. Le problème était de le lui faire accepter. Il devait prendre conscience que le bonheur était à portée de sa main.

— Tout ceci peut vous aider à comprendre pourquoi l'Etoile a tant d'importance pour moi !

— Non, Richard, je ne comprends pas la raison de votre entêtement. Votre désir de vengeance vous empêche d'être heureux. La seule chose que vous gagnerez dans ce combat, c'est de devenir aussi monstrueux que ce Peterborough. Toute cette haine vous étouffe...

— Quoi de plus normal que je sois moi-même un monstre ? Après tout, le même sang coule dans nos veines, non ?

— Mais vous devez résister ! Ne vous laissez pas emporter par vos souvenirs ! Vous n'avez pas à lui ressembler. Vous pouvez aussi être un homme bon et généreux quand vous le voulez, j'ai déjà pu le constater. Alors pourquoi vous obstiner ?

— Ce n'est pas si facile que ça, Aurore, se contenta-t-il de répondre.

— Je sais que vous n'êtes pas seulement motivé par la restauration de vos droits, ni par la perspective de devenir plus riche. Vous cherchez autre chose mais croyez-moi, la paix ne se trouve pas au bout de votre quête.

— Comment pouvez-vous vous permettre de me donner des leçons avec votre petite vie minable et sans but ? répliqua-t-il méchamment. Que savez-vous de la vie pour juger ainsi les gens ?

Il eut un mouvement de colère comme s'il était sur le point de la gifler, agacé par les déductions si perspicaces de la jeune fille.

— Je sais de quoi je parle, Richard. J'ai observé bien des enfants à l'orphelinat et leur passé n'était pas plus brillant que le vôtre. Ceux qui ont pu oublier et qui ont cru en leur avenir ont découvert le bonheur. Pour les autres, il n'y a jamais d'issue.

— Je ne suis pas un enfant trouvé ou abandonné, je vous le rappelle.

Ils s'observèrent un moment, puis Richard la saisit dans ses bras et la serra si fort qu'elle en eut la respiration coupée.

— Allez-vous un jour comprendre qu'il m'est impossible de changer, Aurore ?

Ces mots la blessèrent, mais il ne s'en rendit pas compte. Il la prit par la taille et la coucha sur le sol.

— Comptez-vous essayer de me prouver que je suis quelqu'un de cruel, mon amour ?

— Je n'ai rien à vous prouver. Vous vous connaissez mieux que quiconque et vous devez avoir conscience de votre double personnalité.

— Et vous avez raison de ne pas l'oublier, ironisa-t-il en l'embrassant.

Richard la dominait de toute sa taille. Il buvait ses lèvres, lui imposait des caresses destinées à éveiller son corps inexpérimenté mais désormais consentant. Aurore gémit lorsque la langue de Richard rencontra la sienne. Elle ne comprenait pas comment elle avait pu tomber amoureuse d'un tel homme : à la fois impitoyable et tendre. A cet instant, elle avait l'impression d'être embrassée par deux hommes différents : l'un attentif et généreux, l'autre sauvage et indomptable.

Aurore tenta de se dégager, de le griffer au visage, mais Richard lui saisit les bras et, les ramenant au-dessus de sa tête, reprit ses délicieuses caresses. Malgré elle, elle sentait une vague de plaisir l'envahir, annihiler sa volonté. Richard la transporta sur le lit et poursuivit ses caresses, de plus en plus précises et expertes. Il remonta la jupe de la jeune fille sur ses hanches et laissa courir ses mains sur les cuisses d'Aurore. Elle aurait souhaité qu'il la regarde droit dans les yeux mais il se dérobait, plongeant sa tête dans les dentelles de la robe. Il déchira le tissu afin de dénuder complètement sa poitrine. Finalement il leva les yeux.

— Qu'espérez-vous, ma douce ?

— Vous le savez parfaitement, Richard, murmura-t-elle.

Allait-elle partager cette nuit avec lui et le perdre à jamais ? Son regard exprimait une telle souffrance qu'il hésita.

— Cessez de me regarder comme ça, Aurore, implora-t-il d'une voix basse et enrouée.

— Je suis désolée, mais je ne peux pas.

— Mais pourquoi ?

— Parce que... je... je suis en train de perdre l'homme que j'aime...

Comme s'il était menacé avec un couteau, Richard recula, le visage décomposé. Une colère sourde, terrible monta en lui. La main tremblante, il désigna la porte.

— Sortez d'ici tout de suite ! Et ne réapparaissez plus devant moi, suis-je assez clair ?

Désespérée, Aurore le supplia de l'écouter :

— Richard ! Je vous en prie...

— Sortez, Aurore. Vous embarquerez sur le *Resolute* dès que possible. Il n'y a rien à ajouter.

Elle tenta une dernière fois de l'attendrir, mais sa décision était prise. Richard demeurait de marbre, insensible aux larmes de la jeune fille. Comprenant qu'il n'y avait plus d'espoir, elle quitta la pièce sans se retourner.

25

Une fine pluie tropicale tomba toute la nuit, rafraîchissant la terre et l'atmosphère lourde depuis quelques jours. Ces pluies pouvaient parfois être suivies de violents orages, et exceptionnellement d'ouragans capables de dévaster les îles en quelques heures. Curieusement, Aurore souhaitait que les éléments se déchaînent. « Si un orage couve quelque part, qu'il se déclenche rapidement ! » songeait-elle. Elle n'avait plus envie de voir briller le soleil le lendemain matin.

Mais sa prière ne fut pas exaucée. Les abat-vent claquèrent toute la nuit mais pas suffisamment pour elle. Aurore resta près de la fenêtre à contempler la pluie. Rien ne pouvait la détourner de son chagrin.

L'Etoile d'Aran représentait finalement sa pire ennemie. Elle avait été abandonnée deux fois pour ce bijou — par son père et par Richard. A deux reprises, ses espoirs avaient été anéantis à cause de cette émeraude. Maintenant, elle désirait la retrouver au plus vite, mais pas pour les mêmes raisons que Richard. Elle comprendrait peut-être alors le prix de ses sacrifices, le prix de sa souffrance. Puis elle pourrait la jeter au fond de l'océan et détruire à jamais l'obstacle qui se dressait entre eux.

Aurore serra Koonga dans ses bras, trouvant ainsi un peu de réconfort. Demain, Ben allait la récupérer. L'heure de la séparation était proche. Richard s'occuperait de son départ. Il s'assurerait qu'elle et Lisbeth ne manquent de rien et soient confortablement installées. En posant Koonga sur un coussin, elle réalisa à quel point sa petite compagne allait lui manquer.

Un coup bref à la porte la tira de sa mélancolie. Un instant, elle souhaita que ce fût Richard... Pourtant, elle savait qu'il n'en était rien.

— Oui ? murmura-t-elle.

— Miss, miss, venez vite ! C'est terrible !

Aurore ouvrit rapidement, inquiétée par la voix affolée de Tsin. Il tenait à la main un splendide chandelier.

— Que se passe-t-il ?

Le vieil homme semblait angoissé.

— Venez, miss, je crois que Richard devient fou, vite !

— Mais qu'a-t-il fait ?

— Il boit sans arrêt et réclame une nouvelle bouteille. Vite, miss, vous devez l'arrêter !

— Et pourquoi pensez-vous que je peux faire quelque chose ? Est-ce lui qui vous a ordonné de venir me chercher ?

— Non, miss, mais vous êtes la seule à pouvoir l'aider. Dépêchez-vous, je vous en prie ! Il va détruire la carte, il est furieux.

— Mais il ne peut pas faire ça ! Il est en train de perdre la tête !

— Oui, miss ! Venez ! Il m'a menacé avec un couteau, miss ! Il veut davantage de brandy et si je ne lui en apporte pas, il va me tuer...

Tsin était apparemment terrorisé par le comportement peu habituel de son maître. Il s'agitait dans tous les sens, ne sachant comment convaincre Aurore.

— Quel sauvage ! répliqua-t-elle. Vous devriez le menacer de ne plus jamais travailler pour lui, Tsin !

— Oh non, miss, je ne peux pas faire ça ! Vous devez m'aider, vite, avant qu'il ne commette une bêtise !

— Mais je n'ai aucun pouvoir sur lui, mon pauvre Tsin. Cela ne servira à rien que je me déplace. Au contraire.

— Il a dit qu'il vous donnerait le couteau pour que vous puissiez le tuer, vous m'entendez, miss ?

— Comment ? Moi, le tuer ? Mais il est devenu complètement fou.

Ils se dirigèrent alors vers les appartements de Richard, aussi inquiets l'un que l'autre. La porte de la chambre était entrouverte. Tsin frappa doucement et lorsqu'un grognement se fit entendre, il poussa Aurore à l'intérieur de la pièce.

Aurore hésitait, impressionnée par l'étrange silence qui régnait dans l'antichambre. Elle fit quelques pas et soudain, la porte claqua bruyamment derrière elle. Richard se tenait là, l'air hébété. Une faible lampe éclairait le bureau sur lequel on distinguait la carte chiffonnée et déchirée.

— Que fabriquez-vous ici ? J'avais donné des ordres à Tsin ! hurla-t-il. Je ne veux plus vous voir, sortez d'ici tout de suite !

Aurore jeta un coup d'œil sur le bureau dévasté.

— Calmez-vous, Richard ! murmura-t-elle avec la plus grande prudence.

— Je croyais vous avoir dit de ne plus reparaître devant moi !

— Je sais, mais Tsin a eu tellement peur qu'il est venu me chercher. Il était affolé, il paraît que vous le menaciez avec un couteau...

Aurore distinguait dans la pénombre la silhouette

de Richard qui tenait un stylet à la main. Il était terrifiant.

— Je ne saurais trop vous conseiller de vous méfier vous aussi, Aurore. Je ne suis pas dans de bonnes dispositions, indiqua-t-il en désignant l'arme.

— Peut-être, mais j'ai confiance en vous et je suis sûre que vous ne me ferez pas de mal, dit-elle d'une voix qu'elle souhaitait assurée.

A tâtons, Aurore se dirigea vers le bureau. Richard lui saisit le bras. Elle sentit son haleine imbibée d'alcool et remarqua la carafe de brandy vide, sur la table. Soudain, Richard la prit par la taille et la pressa contre lui. Les battements de son cœur s'accélérèrent tandis qu'il la serrait de toutes ses forces. Elle fit de son mieux pour masquer sa frayeur. Elle ne devait surtout pas réagir violemment. Les nerfs à vif, elle essayait cependant de paraître aussi calme que possible. Ce n'était pas la première fois qu'elle voyait Richard hors de lui, mais aujourd'hui il avait dépassé toutes les limites.

Elle inspira profondément et sentit soudain sur son cou la pointe du stylet. Elle feignit de ne pas s'en apercevoir.

— Pourquoi avez-vous tenté de me tuer, Aurore ?

— Comment pouvez-vous imaginer une chose pareille ? Je n'ai même pas d'arme.

— Si, Aurore, vous en avez une et la plus dangereuse de toutes. Celle-ci, précisa-t-il en pointant un doigt sur son cœur.

A la fois surprise et soulagée, Aurore se détendit quelque peu.

— Mais vous savez qu'avec cette arme-là, je ne gagnerai que si vous le permettez !

Richard lui tendit le stylet et la força à le prendre.

— Enfoncez-le dans mon dos. A choisir, je préfère encore être tué par vous plutôt que par ce Peterborough !

Aurore lâcha le petit poignard.

— Vous avez trop bu, Richard. Vous ne savez plus ce que vous dites. Vous n'imaginez tout de même pas que je vais vous obéir ?

— Je n'ai pas encore assez bu pour ignorer ce qui va se passer dans quelques heures, Aurore.

— Et que va-t-il se passer ? demanda-t-elle calmement.

— Premièrement, vous allez m'embrasser, dit-il en passant sa main dans le dos de la jeune fille.

— Vraiment ? J'ai bien peur que non, mon ami.

— Mais bien sûr que si, ma chérie. Et après cette agréable entrée en matière, nous irons au lit, tous les deux.

D'un coup sec, Aurore se dégagea de son étreinte et se dirigea vers la porte.

— Tsin avait raison, l'alcool vous rend fou !

— Mais il n'y a pas que l'alcool qui rende fou, ma douce Aurore, répliqua-t-il en l'enlaçant de nouveau. La chasteté aussi rend fou, ne le saviez-vous pas ?

— Non, Richard ! Je ne suis pas venue ici pour que vous abusiez de moi ! s'exclama-t-elle, furieuse.

— Je sais pourquoi vous êtes ici. Pour m'ensorceler au point de me faire perdre la raison et mettre ma vie en danger. Votre amour va me détruire et c'est tout ce que vous désirez !

— Mais comment, Richard ? Je ne vous propose pas un choix impossible, ce n'est tout de même pas l'amour ou la mort. Mais si vous refusez de m'aimer, quel genre de vie espérez-vous ? Qu'attendez-vous de la vie ?

— Vous cherchez à me pousser à bout, vous voulez me conduire au suicide.

— Mais vous délirez, Richard ! J'attends simplement que vous preniez conscience de vos sentiments pour moi, rien de plus! Est-ce trop demander? hurla-t-elle.

— On ne m'a jamais appris à aimer, Aurore, et je ne sais pas reconnaître ce genre de sentiments.

— Un jour, vous avez été aimé, il y a très longtemps. Il vous suffirait d'un effort pour vous souvenir!

— Alors j'attends que vous m'aidiez, Aurore, chuchota-t-il.

— Il faut laisser parler son cœur...

— Donnez-moi une leçon.

Ils se tenaient l'un en face de l'autre, émus et attentifs.

— Mais cela ne s'apprend pas, Richard! Que puis-je vous conseiller? Je suis moi-même très embarrassée.

— Commencez par m'embrasser!

Troublée et tremblante, Aurore baissa les yeux. Elle n'était pas sûre de pouvoir le faire, même si elle en avait terriblement envie. Rassemblant son courage, elle posa enfin un baiser sur ses lèvres brûlantes.

C'était un baiser maladroit et il sourit de son manque d'expérience. Il ne la quittait pas des yeux. Aurore caressait sa joue mal rasée.

— Dites que vous m'aimez, Aurore, et je vous promets que je ne vous repousserai plus.

Elle hésita un instant. Etaient-ils réellement faits l'un pour l'autre? Parviendraient-ils à construire quelque chose ensemble? Cela paraissait improbable. Ils étaient trop différents. Pourtant, ce qu'elle éprouvait pour lui était plus fort que la raison. Elle était emportée par un vertige de sentiments qu'elle ne parvenait plus à dominer.

— C'est vrai, Richard, je vous aime. Et rien ne m'en empêchera.

Elle avait prononcé cet aveu d'une toute petite

voix, mais Richard sembla soulagé. Il la saisit dans ses bras et la fit tournoyer.

Lorsqu'il la reposa sur le lit, elle sentit que rien ne pourrait plus les séparer. Ses baisers, ses caresses étaient autant de preuves de cet amour insensé.

Emerveillée, elle se laissa déshabiller par les doigts habiles du pirate. Elle savait ce qu'il attendait d'elle et cette fois, il n'y aurait pas de résistance, même si l'appréhension subsistait. Lentement, elle caressa sa puissante poitrine. Puis il emprisonna ses seins de ses mains gourmandes et expertes, et elle s'abandonna avec délices à la vague de sensations qui parcourait son corps. Elle se donnait à lui et répondait à ses caresses sans la moindre honte. Elle fut surprise par sa propre hardiesse, par la folie qui semblait la posséder.

— Je vous aime, Richard, je vous aime, ne cessait-elle de répéter.

La respiration de Richard s'accélérait, son étreinte s'intensifiait. Dominée par cet homme, elle noua ses bras derrière son dos viril et souleva ses hanches à sa rencontre, tandis qu'il la pénétrait voluptueusement.

La nuit se terminait. Le silence avait uniquement été troublé par les soupirs, les gémissements et les baisers de leurs ébats. Deux fois, ils s'étaient endormis dans les bras l'un de l'autre. Deux fois, leurs corps s'étaient unis et la passion avait enflammé leurs esprits.

A la pointe du jour, alors que la bougie finissait de se consumer et que les premiers rayons de soleil pénétraient dans la pièce, ils demeurèrent enlacés, leur désir apaisé, comblés et heureux. La tête appuyée contre la poitrine d'Aurore, Richard dormait paisiblement. Aurore s'éveilla, encore émue par cette nuit inoubliable, encore étourdie par cette folle jouissance. D'un doigt, elle suivit les contours du dragon sur son dos. Ce matin, cette créature ne la dérangeait même plus. Peterborough avait usurpé le titre des Blackwell. C'était une explication suffisante pour comprendre les agissements de Richard.

— Il faudrait que je regagne ma chambre, murmura-t-elle, contrariée à l'idée de devoir l'abandonner.

— Non, restez là, ma chérie, répondit-il en encerclant sa taille d'un geste possessif.

Aurore lui offrit son plus joli sourire.

— Mais les servantes vont s'affoler si elles ne me trouvent pas dans ma chambre. Elles vont penser que je me suis enfuie.

— Tsin les rassurera, ne vous inquiétez pas.

Aurore ne répondit pas. Tout le monde serait au courant qu'elle avait passé la nuit avec Richard. Elle aurait souhaité observer un minimum de convenances.

Richard se redressa sur ses avant-bras et ramassa le médaillon qui gisait entre les draps.

Il le balança sous ses yeux en disant :

— Je n'ai pas été capable de décrypter le sens de ce couplet.

— Je l'ai bien compris lorsque j'ai vu dans quel état vous aviez mis la carte. Ecoutez, Richard, j'ai pensé à quelque chose. Je crois que vous n'avez pas besoin de cette Etoile pour vivre. Vous êtes suffisamment riche, plus que quiconque n'oserait l'espérer. Vous avez les moyens d'oublier ce Peterborough.

Richard secoua la tête.

— Vous avez peut-être raison. Mais si j'accepte d'abandonner cette lutte, je ne suis pas sûr que Peterborough baissera les bras de son côté. D'autant moins qu'il sait que vous êtes entre mes mains.

— Donnez-lui le médaillon, conseilla-t-elle.

— Ce n'est pas si simple que ça, Aurore.

Elle le sentait tendu et tenta de l'apaiser.

— Qu'y a-t-il à craindre, mon amour ? Il ignore où se situe le Mirage. Il ne nous retrouvera jamais. Nous resterons ici et nous fonderons une famille...

Richard lui tourna le dos, le regard perdu dans le vague.

— S'il est malin — et il l'est — il viendra jusqu'ici. Il ne faut pas le sous-estimer. Et il y a encore pas mal de choses que j'ai omis de vous dire, Aurore. Par exemple, la malédiction...

— Quelle malédiction ? s'inquiéta-t-elle.

— Je ne sais pas si c'est vrai, mais cette Etoile aurait le pouvoir de jeter un sort. « Celui qui possède cette pierre verra mourir ses ennemis. » C'est écrit dans *Les Chroniques de Crom Dubh*, un ancien manuscrit déposé au château d'Inishmore... et où l'émeraude était entreposée à l'origine.

— Mais si vous ne croyez pas à cette malédiction, pourquoi vous en faire ?

— Parce que Peterborough la craint. Il est très superstitieux. Et il s'imagine qu'en s'emparant de cette pierre, il aura davantage de chances contre moi. Il est persuadé que je mourrai le jour où il l'aura entre les mains.

Richard dégagea les mèches de cheveux sur le visage d'Aurore.

— Mais j'ai surtout peur pour vous, Aurore. Bien plus que pour moi. Aussi vous devez me promettre, sur ce que vous avez de plus cher, de m'obéir. Je ferai tout ce qui est en mon pouvoir pour vous protéger.

— Alors ne me demandez surtout pas de partir, plus maintenant.

— Tant que vous resterez près de moi, Aurore, Peterborough représentera un danger pour vous, vous m'entendez ?

Il parlait sur un ton inhabituel qui la glaça d'effroi.

— Que dites-vous ?

Richard évitait de la regarder pour ne pas se laisser attendrir.

— Je dis simplement que vous devez m'obéir. Quel que soit l'ordre que je vous donnerai.

Aurore secoua la tête.

— Je ne veux pas partir, Richard. Ne me prenez pas dans votre lit pour me rejeter ensuite.

Le visage de Richard se durcit.

— Une autre vie vous attend ailleurs, Aurore. Ce serait criminel de vous retenir ici. Je vais faire le nécessaire pour que votre retour à Londres se déroule sans problème et dans la plus grande sécurité.

— La seule chose que vous devez retenir maintenant, c'est que je vous aime, et que je ne peux plus me passer de vous.

Il se retourna pour la dévisager.

— Ce que je vois devant moi, c'est une jeune femme qui mérite mieux que ce que je peux lui offrir pour l'instant. Une jeune femme merveilleuse qui se trompe en pensant que je suis l'homme de sa vie. Savez-vous ce que j'ai fait, Aurore ? Savez-vous combien d'hommes j'ai déjà tués ?

— Je ne veux pas le savoir. Je crois simplement que vous aviez de bonnes raisons pour cela...

— Ecoutez-moi ! s'exclama-t-il en la secouant. Il y a des moments où j'ai effectivement cru bien faire, mais Peterborough est mon demi-frère et à ce titre, je dois réagir parfois comme lui, guidé par la même cruauté qui coule dans nos veines.

— C'est impossible. Vous ne ressemblez en rien à cet homme.

— Peut-être que si. Il faut regarder la vérité en face. Quelque part, nous nous ressemblons. Un jour, Isaac m'a dit que si je ne reprenais pas le titre des Blackwell, c'était uniquement pour jouir du plaisir de le faire souffrir. Et que cette torture que je lui impose me comblait plus qu'une place parmi les pairs du royaume. Il avait raison, Aurore. Il avait raison...

— Je refuse d'en écouter davantage, car vous vous trompez. Je vous aime et je serais incapable d'aimer un démon, n'est-ce pas suffisant pour vous convaincre ?

— J'ai tué un homme pour la première fois à treize ans, avoua-t-il avec peine, les traits tendus.

— Vous aviez une bonne raison de le faire, Richard.

— Qu'en savez-vous ?

— Cet homme essayait de vous brutaliser, n'est-ce pas ?

— Peterborough souhaitait ma mort pour hériter du titre familial. D'ailleurs, il m'a cru mort jusqu'à mon retour à Londres. Je lui ai alors rendu visite, j'avais l'intention de l'effrayer. Je lui ai raconté comment j'avais tué cet homme alors que je n'étais encore qu'un gamin. Je lui ai décrit avec beaucoup de détails les souffrances qu'il avait endurées avant de mourir. Et voulez-vous savoir quelle a été sa réaction ?

Aurore acquiesça, les larmes aux yeux.

— Il a répondu : « Très bien, je sais maintenant que nous sommes réellement des frères. »

Richard lâcha Aurore et se retourna. Ces aveux ne modifiaient pas les sentiments de la jeune femme. Elle s'allongea sur le dos de son amant, encerclant sa taille et recouvrant le dragon avec son corps comme pour l'anéantir à jamais.

— Tout cela ne change rien, Richard, murmura-t-elle.

— Je n'aurais jamais dû vous abuser. Vous méritez le meilleur des hommes, pas le pire d'entre eux. Vous devez rejoindre John. Il doit avoir tant à vous offrir.

— Mais vous prétendiez hier qu'il était dangereux que je rentre à Londres, coupa-t-elle, désespérée.

— C'est exact, mais je prendrai toutes les précautions nécessaires. Vous resterez à St. Georges chez Lisbeth le temps que je règle mes comptes avec Peterborough.

— Ne faites pas ça, Richard, je vous en supplie.

— Vous devez avoir la vie que vous méritez.

— Je me moque de John, je ne veux pas retourner à Londres ! Je n'ai plus rien à faire là-bas ! confessa-t-elle piteusement.

— Je n'ai pas toujours agi noblement durant mon existence, mais cette fois, vous ne m'empêcherez pas de vous épargner ! Vous posséderez un jour votre petite maison, vous vivrez une vie normale et agréable avec un mari affectueux et des enfants. C'est ce que vous souhaitez, Aurore, ne le niez pas. Moi, je ne suis pas l'homme de vos rêves. Il ne sortirait rien de bon de notre union.

« Mais on pourrait avoir un bébé, votre enfant ! » faillit-elle crier. Mais elle comprit en croisant le regard vert et glacé de Richard qu'il n'y avait aucun espoir. Il ne changerait pas d'avis.

— Je vous détesterai pour toujours si vous faites cela, Richard. Et je vous ferai regretter d'avoir pris cette décision.

— C'est tout ce que je souhaite, Aurore. Plus tard, vous comprendrez que j'avais raison. Et vous me remercierez même de ce choix.

— Je maudirai votre nom jusqu'à mon dernier soupir, jura-t-elle en évitant de le regarder pour qu'il ne remarque pas à quel point elle souffrait.

— Je suis prêt à parier que vous ne resterez pas longtemps seule.

Sans prévenir, il la prit dans ses bras et l'embrassa tendrement. Elle essaya de se dégager, bouleversée par ce baiser.

— Si je dois vous quitter, Richard, que ce soit tout de suite, implora-t-elle.

— Non, ma chérie. Profitons de nos dernières heures ensemble.

Sur ces mots, il commença à la caresser, réduisant à néant toute tentative de fuite. Elle savait qu'elle était incapable de lui résister, incapable de contrecarrer ses plans.

Elle ferma les yeux pour ne penser qu'au moment présent. Après que le plaisir les eut submergés l'un et l'autre, elle trouva la force de répéter ses menaces :

— Vous êtes un misérable et je vous détesterai toute ma vie pour ça, m'entendez-vous, Richard ?

Comme elle s'y attendait, il se mit à rire. Et son corps la trahit une nouvelle fois, répondant avec passion aux désirs de cet homme.

Dans quelques heures, ils allaient se séparer. Mais pour l'instant, ils oubliaient tout. Le temps n'avait plus d'importance pour eux.

26

Un coup retentissant contre la porte éveilla Aurore. Elle ouvrit les yeux et réalisa qu'elle était endormie au creux des bras de Richard, les mains de son amant posées intimement sur ses cuisses entrouvertes. Aussi surpris qu'elle, Richard sauta hors du lit et courut ouvrir, encore endormi et peu soucieux de sa nudité.

— Isaac! l'entendit-elle s'exclamer dans l'antichambre.

Des bribes de conversation lui parvinrent. Elle y décela une certaine tension. Sa crainte d'être découverte dans le lit de Richard s'estompa pour ne laisser place qu'à l'appréhension. Quelles mauvaises nouvelles pouvait apporter le capitaine?

Lorsque Richard réapparut, elle comprit qu'elle ne s'était pas trompée. Quelque chose de grave se préparait.

D'un geste, Richard avait enfilé son pantalon et il arpentait la pièce, l'air inquiet.

— Que se passe-t-il? se hasarda-t-elle à demander, relevant le drap sur sa poitrine.

— Un navire est à quai. D'après Isaac, il s'agit du *Merry Magdalene*.

— Vous connaissez ce bateau?

— Il appartenait à un mercenaire, un certain

Fontaine. Je n'aurais jamais pensé le voir ici au Mirage. Pourtant il est là, tout près de nous. Et je suis sûr que Peterborough est à bord.

Aurore ferma les yeux, terrifiée. Leurs vies étaient désormais en danger.

— Habillez-vous, ordonna-t-il.

Il s'installa à son bureau, rassemblant divers papiers et la carte maritime.

— Isaac s'occupe du *Seabravary*. Nous partons tout de suite, expliqua-t-il.

Aurore le regardait, paralysée à l'idée de bientôt le perdre. Jusqu'à présent, elle avait toujours évité de songer à ce moment. Maintenant que Peterborough arrivait sur l'île, une réelle menace planait sur eux.

Richard leva les yeux et la contempla : son visage si fin et si pâle tout à coup, ses somptueux cheveux défaits, ses frêles doigts serrant les draps. Il adoucit la voix pour répéter son ordre :

— Habillez-vous vite, mon amour. Je reconnais que c'est un réveil un peu brutal après une nuit aussi merveilleuse, mais je n'ai pas mieux à vous proposer.

Encore engourdie, Aurore se leva et enfila sa robe.

— J'ai bien peur que les événements ne prennent le chemin de vos prédictions, confessa-t-elle tristement. Je vous ai distrait de vos activités toute cette nuit, et maintenant nous allons en payer le prix.

— J'ai moi-même consenti à cette délicieuse distraction, Aurore. Vous n'avez rien à vous reprocher. Finissez vite de vous préparer, mon amour. Nous n'avons plus une minute à perdre.

Elle s'exécuta pendant qu'il se replongeait dans ses papiers. Elle noua habilement ses cheveux et s'apprêtait à quitter la pièce lorsqu'il l'appela.

— Où allez-vous, Aurore ?

— Chercher Koonga. Je ne peux pas l'abandonner là. Ben ne me le pardonnerait jamais, expliqua-t-elle.

— Où est-elle ?

— Dans ma chambre.

— Ne bougez pas. Peterborough est peut-être déjà chez vous et il ne devrait pas tarder à trouver mes appartements.

— Richard ? Est-elle prête ?

Surprise, Aurore se retourna. Isaac se tenait près d'eux. Pourtant, elle ne l'avait pas entendu arriver derrière elle.

— Où est Ben ? demanda Richard, apparemment peu surpris par l'apparition soudaine d'Isaac.

— Avec Lisbeth à St. Kitts. Le *Seabravary* nous attend à Basseterre.

— Comment pourrons-nous les rejoindre sans nous faire remarquer ? s'étonna Aurore.

— Ça, c'est le moindre de nos soucis, répondit Richard. Est-ce que les servantes ont évacué les lieux, Isaac ? Et Tsin aussi ?

— Ils sont tous partis, ne t'inquiète pas ! Par contre, nous avons deux blessés sur le *Resolute*. On a tiré sur eux. Je suis sûr que Blackwell essaie de nous impressionner.

Aurore frémit à ces mots. Deux hommes étaient déjà tombés. Elle était bouleversée à la perspective du danger imminent.

Richard tendit les cartes et quelques papiers à Isaac, puis glissa ensuite un pistolet dans son pantalon.

— Assure-toi que tout le monde est prêt sur le *Seabravary*, ordonna Richard. Je vous rejoins aussi vite que possible.

— Mais qu'as-tu donc encore à faire ici ? interrogea Isaac, persuadé que Richard ne réalisait pas la gravité de la situation.

— Oublierais-tu le singe de Ben ? rétorqua

Richard, légèrement moqueur dans le ton de sa voix. Il a trop d'admirateurs pour que l'on envisage de l'abandonner ici sans la moindre protection.

— Je pense que c'est une mauvaise idée, Richard. Tu ne vas tout de même pas risquer ta vie pour un singe. Tu sais bien que Peterborough est certainement dans la maison à présent.

— Non! coupa Aurore. C'est à moi de la retrouver, je suis responsable d'elle.

— Emmène-la, Isaac. Je vous retrouverai plus tard, décréta Richard sans prêter la moindre attention à la proposition d'Aurore.

Elle faillit hurler de fureur. Isaac fulminait, enragé par cette idée saugrenue. Mais il se résignait à exécuter les ordres.

— Venez, jeune fille. Nous allons rejoindre votre amie. Lisbeth s'inquiète beaucoup à votre sujet. Dépêchons-nous car nous avons une petite marche à effectuer avant d'être sur le bateau.

Aurore ne comprenait pas pourquoi elle devait encore et toujours obéir. Elle était désespérée de devoir se séparer de Richard. Qu'allait-elle devenir s'il lui arrivait malheur? Comment vivre sans lui?

— Non, Richard. Je reste avec vous.

— Ecoutez-moi, Aurore. Nous n'avons plus le temps de discuter. Vous m'aviez promis de me faire confiance. Il est l'heure de tenir votre promesse.

— Je vous en supplie, Richard.

— Faites ce qu'on vous dit. Et ne craignez rien, j'arrive aussi vite que possible.

Le capitaine la saisit par le bras et la poussa hors de l'antichambre. Elle n'avança qu'à contrecœur, fermement maintenue par Isaac.

— Richard! cria-t-elle. Je vous en prie, laissez-moi vous accompagner! Je ne veux pas vous perdre!

— Mais vous aviez l'intention de me haïr pour

toujours, souvenez-vous de vos paroles, Aurore! railla-t-il, amusé par ce caprice.

Aurore se débattait, tentant de faire demi-tour, mais Isaac n'était pas décidé à la lâcher. Malgré ses plaintes, il l'obligea à descendre l'escalier, laissant Richard derrière eux. Avant de disparaître, Isaac jeta un dernier coup d'œil à Richard qui se préparait déjà à l'inévitable combat avec Peterborough.

Les années dans la Casbah avaient donné un avantage à Richard sur tous ses ennemis, car il avait appris à se déplacer sans bruit, à profiter du moindre recoin pour se cacher. Il avançait donc prudemment le long des couloirs de la maison, attentif au moindre bruit, retenant sa respiration à la moindre alerte.

Pieds nus et agile, il se déplaçait comme un chat. Au détour d'un couloir, une vision d'épouvante lui barra le passage: un corps attaché et pendu aux chevrons du plafond semblait lui donner un avertissement. Ce crime portait une signature trop évidente, il n'y avait aucun doute sur l'identité de l'assassin. Richard coupa la corde qui retenait le corps et constata qu'il s'agissait d'un jeune Noir de Nevis. Ce garçon travaillait à son service depuis qu'il avait épousé une de ses servantes. Maintenant il était mort pour s'être trouvé au mauvais endroit, au mauvais moment. Ecœuré, Richard l'étendit dans un coin avant de poursuivre son chemin vers les appartements d'Aurore.

Il ouvrit silencieusement la porte. Koonga jouait dans la pièce apparemment vide et silencieuse. Richard s'engouffra à l'intérieur. Soudain, le singe sauta sur le bord du canapé en poussant des cris stridents. Il désignait selon toute évidence quelque chose dans un coin. Richard se pencha et se trouva nez à nez avec son demi-frère.

— Nous avons fini par nous retrouver, commenta Peterborough en sortant de sa cachette, un pistolet dans chaque main.

Les deux hommes se dévisageaient, aussi tendus l'un que l'autre.

— Josua, quel plaisir de te revoir enfin...

Richard s'exprimait avec autant de calme que possible.

— Je partage cette joie, répliqua son demi-frère sur un ton sarcastique. J'avais peur de ne pas te trouver dans ce splendide palais que tu as fait construire ici. Je suis ravi que tu sois venu à ma rencontre. Par contre, j'ai bien peur que tes habits ne conviennent pas pour la circonstance.

— Et quelle circonstance, s'il te plaît ?

— Tes funérailles, précisa froidement Peterborough.

— Comment peux-tu envisager cette solution ? Tu sais que la fille est avec moi. Penses-tu gagner la partie sans elle ? Je suis sur le point d'avoir l'émeraude et à l'instant précis où je la tiendrai dans mes mains, la malédiction s'abattra sur toi.

— Où est-elle ? Les servantes nous ont dit que ses appartements étaient ici.

— Nous ? Qui ça, nous ?

Peterborough ouvrit une petite porte dérobée. Derrière se dissimulait un grand jeune homme blond, qui tenait lui aussi un pistolet, mais d'une main tremblante.

L'ignorant, Richard se retourna vers le vicomte.

— Je suppose que vous avez obtenu ce renseignement du pauvre garçon que j'ai trouvé mort dans le couloir ?

— Hélas, il n'a pas coopéré assez rapidement.

— Qui aurait pu vous satisfaire, de toute façon ? demanda Richard en saisissant Koonga.

— Sale animal, il m'a trahi ! s'exclama Peterborough.

Comme si Koonga avait compris ces mots, elle se remit à siffler.

— Vous dégagez une mauvaise odeur, Josua. Et elle ne le supporte pas.

Le vicomte changea soudain de ton, irrité par les insultes de son frère.

— Où est-elle, Richard ? J'ai appris par Azzedine qu'elle était superbe. As-tu couché avec elle ?

Richard restait silencieux.

— Elle est si bien que ça ? Au point de te laisser sans voix. Merveilleux ! commenta le vicomte. J'ai justement besoin d'une femme pour le retour. J'avais oublié combien le trajet était long... et sans femme, on est réduit à certaines pratiques peu appétissantes, ajouta-t-il en lançant un coup d'œil à Alan.

— Qu'est-ce qui te fait imaginer que je vais te la livrer ?

— Crois-tu que je vais te laisser le choix, cher frère ?

— Alors je suppose que tu as décidé de me tuer ?

— Oui, mais si je te tue, je n'aurai jamais la fille.

— Exactement. Tu comprends vite !

— Donc, je te le demande une dernière fois : où est-elle à cette heure ?

— Elle n'est plus ici. Elle est en route pour retrouver l'émeraude.

— Elle connaît sa cachette ? s'écria Peterborough en pâlissant.

— Elle m'a effectivement révélé des renseignements utiles et précis, admit Richard.

— Cette pierre m'appartient, hurla Peterborough en menaçant Richard avec les pistolets.

Richard se contenta de rire. Il se retourna de manière à présenter le dragon au vicomte.

— Vas-y, Josua. Tue-moi, puisque tu en rêves depuis des années !

Peterborough fit quelques pas en arrière, surpris par le tatouage de son frère. Il voyait cette créature pour la première fois. Horrifié, paniqué, il donnait l'impression de se décomposer.

— Qu'attends-tu pour tirer, Josua ? Aurais-tu peur, tout à coup ? Est-ce ce dragon qui te paralyse ainsi ? Tu pensais peut-être que j'avais oublié le titre des Blackwell ? C'était une grave erreur...

Comme l'autre gardait le silence, Richard continua à le narguer :

— Alors, tu vas te décider, oui ou non ? Pourquoi hésites-tu ainsi ? Sans les pouvoirs de cette pierre, tu manques de courage, n'est-ce pas, sale bâtard ?

— Méfie-toi, conseilla Peterborough. Il est vrai que si je te tue, je ne verrai jamais la fille mais...

— Tu ne crois pas si bien dire, coupa Richard.

— Mais si je te tue, je n'aurai plus besoin de cette émeraude, y as-tu réfléchi ? poursuivit Josua.

Aussi vif que l'éclair et d'un geste brusque et précis, Richard désarma Alan et l'agrippa par le cou, le plaça devant lui pour se protéger de son adversaire.

— Allez, vas-y, Josua, tire maintenant !

— Nooon ! hurla Alan, terrifié.

— J'ai deux pistolets, Richard. Lorsque je l'aurai tué, je posséderai encore une chance de t'abattre, précisa Peterborough en visant les deux hommes.

— Alors, prie pour ne pas nous manquer !

— Je vous en supplie, je vous en supplie, ne tirez pas ! suppliait Alan.

A l'instant où Peterborough parut décidé à appuyer sur la détente, Alan se cacha le visage dans les mains en sanglotant.

Ecœuré par son comportement, Richard le poussa vers le vicomte. A moitié mort de peur, Alan s'effondra sur Peterborough. Richard profita de cette diversion pour quitter la pièce. Rapide et énergique, il eut tôt fait de se dissimuler dans un coin.

Derrière lui, Peterborough trébucha en voulant le saisir puis il reprit sa course, plus déterminé que jamais. Richard enjamba la mare de sang qui recouvrait le sol à l'endroit où Peterborough avait abattu le jeune Noir. Comme il s'y attendait, le vicomte ne remarqua pas cet obstacle et glissa sur le sol humide. Dans sa chute, il lâcha les deux pistolets.

Affolée par cette agitation, Koonga s'accrochait au cou de Richard. Le temps que Peterborough retrouve ses esprits, Richard avait disparu.

Couvert de poussière et de sang, le vicomte s'engagea dans la pièce voisine : plusieurs fenêtres entrouvertes lui offraient diverses possibilités de poursuite. Il venait de pénétrer dans les appartements de Richard. Après un rapide état des lieux, un objet scintillant sur les draps attira son attention. Il le saisit et fut surpris de découvrir un médaillon orné du blason des Blackwell. Il parvint rapidement à l'ouvrir et, à sa grande satisfaction, découvrit l'inscription à l'intérieur. Il n'arrivait pas à croire à sa chance : il venait de tomber sur ce qu'il cherchait depuis des mois.

Un grand rire retentit alors dans Dragonard abandonné.

27

Après avoir laissé Richard derrière eux, Isaac et Aurore empruntèrent un passage à l'intérieur d'une superbe grotte tapissée de coraux aux couleurs exceptionnelles et quittèrent ainsi le Mirage sans se faire remarquer. Ils marchèrent plusieurs minutes dans ce souterrain avant de réapparaître sur les plages de St. Kitts. Ils s'installèrent à bord du *Seabravary* et attendirent avec beaucoup d'inquiétude l'arrivée de Richard et de Koonga. Aurore ne se détendit que lorsqu'elle les aperçut enfin. Ils échangèrent un regard mais le temps pressait : Richard remit Koonga à Ben et se rendit immédiatement sur le pont supérieur pour superviser les manœuvres de départ. Lisbeth conduisit Aurore dans sa cabine et elles s'installèrent pour prendre le thé.

— Que se passe-t-il, mon enfant ? Vous êtes bien silencieuse, quelque chose ne va pas ? demanda Lisbeth.

— Pardonnez-moi, Lisbeth. J'étais ailleurs...

— Richard ? supposa judicieusement la veuve après avoir avalé une gorgée de thé.

— J'ai bien peur que le pire ne se soit déjà produit, Lisbeth. Je suis tombée amoureuse de lui.

Aurore ne pouvait cacher davantage ses sentiments. Et elle avait besoin de se confier.

— Rassurez-vous, Aurore. Ce n'est pas le *pire* qui vous est arrivé !

Surprise par cette remarque, Aurore interrogea la veuve du regard.

— Avez-vous pris des risques ? insista Lisbeth.

— Je ne comprends pas de quoi vous voulez parler, répondit Aurore.

— Je veux dire, voyons, comment vous expliquer... Etes-vous sûre de ne pas attendre un bébé ?

— Mais... mais... je ne sais pas, bégaya Aurore. Je n'ai pas pensé à ce problème.

— Il n'est jamais trop tôt pour envisager cette éventualité, mon enfant. Il est même préférable d'y songer avant.

— Vous pensez que j'ai terni ma réputation en aimant cet homme et qu'il m'a déshonorée lui aussi ?

— Non ! Non ! Pas du tout, ma chérie, assura Lisbeth. J'estime que vous êtes une vraie lady et que vous le resterez, quelles que soient les conséquences de vos actes, mais...

— Oh, j'ai bien compris, Lisbeth... Je n'aurais jamais dû quitter l'orphelinat. J'ai commis une énorme bêtise en abandonnant tout.

— Mais vous allez venir avec moi à St. Georges maintenant, qu'en pensez-vous ? Vous ne souhaitez tout de même pas retourner à Londres, dans ce misérable endroit ? Enfin, pardonnez-moi, Aurore, de tenir de tels propos, mais je crois que vous méritez d'être heureuse. Vous trouverez un homme digne de vous et vous l'épouserez ! Vous êtes trop exceptionnelle pour accepter de partager votre vie avec un pirate sans foi ni loi ! Même Isaac n'abuse pas d'une femme de cette façon, avoua-t-elle.

Essoufflée et surprise par sa propre confidence, Lisbeth finit par se taire. Puis, après un long silence, elle se repentit de s'être laissé emporter.

— Mon Dieu, Aurore, que devez-vous penser de moi ?

— Mais rien de mal, Lisbeth. Ce terrible voyage nous a conduites à agir et à réfléchir différemment, nous ne sommes pas responsables de ces changements... Est-ce qu'Isaac compte vous épouser ? demanda-t-elle après un instant d'hésitation.

— Je l'ignore, mais en tout cas il ne m'aurait jamais abandonnée avec un enfant sur les bras, ça c'est sûr ! Si vous saviez dans quelle situation je me trouve. Je n'avais jamais songé qu'un autre homme pourrait un jour s'intéresser à moi. Je ne pensais pas trahir la mémoire de mon mari, mais Isaac est si attentionné, si doux...

Lisbeth s'essuyait le front avec son mouchoir, troublée.

— C'est formidable, Lisbeth, répliqua Aurore. Et je vous remercie de m'avoir mise en garde à propos d'un éventuel bébé.

— J'ai agi dans votre intérêt, ma chère. Je sais que je ne me suis pas moi-même comportée dignement en succombant aux avances d'Isaac. Mais en ce qui me concerne, je ne risque pas d'avoir un bébé. Par contre, vous, vous prenez un risque chaque fois que vous couchez avec Richard. Je préférais vous en avertir.

— Il n'y aura pas de bébé, Lisbeth. J'en suis sûre.

— La seule façon d'éviter ça, Aurore, c'est d'éviter son lit. Je ferai tout pour qu'il vous laisse tranquille pendant ce voyage.

— Je ne suis pas vraiment certaine qu'il appréciera votre intervention, commenta Aurore.

— Ecoutez-moi, jeune fille. Ou il vous laisse tranquille, ou il vous épouse. Il n'aura pas d'autre choix possible.

— Vous ne pourrez jamais obliger un homme

comme Richard à vous obéir! Et vous ne pourrez l'empêcher de m'aimer si tel est son désir.

— Je me charge de réussir cette mission, Aurore.

Elle allait poursuivre lorsqu'un rire puissant l'interrompit. Surprises, elles se retournèrent et découvrirent Richard, dans l'embrasure de la porte. Il les écoutait depuis apparemment un bon moment.

— Qui vous a permis de pénétrer dans ma cabine sans y être invité? s'exclama Lisbeth en s'avançant vers lui, l'air menaçant. Et depuis combien de temps êtes-vous là?

— Rassurez-vous, je ne suis là que depuis deux ou trois petites minutes.

— Vous en avez donc suffisamment entendu pour savoir ce que je pense de votre comportement à l'égard d'Aurore. Vous n'êtes qu'un goujat!

— Mais vous m'accusez comme si je l'avais obligée à m'aimer, Lisbeth. Réfléchissez, je vous en prie.

— Vous avez abusé d'elle, vous vous êtes servi de son inexpérience, de son innocence. Vous avez profité de la situation.

Etonné par cette avalanche de reproches, Richard se tourna vers Aurore.

— Est-ce aussi votre sentiment, Aurore?

La jeune femme n'avait pas envie de lui répondre. Les événements s'étaient précipités, enchevêtrés les uns dans les autres, et elle ne savait plus très bien ce qu'elle ressentait à ce moment précis. Elle lui en voulait de l'avoir confiée à Isaac ce matin, d'être parti en la laissant avec son inquiétude. Elle était même déterminée à ne plus passer une seule nuit dans le lit de cet homme, sachant qu'il la laisserait aux Bermudes sans même un adieu.

— Vous l'avez séduite, intervint Lisbeth.

— C'est peut-être l'inverse, madame Lindstrom. Avez-vous songé à cette possibilité?

Lisbeth le foudroya du regard, incapable d'envisager une telle éventualité.

— Suivez-moi, jeune fille, ordonna-t-il à Aurore. J'ai besoin de m'entretenir avec vous. Nous pourrions aller dans ma cabine.

— Elle n'ira nulle part avec vous, s'interposa Lisbeth. Elle restera chez moi. Si vous avez besoin de lui parler, vous devrez vous accommoder de ma présence, car j'ai désormais l'intention de la chaperonner.

Richard la considéra, ébahi. Mme Lindstrom perdait-elle la tête ?

— J'ai l'intention de vous faire respecter mes ordres, assura-t-elle. Je me battrai pour la protéger !

— Madame, désolé de vous décevoir mais je crains que vous n'ayez pas la force de vous opposer à moi, répliqua-t-il, amusé par ce déploiement d'énergie.

— Vous ne l'emmènerez pas chez vous, hurla-t-elle en saisissant la pauvre Aurore par la taille.

— Maintenant ça suffit ! menaça Richard. Je souhaite discuter seul avec Aurore, et rien ni personne ne m'en empêchera. Allez-vous nous laisser passer, madame Lindstrom, ou serai-je obligé d'employer la force pour obtenir satisfaction ?

Lisbeth pâlit, enragée par ce manque de courtoisie.

— Vous n'êtes qu'un monstre. Vous n'avez donc aucune éducation ?

— Eh bien non ! Désolé !

Richard n'était aucunement impressionné par les appréciations de la veuve. Il s'avança afin de libérer Aurore de cette protection maternelle un peu trop envahissante à son goût. Il souleva Lisbeth et la déposa quelques mètres plus loin. Il voulut alors prendre la main d'Aurore, mais à sa grande surprise, la jeune fille se déroba.

— Lisbeth n'est pas la seule à ne plus souhaiter votre présence ici, décréta-t-elle en s'efforçant d'être ferme.

— Bravo, Aurore! siffla Lisbeth dans son coin.

Plissant les yeux et dévisageant sa jeune maîtresse, Richard se contenta de répéter ses ordres:

— Vous allez me suivre, Aurore! Et vous resterez dans ma cabine jusqu'à St. Georges. Je ne reviendrai pas là-dessus. Alors vous me suivez ou je vous y conduis de force, à vous de choisir!

— Je n'ai pas envie de partager votre cabine. Je ne le ferai pas de bon cœur.

— Peu m'importe.

Sur ce, il l'attira contre lui et la souleva avant de l'installer sur ses épaules. Lisbeth se mit à crier et Aurore à donner des coups de poing, mais sans résultat. Rien ne pourrait l'arrêter.

Lorsqu'il l'installa chez lui, la tension était extrême et le silence pesant. Aurore était si contrariée qu'elle garda le silence. Elle le regardait comme s'il avait la peste.

— Asseyez-vous, ordonna-t-il.

Comme elle refusait d'obtempérer, il la poussa rudement sur le canapé.

— Je veux savoir où est le médaillon, Aurore.

— Est-ce pour cela que vous me séquestrez à nouveau?

Aurore comprit à son expression que l'heure n'était pas à la plaisanterie. Richard paraissait réellement en colère. Instinctivement, elle passa la main autour de son cou.

— Il était sur le lit, la dernière fois que je l'ai vu, balbutia-t-elle.

Une terrible pensée lui traversa l'esprit.

— Est-ce que Peterborough l'aurait trouvé?

Richard ne répondit pas à la question. Il cherchait frénétiquement dans ses papiers.

— Je m'en veux, nom d'un chien! J'aurais dû y penser avant de quitter la maison. Ce n'est pas mon genre d'oublier des choses aussi essentielles.

Ne sachant quoi dire, Aurore l'observait pendant qu'il dépliait avec soin les diverses cartes posées sur son bureau.

— Est-ce que Peterborough serait en mesure de décrypter les couplets de la comptine? demanda-t-elle, inquiète.

— Sans votre aide, j'en doute fortement.

Richard scrutait chaque continent. Il y avait mille endroits possibles pour chercher cette maudite émeraude.

— Faisons le bilan de ce que nous savons déjà, proposa-t-il en rejoignant Aurore sur le canapé.

— Pourquoi ne pas oublier cette pierre, Richard? Nous sommes libres d'aller où bon nous semble maintenant.

— Parlez-moi de votre père. Essayez de vous rappeler le moindre détail le concernant.

Abattue, Aurore se replongea dans son passé.

— Nous habitions donc à l'est de Londres. Mon père était né à St. Mary. Je me souviens du splendide hôtel particulier des Carlton. Je me souviens de belles dames en robes de satin. De mon père qui admirait et qui convoitait leurs beaux bijoux. Et de cette comptine qu'il ne cessait de me réciter.

Aurore ouvrit les yeux, Richard était toujours à sa table de travail, les traits tirés. Elle ignorait combien de temps elle avait dormi, plusieurs heures probablement car les premières lueurs de l'aube apparaissaient. Richard s'était certainement moins reposé qu'elle.

— Vous n'y parviendrez pas comme ça, commenta-t-elle.

Richard leva les yeux, surpris par sa voix.

— Comment, « comme ça » ?

— Sans dormir, sans manger, ni boire. Vous ne résisterez pas longtemps.

— Je réussirai, ne vous inquiétez pas.

— Très bien, mais prenez d'abord un peu de café que Ben a eu la gentillesse de nous apporter, et ensuite j'irai vous chercher quelque chose en cuisine.

— Qu'est-ce qui me vaut tant de sollicitude de votre part ? s'étonna-t-il.

— Vous paraissez décomposé, voilà la raison.

Son air contrarié la fit sourire et sans attendre, elle lui tendit une tasse. Elle était sur le point de quitter la cabine lorsqu'elle sentit qu'il lui saisissait le bras puis encerclait amoureusement sa taille.

— Ne partez pas, je n'ai pas faim, dit-il en l'attirant contre lui.

— Mais vous devez manger.

— Ce n'est pas de nourriture que j'ai besoin en ce moment, chuchota-t-il à son oreille.

Elle résista lorsqu'il l'entraîna vers le lit.

— Non, Richard, vous allez gaspiller vos dernières forces.

— Quelle meilleure façon de se ressourcer, ne trouvez-vous pas, ma chérie ?

— Non, implora-t-elle.

Ignorant ses plaintes, Richard déboutonnait déjà son pantalon. Il se coucha sur elle et s'empara aussitôt de sa bouche, lui imposant son désir puissant et indomptable.

— Dans quelques heures, je serai peut-être mort, Aurore.

— Richard, parvint-elle à murmurer entre deux

baisers. Abandonnez cette poursuite. Laissez Peterborough chercher seul cette pierre.

Richard interrompit cette charmante plaidoirie en l'embrassant avec une fougue inattendue. Il était vain de vouloir changer ses plans. Elle le savait mais elle ne parvenait pas à se résoudre à le perdre à jamais.

Après une dernière tentative, Aurore se laissa aimer, et tous deux furent emportés dans un autre monde entre ciel et terre.

28

Le lézard rusé s'assit en souriant.
Ses yeux étaient tournés vers l'océan.
Je connais le chemin,
Mais ne peux te l'indiquer.
Mon nom te donnera la direction.

Ils voyageaient vers le nord. Aurore passait ses journées en compagnie de Lisbeth et ses nuits avec Richard. Ils s'aimaient des heures entières, se découvraient un peu mieux à chaque étreinte, et ne s'assoupissaient qu'à l'aube. Les jours, les semaines se succédaient et Richard déployait toujours plus d'énergie pour retrouver l'émeraude. Aurore restait près de lui : il étudiait avec détermination ses cartes, espérant trouver enfin la solution à cette énigme.

Un soir, tard dans la nuit, Aurore vit Richard se lever et s'installer à son bureau. Intriguée, elle s'assit sur le lit afin de suivre ses moindres mouvements. Elle réalisa soudain qu'ils atteindraient bientôt St. Georges et qu'elle aurait toutes les peines du monde à le quitter. Comment continuer à vivre sans son amour ? Sans ses baisers et ses caresses ? Dans quelques jours, elle allait le perdre peut-être pour toujours. Pourtant il lui arrivait parfois de douter de ses sentiments, particulièrement lorsqu'il était si absorbé dans son travail de recherche, l'air distant, fatigué et aigri.

— Est-ce que je demande à Ben de nous apporter quelque chose à manger ? proposa-t-elle.

— Comme vous voulez, répondit-il.

Pensif, Richard se servit un verre de brandy avant d'aller prendre l'air près du hublot entrouvert. Une brise montait de l'océan et le navire avançait paisiblement.

— Elle est quelque part dans cette immensité, affirma-t-il froidement comme pour se rassurer.

— C'est possible.

— Finalement, s'il la trouve le premier, nous aurons au moins gagné votre sécurité.

— Pourquoi vous faire du mal en songeant à cette possibilité ? Pourquoi ne pas oublier définitivement cette Etoile ?

Le regard que lui lança alors Richard la glaça d'effroi.

— Je n'abandonnerai jamais la partie, Aurore. Jamais, vous m'entendez ! Quel que soit le risque, je me battrai jusqu'au bout ! jura-t-il, furieux.

— Peterborough est capable de choses monstrueuses, vous le savez... Mais vous vous êtes amplement vengé depuis votre enlèvement, depuis qu'on a tenté de vous vendre comme esclave, non ? Alors je ne comprends pas votre ténacité dans ce combat. Peterborough ne sera pas forcément le vainqueur si vous abandonnez la partie.

Richard contemplait à nouveau l'océan. Il était terriblement beau dans cette attitude. Mais au-delà de son physique, Aurore était surtout émue et touchée car il paraissait seul au monde et abandonné, presque abattu. En réalité, c'était bien ce qui l'avait attirée en lui la première fois. Et l'ardeur du dragon l'avait peut-être aussi séduite. Elle l'aimait de toute son âme... Une larme roula sur sa joue.

— Richard, je sais que je vais bientôt vous perdre. Dites-moi quoi faire pour éviter cela? Je serais capable de tout pour vous garder près de moi.

Elle ne put en dire davantage, l'émotion lui brisait la voix. Elle aurait tant aimé le convaincre d'oublier cette Etoile.

— Appelez Ben et commandez notre repas, répondit-il, ignorant sa requête.

— Bien sûr, Richard. A quoi est-ce que je pensais? Il vaut mieux que je regarde ailleurs et dans une autre direction!

— Que dites-vous? demanda-t-il en la retenant par la main.

— Que je ne suis qu'une idiote et que je ferais mieux de partir, déclara-t-elle en refusant de le regarder.

— Aurore, rappelez-moi l'endroit où est né votre père?

— Hugh Town.

— St. Mary, vous voulez dire?

— Oui, acquiesça-t-elle en s'enroulant dans le drap.

— St. Mary dans les îles Scilly, c'est bien ça?

— Oui.

Soudain, une évidence lui traversa l'esprit. Mais bien sûr, la comptine indiquait la direction de ces îles, comment n'avait-elle pas fait le rapprochement? Elle se pencha sur les cartes et repéra les îles Britanniques. Richard désignait avec son doigt le sud-est de l'Angleterre. Il s'arrêta sur le cap Lizard — la pointe du Lézard — proche de ces fameuses îles. «Mon nom te donnera la direction.»

Comment n'y avaient-ils pas songé plus tôt ? Et à côté de Hugh Town, à l'est de l'île, se trouvait le promontoire de St. Michael. Tout devenait logique.

— Mon Dieu ! s'écria Aurore. Le prénom de mon père. Se pourrait-il qu'il vive encore là ? L'ai-je enfin retrouvé ?

— Il est probablement mort, Aurore, l'avertit Richard en la prenant dans ses bras. Ne croyez pas à un miracle, ma chérie. S'il vivait encore, il se serait arrangé pour vous en informer.

— Mais nous devons garder l'espoir ! Depuis toutes ces années, il se peut qu'il m'ait oubliée...

Aurore était subitement excitée par cette nouvelle idée. Richard comprit qu'il devait la calmer. Il lui prit les mains pour l'obliger à moins s'agiter et à l'écouter.

— Il n'y est certainement plus, Aurore. Croyez-moi, sans cela, il ne vous aurait pas oubliée !

— Je vous en supplie, Richard. Ne me laissez pas à St. Georges. Allons sur cette île. Je veux constater par moi-même qu'il est bien mort. Nous n'avons plus le temps de nous diriger vers les Bermudes. Si nous mettons immédiatement le cap sur St. Mary, nous avons de bonnes chances de trouver l'émeraude avant Peterborough, plaida-t-elle habilement.

Elle sentit que Richard était sur le point de céder.

— Je vous en prie, je veux venir avec vous. Je ne pourrai jamais vivre en paix autrement. Si vous refusez, je me débrouillerai seule mais je reviendrai explorer ces îles.

— Mais votre père est mort, Aurore. J'en suis sûr.

— Je ne le croirai que lorsque je le verrai gravé quelque part.

— Cela ne servira qu'à vous briser le cœur. C'est inutile, Aurore.

— Peut-être, mais je tiens à essayer. Ne m'en empêchez pas.

— Très bien, soupira-t-il enfin. Vous nous suivrez. Nous ne passerons pas par les Bermudes.

Aurore se mit à danser de joie à travers la pièce. A la seule idée de revoir peut-être son père, elle retrouvait toute son énergie et irradiait soudain de bonheur.

Le drap glissa à terre et Aurore apparut nue devant son amant, ému par tant de grâce et de spontanéité. Il ne résista pas au plaisir de l'embrasser, heureux de son enthousiasme. Cette nuit-là fut encore plus merveilleuse que les précédentes...

— Fontaine nous a avertis que le *Seabravary* avait changé d'itinéraire. Il ne se dirige plus vers les Bermudes. Il met le cap sur l'Angleterre, annonça Alan à son patron.

— Ils ont sûrement découvert où était cachée l'Etoile. Mais je ne sais pas exactement où ils vont chercher, constata Peterborough en examinant une nouvelle fois le médaillon.

— Vous ne parvenez toujours pas à déchiffrer les vers, ils n'ont aucun sens ?

Il y avait comme une pointe de satisfaction dans la voix du jeune homme.

— J'y parviendrai avec l'aide de la fille de Dayne, déclara le vicomte. Il me la faut à tout prix. Nous les rattraperons coûte que coûte.

Agacé, Peterborough enferma le médaillon dans sa main et abandonna Alan sur le pont.

En moins de trois semaines, le *Seabravary* atteignit le port brumeux de Hugh Town. Aurore n'en finissait pas de scruter la côte, parsemée d'anciens cimetières celtes. Peut-être son père y était-il enseveli ? Un frisson d'angoisse lui parcourut les reins.

Richard ne cessait de la surveiller, attentif à ses moindres mouvements et désolé de n'avoir pu modérer son enthousiasme. Pour lui, elle se faisait des illusions. Il était fort peu probable que Michael Dayne fût encore en vie.

— Penses-tu que Dayne est quelque part sur cette île ? demanda Isaac en rejoignant Richard. Il ne doit pas y avoir plus d'une centaine d'habitants ici. S'il est vivant, nous devrions le localiser sans problème.

— Il est mort.

— Comment peux-tu en être aussi sûr ?

— Mais regarde-la, Isaac. Si tu possédais une fille aussi belle, crois-tu que tu l'abandonnerais définitivement dans un orphelinat sans lui rendre visite une seule fois ?

Aurore était effectivement resplendissante. L'espoir et la joie, la brise aussi, coloraient joliment ses joues, et ses cheveux brillaient dans la brume matinale.

— Comment comptes-tu la convaincre qu'il a disparu ?

— Elle s'en rendra compte elle-même. Combien d'avance avons-nous sur Peterborough ?

— Tu sais aussi bien que moi qu'il pourrait déjà être là. Nous avons perdu un temps précieux.

— J'espère que non, ce serait terrible pour nous tous ! Isaac... j'ai un grand service à te demander.

— Ce que tu voudras, Richard. Tu sais que je ne te refuse jamais rien.

— Alors promets-moi, si je dois mourir ici, de t'occuper d'Aurore et de faire en sorte qu'elle retrouve une vie normale.

— Pourquoi envisager le pire ? Qu'est-ce qui te permet de dire une telle chose ? s'inquiéta Isaac.

— Parce que j'ai commis une grosse erreur. J'ai oublié le médaillon à Dragonard et c'est comme si le destin se retournait contre moi. Peterborough a probablement la solution. Je suis impardonnable !

— Tout le monde fait des erreurs dans la vie, Richard.

— Jure-moi de la protéger. Elle avait un fiancé à Londres. Elle n'aura qu'à l'épouser... elle mérite une vie meilleure.

Richard fut incapable d'aller plus loin, troublé par cette idée. Aurore pourrait-elle vraiment aimer un autre homme ?

— Je te promets de m'occuper d'elle, Richard. Tu peux te reposer sur moi. Mais je demeure confiant, tu es plus fort que Peterborough. Il n'a ni ta force, ni ta finesse. Il pliera, j'en suis certain. Des hommes comme lui finissent toujours par perdre.

Richard se mit à rire nerveusement, puis préféra changer de sujet de conversation.

— Quels sont tes projets pour plus tard, Isaac ? Vas-tu enfin prendre en main cette adorable veuve, ou comptes-tu lui courir après jusqu'à la fin de tes jours ? plaisanta-t-il.

— Je pense l'avoir déjà domptée, Richard. Je ne pensais plus pouvoir aimer qui que ce soit après avoir perdu Rachel. Pourtant, je crois bien aujourd'hui que je suis à nouveau tombé amoureux. Cela peut paraître ridicule à mon âge, mais j'espère que nous resterons ensemble.

Richard sourit à son ami, ravi de cette nouvelle. Ayant entendu des éclats de voix, Aurore se retourna et croisa le regard puissant et profond de son amant.

Isaac les observait, ému par cet amour qu'il lisait dans leurs yeux.

— Tu pourrais toi aussi envisager de te marier, Richard. Ce serait une bonne chose pour vous deux.

— J'y ai déjà songé. Mais avant toute chose, je dois retrouver cette Etoile.

29

St. Michael Bluff était un mont escarpé surplombant la mer et exposé à des vents glacés. La lande était désertique et aride, de telle sorte que seuls quelques moutons faméliques parvenaient à trouver un peu de nourriture sur les flancs de cette colline. Des mouettes aux cris perçants accompagnaient les quelques visiteurs.

Soudain, un homme découvrit un rocher de forme bizarre qui émergeait au sommet du mont. Une petite boîte en fer-blanc complètement abîmée gisait là, nichée dans la falaise, partiellement camouflée par des cailloux. L'un des hommes la ramassa et tenta de l'ouvrir, non sans difficulté.

Quelques minutes suffirent pour briser le petit cadenas. A l'intérieur, il y avait une simple note sur laquelle on pouvait lire :

Seulement ma fille la trouvera.
Michael Seamus Dayne.

De rage, Peterborough froissa le papier. Ses hommes l'observèrent, angoissés. Serrant les poings, il hurlait comme un fou. Il avait réussi à déchiffrer la comptine, mais il lui manquait l'essentiel : Miss Dayne !

— Je vous en prie, Richard, emmenez-moi avec vous. Si l'émeraude est sur ce mont depuis tant d'années, qu'est-ce que cela changera de patienter quelques heures de plus ? implorait Aurore.

Elle s'agrippait au bras de Richard qui s'apprêtait à débarquer avec quelques matelots.

— Quand je serai sûr qu'il n'y a aucun danger, vous m'accompagnerez, Aurore, c'est promis. Mais pour l'instant, je préfère que vous restiez à bord du *Seabravary*.

Déçue, Aurore scrutait les quais. Seule une petite taverne donnait un peu de vie à cet endroit froid et désert.

— Qu'imaginez-vous, Aurore ? Débarquer dans cette taverne et interroger les gens au sujet d'un homme disparu depuis une quinzaine d'années ? Je crois que vous rêvez un peu trop.

— Mais Richard, essayez de me comprendre. C'est pour moi l'unique espoir de revoir mon père. Si vous saviez ce que cela représente pour moi...

— Je sais à quel point c'est important pour vous, mon amour. Vous n'avez pas besoin de me l'expliquer davantage. Mais je n'ai pas l'intention de passer ici plus de temps que nécessaire. Peterborough est probablement sur l'île à présent, et il ne serait pas prudent de chercher votre père avant d'avoir retrouvé l'Etoile. Je suis désolé, Aurore, mais il y va de notre sécurité.

— D'accord, mais que se passera-t-il si nous ne retrouvons pas l'Etoile ? Devrais-je du même coup abandonner tout espoir de revoir mon père ?

— Si l'Etoile est sur ce mont, je la trouverai et je vous promets qu'ensuite nous ferons tout pour vous aider, assura-t-il en caressant la joue de la jeune fille.

— A vrai dire, j'ai peur pour vous, Richard. Et si, pendant que vous cherchez l'Etoile de votre côté, j'enquêtais sur mon père ? Nous perdrions moins de temps et nous prendrions moins de risques. Qu'en pensez-vous ?

— C'est hors de question ! Je vous ai fait une promesse, je la tiendrai. Mais pour l'instant, vous ne bougez pas du bateau, c'est un ordre !

Après lui avoir donné un tendre baiser, Richard débarqua avec quelques-uns de ses meilleurs compagnons. Aurore le regarda s'éloigner avec tristesse.

— Le capitaine vous demande, miss.

Ben venait de rejoindre Aurore avec la petite Koonga, accrochée comme toujours à ses épaules.

— Où est-il ?

— Dans la cabine de Mme Lindstrom. Ils prennent le thé et vous invitent à vous joindre à eux.

Aurore jeta un coup d'œil à la taverne, dont l'enseigne crissait, agitée par la brise matinale.

— Richard n'aura jamais le temps de rechercher mon père. Je dois m'en occuper personnellement, Ben. Je vais profiter de son absence pour descendre enquêter.

— Non, miss, il ne faut pas lui désobéir ! Il me tuera s'il sait que je vous ai laissée partir...

— Ben, je dois y aller. C'est plus fort que moi.

— Non, miss, supplia-t-il tandis qu'elle débarquait déjà.

— Ne vous en faites pas, Ben. Je serai de retour bien avant Richard, cria-t-elle.

Totalement désemparé par l'attitude et la détermination d'Aurore, Ben comprit qu'il n'avait d'autre choix que de la suivre.

Aurore n'était jamais entrée dans une taverne. Elle fut surprise par l'ambiance malsaine qui régnait dans la salle, sombre et poussiéreuse. Quelques hommes attablés buvaient d'un air maussade. Aurore choisit de s'adresser au patron.

— Pardonnez-moi, monsieur, mais je recherche quelqu'un et je pensais pouvoir trouver un peu d'aide ici, commença-t-elle.

L'homme la dévisagea avec méfiance et s'appuya au bar avant de lui répondre.

— Je ne crois pas que vous sonnez à la bonne adresse, ma poulette. Nous voyons passer pas mal de monde par ici... Qu'est-ce qu'une petite beauté comme vous vient trafiquer dans le coin ?

Aurore ne sut quoi répondre, ni comment expliquer sa situation. Par chance, Ben l'avait rejointe et prit la parole :

— Méfiez-vous, sale individu, vous vous adressez à une lady : Miss Aurore Dayne. Et si vous continuez à employer ce ton, le propriétaire du *Seabravary* en personne se fera un plaisir de vous rendre une petite visite, menaça-t-il.

Sur le point de boire une gorgée de bière, le tavernier avala de travers puis se mit à tousser et à cracher.

— Comment ? Le propriétaire du *Seabravary*... le Dragon en personne, vous voulez dire ? bégaya-t-il.

— Parfaitement, confirma Ben, très sûr de lui.

Aurore était amusée par cette scène. Elle n'aurait jamais cru Ben capable d'une telle assurance.

— Bien, miss. Qui cherchez-vous exactement ?

L'homme lui parlait tout à coup avec plus de douceur. Impressionné, il ne frottait plus son gros nez avec le revers de sa manche mais avec son tablier.

— Je cherche mon père, Michael Dayne. Il est né à Hugh Town et j'ai toutes les raisons de croire qu'il a pu revenir ici.

— Dayne... répéta le tavernier. Ce nom ne me dit rien.

Déçue, Aurore s'apprêtait à le remercier lorsqu'il la rappela.

— Il y a bien un homme qui est venu ici, il y a de ça quelques années...

— Comment s'appelait-il ?

— Je ne sais plus.

— Mais qu'est-ce qui vous a fait penser à lui ?

— Ce type avait la même couleur de cheveux que vous, miss.

Aurore n'en croyait pas ses oreilles. Elle était donc sur la bonne voie.

— Miss, coupa Ben, nous devons retourner sur le bateau. Richard viendra discuter avec lui plus tard. Mais pour l'instant, ce n'est guère prudent de s'attarder ici.

— Non, attendez, Ben, je vous en prie ! Qu'est-il arrivé à cet homme ? demanda-t-elle au tavernier.

— Il a mystérieusement disparu au bout de cinq ans. Et personne ne l'a regretté ici. C'était un fou, miss. Il passait son temps à boire et ne parlait à personne. Un ours ! On lui avait plusieurs fois conseillé de rentrer chez lui mais il s'obstinait à rester ici.

— Ô mon Dieu ! s'exclama Aurore. Et d'après vous, il est reparti ?

Aurore était si émue qu'elle s'agrippait au bras de Ben afin d'y puiser un peu de courage.

— N'y comptez pas trop, petite demoiselle. Je pense plutôt qu'il est mort. Pourtant, personne n'a retrouvé son corps, alors... on ne sait pas trop ce qu'il est devenu. Il parlait sans arrêt d'une Etoile. C'était un pauvre diable.

— Pas du tout ! hurla Aurore. Ce n'est pas possible...

Aurore avait le cœur gros d'entendre ce portrait peu flatteur de son père. Que s'était-il passé pour qu'il change autant ? Il avait déjà été très pénible pour elle d'apprendre qu'il était un voleur, et elle devait maintenant accepter cette déchéance. Il semblait bien que ses dernières heures avaient été celles d'un mendiant, seul et rejeté de tous. L'imaginer assis à l'une des tables de cette taverne la bouleversait complètement. Elle ravala des larmes de rage et de tristesse.

— Où habitait-il ? poursuivit-elle.

— On ne l'a jamais trop su. A vrai dire, je crois qu'il s'abritait près des tombes celtes dans le labyrinthe.

— Où est ce labyrinthe ?

— Sur la montagne, derrière les ormes, miss, précisa-t-il en indiquant avec son doigt la direction du mont St. Michael.

— Merci beaucoup, murmura Aurore.

Puis elle sortit rapidement de la taverne, suivie de près par Ben.

— Où allons-nous ? interrogea Ben, déjà inquiet. Nous devons retourner sur le navire, vous le savez bien !

— Je dois le retrouver. Même mort. Je n'ai pas de temps à perdre, Ben. Richard sera bientôt de retour et je veux me rendre compte par moi-même de ce qui a pu lui arriver.

— Mais miss, je ne peux pas vous accompagner sur cette colline !

Aurore se retourna, Koonga s'agitait sur les épaules du jeune garçon.

— Désolée, mais je dois y aller. Retournez à bord et ne parlez de rien. Avec un peu de chance, personne ne s'apercevra de mon départ.

— Je ne peux pas faire ça, miss. Je ne peux pas vous laisser seule ici.

— Ecoutez-moi, Ben ! Il n'y a pas d'autre solution, ordonna-t-elle sèchement.

Elle était pourtant gênée de le mettre dans une

telle situation et comprenait son embarras et ses craintes. Mais elle le foudroya du regard, ignorant ses invectives, et s'engagea sur le chemin qui conduisait hors du village.

Isaac et un homme d'équipage du *Seabravary* gravissaient rapidement la colline pour aller à la rencontre de Richard. Ce dernier venait de découvrir la note laissée par Michael Dayne, et apparemment déjà découverte par Peterborough. L'ennemi était proche, Richard le sentait.

— Aurore est partie à la recherche de son père, annonça le capitaine.

Immédiatement, Richard se crispa, très contrarié par cette nouvelle.

— Je vais essayer de la rejoindre, décida-t-il. Renseignez-vous pour savoir si Peterborough n'a pas été aperçu quelque part. Je suis maintenant sûr d'une chose : il est sur l'île !

— Pourquoi perdre ton temps à courir après Aurore ?

Surpris par cette remarque, Richard dévisagea Isaac.

— Que dis-tu là ?

— Je dis que tu as presque gagné la bataille, Richard. Continue ta lutte : tu dois d'abord retrouver l'Etoile. C'est le seul moyen de vous sauver tous les deux, Aurore et toi. Elle a commis une folie en quittant le port. J'espère qu'elle est toujours en vie à cette heure, mon Dieu !

Le visage de Richard exprimait à la fois la haine et la souffrance.

— Si elle est morte, Peterborough m'aura décidément tout pris ! conclut-il amèrement.

Sur ce, il s'éloigna en pressant le pas.

30

Aurore poursuivait son ascension vers le sommet du mont. Elle avait traversé sans trop de problèmes ce labyrinthe de rochers disposés en cercle. Mais elle ne vit aucune tombe dans ce périmètre. Elle traversa des champs de trèfle cramoisi et de gazon rabougri. Soudain, elle remarqua à quelques mètres d'elle un alignement concentrique de petits blocs de rocher, adossés à un taillis d'arbustes. Aurore examina l'endroit, entouré d'étranges ormes vieux et desséchés. Comment son père avait-il pu vivre dans un tel endroit ? Elle savait qu'elle était près du but. Dans quelques minutes, elle aurait la certitude que Michael Dayne était bien mort. Mais elle préférait cette vérité à une interrogation éternelle. Elle pénétra dans ce curieux jardin et finit par comprendre qu'il s'agissait d'une tombe celte.

Elle rassembla tout son courage pour dégager les mauvaises herbes qui masquaient la dalle. La tombe était en granit et semblait très ancienne. Elle s'approcha d'un autre amas de cailloux lorsqu'un bruit la fit tressaillir : ce n'était qu'un lièvre filant vers son terrier. Son extrême nervosité la fit sourire. Elle s'abrita derrière un orme et fut surprise par la densité des feuillages qui assombrissaient considérablement les lieux. Elle se pencha sur une tombe plus abîmée que les autres, partiellement dissimulée par un troène, et balaya la dalle de pierre. Pendant qu'elle s'affairait, ses pieds heurtèrent quelque chose de lourd. Curieuse, elle souleva un paquet de feuilles mortes et fit une abominable découverte : une paire de bottes, apparemment attachées pour l'éternité aux pieds de leur propriétaire. Ou du moins de ce qu'il en restait, c'est-à-dire un amas d'os, enfoui dans des lambeaux de vêtements.

Choquée par cette vision d'horreur, Aurore recula. Ce corps était probablement celui de son père, mais il fallait examiner le squelette pour en être définitivement sûr.

Elle comprit alors qu'elle ne pourrait rien sans l'aide de Richard. Elle venait de prendre la décision de regagner le bateau lorsque deux mains puissantes la saisirent par la taille.

— Qu'est-ce qui vous a pris de me désobéir ?

Elle poussa un cri de terreur puis reconnut Richard. Rassurée, elle se jeta dans ses bras. Avec Aurore blottie contre lui, il n'osait plus exprimer sa colère, comprenant le désarroi de la jeune fille.

— Je vais être obligé de vous attacher à la proue du navire si vous continuez, plaisanta-t-il. Je ne peux pas tolérer que vous preniez des risques aussi grands, Aurore.

Elle leva les yeux vers son amant et réalisa à son extrême pâleur qu'elle lui avait causé beaucoup de soucis.

— Mais j'ai finalement trouvé mon père.

Elle indiqua du doigt l'endroit où gisait le squelette.

— Du moins, je pense que c'est lui, murmura-t-elle.

Intrigué, Richard se dirigea vers l'emplacement

désigné par Aurore. Après avoir dégagé le corps, il se pencha et une expression de bonheur éclaira soudain son visage. Il triomphait enfin ! Saisissant une des mains du cadavre, il dégagea une bourse de velours mauve râpée et accrochée au poignet du défunt. Il l'ouvrit avec précaution. L'Etoile d'Aran ! Elle était superbe, d'un coloris bleu-vert exceptionnel et d'un éclat qui lui coupa le souffle. Sa taille aussi était impressionnante. Elle tenait à peine dans la main ouverte de Richard.

— C'est bien lui, conclut Aurore.

— « Seulement ma fille la trouvera »...

— Que dites-vous ? s'étonna Aurore, les larmes aux yeux et la voix tremblante.

— Il savait que vous seriez la première à le découvrir. Dayne comptait là-dessus, d'ailleurs. Vous avez prouvé que vous étiez digne d'être sa fille, expliqua Richard.

— Peut-être... mais il est mort.

La voix d'Aurore était imperceptible. L'émotion était tellement forte qu'elle éclata en sanglots. Elle n'avait jamais réalisé à quel point son père pouvait lui manquer. Elle aurait tant souhaité le revoir vivant. Retrouver sa famille. Maintenant que tous ses espoirs s'étaient envolés, elle ne parvenait pas à reprendre le dessus.

— Je suis sûre qu'il ne supporterait pas de vous voir si triste, mon amour, murmura Richard afin de l'apaiser.

— Il est mort, seul et malheureux. J'aurais tellement pu l'aider et l'aimer. Je n'ai plus personne au monde, gémit-elle, appuyée contre l'épaule de Richard.

— Non, vous n'êtes pas seule, assura-t-il en lui glissant l'émeraude entre les mains.

Mais Aurore ne s'y intéressait pas. Elle aurait

voulu lui dire que ce bijou n'avait aucune importance à présent.

— Et je vous appartiens pour toujours, mon amour. Je serai toujours là, continua Richard.

Elle le regarda, incapable de croire à ces paroles. Lorsqu'il l'embrassa, elle comprit qu'elle n'avait pas rêvé. Alors toutes ses craintes se dissipèrent. Pour la première fois depuis qu'elle était sa maîtresse, elle sentit qu'elle avait réussi à dompter le dragon qui l'habitait.

— Aurore, chuchota-t-il, nous devons retourner sur le bateau. Votre père a laissé cette lettre pour vous, ajouta-t-il en lui remettant un papier dissimulé dans la bourse avec l'émeraude.

Il essuyait tendrement, du bout des doigts, les larmes de la jeune fille.

— Attendez, supplia Aurore. Je dois la lire tout de suite.

Il n'eut pas le courage de l'en empêcher.

Aurore parcourut le message.

— Que dit-il ?

— Il dit qu'il n'a pas pu revenir me chercher, qu'il craignait trop Peterborough pour s'y risquer. Selon lui, j'étais davantage en sécurité à l'orphelinat. Il dit aussi qu'il m'aimait énormément, conclut-elle avec un sanglot.

— Venez, mon amour, nous devons partir.

Il prit sa main et Aurore se retourna une dernière fois vers la tombe de son père, avant de suivre son amant.

— Je ne veux pas l'abandonner sans lui offrir un enterrement décent… murmura-t-elle doucement.

— J'enverrai des hommes pour qu'il soit ramené à bord. Ensuite, nous organiserons des funérailles.

— Mais comment a-t-il pu finir ainsi sa vie ? Qu'a-t-il bien pu se passer ?

— Je suppose qu'il a réalisé après coup que ce

qu'il avait fait ne valait pas la peine. Il s'est enfui avec l'Etoile et s'est caché sa vie durant parce qu'il n'y avait pas d'autre solution. Pourtant, il a dû prendre conscience qu'il avait sacrifié pour cette émeraude quelque chose de bien plus important !

— Et quoi donc ? Le médaillon ? s'étonna-t-elle.

— Non, mon amour ! Vous !

Cette évidence la surprit mais parvint aussi à calmer un peu sa peine.

— Nous devons y aller, ma chérie. Peterborough doit rôder dans les parages. Il est quelque part sur l'île.

— Pourquoi êtes-vous venu ici, Richard ? Mon entêtement vous a conduit à prendre des risques importants. J'ai mis votre vie en danger et je me le reprocherais éternellement si je devais vous perdre aussi...

— Non, Aurore, ne dites pas cela. Vous avez fait votre devoir de fille.

Aurore se serra encore plus fort contre lui.

— Oh, mon amour, j'ai si peur...

— Et vous avez raison d'avoir peur ! tonna soudain une voix toute proche.

Aussitôt, Richard plaça Aurore derrière lui. Un homme venait d'apparaître un peu plus loin et Aurore fut saisie de stupeur. Il ressemblait étrangement à Richard : les mêmes yeux verts et immenses, la même allure. La seule différence résidait dans leur façon de s'habiller.

L'inconnu s'était sans doute donné beaucoup de mal pour avoir l'apparence d'un gentleman. Il portait un superbe manteau parfaitement taillé dans un tissu de grande qualité. Ses cheveux étaient impeccablement coupés et ses tempes grisonnantes le rendaient encore plus séduisant. Aurore se demandait comment un homme aussi beau, a priori bien élevé et courtois, pouvait avoir détruit autant de vies autour de lui.

— Mon cher frère, nous nous retrouvons encore ! s'exclama Richard.

Il prit la main tremblante d'Aurore et s'avança vers le vicomte. Comment allait-il se débrouiller pour les sortir de cette impasse ? songeait-elle.

— Le *Merry Magdalene* est ancré à Poothmellon. On nous a dit dans la taverne qu'Aurore était ici. Et bien entendu, je n'ai pas pu résister au plaisir de faire sa connaissance.

Aurore se demandait comment deux hommes pouvaient autant se ressembler. Il n'y avait pas que l'aspect physique qui les rapprochait : elle perçut aussi dans le regard de Peterborough cette froideur qui caractérisait Richard, mais qui apparaissait de façon plus marquée chez son demi-frère.

— Quelle joie de vous rencontrer, Miss Dayne, lança-t-il en l'examinant de plus près. J'ai connu un peu votre père, mais je parie qu'il n'aurait jamais imaginé avoir une fille aussi belle.

Tout sourire, Josua Peterborough semblait courtiser une jeune femme rencontrée dans une garden-party.

— Je suppose que tu as découvert le message de Dayne ? demanda Richard en serrant plus fort la main d'Aurore.

— Exactement, et je crains fort d'avoir quelques questions à poser à cette jeune personne.

Peterborough désigna derrière lui une troupe d'hommes armés jusqu'aux dents, et prêts à intervenir si nécessaire. L'un d'entre eux, un pirate à la mine patibulaire, s'approcha d'Aurore. Richard la fit reculer.

— Tu veux l'émeraude, Josua, n'est-ce pas ? le nargua Richard en ouvrant la main.

L'éclat du bijou stupéfia toute l'assistance.

— « Celui qui possède l'Etoile d'Aran verra mourir tous ses ennemis. » N'est-ce pas ce qui est écrit dans *Les Chroniques de Crom Dubh* ? poursuivit Richard.

Peterborough pâlit.

— Tu n'es pas en position de nous résister, Richard. Dans cette situation, je ne pense pas que les pouvoirs de cette Etoile te soient d'un immense secours.

— Peut-être, mais j'ai un marché à te proposer. Tu laisses Aurore tranquille et je te donne la pierre.

— Non ! hurla Aurore.

— Comment peux-tu me faire confiance, Richard ? Serais-tu subitement devenu fou ?

— Je ne te fais absolument pas confiance. Je te demande simplement de laisser repartir Aurore. Elle n'a pas besoin d'assister à notre règlement de comptes.

— J'ai l'impression que cette petite jeune fille te pousse à commettre des bêtises, mon ami.

— Je vous en prie, Richard. Ne négociez pas avec lui ! intervint à nouveau Aurore.

— Aurore, vous allez m'obéir ! Tu as bien compris ? reprit-il en s'adressant à Peterborough. Sa liberté contre l'Etoile.

— Que complotes-tu, Richard ? demanda le vicomte en plissant les yeux.

— Rien. Ce qui compte le plus à mes yeux, c'est la liberté d'Aurore.

— Mais moi, je veux te faire souffrir pour tout ce que tu m'as fait endurer toutes ces années, Richard.

— Ne t'es-tu pas suffisamment vengé, toi aussi ? rétorqua Richard, légèrement nerveux. Laisse-la partir, Josua. Elle n'a rien à voir avec nous.

— Donne-moi l'émeraude et j'étudierai ta requête.

— Seulement lorsqu'elle sera à bord du *Seabravary*.

— C'est entendu.

Peterborough se retourna alors vers l'unique personnage civilisé de sa bande de gredins :

— S'il te plaît, Alan, reconduis Miss Dayne à Hugh Town. Est-ce que cette solution te convient, Richard ?

— J'attends de la voir partir.

Aurore aurait voulu protester, crier, mais elle savait que Richard resterait inflexible. D'autre part, il avait peut-être un plan qu'elle ne souhaitait pas compromettre par une intervention inutile et maladroite.

— A tout à l'heure sur le bateau, mon amour, souffla-t-il en l'embrassant sur la joue.

Aurore cherchait Richard du regard, mais il l'évitait comme s'il craignait de laisser paraître son émotion. Elle était déjà à quelques mètres de lui lorsqu'elle comprit qu'il venait de se sacrifier pour elle. Il n'avait aucune chance de s'en sortir seul face à cette horde de sauvages.

— Lâchez-moi, ordonna-t-elle au jeune homme qui l'accompagnait. Je refuse de partir, Richard ! C'est un piège !

Mais il était déjà trop tard. Cette scène presque pathétique semblait beaucoup distraire Peterborough.

— Alan ! Amuse-toi avec elle si elle t'intéresse. Ensuite, tue-la. Je suis désolé, Miss Dayne, d'avoir à vous confier à cet homme car il n'appréciera pas vos charmes autant que j'aurais pu le faire. Mais je n'ai pas le choix, dommage !

C'est alors qu'Alan intervint, à la surprise générale :

— Oh, mais j'apprécie déjà énormément sa compagnie, Josua. Je l'apprécie tellement que j'ai envoyé un message au *Seabravary* pour prévenir que vous étiez ici. Je vous ai trahi, Josua. Quel effet

cela vous fait-il ? ricana le jeune hom...
à la main.

— Comment as-tu osé ? hurla Peterborough.

— Vous étiez prêt à sacrifier ma vie lorsque nous étions encore au Mirage, est-il nécessaire de vous rafraîchir la mémoire ? Je ne suis pas si naïf que ça, vicomte. Vous m'avez plusieurs fois humilié et je ne vous le pardonnerai jamais !

— Quel sale lâche, tu mourras pour ça ! menaça le vicomte.

— Allez-y ! rétorqua Alan. J'attends votre sentence avec impatience !

En une fraction de seconde, Peterborough sauta sur son adversaire et parvint à le désarmer. Pointant l'arme vers lui, il hésita un court instant, se demandant qui il allait tuer en premier : la fille ou cet infâme traître. Profitant de cette diversion, Richard se jeta sur son frère.

Aurore s'élança en criant vers Richard qui dévalait déjà la pente, entraînant dans une lutte sans merci son ennemi de toujours. Les deux hommes s'affrontaient avec acharnement. Les chances de Richard étaient pratiquement nulles — les hommes de Peterborough s'apprêtaient à le maîtriser — lorsque apparurent sur la colline les compagnons de Richard, Isaac à leur tête.

Des coups de feu éclatèrent de part et d'autre. Aurore et Alan se cramponnaient mutuellement, tentant d'éviter les balles perdues. Aurore n'avait jamais vu l'équipage du *Seabravary* dans le feu de l'action. L'âme des pirates se réveillait. L'heure de la vengeance avait sonné. La bataille fut âpre et impitoyable, mais finalement les hommes du vicomte capitulèrent les premiers, battant en retraite à toute vitesse vers Hugh Town.

Seuls restèrent Richard et Peterborough, aussi résistants l'un que l'autre, aussi déterminés à se détruire. Chacun d'eux tentait de saisir un pistolet qui gisait à quelques mètres. Aurore voulut se rapprocher des deux hommes afin d'aider Richard, mais Isaac l'en empêcha.

— C'est leur combat, déclara-t-il. Laissez-les régler leurs comptes.

Aurore était désemparée, désespérée. L'émeraude avait roulé derrière eux. Triste symbole de cette lutte fratricide. Enfin, Richard réussit à attraper le pistolet et menaça le vicomte qui se tenait désormais à quelques pas de lui.

— Je pourrais te tuer, Josua, murmura-t-il, essoufflé par le combat.

— Vas-y, Richard. Tu en as toujours rêvé ! Tire et ne réfléchis pas trop. Si j'étais à ta place, tu serais déjà mort !

Aurore comprit que Richard hésitait. Il mourait d'envie d'abattre ce monstre, pourtant quelque chose d'indéfinissable semblait le retenir.

— Alors, Richard ! Qu'attends-tu pour tuer ton frère comme tu as déjà tué tant d'hommes ?

Richard arma le pistolet, enfin décidé à appuyer sur la détente. Mais à cet instant, il croisa le regard d'Aurore. Il fut ému par ce qu'il lut sur le visage de la jeune fille : un mélange d'amour, d'horreur et de honte. Cependant, l'amour dominait tous les autres sentiments. En l'espace d'un instant, Richard donna l'impression de se métamorphoser. Quelque chose de plus fort que sa soif de vengeance venait de modifier ses plans. Aurore ne parvenait à y croire : le dragon se soumettait enfin.

Inspirant profondément, Richard lâcha l'arme.

— S'il doit être un jour reconnu que j'ai fait une bonne action dans ma vie, que ce soit au moins celle d'avoir épargné la vie de mon propre frère, expliqua-t-il à Josua.

Peterborough comprit immédiatement la raison

de ce revirement de situation et profita de cet avantage pour saisir le pistolet.

— Si tu es invincible, Richard, je vais me contenter de détruire ce qui compte apparemment le plus pour toi ! déclara-t-il en pointant l'arme vers Aurore.

Isaac tenta de la protéger mais il n'y avait aucun endroit autour d'eux où s'abriter.

Dans un sursaut de rage et de fureur, Richard se précipita sur son frère. Mais avant d'avoir eu le temps de l'atteindre, une balle était partie et touchait Richard en pleine poitrine. Peterborough tenait finalement sa revanche.

Lorsque Richard s'écroula à terre, le vicomte s'empara de l'émeraude, un sourire cynique aux lèvres.

Plié en deux, Richard perdait beaucoup de sang. Aurore était paniquée et hurlait de désespoir. Isaac visa alors Peterborough.

Encore conscient, Richard tendit la main à son frère.

— Prends ma main, Josua, je t'en prie ! Le même sang coule dans nos veines.

Sa voix s'affaiblissait, Josua était soudain très pâle.

— Donne-moi ta main, continua Richard. Prends-la en signe d'expiation pour tout notre passé.

Effrayé, Peterborough recula, espérant trouver un moyen de fuir. Il se dirigea vers le bord de la falaise. Isaac le menaçait toujours et paraissait déterminé à utiliser son arme. Peterborough reculait sans prendre garde où il mettait les pieds. Il trébucha tout à coup, perdit l'équilibre et glissa dans le vide. Par chance, il put se retenir à une touffe d'herbe, mais la prise était incertaine.

— Au secours, gémit-il. Au secours !

Richard n'était pas en mesure de l'aider, mais

Isaac courut auprès du vicomte et lui tendit la main.

— Savez-vous qui je suis, vicomte ? demanda-t-il.

— Mais qu'est-ce que vous voulez que ça me fasse ! Je vois bien que vous êtes un capitaine de navire. Aidez-moi maintenant ! Je vous paierai une centaine de vaisseaux avec cette émeraude, mais dépêchez-vous, je glisse !

— J'étais surtout le capitaine du *Léviathan*, cher Lord Peterborough ! Et c'est vous en personne qui m'avez mutilé. Vous en souvenez-vous maintenant ? Regardez ma main, vous allez avoir du mal à vous y accrocher...

Les deux hommes se jaugèrent un long moment. La peur se lisait dans les yeux de Peterborough. Il semblait paralysé.

Soudain, un morceau de rocher se détacha de la falaise, et les deux doigts d'Isaac ne suffirent pas à le retenir.

— Je ne peux plus résister ! hurlait le vicomte qui glissait peu à peu.

Lorsqu'il sentit que la fin était proche, Isaac ne put s'empêcher de murmurer ces quelques mots :

— Si j'avais eu tous mes doigts, vicomte, vous auriez pu être sauvé !

Richard et Aurore suivaient avec horreur cette terrible scène.

— « Celui qui possède l'Etoile verra mourir ses ennemis », conclut-il tandis que son frère disparaissait dans le vide...

— Accrochez-vous, mon amour, murmura Aurore, les yeux pleins de larmes. Nous allons vous ramener.

— Isaac, appela Richard dans un souffle.

Le capitaine s'approcha.

— Je suis là, mon fils, dit-il d'une voix blanche.

— Tu te souviens de la promesse que tu m'as

faite sur le *Seabravary*? Il est temps pour toi de la tenir.

— Non, Richard, tu vas t'en sortir, assura le capitaine. Regarde, j'ai récupéré l'émeraude. Maintenant tout ira bien.

— Non, Isaac, c'est trop tard. Je t'en prie, tiens ta promesse...

— Je la tiendrai, promit-il à regret.

— Aurore, mon amour?

— Oui, je suis là, Richard. Nous allons faire venir un docteur.

Richard caressa son visage mouillé par les larmes.

— Même si nous n'avons pas officiellement prononcé nos vœux, vous êtes ma femme!

— Nous nous marierons, Richard. Je vous le jure.

Il saisit alors la clef qui pendait autour du cou de la jeune fille.

— Ceci vous permettra de posséder tout ce que je laisse ici-bas, mon amour. Tout est à vous désormais.

— Ne dites pas des choses pareilles. C'est impossible, supplia-t-elle en réalisant qu'il se vidait de son sang.

Isaac la prit dans ses bras, tentant de l'éloigner de son amant. Aurore ne pouvait plus s'arrêter de pleurer. Une immense douleur lui déchirait la poitrine, comme si elle avait reçu une balle elle aussi.

A cet instant, Mark, le docteur de service à bord du *Seabravary*, fit son apparition. Il s'empressa de donner les premiers soins à son maître. D'autres hommes le suivaient et emportèrent le blessé.

— Venez, Aurore. J'ai promis de vous ramener à Londres, ordonna le capitaine.

— Non, je ne peux pas le laisser seul! Je ne veux pas rentrer à Londres sans lui.

— Je respecterai mon serment. Nous devons partir. Quelques hommes resteront avec lui.

— Non !

— Mais vous ne voyez donc pas qu'il est en train de mourir ? Vous ne comprenez pas qu'il refuse que vous assistiez à ses derniers instants ?

— Mais je l'aime, Isaac. Je veux l'accompagner jusqu'au bout.

— Respectez ses souhaits, Aurore, se contenta de répondre Isaac.

— Je vous en prie, je n'ai plus que lui au monde.

Aurore tenta en vain de se dégager, mais le capitaine la maintenait fermement et l'entraînait vers le *Seabravary*. Il donna des ordres pour que le navire fût prêt au plus vite à lever l'ancre.

— Je préférerais mourir plutôt que de rentrer à Londres, comprenez-vous ça, Isaac ?

Mais il ne l'écoutait pas, son visage demeurait obstinément fermé.

— Personne ne m'attend à Londres et rien ne me retient plus sur cette terre, poursuivit-elle.

— Il souhaitait vous voir partir. Vous partirez, Aurore. N'insistez pas, c'est inutile.

— Ne m'obligez pas à vivre sans lui, répétait-elle inlassablement.

— Ma pauvre enfant, murmura Isaac en la serrant dans ses bras. Il n'y a pas d'autre solution...

31

Aurore se tenait devant la porte de l'impressionnante résidence des Blackwell à Londres. Elle était très pâle, les yeux gonflés par les larmes, inconsolable depuis leur départ précipité de Hugh Town.

Cependant, Isaac remarqua ce jour-là une légère transformation dans l'expression de son visage. Il avait toujours été impressionné par la beauté de la jeune fille, mais aujourd'hui ses traits traduisaient une sérénité qu'il n'avait jamais remarquée jusque-là, et surtout pas depuis leur arrivée à Londres. Un mélange de douceur et de force.

Toute cette aventure avait modifié le comportement d'Aurore. Elle puisait désormais sa force dans l'amour qu'elle portait toujours à cet homme dur et sauvage qu'avait été Richard. Le souvenir de leurs nuits suffisait à lui donner un peu de courage.

— Prenez la clef et ouvrez la porte, murmura-t-il. Vous voici chez vous, Aurore.

Après un instant d'hésitation, Aurore prit la main d'Isaac. Dans leur chagrin commun, Isaac était devenu le père qui lui avait toujours manqué. D'un regard, il l'encouragea à introduire la clef dans la serrure.

Isaac poussa la porte et ils pénétrèrent dans un

hall majestueux en marbre, digne d'un temple romain. Un énorme escalier invitait à visiter les étages. Pourtant, la maison était sombre et semblait inhabitée depuis fort longtemps.

En silence, Aurore pénétra dans un grand salon rouge et or, meublé avec un goût exquis. Ils examinèrent chaque pièce, toutes plus élégantes les unes que les autres, mais toujours aussi lugubres et abandonnées.

Malgré sa beauté, c'était une maison vide et triste, sans serviteurs pour entretenir les lieux. Personne pour ouvrir les fenêtres, allumer les lampes le soir venu, apporter un peu d'activité et d'entrain. Aurore ne songea pas un seul instant à vivre dans cette énorme bâtisse. Il n'y avait pas de dragons sur les tapis, pas de canapés aux pieds en forme de dauphins.

Nulle part, elle ne retrouvait Richard. Elle ne pouvait l'imaginer dans aucune des pièces : pas plus dans la bibliothèque en train de lire, dans le salon devant la cheminée, que prenant son petit déjeuner dans l'immense salle à manger.

Ce n'était pas le monde de l'homme qu'elle aimait.

Aurore en avait assez vu. Ils étaient sur le point de sortir lorsqu'elle fut intriguée par une petite porte en acajou. Sa curiosité l'emporta sur sa morosité et Aurore pénétra alors dans une merveilleuse petite pièce. Ce n'était rien d'autre qu'une ancienne chambre d'enfant. Une nursery, comme on en trouvait dans toutes les grandes maisons de la ville. D'emblée, cet endroit enchanta Aurore. De toute évidence, elle n'avait pas été ouverte et aérée depuis des années mais elle s'y sentait bien. Elle était peinte et décorée en bleu du sol au plafond. Elle se dirigeait vers un minuscule bureau lorsque dans la pénombre, elle trébucha sur quelque chose de dur et d'assez haut.

Intriguée, elle baissa les yeux : c'était un adorable cheval à bascule en bois, un merveilleux jouet qui avait certainement beaucoup servi, vu son état. Aurore frotta la poussière qui le recouvrait et fut émerveillée par la finesse des décorations sur le petit cheval. L'animal possédait une vraie crinière et une queue en fourrure. Aurore voulut le faire avancer, mais une des petites roues était cassée et il ne bougea pas d'un pouce.

Une image s'imposa à elle : Richard, petit garçon, jouant dans cette pièce sous les yeux admiratifs d'une gentille nurse. Elle ne put retenir ses larmes lorsqu'elle lut, gravé sur la petite selle en cuir, le prénom de son bien-aimé, terni par le temps. Dans sa peine, elle eut un instant envie de serrer contre elle ce jouet si précieux, de s'asseoir dans un coin et de ne plus bouger. Plus jamais...

— Ce n'est pas une bonne chose de fouiller dans cette pièce, affirma Isaac.

— Quittons cette maison tout de suite, répondit-elle. C'est trop dur, Isaac, partons.

Richard avait déserté ces lieux depuis longtemps. Le petit garçon qui avait un jour possédé ce cheval à bascule était d'un autre temps, d'un autre monde.

Aurore jeta un dernier regard à la nursery avant de refermer la porte.

— Voudriez-vous me raccompagner à la maison de Philippe Bluefield ? demanda-t-elle alors au capitaine.

— Pourquoi là-bas, Aurore ? s'étonna-t-il.

— N'est-ce pas ce qu'il souhaitait ? Que je reprenne mes activités au sein de cet orphelinat ?

— Il souhaitait pour vous une vie normale.

— Je ne vois pas ce que je pourrais faire d'autre.

Ils trouveront toujours une occupation pour moi et je préfère travailler... pour oublier.

— Si c'est votre désir, je ne m'y opposerai pas, s'inclina-t-il, respectant la peine de la jeune femme.

— Comme la vie est étrange, Isaac, reprit-elle après un long silence. Lorsque j'ai quitté l'orphelinat, je pensais que le vide qui m'habitait provenait du fait que je ne connaissais pas mes origines. Maintenant que j'ai beaucoup appris sur mon père et sur moi-même, je ne me sens pas moins seule et je demeure désemparée face à la vie.

Des larmes coulèrent sur ses joues.

— Venez avec moi, Aurore. Nous rejoindrons Lisbeth à St. Georges. Ne restez pas seule à Londres. Nous vous aiderons à surmonter cette épreuve.

Aurore savait qu'ils étaient tous les deux de vrais amis, et qu'ils l'avaient déjà beaucoup aidée à traverser tous ces mauvais moments. Mais elle ne pouvait accepter cette offre. Lisbeth et Isaac allaient se marier et elle refusait de devenir un poids pour eux.

— Merci, capitaine, mais ce ne serait pas convenable. On m'attend à l'orphelinat. J'ai déjà pris ma décision.

— Mais vous ne l'avez pas tué, Aurore. Il faut vous en convaincre. L'avenir est devant vous.

— Vivre sans amour me sera très difficile. Mais je dois reconnaître que je l'avais obligé à m'aimer, à accepter notre amour, et je n'aurais jamais dû forcer les choses. Il m'avait demandé de ne pas m'attacher à lui, de l'oublier...

— Il n'est pas mort par votre faute, Aurore. J'aimerais vous en persuader.

— Accompagnez-moi à l'orphelinat, Isaac. C'est tout ce que je vous demande maintenant. Je ne veux pas rester ici une minute de plus.

Aurore dévala le grand escalier de marbre, jeta la clef sur une console de l'entrée et sortit sans un mot.

— Il est tellement plus aimable depuis ton retour, Aurore. Tu as fait des miracles. Cependant, je n'ose toujours pas m'adresser à lui. Pourrais-tu lui expliquer qu'il nous faudrait un petit peu plus d'argent pour acheter du lait aux enfants ? suppliait Betsy.

Un mois s'était écoulé depuis qu'Aurore avait quitté Hugh Town. John avait accepté sans trop de difficultés de la reprendre à son service. Et pourtant, il n'y avait aucune amélioration dans leurs rapports. Comme s'il se doutait de tout ce qui lui était arrivé. La métamorphose d'Aurore était le signe évident de toutes les épreuves qu'elle avait traversées. Peut-être avait-il remarqué l'assurance avec laquelle elle menait toutes ses activités au sein de l'orphelinat. En tout cas, elle n'était plus la même et cela semblait lui déplaire. Il était devenu plus méfiant à son égard, râlant après chaque dépense.

— Je lui parlerai, promit Aurore. As-tu des nouvelles de Queenhite ?

— Non, Aurore. Pas de *Seabravary* à quai ce matin. Les seuls navires qui sont arrivés sont le *Tenace* et la *Belle Aventurière*.

Aurore sursauta en entendant ce dernier nom. La belle aventurière... Un flot de souvenirs lui revinrent à l'esprit. Elle préféra toutefois chasser ces images. Elle réussissait à ne pas trop penser à Richard pendant la journée, mais dès la nuit tombée, elle était hantée par sa présence. Elle le revoyait le premier jour de son embarquement à bord du *Seabravary*. Terriblement beau et impressionnant, vêtu de noir, le regard froid et mystérieux. Elle l'aimait depuis leur première rencontre, et aujourd'hui plus que jamais. Elle se rappelait aussi le dernier regard qu'il lui avait lancé. Elle trouvait le courage de vivre grâce à ces souvenirs. Mais parfois, elle se demandait si cet amour ne finirait pas par la détruire.

Surprise par son air absent, Betsy tenta de la réconforter :

— Le bateau que tu attends reviendra un jour, Aurore. J'en suis sûre.

Aurore sortit de sa rêverie et sourit à son amie. Elle savait qu'elle était folle d'espérer le retour du *Seabravary*. Mais elle ne parvenait pas à se raisonner. Elle préférait garder ce puéril espoir. Aussi s'informait-elle chaque jour des arrivées au port de Queenhite.

— Je vais parler à John tout de suite, décida-t-elle.

— Désolée de t'imposer cette corvée, Aurore, mais je n'ai pas le courage de le faire moi-même.

— Si seulement nous pouvions lui racheter cet orphelinat, soupira Aurore. Pour l'instant, nous n'avons d'autre choix que de lui obéir et d'accepter ses décisions, si injustes soient-elles.

— Si tu savais comme je suis heureuse que tu sois là. J'ai traversé des moments terribles en ton absence.

Aurore lui sourit gentiment.

— Oh ! J'oubliais ! reprit la jeune fille. Pendant que tu promenais les enfants à l'extérieur, un homme est venu ici et t'a demandée.

Aurore saisit aussitôt son amie par le bras.

— Comment était-il ? Avait-il de longs cheveux noirs ? Portait-il une boucle d'oreille ? Etait-il impressionnant ?

Toutes ces questions effrayèrent Betsy.

— Non, répondit-elle, éberluée.

Betsy frissonna. Son amie devenait-elle folle à force d'espérer le retour de son pirate ?

— Il a simplement dit qu'il reviendrait à trois heures pour discuter de certaines choses avec toi. Il avait plutôt l'air d'un gentleman, je dirais même d'un vicomte. Il était très élégant et avait d'excellentes manières. Je suppose qu'il vient, comme les autres, nous confier l'enfant d'une de ses maîtresses.

— Je vois, répondit tristement Aurore. Je le recevrai lorsqu'il sera là.

— Tu te sens bien, Aurore ? s'inquiéta Betsy, alarmée par son extrême pâleur.

Aurore prit les mains de son amie. Il était temps pour elle de se confier, d'avouer son secret.

— Rassure-toi, je vais très bien. Je suis même très heureuse, contrairement aux apparences... Voilà Betsy, j'attends un bébé. L'enfant de Richard. Et quel que soit mon avenir, cet enfant sera le bienvenu. J'espère que tu partageras mon bonheur.

La jeune fille ouvrit de grands yeux incrédules.

— As-tu honte de moi, Betsy ?

— Pas du tout, Aurore, jura-t-elle, les larmes aux yeux.

— Je pense cependant que je vais devoir envisager de partir. John n'acceptera jamais de me garder ici avec mon enfant.

— Je ferai tout ce qui est en mon pouvoir pour t'aider.

— Ne t'inquiète pas pour moi. J'ai des amis très sûrs qui s'occuperont de moi. Mais ils ne sont pas à Londres. Je partirai à regret de l'orphelinat, mais je ne m'imposerai pas si tel est le souhait de John.

— Oh ! Je frémis à l'idée de la réaction de John lorsqu'il apprendra la nouvelle.

— Nous serons bientôt fixées. Souhaite-moi

bonne chance, Betsy, conclut Aurore avant de quitter la pièce.

Elle était épuisée aussi bien physiquement que moralement. Allongée sur son petit lit, elle se demandait comment elle allait se débrouiller après son départ de l'orphelinat, et ce qui se passerait pour Betsy. Elle n'avait pas eu le courage d'avouer à John qu'elle attendait un bébé. Il avait suffisamment grogné lorsqu'elle avait réclamé quelques shillings supplémentaires pour les enfants. Elle avait alors compris que ce n'était pas le moment d'en discuter.

Pourtant John s'était un peu confié, il avait évoqué ses projets de partir pour l'Afrique et de tout vendre ici. Confier la maison à des mains inconnues pouvait aussi bien être la pire des choses. Ensuite, il lui avait à nouveau proposé de l'épouser et de le suivre dans ce pays lointain. Il avait tout planifié, à tel point qu'Aurore n'avait d'autre solution que de partir au plus vite pour St. Georges afin d'éviter des complications.

Comment s'organiser? Elle avait à la fois envie de s'en aller mais redoutait d'abandonner Betsy et les enfants entre les mains d'étrangers. Le nouveau propriétaire de l'orphelinat serait-il gentil et à la hauteur de cette lourde tâche? Et dans le cas contraire, qui serait capable de lui tenir tête?

Des questions sans réponse encombraient son esprit. Exténuée, elle finit par s'endormir, remettant à plus tard tous ces problèmes.

— Réveille-toi, Aurore. L'homme dont je t'ai parlé est au parloir. Il t'attend. Dépêche-toi!

Aurore ouvrit les yeux et découvrit Betsy tout près. Elle s'assit sur le bord du lit, pensant qu'elle s'était juste assoupie, mais elle avait pourtant dormi plusieurs heures.

— Préviens-le que j'arrive dans un instant, dit-elle en se levant et en arrangeant ses cheveux.

Elle enfila rapidement une nouvelle robe et descendit l'escalier qui menait à l'entrée de l'orphelinat. Il était difficile de s'entendre avec ce genre de personnes, Aurore redoutait toujours ces entrevues. Elle ne supportait pas l'hypocrisie de ces hommes, qui prétendaient tous souhaiter que ces enfants soient bien élevés et ne manquent de rien, mais ne revenaient jamais les voir. Il ne fallait surtout pas leur montrer ses sentiments profonds : son rôle consistait à les rassurer, à les déculpabiliser. Après tout, ils payaient pour l'éducation de ces enfants. Elle ne pouvait se permettre de leur faire des leçons de morale, l'orphelinat avait besoin de cet argent.

Avant d'entrer dans le parloir, elle se recomposa donc une mine aussi agréable que possible. Elle prendrait l'enfant, l'argent, et remercierait le gentleman de sa générosité. Il ne devinerait jamais à quel point elle le méprisait pour son geste.

— Bonjour, monsieur, dit-elle en pénétrant dans la pièce.

L'homme lui tournait le dos, regardant par la fenêtre. Il était superbement vêtu. Son manteau tombait à la perfection. Il était très grand avec de larges épaules, et cependant mince — beaucoup plus mince que Richard, pensa-t-elle. Ses cheveux étaient bien coupés selon la mode en vigueur.

— Auriez-vous besoin d'une place pour un enfant ? demanda immédiatement Aurore.

L'homme ne se retournait toujours pas. Il semblait ne pas avoir entendu sa question. Il commençait d'ailleurs à intriguer Aurore. Pourquoi ne la regardait-il pas ?

— Pardon, monsieur ! En quoi puis-je vous être utile ? reprit-elle, d'un ton légèrement agacé.

Sans bouger de la fenêtre, il lui tendit une clef.

La même que celle de la maison des Blackwell, constata-t-elle... Non, elle rêvait : ça ne pouvait pas être lui !

Enfin, il fit demi-tour. Il n'y avait plus de doute possible, c'était bien *lui* !

Incapable de contrôler son émotion, elle sentit son cœur s'emballer. Devenait-elle folle ? Non, il était bien devant elle, en chair et en os. Ce n'était pourtant plus tout à fait le Richard qu'elle avait connu. Le dragon. Par ses habits, il ressemblait davantage à Peterborough. Mais ce n'était pas Josua, ni même un frère sorti de nulle part, c'était bel et bien Richard. L'homme qu'elle aimait de toutes ses forces. Ses yeux reflétaient une joie et une tendresse dont seul Richard était capable. Elle lut dans son regard combien elle lui avait manqué, combien il l'aimait encore aujourd'hui.

Aurore osa enfin s'avancer, doucement, comme si elle craignait qu'il ne se volatilise. Lorsqu'elle sentit ses bras puissants autour d'elle, elle comprit que son cauchemar était terminé. Il la serrait très fort, et elle sut que plus rien ne pourrait désormais les séparer.

— Mon Dieu, murmura-t-elle, je croyais ne jamais vous revoir. Que s'est-il passé ? Comment avez-vous survécu à vos blessures ? J'étais persuadée que vous étiez mort.

— Je n'ai été que blessé, mon Aurore.

— Mais j'ai vu Peterborough vous abattre, j'ai vu votre sang couler...

Elle le dévisageait, à la fois incrédule, heureuse et émue, ne pouvant détacher son regard de lui. Elle était sûre d'une chose : elle ne supporterait pas de le perdre une deuxième fois.

— Regardez-moi, mon amour, je ne suis pas un fantôme.

Aurore l'observa. Il avait minci. Ses traits semblaient fatigués et son bronzage avait disparu. Mais il ressemblait désormais à un lord. Il en avait l'allure, le teint, l'élégance.

— Allez-vous vous évaporer si je vous touche ? demanda-t-elle timidement.

— Essayez et vous verrez bien.

Aurore caressa sa poitrine. Elle était toujours aussi solide et chaude.

— Comment est-ce possible ? s'exclama-t-elle en riant.

— J'ai survécu, Aurore. C'est tout ce qui compte, dit-il en prenant son visage entre les mains.

Un bonheur indicible envahit Aurore, des larmes roulaient sur ses joues tant sa joie était grande.

— Il y a quelque chose de très fort qui m'a donné envie de lutter, envie de vivre, avoua-t-il.

Aurore ferma les yeux, émerveillée par cet aveu. Elle s'appuya contre lui. Jamais elle n'avait été aussi heureuse.

Lorsque ses larmes cessèrent de couler, il la repoussa avec douceur et la détailla avec la même intensité, la même passion qu'autrefois. Quelque chose le surprit immédiatement, quelque chose qui s'annonçait comme merveilleux. Son constat le fit sourire.

— Qu'est-ce qui vous amuse ? s'étonna-t-elle.

— Lorsque Isaac m'a rejoint et m'a appris que vous aviez décidé de retourner à l'orphelinat, je pensais qu'il était préférable que je vous oublie. Mais vous me manquiez terriblement, Aurore. Chaque jour davantage. Mais que vous est-il arrivé, ma chérie ? N'auriez-vous pas un peu grossi ?

Il la dévisageait avec adoration, comme s'il la voyait pour la première fois de sa vie.

— Si j'ai pris du poids, j'ai bien peur que ce ne soit pas un hasard, dit-elle avec un demi-sourire.

Croisant les bras, Richard la considéra d'un air pensif.

— Et comment appellerons-nous ce bébé? demanda-t-il enfin. D'abord, est-ce un garçon ou une fille?

— Comment le saurais-je? Mais j'ai par contre une idée en ce qui concerne son nom de famille. J'espère qu'il vous conviendra.

— Je vous écoute, déclara-t-il, en feignant le plus grand sérieux.

— Je serais très fière d'avoir un petit Blackwell. Parce que j'ai appris que son père était vicomte.

Richard l'enlaça tendrement.

— Ce nom me plaît beaucoup. Il a été trop mal utilisé dans ma famille et il est temps qu'il revienne à qui de droit. Nous nous marierons dans la cathédrale de votre choix, mon amour. Et seront présentes toutes les personnes que vous aimez: Lisbeth, Isaac, le roi lui-même si tel est votre souhait!

— Mais le roi veut votre peau, Richard!

— Détrompez-vous, ma chérie. J'ai obtenu un complet pardon. Il me l'a accordé en échange de tous les services rendus à Sa Gracieuse Majesté, expliqua-t-il, fier de lui. Et il m'a rendu mes titres et proclamé vicomte Blackwell. Je vous promets, Aurore, que nous vivrons tranquillement et définitivement à Londres. Je serai le plus élégant des pairs de ce royaume, plaisanta-t-il.

— Mon Dieu! s'écria Aurore. J'ai toutes les peines à vous croire.

— Vous devrez vous y habituer, car le pirate Richard a disparu.

— Et le dragon? s'inquiéta-t-elle. Vous ne parviendrez jamais à vous en débarrasser. Mais je saurai qu'il est là pour moi seulement.

— Lui seul survivra.

— Et le Mirage? Comptez-vous vendre votre île?

— Nous la garderons si cela vous fait plaisir, proposa-t-il.

— Et Isaac nous mariera à bord du *Seabravary* lorsque nous rentrerons chez nous. Je ne veux pas vous imposer la vie à Londres. Vous êtes habitué à davantage de liberté. Nous appartenons à Dragonard. Pour toujours.

— Y a-t-il autre chose que vous désiriez, chère vicomtesse?

— Oui, une seule faveur supplémentaire: offrez-moi l'orphelinat en cadeau de noces.

— C'est comme si c'était fait. Mais qu'est-il advenu de votre soupirant?

— Y aurait-il une pointe de jalousie dans votre voix? J'ai l'impression qu'il ne se remettra pas de mes noces, si cela peut vous consoler.

Richard l'embrassa avec une telle fougue qu'elle en eut la respiration coupée. Ils restèrent enlacés un long moment et lorsqu'ils se séparèrent enfin, Richard lui annonça une dernière nouvelle:

— Il faut que je vous avoue encore une chose, Aurore. J'ai bien peur que le *Seabravary* n'existe plus. C'est désormais la *Belle Aventurière*.

Aurore éclata de rire, comprenant pourquoi le *Seabravary* n'avait pas été mentionné à Queenhite.

— Je vous aime, Aurore. Lorsque vous avez embarqué le premier jour sur mon navire, j'étais persuadé de vous avoir capturée. En réalité, c'était l'inverse, mais je n'en avais pas encore conscience. Aujourd'hui, c'est vous qui me possédez!

Aurore posa sa main sur la bouche de son amant, ne parvenant pas à croire à son bonheur.

— Que dites-vous, mon amour?

— Que je vous aime! J'ai cru que vous m'obligiez à éprouver un tel sentiment, mais j'ai réalisé que cet amour était naturel, indispensable à ma survie. Lorsque la mort s'est approchée de moi sur cette colline maudite, seul cet amour a pu m'aider à lutter. C'est la plus belle victoire de ma vie. Je sais aujourd'hui qui m'a rendu plus fort...

— Et qui donc était-ce ?

— Vous, ma chérie.

Aventures et Passions

Quand l'amour s'aventure très loin, il devient passion.
Quand les passions se libèrent, quand elles déchirent des êtres prêts à tout pour les vivre, au cœur d'aventures riches et multiples, elles sont dans la collection Aventures et Passions.

BLAKE Jennifer (voir ci-dessus)
- **Sérénade en Louisiane** 3169/**5**
- **Les chaînes de l'amour** 3240/**5**
- **Un éden sauvage** 3347/**6**
- **Le vengeur créole** 3415/**5**

BRANDEWYNE Rebecca
- **La lande sauvage** 3018/**5**
- **Duel sur la lande** 3055/**4**
- **Pour l'amour d'un comanchero** 3159/**7**
- **La passion du conquistador** 3285/**5**
- **Les amants hors la loi** 3397/**6**

BUSBEE Shirley
- **Le quiproquo de minuit** 2930/**5**
- **Au-delà du pardon** 2957/**5**
- **L'appel de la passion** 3056/**8**
- **Lady Vixen** 3143/**8**
- **Sous le sceau de l'amour** 3287/**7**

COPELAND Lori
- **Hannah l'indomptable** 3260/**4**

DAILEY Janet
- **Le solitaire** 1580/**4**

DEVERAUX Jude

La saga des Montgomery :
- **Les yeux de velours** 2927/**5**
- **Un teint de velours** 3003/**5**
- **Une mélodie de velours** 3049/**4**
- **Un ange de velours** 3127/**4**

Les dames de Virginie :
- **Kidnappée par erreur** 3180/**5**
- **La fiancée délaissée** 3181/**4**
- **Mariage forcé** 3182/**5**
- **Le pays enchanté** 3372/**5**
- **Duel de femmes** 3447/**4**

FEATHER Jane
- **La favorite du sérail** 3448/**6**

GARWOOD Julie
- **Sur ordre du roi** 3019/**5**
- **Un ange diabolique** 3092/**5**
- **Un cadeau empoisonné** 3219/**5**
- **Désir rebelle** 3286/**5**
- **La fiancée offerte** 3346/**5**
- **Le secret de Judith** 3467/**5** (Juin 93)

HAGAN Patricia
- **Violences et passions** 3201/**6**
- **Folies et passions** 3272/**5**
- **Gloires et passions** 3326/**6**
- **Fureurs et passions** 3398/**5**

HENLEY Virginia
- **La colombe et le faucon** 3259/**5**
- **La fleur et le faucon** 3416/**6**

JOYCE Brenda
- **Le fier conquérant** 3222/**5**
- **Des feux sombres** 3371/**5**

LANDIS Jill Marie
- **L'héritage de Jade** 3449/**6**

LINDSEY Johanna
- **Samantha** 2533/**3**
- **Esclave et châtelaine** 2925/**4**

	La révoltée du harem 2956/6
	La fiancée captive 3035/4
	Les feux du désir 3091/5
	La Viking insoumise 3115/5
	Un si doux orage 3200/4
	Un cœur si sauvage 3258/4
	Epouse ou maîtresse 3304/3
	Captifs du désir 3430/4
MATTHEWS Patricia	La maîtresse de Malvern 1056/4
	L'écume des passions 2116/4
	La promesse sauvage 2987/5
	Les trois amours de Rachel 3160/6
	Le déchaînement des passions 3348/5
McKINNEY Meagan	L'enchanteresse perverse 3239/5
	L'ange de la vengeance 3373/5
McNAUGHT Judith	Les machinations du destin 3399/7
O'BANYON Constance	L'amante masquée 3428/6
O'GREEN Jennifer	Prisonnière du roi 2981/5
POTTER Patricia	Le flambeur du Mississippi 3468/6 (Juin 93)
REDD Joanne	La fiancée du désert 2926/4
	Le rêve chimère 2980/5
	L'aventurière de Fort Alamo 3328/5
	Danse avec le feu 3429/4
ROBARDS Karen	Désirs fous 2928/5
	La lune voilée 2979/5
	Mississippi belle 3070/4
	Le brigand aux yeux d'or 3142/5
	Promise au bûcher 3221/5
	Esclave de personne 3327/5
	Les sortilèges de Ceylan 3466/5 (Juin 93)
ROGERS Rosemary	Le grand amour de Virginia 1457/4
	Le métis 2392/5
	Esclave du désir 2463/5
	Le désir et la haine 2577/7
RYAN Nan	Esclave de soie 2929/5
	Le prince aztèque 3071/5
	La légende de l'amour 3247/5
WEYRICH Becky Lee	Le vent brûlant de Bombay 3036/5
	Le chardon et la rose 3110/6
	La proie du pirate 3158/5
	Lune gitane 3202/5
	Le bal masqué de Géorgie 3303/5
WOODIWISS Kathleen E.	Cendres dans le vent 2421/7
	Qui es-tu, belle captive ? 2998/6

Amour et Destin

Quand l'amour donne aux femmes le choix de leur destin.

Les romans de la collection Amour et Destin présentent des femmes exceptionnelles qui découvrent dans l'amour le sens de leur vie. Elles vont jusqu'au bout de leur quête quel qu'en soit le prix et sont appelées à vivre de grands destins romanesques riches en émotions et en rebondissements.

BLAKE Jennifer	**Les secrets du passé** *3323/*6
BRISKIN Jacqueline	**C'est écrit dans le ciel** *3139/*7
	Cœurs trahis *3431/*7
BROWN Sandra	**Texas ! - Lucky** *3282/*3
	Texas ! - Rocky *3432/*3
	French Silk *3472/*7 *(Juin 93)*
COOKSON Catherine	**Le bonheur secret d'Emma** *3343/*5
DEJONG Linda Renée	**Illusions brisées** *3395/*6
DELINSKY Barbara	**Une femme trahie** *3396/*7
	La quête de Chelsea Kane *3450/*6
GOLDREICH Gloria	**Rencontre** *3471/*5 *(Juin 93)*
JAGGER Brenda	**L'amour revient toujours** *3390/*5
LAROSA Linda	**Princesse Alexandra** *3358/*7
PEARSON Michael	**Une femme d'argent** *3359/*5
SELINKO Annemarie	**Désirée** *3374/*5 *& 3375/*5
SIMPSON Pamela	**Fortune's child** *3451/*7
THOMAS Rosie	**Célébration** *3357/*5

3490

Composition Interligne B-Liège
Achevé d'imprimer en Europe (France)
par Brodard et Taupin à la Flèche (Sarthe)
le 9 juin 1993. 6101H-5
Dépôt légal juin 1993. ISBN 2-277-23490-7

Éditions J'ai lu
27, rue Cassette, 75006 Paris
Diffusion France et étranger : Flammarion